BASTEI
LÜBBE
TASCHENBUCH

Über den Autor:

Vlastimil Vondruška, geboren 1955, hat in Prag Geschichte und Ethnologie studiert. Danach hat er im Prager Nationalmuseum gearbeitet und gemeinsam mit seiner Frau eine Werkstatt zur Nachbildung von historischem Glas betrieben. Heute widmet er sich ganz dem Schreiben. Neben zahlreichen wissenschaftlichen Werken hat er über dreißig historische Romane veröffentlicht und gehört zu den erfolgreichsten Autoren Tschechiens. Besonders beliebt ist die Serie um Ritter Ulrich von Kulm und seinen Knappen Otto.

Vlastimil Vondruška

DIE TOTEN VOM JAKOBSWEG

Historischer Kriminalroman

Aus dem Tschechischen von
Sophia Marzolff

BASTEI LÜBBE
TASCHENBUCH

BASTEI LÜBBE TASCHENBUCH
Band 17 433

Dieser Titel ist auch als E-Book erschienen

MIX
Papier aus verantwortungsvollen Quellen
FSC® C019821
FSC
www.fsc.org

Vollständige Taschenbuchausgabe

Deutsche Erstausgabe

Titel der tschechischen Originalausgabe: »Tajemství abatyše z Assisi«

Textredaktion: Hanna Granz, Witten
Titelillustration: © akg-images/Album/Oronoz;
© Johannes Wiebel ¦ punchdesign, München,
unter Verwendung von Motiven von © shutterstock/m.bonotto;
shutterstock/B art
Umschlaggestaltung: Johannes Wiebel, punchdesign, München
Satz: Urban SatzKonzept, Düsseldorf
Gesetzt aus der Garamond
Druck und Verarbeitung: Druckerei C.H.Beck, Nördlingen
Printed in Germany
ISBN 978-3-404-17433-1

5 4 3 2 1

Meiner Frau Alena gewidmet

Prolog

Als im Jahre des Herrn 1186 der siebenjährige König von Jerusalem Balduin V. starb und seine Mutter Sibylle als Thronfolgerin die Herrschaft ihrem zweiten Gatten Guido von Lusignan überließ, geschah, was nie hätte passieren dürfen. Der neue Jerusalemer König vertrieb den Regenten Raimund III. in die Grafschaft Tripolis im Norden und erklärte alle Friedensabkommen, die sein Vorgänger mit den Muselmanen geschlossen hatte, für ungültig. Anders als Raimund III. war Guido von Lusignan ein Kriegsbefürworter. Ihm ging es nicht um den Glauben, er war ein Abenteurer. Er wollte kämpfen und war auf Beute aus. Die Jahre relativen Friedens waren damit vorbei.

Guido von Lusignan wurde von etlichen Rittern unterstützt, die alle mit dem gleichen Ziel ins Heilige Land gekommen waren – Reichtümer zu erwerben. Der wohl skrupelloseste unter ihnen war Rainald von Châtillon, Fürst von Antiochia. Er war ein schon nicht mehr junger Mann, der nach Herzenslust mordete und plünderte. Im Roten Meer besaß er sogar eine Piratenflotte, aber selbst das genügte ihm nicht, und so überfiel er im Namen des christlichen Glaubens die Insel Zypern, die dem byzantinischen Kaiser gehörte. Er massakrierte die wehrlosen Bewohner und kümmerte sich nicht darum, dass sie sich ebenfalls zum Christentum bekannten, wenn auch zur Variante der Ostkirche. Er beging derartige Grausamkeiten, dass man in der ganzen christlichen Welt lieber über seine Taten schwieg. Niemand nun hatte an Guido von Lusignans Thronbesteigung in Jerusalem größere Freude als gerade Rainald. Noch am Tag des Machtwechsels begann er jenseits des Jordans erneut muselmanische Karawanen anzugreifen. Und wieder färbte sich der Sand entlang der Handelswege rot vom Blut der Anhänger Allahs. Ein neuerlicher Krieg war unausweichlich.

Zu jener Zeit einigte Sultan Saladin die muslimische Welt. Auf die Provokationen der Christen reagierte er dennoch zunächst besonnen. Er forderte vom Jerusalemer König eine Entschuldigung sowie die Herausgabe der Gefangenen und der Raubgüter. Doch Guido von Lusignan dachte nicht daran, Rainald von Châtillon zur Verantwortung zu ziehen, denn er glaubte, einen möglichen Krieg gewinnen zu können. Und sogleich begann er mit den Vorbereitungen. Im Frühling des Jahres 1187 hatte er ein Heer versammelt, wie es noch keiner der Jerusalemer Könige besessen hatte. Unter seiner Standarte fand sich auch der vertriebene Raimund von Tripolis ein, denn wie den meisten der moderateren Ritter war ihm bewusst, dass es hier um Sein oder Nichtsein der Christen im Heiligen Land ging. Sie waren zwar mit Guidos Vorgehen nicht einverstanden, aber das bedeutete nicht, dass sie dem Ansturm der Muselmanen untätig zuschauen würden, waren sie doch trotz allem christliche Ritter.

Und so rückten sie alle in den Tagen nach Ostern von Jerusalem aus. Am See Genezareth warteten die Truppen Saladins auf sie. Es dauerte nicht lange, und die beiden Heere waren nur noch einen Tagesmarsch voneinander entfernt. Doch tatsächlich war die Strecke zwischen ihnen fast unüberwindlich, denn der Weg zum See führte durch eine öde und völlig ausgedorrte Hügellandschaft. Da ein Weitermarsch unter der heißen Sonne, durch den Staub und über die glühend heißen Steine die Männer, aber vor allem ihre Pferde ohne ausreichende Wasservorräte zu sehr erschöpft hätte, sahen die Christen von einem weiteren Vorrücken ab. Durch diese Landschaft hindurch geradewegs in die Arme der Feinde zu marschieren wäre gleichbedeutend mit einem Gang zur Schlachtbank gewesen, das wusste der König von Jerusalem ebenso gut wie Saladin.

Nicht weit von einem kleinen Fluss schlugen sie deshalb ihr Lager auf, und es begann, was in solchen Situationen üblich war. Die Ritter zogen mit ihrem Gefolge plündernd durch die Gegend. Der Langeweile entgingen sie auch dadurch, dass sie gelegentlich mit muselmanischen Spähtrupps zusammenstießen. Derartige Scharmützel hatten beide Seiten schon etliche hinter sich. Sie endeten gewöhnlich mit einer Aussöhnung, und oft kehrten die Heere nach einigen Wochen vergeblichen Wartens auf den entscheidenden Zusammenstoß wieder nach Hause zurück.

Saladins Truppen waren zwar zahlenmäßig unterlegen, doch diesmal wollte er sich nicht mit einer schnellen Aussöhnung zufriedengeben, zu gravierend waren die Beleidigungen und Gewalttaten der Christen gewesen. Allerdings wollte auch er nicht den Marsch durch die trockene Ödnis riskieren, sondern suchte sich ein näheres und einfacheres Ziel: Er griff die Stadt Tiberias an, die am Ufer des Sees Genezareth lag. Zufällig befehligte die Gemahlin des Raimund von Tripolis die Verteidigung der Stadt. Doch nicht einmal dieser Umstand bewog ihren Mann dazu, sich für den riskanten Vormarsch durch das Hügelland auszusprechen. Raimund äußerte im Gegenteil in einer Rede, es sei besser, eine Stadt zu verlieren als das ganze Heer und dazu Jerusalem. Er wusste, dass Saladin im Geiste ein Ritter war wie er selbst und deshalb seiner Frau nichts antun würde. Sollte Tiberias fallen, würde er allenfalls ein Lösegeld für sie zahlen müssen. Eindringlich bat er deshalb den König von Jerusalem, sich nicht provozieren zu lassen und abzuwarten. Doch Guido von Lusignan sah in dem Überfall auf Tiberias einen willkommenen Anlass, den Krieg fortzusetzen. Einen ganzen Nachmittag lang beriet er sich mit seinen Getreuen, um am Ende doch einzusehen, dass eine Offensive zu riskant wäre.

Es sah also zunächst so aus, als hätte die Vernunft gesiegt. Doch noch in der gleichen Nacht erhielt Guido von Lusignan in seinem Zelt Besuch vom Großmeister des Tempelordens.

Dieser versuchte den König mit Schmeicheleien zu überreden, sein Schwert nicht ruhen zu lassen. »Handelt nach dem Vorbild der ersten Kreuzritter, als sie in das Heilige Land kamen! Sie befanden sich in einer schlechteren Lage als wir. Und doch griffen sie die Ungläubigen an und siegten über sie. Gott ist mit uns!«, rief er und reckte das heilige Schwert seines Ordens in die Höhe. Schließlich überzeugte er Guido von Lusignan: Die Schlacht am darauffolgenden Tage war beschlossen und damit auch das Schicksal Jerusalems – und das des Ulrich von Kulm.

In der Morgendämmerung erklang im Lager der Christen der Schall der Trompeten, die das Heer zum Kampf gegen Saladin zusammenriefen. Raimund von Tripolis eilte zu Guido von Lusignan, um ihn im letzten Moment umzustimmen, doch dieser wollte ihn nicht empfangen. Die Getreuen des Königs liefen von Zelt zu Zelt, stachelten die Zaudernden an, malten ihnen die Beute aus, die sie im Lager der Muselmanen erwarten würde, und argumentierten weiter damit, dass sie laut ihren Spähern gegenüber Saladins Truppen deutlich in der Überzahl seien. Und noch bevor die Sonne über den Horizont gestiegen war, brach das Heer auf.

Es war ein heißer Julitag. Die Ebene, die die Kreuzzügler durchqueren mussten, war baumlos, nirgendwo gab es auch nur ein Fleckchen Schatten, in das man sich für einen kurzen Moment hätte zurückziehen können. Wasser hatte der trockene Erdboden seit Monaten nicht gesehen. Die Wasservorräte, die sie in ledernen Schläuchen mit sich führten, waren bereits vor Mittag verbraucht, und die Helme auf ihren Köpfen waren so glühend heiß, dass man sie fast nicht berühren konnte. Sie abzusetzen wäre jedoch noch schlimmer gewesen. Um Mittag herum starb der erste Mann an Entkräftung. Trotzdem gab niemand den Befehl zum Rückzug. Mit hängenden Köpfen taumelten sie weiter und versuchten, nicht darüber nachzudenken, was sie erwartete. Das war nun einmal ihr Leben als Kämpfer Christi.

»Haltet durch!«, versuchten die Ritter ihr Gefolge zu ermutigen. »Heute Abend sind wir am See Genezareth. Ihr dürft ihn ganz austrinken, wenn ihr wollt! Sein Wasser ist schön frisch, klar und kühl ...« Doch ein paar Stunden später hatten sie selbst nicht mehr die Kraft, die anderen aufzurichten. Das Heer rückte zusehends langsamer vor. Die Fußsoldaten gerieten ins Stolpern, und etliche Pferde gingen zu Boden. Allmählich wurde es dunkler, und die Ufer des Sees waren immer noch nicht zu sehen.

Dem Großmeister des Tempelordens klebte die Zunge am Gaumen, als er hervorbrachte: »Lasst uns hierbleiben! Wir müssen ausruhen.« Er und seine Tempelritter waren wohl in der schlechtesten Verfassung von allen. Und in noch schlechterem Zustand waren ihre Pferde. Schließlich gab der König von Jerusalem seine Zustimmung. Sie befanden sich in einer flachen Talmulde nahe des Dorfes Hattin und ließen sich einfach nieder. Keiner baute Zelte auf, niemand machte Anstalten, wenigstens eine provisorische Befestigung zu errichten. Und niemand bezog Stellung als Wache. Alle waren zu Tode erschöpft. Sie ließen sich auf den Boden sinken und beteten zu Gott, dass die Sonne bald hinter dem Horizont versinken möge. In Hattin gab es einen einzigen Brunnen, und darin stand nur wenig Wasser. Rainald von Châtillon und seine Männer erbeuteten alles für sich.

In der Nacht näherten sich die Muselmanen und begannen, das Lager einzukreisen. Die christlichen Ritter waren am Ende ihrer Kräfte, doch sie mussten fortwährend in Habachtstellung bleiben, denn Saladin konnte jeden Moment angreifen. Aber er tat es nicht, er wollte den Morgen abwarten. Die Christen litten. Der Durst schnürte ihnen die Kehle zu, und Krämpfe durchzogen ihre Eingeweide. Kaum einer von ihnen verspürte die Gnade Gottes, welche die Waffen zum Sieg führt. Sie hatten jegliche Hoffnung aufgegeben.

»Das ist deine Schuld!«, schrie Raimund von Tripolis wutentbrannt Rainald von Châtillon an. »Du hast diesen Krieg heraufbeschworen. Du bist ein Räuber und kein Ritter!«

»Es war die Entscheidung unseres Königs, gegen die Muselmanen in den Kampf zu ziehen«, entgegnete Rainald müde, ohne seine übliche Arroganz zur Schau zu stellen.

»Und der Wille Gottes«, fügte der Großmeister der Templer tonlos hinzu. Er kniete vor seinem Schwert, das er in die Erde gebohrt hatte, legte seine Hände auf die Parierstange und betete, als wäre es das Kreuz.

Im ersten Morgengrauen rotteten sich einige Tausend Fußsoldaten zusammen, die in der Nacht beschlossen hatten, ihren Rittern den Gehorsam zu verweigern. Guido von Lusignan hatte nicht die Kraft, sie zurückzuhalten, und so marschierten die Söldner los in Richtung Hattin, um sich zum See Genezareth durchzuschlagen. Sie alle trieb nur eine einzige Sehnsucht: Wasser.

Doch ohne die Unterstützung der Ritter auf ihren Pferden und ohne Führung wurden die Fußtruppen zur leichten Beute der Muselmanen. Gnadenlos wurden sie von ihnen niedergemacht. In der Zwischenzeit griffen Saladins berittene Truppen das Zentrum des christlichen Heeres an. Der erste Ansturm ließ sich zwar abwehren, doch die Ritter waren völlig entkräftet. Überdies hatten sie den Großteil ihres Fußvolks verloren, und ohne dessen Unterstützung ließ sich keine Schlacht führen. Die Pferde der Ritter scheuten, und es wurde immer aussichtsloser, noch in eine Angriffsformation zu finden.

»Wir werden allesamt umkommen«, jammerte ein älterer Johanniter, der von der grellen Sonne so entzündete Augen hatte, dass er fast nichts mehr sehen konnte.

Und ein junger Mann, der erst vor wenigen Wochen ins Heilige Land gekommen war, schrie verzweifelt: »Ich will nicht hier sterben!«

»Gott wird uns beschützen«, versuchte der König von Jerusalem ihnen gut zuzureden und bemühte sich dabei um einen festen Ton. Er blickte ringsum in die Gesichter der Ritter, die schweigend seine Entscheidung abwarteten, und er wusste, sie würden sowieso nicht auf ihn hören. Um den Anschein königlicher Würde zu wahren, sagte er mit gepresster Stimme: »Ich entbinde euch vom Treueschwur zu unserer Krone. Ein jeder von euch versuche, alleine der Belagerung zu entkommen. Und Gott erlaubt es euch auch. Versucht, euer Leben zu retten!« Ebenso gut hätte er verkünden können, dass er die Schlacht aufgebe. Sie waren verloren!

Umgeben von seinen Männern bestieg Raimund von Tripolis sein Pferd und folgte Guido von Lusignan mit düsterer Miene. Der König hatte ihn zwar nicht dazu aufgefordert, doch es blieb ohnehin nicht viel anderes übrig, als die Flucht zu wagen. Er lächelte seine Ritter aufmunternd an. Viele kannte er schon seit Jugendzeiten. »Wir werden als Erste sterben, edle Brüder. Ich danke euch allen für eure treuen Dienste!«

Dann zog er sein Schwert und galoppierte in Richtung der Anhöhe, wo Saladins grüne Standarten aufragten. Dies war kein Angriff nach ritterlichen Regeln. Seine Truppe blieb nur mit großer Mühe zusammen. Vor ihnen glänzten die Schilde und Helme der Muselmanen. Gewöhnlich machten die angreifenden Ritter sich mit lautem Geschrei Mut, aber diesmal fehlte ihnen die Energie dazu. Sie waren schon froh, sich im Sattel halten zu können. Ihre letzte Willenskraft sparten sie sich für das Zusammentreffen mit den Ungläubigen auf.

Aber auch von den Feinden war kein Laut zu vernehmen, als die Ritter auf sie zugaloppierten. Zu ihrer Überraschung kamen ihnen auch keine Pfeile entgegen, stattdessen öffneten sich die Reihen der Muselmanen. Raimund von Tripolis zügelte sein Pferd und brachte es zum Stehen. Sein Blick suchte Saladin. Er entdeckte ihn schnell. Der Sultan saß auf einem prachtvollen Rappen unter einem Baldachin. Sein scharf geschnittenes, braun gebranntes Gesicht wurde von einem gestutzten Bart gerahmt. Sie kannten sich gut, hatten oft gegeneinander gekämpft und noch öfter miteinander verhandelt. Immer auf redliche Weise.

Saladin zeigte ein leichtes Lächeln und bedeutete ihnen mit einer Geste, dass sie hindurchreiten dürften. War Saladin guter Dinge, konnte er sehr großzügig sein. Zum Zeichen seines Danks neigte Raimund ein wenig den Kopf und hob die Hand zum Gruß, dann trieb er sein Pferd an. Sobald er mit seinem Gefolge die Gasse der Muselmanen passiert hatte, schlossen sich die Reihen wieder. Zusammen mit Raimunds Männern war auch der Sohn des Rainald von Châtillon der Belagerung entkommen.

Gleich darauf begann die Schlacht. Doch der Kampf währte nicht lange. Noch zwei weiteren Truppen gelang dabei die Flucht. Die eine befehligte Balian von Ibelin, die andere Graf Rainald von Sidon. Von beiden wussten die Muselmanen, dass sie zum gemäßigten Lager des Raimund von Tripolis gehörten. Sie schätzten sie als tapfere und ehrenhafte Ritter, die niemals wehrlose Händler oder Dorfleute umbringen würden – ganz anders als jene, die sich nun in der Talmulde um das Zelt kauerten, über dem schlaff die Fahne des Königreichs Jerusalem herabhing.

Als Saladins Mannen das Lager stürmten, fanden sie den König von Jerusalem und einige seiner Getreuen völlig entkräftet im Zelt auf dem Boden liegen. Sie konnten nicht einmal mehr aufstehen, weshalb die Muselmanen sie auf Tragen in ihr eigenes Lager beförderten.

Saladin erwartete sie in einem großen Zelt aus schwarzer Seide. Er hatte einen überwältigenden Sieg errungen und wusste, dass er soeben seine Position in der muselmanischen Welt bedeutend gefestigt hatte. Es war noch nicht lange her, dass er an die Macht gelangt war, und er musste seine Stellung als bester Kämpfer Allahs erst beweisen. Nach dem heutigen Tag konnte niemand mehr daran zweifeln. Er war jedoch nicht so töricht zu glauben, damit sei alles erreicht. Sein Ziel lag noch höher. Er wollte Jerusalem zurückerobern. Aus diesem Grund begegnete er Guido von Lusignan mit Freundlichkeit – stand dem Sieger einer Schlacht Diplomatie doch besser zu Gesicht als hohle Prahlerei.

Er reichte dem König von Jerusalem einen Becher mit klarem Wasser, das herrlich kühl war, da seine Sklaven es in Behältnissen mit Schnee transportiert hatten. In Saladins Welt bedeutete das Reichen des Bechers, dass man die Sicherheit seines Gastes garantierte. Indirekt drückte er damit aus, dass er den König von Jerusalem am Leben lassen würde. Dieser musste jedoch zu verhandeln beginnen und seine vollständige Niederlage eingestehen.

Guido von Lusignan trank gierig und reichte den Becher an Rainald von Châtillon weiter, der neben ihm stand. Er ahnte nicht, welchen Fehler er damit beging. Als Christ hatte er einfach mit seinem Nächsten teilen wollen.

Zornentbrannt fuhr Saladin den Dolmetscher an, er solle den Christen übersetzen, er habe den Becher lediglich dem König von Jerusalem gereicht. Damit gab er zu verstehen, dass er für das Leben der anderen keine Gewähr leiste.

Rainald von Châtillon war zwar ein Räuber, aber kein Feigling. Er hatte immer ein raues Leben geführt, und rau war auch sein Handeln, selbst in einer Lage, in der sein Leben auf dem Spiel stand. Er grinste verächtlich und machte eine höchst respektlose Bemerkung, die der Dolmetscher kaum zu übersetzen wagte.

Doch Saladin verstand auch so. Er runzelte die Stirn und presste wütend die Lippen zusammen, dann zog er blitzschnell sein Schwert und schlug Rainald den Kopf ab. Den entsetzten Christen hielt er vor, dass ebendieser Mann der Hauptschuldige an dem Krieg zwischen den Christen und ihnen sei, da er so unzählige Grausamkeiten begangen habe. Deshalb habe er den Tod verdient. Im Grunde hätten auch die anderen ihn verdient, da sie den Verbrecher frei wüten ließen.

Der Großmeister der Tempelritter kniete neben dem toten Rainald von Châtillon nieder. Er hob den abgeschlagenen Kopf auf und legte ihn zum Stumpf des Halses. Dann drückte er dem Toten die Augen zu und strich über seinen Körper, als wolle er sich von ihm verabschieden. Doch gleichzeitig durchsuchte er dabei unauffällig seine Sachen. Dann bekreuzigte er sich erschrocken.

Saladin hatte ihnen den Rücken zugewandt. Er hatte genug von diesen Christen und befahl, sie abzuführen und ihnen Wasser zu geben. Er werde den Besiegten später seine Bedingungen mitteilen.

Unterdessen flüsterte der Großmeister dem König von Jerusalem heimlich zu: »Er hat es nicht bei sich!«

»Was meinst du?«, fragte der geschlagene Guido von Lusignan resigniert.

»Das heiligste Geheimnis unseres Ordens.«

»Großer Gott, wie ist es denn zu ihm gelangt?«

»Ich selbst habe es ihm gestern Nacht anvertraut. Ich rechnete mit meinem nahen Tod«, erklärte der Großmeister der Templer verstört. »Er schwor mir, er werde es nach der Schlacht unserem Orden zurückgeben.«

»Du Narr!«, brauste Guido von Lusignan auf. »Du hättest die Schatulle mir geben sollen.«

»Gewiss«, pflichtete der Großmeister ihm zerknirscht bei.

Der König bekreuzigte sich. »Das ist eine schreckliche Katastrophe«, sagte er leise. Er sprach nicht von der Niederlage bei Hattin. Er sprach von dem, was Rainald von Châtillon bei sich getragen hatte und was nun verschwunden war.

Etwa zwei Monate später, am 2. Oktober 1187, übergab Balian von Ibelin, der als Letzter die Verteidigung Jerusalems befehligt hatte, nach kurzem und erbittertem Kampf die Stadt Jerusalem und das Grab Christi an Sultan Saladin.

I. Kapitel

Es war schon Abend, als der königliche Prokurator Ulrich von Kulm mit seinen Männern in das Gehöft unweit von Leipa zurückkehrte, das er als Verwalter Nordböhmens derzeit erneuerte. Er war müde, hatte eine Schramme im Gesicht, und seine Stimmung war auf dem Tiefpunkt. Zwei Tage lang hatte er eine Räuberbande verfolgt, die auf den Wegen nach Zittau Kaufleute überfallen hatte, doch die Gauner waren ihm wieder entwischt. Er hatte Adalbert von Habstein in Verdacht, die Bande zu leiten, aber solange er ihn nicht in flagranti ertappte, konnte er ihn nicht verurteilen. In letzter Zeit war er vom Pech verfolgt. Im Frühjahr war seine Ehefrau Blanka gestorben. Dann hatte er auf der Prager Burg zwar den Mord an Landrichter Dobřej aufklären können, sich gleich darauf aber den Unmut König Přemysl Ottokars II. und vermutlich auch des höchsten Burggrafen Wilhelm von Landstein zugezogen, als er die Hand von dessen Tochter Lucia ablehnte. Und zu Hause in Nordböhmen taten die Herren von Dauba und von Wartenberg, was ihnen beliebte, als wollten sie ihm zeigen, dass dies ihr Herrschaftsgebiet war und ein Vertreter des Königs ihnen nichts zu sagen hatte.

König Přemysl Ottokar II. regierte nun schon das zweite Jahr und erwies sich als tatkräftiger Monarch, allerdings wuchsen ihm die Probleme über den Kopf. Und sie beschränkten sich längst nicht auf das Königreich Böhmen. Sein Vater Wenzel I. hatte ihn vor seinem Tode mit Margarete von Babenberg vermählt, die mit ihren fünfzig Jahren nahezu Ottokars Großmutter hätte sein können. Zusammen mit ihrer Hand erhielt er das Herzogtum Österreich, und nach Wenzels Ansicht musste das für eine glückliche Ehe ausreichen. So wurde der böhmische König der mächtigste Herrscher nördlich der Alpen. Ein altes Sprichwort seiner Vorfahren besagte jedoch, je zahlreicher die Verwandten, desto zahlreicher die Sorgen, und so war es dann auch. Jenseits der Grenzen hatte Přemysl Ottokar II. so viele Sorgen, dass ihn das läppische Gezänk der nordböhmischen Adligen nicht weiter interessierte.

Es war also Ulrich von Kulms Aufgabe, in der Gegend von Leipa für Ordnung zu sorgen, und deshalb war er so verärgert darüber, dass ihm die Räuber wieder entkommen waren.

Dieses hügelige und bewaldete Stück Böhmen war ihm ans Herz gewachsen. Zum ersten Mal in seinem Leben fühlte er sich an einem Ort zu Hause. Er war mit seiner Frau hier glücklich gewesen, solange sie lebte. Nun, nach ihrem Tod, blieb ihm nur noch das Gefühl der Verantwortung. Aber es gab im Leben eines Ritters schließlich höhere Werte als ein flüchtiges Glück. Gott hatte ihm ein Schwert gegeben, um die Schwachen zu schützen, und dieser Aufgabe hatte er sich mit Leib und Seele verschrieben. Selbst auf die Gefahr hin, dass er damit zeitweilig den Unmut des Königs, der Kirche oder eines nordböhmischen Magnaten erregte.

Als er durch das Tor in den Vorhof einritt, wartete dort schon sein Knappe auf ihn. Otto von Zastrizl war ein besonderer Bursche. Unlängst war er zum Ritter geschlagen worden, doch obwohl er längst erwachsen war, bezeichnete er sich selbst weiterhin als Knappe. Und so blieb es schließlich dabei. Im Grunde war Otto ein Einzelgänger, und daran änderte selbst die Tatsache nichts, dass er mit allerlei Mädchen anbandelte und manchmal sogar – wie der örtliche Kaplan säuerlich moniert hatte – mit verheirateten Frauen. Der Knappe hatte dem Geistlichen freundlich entgegnet, Gott wolle offenbar nicht, dass er das Sakrament der Ehe eingehe, da er ihm die Richtige bislang noch nicht zugeführt habe. Worauf der Kaplan spitz bemerkt hatte, er werde schwerlich die Richtige finden, wenn er sich mit allen versündige.

»Du kannst das nicht verstehen«, hielt Otto dagegen. »Wie soll ich deiner Meinung nach herausfinden, welche die Richtige ist, wenn ich sie nicht genauestens kennenlerne?«

»Gewiss sollst du dein zukünftiges Eheweib kennenlernen. Aber auf eine fromme Weise, bei der Kirchenandacht«, beharrte der Kaplan.

»Aber ich suche doch keine Nonne! Frauen lerne ich lieber dort kennen, wo ich mit meinem Eheweib, wie ich hoffe, öfter sein werde als bei der Andacht.«

Auf solche Argumente wusste der Kaplan nichts mehr zu erwidern. Manchmal beschwerte er sich bei Ulrich von Kulm, und dieser rügte seinen Knappen gelegentlich, doch er wusste, dass es nicht viel nutzte, weshalb seine Ermahnungen auch eher halbherzig klangen. Vor allem aber hatte Ulrich seinen Knappen sehr gern, war Otto doch der treueste Diener, den man sich nur wünschen konnte. Er war jederzeit bereit, für seinen Herrn sein Leben zu geben, nur in Herzensdingen ließ er sich nicht befehlen, wie er selbst zu sagen pflegte. Wenn er besonders gut gelaunt war, fügte er noch hinzu, man dürfe die Treue zu einem Herrn nicht mit der Treue zu einer Frau verwechseln – einen Herrn wähle man im Unterschied zur Frau fürs ganze Leben.

Auch wenn Otto so leichtfertig über seine Liebesabenteuer sprach, hätte er in Wahrheit doch niemals die Gefühle eines Mädchens verletzt. Er suchte sich vor allem solche aus, die wie er auf ein kurzfristiges Vergnügen aus waren. Und er hatte durchaus etwas zu bieten: Er besaß ein gefälliges Gesicht, das nach deutscher Mode von lockigem, hellem Haar umrahmt wurde. Er war groß und kräftig und bewegte sich dabei geschmeidig und mit einer gewissen Eleganz. Bei allem sorgfältig gepflegten Äußeren hatte er jedoch nichts von der weibischen

Art vieler seiner Altersgenossen, die sich, wie man am Königshof spottete, in der Frauenkemenate wohler fühlten als auf dem Turnierplatz. Otto bemerkte dazu gerne, er sei wohl die goldene Ausnahme, denn er fühle sich an beiden Orten gleichermaßen wohl.

»Mein Herr«, rief der Knappe nun, als Ulrich von Kulm in den Hof ritt. »Ein Bote unseres erhabenen Königs war hier.«

»So? Was wollte er denn?«, fragte der Prokurator verwundert, sprang aus dem Sattel und warf die Zügel dem Knecht zu, der darauf wartete, das Pferd in den Stall zu führen.

»Er hat einen Brief überbracht. Es sei von höchster Wichtigkeit. Mehr wusste er selbst nicht zu sagen. Nur dass es wohl mit der erhabenen Tante unseres noch erhabeneren Königs zu tun habe. Die erhabene Äbtissin Agnes nämlich wolle …«

»Jetzt übertreibe es mal nicht mit der Erhabenheit«, fiel Ulrich ihm ins Wort. Seine gute Laune kehrte langsam zurück. »Agnes von Böhmen ist nicht mehr Äbtissin, falls du das noch nicht weißt. Sie hat das Amt aus Gründen der Demut niedergelegt. Jetzt lässt sie sich nur noch *soror maior* – ältere Schwester – nennen.«

»Das ändert nichts daran, dass Ordensschwestern doch nur Kalamitäten verheißen. Wir müssen nämlich auf eine Wallfahrt und …« Der Knappe unterbrach sich. Ulrich von Kulm musterte ihn prüfend, dann begann er zu lachen.

»Gib zu, du hast den Brief gelesen.«

»Der Bote hatte von höchster Wichtigkeit gesprochen. Und dass uns eine eilige Abreise bevorstünde. Und da das Siegel aus irgendeinem Grunde nicht richtig am Pergament haftete und sich löste … Nur aus reinem Pflichtgefühl habe ich den Brief gelesen, um nicht irgendetwas zu versäumen«, erklärte Otto schuldbewusst.

»Der Brief ist also entsiegelt?«

»Nicht gänzlich … Ich habe das Siegel auf der Rückseite

leicht erwärmt und hernach wieder aufgedrückt. Ich fürchtete, Ihr würdet Euch nicht darüber freuen, dass ich meine Nase in Eure Angelegenheiten stecke, mein Herr. So weiß ich nun freilich, wohin unser erhabener König uns zu schicken gedenkt.«

»Als hätte ich hier nicht genug zu tun«, stöhnte Ulrich und ging auf das im Umbau befindliche Herrenhaus zu. »Wohin soll es denn diesmal gehen? Warte, lass mich raten! Der Jahrestag des heiligen Wenzel war zwar bereits, aber vielleicht nach Alt-Bunzlau?«

»Viel weiter, mein Herr.«

»Zum heiligen Adalbert an die Sasau? Nein? Dann irgendwohin nach Mähren?«

Wieder schüttelte Otto den Kopf.

»Sag nicht, der König will uns ins Herzogtum Österreich schicken?«

»Als wäre mit den österreichischen Besitzungen die christliche Welt schon zu Ende ... Nein, er schickt uns viel weiter. Im Grunde fast bis ans Ende der Welt. Nach Galicien. Auf die Wallfahrt zum heiligen Jakobus in Compostela. Dorthin nämlich gedenkt die ältere Schwester zu reisen ...«

»Moment ... sprichst du von Agnes von Böhmen?«

»Ich dachte, sie hätte den Titel der Äbtissin niedergelegt?«, fragte Otto unschuldig. »Nun, wir sollen also die ältere Schwester begleiten.«

»Nenne sie doch lieber Äbtissin. Aus deinem Munde klingt ›Schwester‹, als würdest du von einer Kellnerin sprechen ... Aber wie auch immer, der Weg nach Compostela ist der berühmteste Pilgerweg der Christenheit. Ich bin noch nie dort gewesen. Allerdings wird diese Reise mehrere Monate in Anspruch nehmen, und dafür habe ich gar keine Zeit. Schließlich muss ich den König hier vertreten«, sagte Ulrich ratlos. »Warum also ausgerechnet ich? Der König hat am Hof doch genug Ritter, die nichts taugen und sich ausgezeichnet als Begleiter eignen würden – warum schickt er nicht sie? Wer soll dann hier in Nordböhmen für Ordnung sorgen?«

»In dem Schreiben steht, der Papst werde für die Dauer der Wallfahrt eine *treuga Dei*, also einen Gottesfrieden über ganz Nordböhmen verhängen. Sollten die Herren von Dauba oder von Wartenberg den geringsten Vorstoß gegen den König unternehmen, so droht ihnen die Exkommunikation. Sie werden es sich daher gut überlegen, ob sie uns Schwierigkeiten bereiten. Und mit allem anderen wird Kommandeur Diviš schon fertigwerden.«

»Was ist das denn für ein Unsinn?«, brummte der königliche Prokurator skeptisch. Den Gottesfrieden verhängte der Papst sonst nur, wenn er die Besitzungen von Christen schützen wollte, die das Kreuz auf sich nahmen und ins Heilige Land zogen, um die Ungläubigen zu bekämpfen. Er selbst war einst in Magdeburg zur Klosterschule gegangen und kannte sich in Kirchendingen recht gut aus, deshalb war er sich fast sicher, dass der Papst im Fall einer gewöhnlichen Pilgerreise nicht die gleichen Befugnisse besaß. Aber er würde sich hüten, die Entscheidungen des Heiligen Vaters in Rom zu kritisieren. Es genügte, dass er einmal die Beschlüsse des Magdeburger Bischofs beanstandet hatte und dafür beinahe mit dem Leben bezahlt hätte. Dies war auch der Grund, warum er letztlich kein Kleriker geworden, sondern in die Dienste des böhmischen Königs getreten war. Zwar entstammte er keiner bedeutenden Familie, doch er hatte schon zu einer Zeit Ottokars Vertrauen gewonnen, da dieser noch Thronanwärter war. Deshalb erhielt er später auch sein wichtiges Amt.

Wenn Papst Innozenz IV. die Reise der Äbtissin unter einen so ungewöhnlichen Schutz stellte, dann musste es sich um eine hochwichtige Angelegenheit handeln. Ulrich konnte nicht glauben, dass es dabei wirklich nur um eine Pilgerreise zum Grab des Apostels Jakobus ging, denn welchen Grund sollte der Papst haben, einen Pilger zu schützen, und sei dieser aus königlichem Geblüt? Ein diffuses Unbehagen machte sich in ihm breit. Er kannte dieses Gefühl. Gott schien ihm die Gabe der Vorahnung verliehen zu haben, denn dieses Unbehagen beschlich ihn jedes Mal, wenn ein schwieriger Auftrag auf ihn zukam.

Dabei hatte seine Sorge durchaus nichts Irrationales – auch bei klarem Verstand betrachtet blieb die Situation ungewöhnlich. Warum sollte der Papst Agnes von Böhmen seinen Schutz gewähren, solange sie doch in keiner Gefahr schwebte? Schließlich waren schon ganze Pilgerscharen nach Compostela aufgebrochen, ohne dass ihnen etwas passiert wäre. Ein kleines Rittergefolge hätte für diesen Zweck völlig genügt. Und doch übergab der König seine geliebte Tante in die Obhut des Ulrich von Kulm, da er sich offenbar um sie sorgte. Ebenso wie der Papst.

Otto beobachtete seinen Herrn aufmerksam und schien zu begreifen, weshalb er zögerte. Mit Bedauern fügte er hinzu, weiter habe in dem Brief leider nichts gestanden. Der Bote habe ihm nur noch vertraulich mitgeteilt, dass Willibald Odo, der Propst von Vyšehrad, sie auf der Reise begleiten werde.

»Das wird ja immer besser«, seufzte Ulrich. Er kannte den Propst der Prager Hochburg Vyšehrad gut, und sie konnten sich herzlich wenig leiden. Willibald Odo gehörte zu den Mitgliedern des königlichen Rates, die sich unlängst gegen ihn gestellt hatten, als er im Mordfall des Richters Dobřej ermittelt hatte. Der Propst war für ihn ein aufgeblasener Dummkopf. Vorsichtig fragte Ulrich, ob sein Knappe nicht vielleicht noch irgendeine gute Nachricht für ihn hätte.

»O doch«, antwortete Otto prompt. »Ich habe mir erlaubt, für Euch zu packen. Der Bote sagte, wir sollten spätestens übermorgen in Prag sein. Und die Köchin habe ich angewiesen, einen Pflaumenkuchen zu backen.«

Ulrich von Kulm liebte Pflaumenkuchen. Niemand hatte ihn jedoch so gut zuzubereiten verstanden wie seine verstorbene Frau. Fast alles hier zu Hause erinnerte ihn an sie, ob er wollte oder nicht. Dabei wusste er, es war nicht gut, ständig an sie zu denken. Im menschlichen Leben musste alles sein Maß behalten – auch die Trauer. Insofern würde die lange Pilgerreise ihn ein wenig ablenken, deshalb sollte er sich eigentlich darauf freuen. Zudem war er immer neugierig auf neue Erlebnisse, und so weit war er noch nie gereist. Ein Lächeln huschte über sein Gesicht. Er konnte nicht wissen, wie sehr sein christlicher Glaube in den folgenden Wochen auf die Probe gestellt werden würde.

Falls Ulrich gedacht hatte, in Prag würde er weitere Auskunft über die geplante Wallfahrt erhalten, so hatte er sich getäuscht. Der König befand sich nicht in der Stadt. Nicht lange nachdem Přemysl Ottokar II. den Thron bestiegen hatte, hatte im vergangenen Jahr Béla IV. von Ungarn mit seinen Kumanen die Stadt Olmütz überfallen. Zeitgleich waren der bayerische Herzog Otto und traditionsgemäß auch die Polen in Mähren eingefallen. Die Olmützer wussten sich zwar zu verteidigen, und auf Betreiben von Papst Innozenz IV. kam es zu einem Friedensschluss, doch an der Ostgrenze des Landes kehrte immer noch keine Ruhe ein. Und so war Ottokar abermals mit dem Heer nach Mähren gezogen.

Zwar empfing Agnes von Böhmen Ulrich in ihrem Kloster, doch beschränkte sich ihr Austausch auf ein paar freundliche Worte nach der Messe in der St.-Franziskus-Kirche. Das Einzige, was er in Erfahrung bringen konnte, war, dass der Komtur des Tempelordens, Jakob de Vries, die Pilgerschaft leiten würde. Die Komturei für die Provinz Böhmen befand sich neben der Laurentiuskirche in der Prager Altstadt. Von St. Franziskus aus waren das nur wenige Schritte, sodass er auch dort seine Aufwartung machte. Er traf den Komtur jedoch nicht an.

Äußerst missmutig kehrte er darauf in die Taverne *Zum Goldenen Rad* zurück, in der er und sein Knappe Unterkunft bezogen hatten. Otto war noch nicht da. Ulrich setzte sich an einen Tisch hinten am Fenster, was sein bevorzugter Platz war, denn man konnte von dort auf den Hof der Taverne hinausschauen und saß gleichzeitig nah am Kamin. Es war Oktober und in den frühen Abendstunden bereits empfindlich kalt. Er bestellte sich einen kleinen Krug warmen Met und grübelte darüber nach, was die nächsten Tage wohl bringen würden. Von draußen erklang Hufgeklapper, und kurz darauf sah er durch das Fenster, wie ein Reiter durch das offene Tor in den Hof geritten kam. Er erkannte ihn sofort: Auf dem Pferd saß Burggraf Wilhelm von Landstein. Er vertrat den König in dessen Abwesenheit auf der Prager Burg.

Der Burggraf hatte stets seine schützende Hand über den königlichen Prokurator gehalten, auch bei dem Fall um das Judaszeichen, doch Ulrich war sich unsicher, ob er ihm auch jetzt noch gutgesinnt war. Schließlich hatte er die Hand seiner Tochter Lucia verschmäht und, was noch schlimmer war, den Rang des Landrichters missachtet, um das Leben eines unbedeutenden Ritters zu retten. Die Tatsache, dass Wilhelm von Landstein hier angeritten kam, war so außergewöhnlich, als würde der König höchstpersönlich die Taverne besuchen. Es konnte bedeuten, dass der Burggraf alles längst vergessen hatte und Ulrich von Kulm weiterhin als seinen Schutzbefohlenen betrachtete. Oder aber es bedeutete, dass er die Sache mitnichten vergessen hatte und ihn seine Macht spüren lassen wollte. Einen Vorwand dafür fand ein so mächtiger Beamter jederzeit.

»Diese vermaledeite Äbtissin!«, fluchte Ulrich leise vor sich hin und fuhr mit der Hand unwillkürlich über seinen kurzen Bart, wie so oft, wenn er sich zu konzentrieren versuchte. Was konnte er jetzt auf die Schnelle tun? Er stellte fest, dass Wilhelm von Landstein lediglich von zwei Soldaten begleitet wurde, die im Hof zurückblieben. Ihr Gespräch würde also privater Natur sein, und offenkundig war er nicht gekommen, um ihn zu verhaften. Immerhin etwas! Er trank einen Schluck aus seinem Krug und wartete ergeben ab.

Kurz darauf flog die Tür zur Gaststube auf, und ein hochgewachsener älterer Mann mit blauem Samtwams betrat hoheitsvoll den Raum. Über die Schulter hatte er einen dunklen Mantel geworfen, der gemäß seinem Familienwappen mit fünfblättrigen goldenen Rosen durchwirkt war, und um die Taille trug er einen prächtigen Silbergürtel mit Amethysten. Er schloss die Türe nicht hinter sich, nahm seinen Helm ab und ging zielgerichtet auf die Ecke zu, in der Ulrich von Kulm saß. Er wusste genau, wo er ihn finden würde.

Der korpulente Schankwirt schloss diensteifrig die Tür und wieselte ihm hinterher. Mit höflicher Geste rückte er ihm einen Stuhl heran und erkundigte sich, welchen Wein er kredenzen dürfe, er habe die allerbesten Sorten – sogar zwei Krüge thessalischen Wein, der eigens aus Venedig hergebracht worden sei. »Diesen Wein trank schon Alexander der Große«, erklärte er schmeichlerisch und schien im Stillen schon zu berechnen, wie viel er damit verdienen könnte.

»Was trinkst denn du, Ulrich?«, fragte Wilhelm von Landstein freundlich. »Met? Dann bring mir, Schankwirt, auch einen kleinen Krug.«

Der Wirt verzog seine verfetteten Wangen zu einem langen Gesicht. »Einfachen Honigwein?«, fragte er, doch der Burggraf beachtete ihn schon nicht mehr. Ulrich hingegen war wachsam geworden. Er wusste, dass Wilhelm von Landstein sich gewöhnlich nicht in Liebenswürdigkeiten erging. Zumindest nicht, wenn er nicht einen Nutzen daraus schlagen wollte. Was mochte es also bedeuten, dass er ihn so sanftmütig anlächelte?

»Ich sehe, du bist dieser Taverne treu geblieben. Hier also hast du Christian letztes Mal versteckt?«, fuhr der Burggraf leutselig fort.

»Das gehört der Vergangenheit an«, antwortete Ulrich höflich, aber bestimmt. Christian war jener Ritter, den er vor dem Tod bewahrt hatte, indem er seine Unschuld bewies.

»Gewiss, gewiss«, pflichtete Wilhelm von Landstein ihm bei. Er nahm den Metkrug vom Schankwirt entgegen, und sie prosteten einander zu. »Das gehört der Vergangenheit an. Aber weißt du, was interessant ist? Dass der König nicht den geringsten Zorn gegen dich hegt. Dabei hast du einem Gefangenen zur Flucht verholfen, den er persönlich zum Tode verurteilt hatte. Ich meine sogar, er schätzt dich seitdem nur noch mehr. Und meine Tochter nicht minder.«

Ulrich wusste, dass es nun angebracht war, sich wenigstens höflich nach Lucias Wohlergehen zu erkundigen, doch er tat es nicht. Wilhelm von Landstein schwieg und wartete ab. Dabei funkelten seine Augen belustigt, als könnte er die Gedanken des königlichen Prokurators lesen. Der Burggraf war ein kluger Mann, er hatte an einem berühmten Basler Kolleg studiert, und anders als die meisten Magnaten achtete er die Bildung hoch, obwohl er Ritter war. Vermutlich hatte er es sich deshalb nach dem Tod von Ulrichs Frau in den Kopf gesetzt, dass er ihn gern an der Seite seiner Tochter sehen würde. Auf seine etwas berechnende Art hatte er ihn nämlich gern.

Um die Rede auf ein anderes Thema zu lenken, sagte Ulrich mit Stirnrunzeln: »Dieser Auftrag, mit dem mich unser erhabener König diesmal betraut hat, macht mir Sorgen.«

»Ganz unbegründet«, antwortete der Burggraf entschieden. Er nahm noch einen Schluck und schmatzte zufrieden. »Du wirst keinerlei Verantwortung tragen. Ja du wirst noch nicht einmal zum eigentlichen Gefolge der Äbtissin gehören.«

»Warum zum Teufel soll ich dann nach Compostela?«, platzte

es aus Ulrich heraus. Allmählich schwante ihm, dass die Sache komplizierter war als gedacht.

»Vielleicht weil du dich versündigt hast und unser König dir die Möglichkeit geben will, deinen Eigensinn mit einer Wallfahrt abzubüßen«, sagte Wilhelm von Landstein und lachte. Ulrich wusste, dass er ihn nur necken wollte, und deshalb faltete er fromm die Hände und erklärte demütig, das sei natürlich etwas anderes und besänftige seine Seele außerordentlich.

»Ich habe Compostela selbst einmal besucht«, erzählte der Burggraf jovial. »Für einen Christen ist es ein unvergessliches Erlebnis! Ich denke immer noch häufig an diese Reise zurück.«

Ulrich hatte den Burggrafen noch nie dergleichen erzählen hören.

»Meine Tochter hast du ja kennengelernt«, fuhr Wilhelm von Landstein fort. »Sie ähnelt dir in mancherlei Hinsicht. Sie hat einen wahren Dickkopf, und wenn sie sich etwas in den Kopf gesetzt hat, kann man es ihr nicht ausreden. Störrisch wie ein Maulesel … Ich muss ihr wohl allzu begeistert von meiner Pilgerreise zum Apostel Jakobus berichtet haben, jedenfalls hatte es zur Folge, dass Lucia nun ebenfalls Compostela besuchen möchte. Sie hat noch drei andere Mädchen aus den edelsten böhmischen Familien überredet, mit ihr zu reisen. Möglicherweise wird die eine oder andere von ihnen dereinst in den Damianitinnenorden unserer Agnes von Böhmen eintreten … Deshalb hat diese ihr Einverständnis gegeben, dass die Jungfrauen sie begleiten dürfen, unter der Bedingung allerdings, dass sie ein eigenes Geleit erhalten. Schließlich ist es ein sehr weiter Weg, und wer weiß, was alles geschehen könnte. Und unser König hat sie in diesem Ansinnen unterstützt.«

Wilhelm von Landstein verstummte und hob unmerklich die Augenbrauen. Was sollte er auch weiter hinzufügen? Ulrich hatte längst begriffen. So wütend war er lange nicht gewesen.

In diesem Moment ging die Tür auf, und sein Knappe Otto kam in die Gaststube. Er ging direkt auf ihren Tisch zu, machte eine höfliche Verbeugung und begann seinem Herrn begeistert zu berichten, er habe glänzende Neuigkeiten. In der Pilgerschaft, welche die Äbtissin Agnes nach Compostela begleiten werde, befinde sich auch eine Gruppe von Edelfräulein. Die Reise verspreche also weniger langweilig zu werden, als er zunächst befürchtet habe.

II. Kapitel

Bald zeigte sich, dass es mit der Abreise aus Prag doch nicht so dringlich war, wie der Bote behauptet hatte, als er in Nordböhmen den Brief übergab. In vier Tagen erst würde man aufbrechen. Ulrich beschloss, die freie Zeit dafür zu nutzen, so viele Informationen wie möglich über die vor ihnen liegende Wegstrecke zu sammeln. Gleich am nächsten Morgen begab er sich ins Stiftskapitel von Vyšehrad. Im dortigen Skriptorium befanden sich vor allem Glaubenstraktate christlicher Kirchenlehrer, aber auch einige wissenschaftliche Werke. Im Domkapitel der St.-Veits-Kathedrale gab es zwar wesentlich mehr Bücher, aber Ulrich kannte den Vyšehrader Bibliothekar Emmeran von Greifsfeld und schätzte seine etwas steife Gelehrtenart. Wenn ihm jemand helfen konnte, dann er.

Der Bibliothekar nickte bedächtig mit seinem kahlgeschorenen Kopf. »Ihr seid schon der Dritte in kurzer Zeit, der sich für den Jakobsweg interessiert.« Er trug ein braunes Ordenshabit und hatte dunkle Ringe unter den Augen, weil er in der Nacht vor Zahnschmerzen nicht hatte schlafen können. Wenn ihn etwas quälte, sah er noch dünner und knochiger aus, als er ohnehin schon war.

»Das wird wohl daran liegen, dass die edle Äbtissin Agnes sich auf diese Wallfahrt begibt«, entgegnete Ulrich sanft. Doch da verdüsterte sich der Blick des hageren Bibliothekars, und er wies ihn streng darauf hin, die ehrwürdige Agnes sei nicht mehr Äbtissin, sondern nur noch ältere Schwester in Christo. Dann öffnete er eine Truhe und holte daraus vier in helles Schweinsleder gebundene Kodizes hervor.

»Ich habe alles bereitliegen. Könnt Ihr glauben, königlicher Prokurator, dass sich sogar unser Propst hierher in die Bibliothek verirrt hat?« Er bemühte sich gar nicht erst, seine Gehässigkeit zu verbergen. Der Vyšehrader Propst Willibald Odo war von seiner Herkunft Normanne. Zwar lebte er schon seit seiner Jugend in Böhmen, hatte jedoch nie richtig Tschechisch gelernt. Er war ein großer, muskulöser Mann, hatte strahlend blondes Haar, helle Augen und ein streitbares Temperament wie seine wikingischen Vorfahren. Der Bibliothekar war nicht gut auf den Propst zu sprechen, weil Willibald Odo nur ein paar grundlegende christliche Lehrsätze kannte und überzeugt war, damit auszukommen. Durch irgendeine unergründliche Fügung war er Agnes von Böhmens Beichtvater geworden. Er verachtete Gelehrsamkeit und kämpfte lieber mit dem Schwert für den Glauben. Und er verachtete auch Emmeran von Greifsfeld und ließ ihn das merken.

»Ei, so weiß unser Willibald Odo doch tatsächlich, wo sich in seinem Stiftskapitel die Bibliothek befindet!«, sagte Ulrich lachend. Er wusste, wie er den mageren Ordensmann für sich einnehmen konnte.

»Ja. Zuweilen geschehen noch Zeichen und Wunder«, antwortete Emmeran ebenso respektlos. »Damit, dass er hierherfand, war es dann freilich auch schon vorbei. Der erhabene Propst blickte von der Türschwelle aus durch den Raum und wies mich an, ihm nur die allerwichtigsten Dinge auf Pergament zu notieren. Nicht ein einziges Buch hat er aufgeschlagen! Er behauptete, er hätte nicht genug Zeit, um jeden Unfug zu lesen, den irgendwer irgendwann niedergeschrieben habe. Wenn Ihr gesehen hättet, wie er mich dabei angeschaut hat! Er weiß nämlich genau, dass ich derzeit ein Traktat über Leben und Werk des Apostels Jakobus verfasse. Dieser Mann beherrscht die Kunst der Erniedrigung, aber das habt Ihr wohl selbst schon zu spüren bekommen. Es bereitet ihm Freude, obgleich er doch ein Diener Christi ist und unser Bruder sein sollte.«

»Wollt Ihr mir verraten, was Ihr ihm Wichtiges auf Pergament notiert habt, Bruder Bibliothekar?«, fragte Ulrich mit unverhohlenem Interesse.

»Ihr könnt es Euch ansehen, denn er hat es noch nicht abholen lassen«, antwortete der hagere Bibliothekar gallig und zog eine Pergamentrolle aus der Truhe. Er öffnete sie und reichte sie seinem Gast.

Auf dem Pergament stand zu lesen: *Jakobus der Ältere (unter den Jüngern Jesu Christi gab es noch einen anderen Jünger namens Jakobus, der als der Jüngere bezeichnet wird) ist der ältere Bruder des Evangelisten und Apostels Johannes. Er war bei Jesu Erscheinung nach der Auferstehung dabei. Er gehörte zu den erstberufenen Jüngern, verkündete das Evangelium in Spanien und starb als Erster der zwölf Apostel den Märtyrertod in Jerusalem, worauf die Jünger seine sterblichen Überreste auf ein unbemanntes Boot legten und es aufs Meer hinausschickten. Durch Gottes Hand geleitet trieb das Boot bis nach Spanien, wo Fischer es entdeckten, die Jakobus' Leichnam dort begruben, wo sich heute Santiago de Compostela befindet. Wohlgemerkt, Bruder Propst: Der Ort heißt Compostela, nicht Santiago. Nur um sicherzugehen: Santiago ist spanisch für ›heiliger Jakob‹.*

Ulrich rollte das Pergament zusammen, gab es dem Bibliothekar zurück und bemerkte leicht amüsiert: »Ungewöhnlich kurz und bündig, allerdings weiß dies doch jeder Klosternovize.«

»Der Propst hat mich angewiesen, nur das Allerwichtigste zu notieren«, erwiderte Emmeran von Greifsfeld spöttisch, »und das habe ich getan, wie Ihr seht, denn ich habe meine Zweifel, dass dieser wikingische Seeräuber so viel weiß wie ein einfacher Novize. Es wäre ein Wunder, wenn er mein Pergament bis zum Ende durchläse. Aber warum sollte ich mir noch mehr Mühe geben? Schließlich will der Propst, dass ich mit ihm reise, da kann er also jederzeit nachfragen.«

»Ihr reist mit uns nach Compostela? Das ist eine gute Nachricht«, sagte der königliche Prokurator erfreut, doch der knochige Bibliothekar unterbrach ihn meckernd, das sei überhaupt keine gute Nachricht. Er habe einen Haufen Arbeit, sein Zahn schmerze und außerdem sei das Reisen im Sattel nicht seine Sache. Dann verstummte er, als wäre ihm bewusst geworden, dass der königliche Prokurator bestimmt nicht hergekommen war, um sich sein Gejammer anzuhören. Er bekreuzigte sich, wohl um Gedanken zu vertreiben, die sich schlecht mit der Demut eines Ordensbruders vertrugen, und fragte, womit er ihm nun eigentlich dienen könne.

»Ich würde gerne so viel wie möglich über die Wallfahrt nach Compostela erfahren. Und damit meine ich die Route selbst. Denn ich darf mit aller Bescheidenheit behaupten, dass ich über den Apostel Jakobus genug weiß.«

»Und was Ihr nicht über ihn wisst, kann ich euch gerne noch erläutern, denn auf der Reise werden wir sicher genug Zeit zum Unterhalten haben«, bot Emmeran von Greifsfeld ihm versöhnlich an. »Was die Route betrifft, so bedauere ich, nicht viel sagen zu können, denn in keinem unserer Kodizes wird darüber ausführlich berichtet. Lediglich ein Benediktinermönch hat auf dem Vorsatzblatt des Johannes-Evangeliums ein paar Anmerkungen über seine Pilgerreise niedergeschrieben. Sie sind allerdings auf Okzitanisch. Zwar ähnelt keine Sprache der christlichen Welt dem Lateinischen so sehr wie gerade diese, dennoch würdet Ihr vermutlich nicht alles verstehen. Ich könnte Euch den Text übersetzen, aber es würde Euch nicht viel Gewinn bringen, denn dieser Mönch hat pure Belanglosigkeiten notiert: Wo es eine gute Wirtschaft gibt, wo sich eine Furt befindet, wie man die Berge umgehen kann und so fort. Kein Wort darüber, welche Gebete der Pilger sprechen sollte. Zum Glück kenne ich sie alle. Der ehrenwerte Isidor von Sevilla hat ein höchst lehrreiches Traktat über die geistliche Bedeutung der Wallfahrt verfasst. In unserer Bibliothek haben wir es leider nicht zur Verfügung, aber ich kann es fast auswendig. Außerdem …«

»Ich wäre Euch dennoch dankbar, Bruder«, unterbrach Ulrich ihn, »wenn Ihr mir diese Notizen auf dem Vorsatz des Evangeliums übersetzen würdet.«

Emmeran von Greifsfeld nickte und schlug seufzend einen dicken Kodex auf. Auf der Innenseite des Buchdeckels stand in winziger Schrift eine Wegbeschreibung: von Konstanz aus nach Besançon, dann per Schiff über den Doubs und die Rhone bis zum Meer, von dort zu Fuß weiter durch das Gebiet des Languedoc bis nach Toulouse, anschließend über den Fluss Garonne nach Bordeaux und schließlich mit dem Schiff entlang der Meeresküste bis zum Hafen unterhalb von Compostela. Dem Benediktiner nach war diese Route zwar länger als der Landweg, aber wesentlich schneller. Er habe nur etwas über einen Monat gebraucht, da er auf den Flüssen stromabwärts unterwegs gewesen und so zügig vorangekommen sei. Ulrich dankte dem Bibliothekar und ließ sich von ihm den dicken Kodex in die Hand geben. Interessiert betrachtete er den Text und dachte nach.

Die Strecke von Prag bis nach Konstanz kannte er: Von hier war es nicht weit bis zum niederösterreichischen Kloster in Melk. Von dort konnte man auf der Donau nach Sigmaringen gelangen, und dann waren es nur noch ein oder zwei Tagesritte bis zum Bodensee. Allerdings galt dies für den Frühling und den Sommer; jetzt war bereits Oktober, und der Winter rückte näher. Er begriff nicht, warum Agnes von Böhmen just in der Jahreszeit reisen musste, die dem Reisen am abträglichsten war. Aber was auch immer der Grund dafür war – sicher würden sie genau diese Strecke wählen, da sie die bequemste war.

Agnes von Böhmen war immerhin nicht mehr die Jüngste.

Sie musste mindestens fünfzig Jahre alt sein, wenngleich sie jünger wirkte. Sie war schlank und fortwährend in Bewegung, denn sie pflegte den Leitsatz des heiligen Gregor zu zitieren, Müßiggang sei die Mutter der Sünde. Sie hatte zwar das Prinzip der Entsagung übernommen, wie es der heilige Franziskus von Assisi gepredigt hatte, aber deswegen würde sie wohl kaum einen Weg wählen, der unbequem war, zumal die Reise dadurch länger dauern und sie entsprechend später zum Grab des heiligen Jakobus gelangen würden. Ulrich vermutete, dass Agnes von Böhmen die Weihnachtstage in Compostela begehen wollte. Vielleicht war das auch der Grund dafür, dass sie so bald aufbrechen wollte.

Der hagere Bibliothekar hatte die Hände in den Ärmeln seiner Ordenstracht verborgen und beobachtete ihn ruhig. Was für ein Christ einer war, äußerte sich für ihn darin, wie er mit Büchern umging. Ulrich von Kulm wendete die Blätter achtsam und mit angemessener Ehrfurcht um. Fast ebenso behutsam wie Emmeran selbst.

Als Ulrich gerade sorgfältig den Kodex schloss und mit der Metallspange vor dem selbsttätigen Aufspringen sicherte, hörte man das Quietschen der Türangeln. Der Propst von Vyšehrad erschien in der Bibliothek. Überrascht blickte er Ulrich von Kulm an und brummte: »So, Ihr hier? Was tut Ihr hier? Es heißt, Ihr seid ein äußert gelehrter Mann, königlicher Prokurator. Aber so ganz weit her, wie die Leute denken, kann es dann doch nicht sein mit Eurer Gelehrsamkeit. Sonst müsstet Ihr nicht in den Büchern nachsehen, sondern hättet alles im Kopf.«

»Meine Gelehrtheit lässt sich gewiss nicht mit Eurer vergleichen, ehrwürdiger Propst«, antwortete Ulrich, ohne mit der Wimper zu zucken. »Ihr müsst keine Bücher zu Rate ziehen.«

»Hier habe ich die Anmerkungen für Euch vorbereitet«, unterbrach Emmeran von Greifsfeld hastig und reichte dem Propst die Pergamentrolle. Dieser öffnete sie sogleich, überflog die Zeilen und stöhnte, weshalb das denn so viel sei. Er warf noch einen Blick durch die dämmrige Bibliothek, segnete die beiden und ging davon.

»Habt Ihr das gehört? Und so jemand nennt sich Propst des Vyšehrader Kollegiatstifts! Als König Vratislav es gründete, sollte es ein Sitz kirchlicher Gelehrsamkeit sein«, ächzte der Bibliothekar gequält. »Jetzt schicken sie Ordensleute hierher, deren einziges Verdienst darin besteht, aus einer vornehmen Familie zu stammen, ansonsten sind sie Faulenzer und Dummköpfe. Aber glaubt nicht, edler Herr, es sei andernorts besser. Die Kirche verkommt zusehends. Und an allem sind die Bettelorden schuld. Sie halten ein Leben in Armut, Dreck und Unbildung für den einzig richtigen Weg zum Heil. Wohin soll das nur führen?«

»Nun, es macht nicht den Eindruck, als habe Willibald Odo viel mit Armut im Sinn«, bemerkte Ulrich ironisch.

»Das nicht. Umso mehr jedoch mit Unbildung. Aber gut, was kann man von einem Nachfahren von Seeräubern auch erwarten? Die Normannen haben einst unser Gehöft am Rhein niedergebrannt und fast meine ganze Sippe ermordet.«

Ulrich neigte höflich seinen Kopf und faltete die Hände, um anzudeuten, dass er für das Heil der verstorbenen Seelen bete. Im Stillen rechnete er jedoch schnell nach. Die Geschehnisse, von denen der hagere Bibliothekar berichtete, lagen mindestens zweihundert Jahre zurück. Er musste seinen Propst wahrhaftig hassen!

Otto hatte von seinem Herrn keinen spezifischen Auftrag erhalten, und so kam er auf die Idee, sich seinerseits ein wenig über die geplante Reise kundig zu machen. Ihn interessierte am meisten, welche Jungfrauen mitreisen würden. Vielleicht sollte er einmal im Palas des Burggrafen auf der Prager Burg bei Lucia vorsprechen? Vor nicht allzu langer Zeit hatte er ihr das Leben gerettet, wenngleich sie davon überzeugt war, das Verdienst gebühre vor allem seinem Herrn. Trotzdem schenkte sie ihm immer ein Lächeln, wenn sie einander begegneten. Allerdings erschien es ihm taktisch ungünstig, sie ausgerechnet jetzt zu befragen, denn sie könnte hinterher über ihn spotten, dass er sich vor der heiligen Wallfahrt nur für Weibsbilder interessiere. Lucia konnte sehr spitz sein, und Otto vermochte sich nur schwer vorzustellen, dass sie eines Tages eine demütige Ehefrau oder gar Ordensschwester werden könnte.

Er schlenderte über die breite Straße in Richtung Altstädter Ring und überlegte, wie er am ehesten an Informationen gelangen könnte. Er kam zu dem Schluss, am verlässlichsten sei es wie immer, sich an die besten Kennerinnen der Materie zu wenden, nämlich an die herrschaftlichen Ammen und Köchinnen. Und so wusste er bereits vor Mittag die Namen der drei Edelfräulein, die zu Lucias Jungfrauengefolge gehören würden.

Johanna von Blatna kannte er noch nicht, und er konnte sich auch nicht erinnern, sie je am königlichen Hofe gesehen oder etwas über sie gehört zu haben. Auch an Katharina von Gutstein konnte er sich nur vage erinnern, da er sie länger nicht gesehen hatte. Er wusste allerdings, dass einer seiner Freunde, Michael Kekule von Stradonitz, um sie warb. Was er sich freilich nicht so recht vorstellen konnte, denn er kannte kaum einen scheueren und unbeholfeneren Ritter, wenn es um Mädchen ging. Der dritte Name indessen bereitete ihm ein wenig Sorgen.

Zdena Berken von Bürgstein gehörte zur weitverzweigten Familie derer von Dauba. Im Frühling, nach einem üppigen Festmahl in Leipa, war er ihr wesentlich nähergekommen, als es sich nach Kirchenmeinung ziemte. Seither hatte er sie zwar nicht wiedergesehen, doch Otto war sich nicht sicher, wie Zdena auf ihn reagieren würde. Er war zwar in jener Nacht nicht ihr erster

Liebhaber gewesen, und als sie am Morgen auseinandergingen, hatten sie einander nichts weiter versprochen – das musste jedoch nichts heißen. Mit den Edelfräulein war die Sache komplizierter als mit den einfachen Mädchen, denn für sie schien oft auch das Unausgesprochene zu gelten. Wie sollte sich da einer auskennen!

Am günstigsten wäre es, wenn irgendein Ritter aus Nordböhmen um Zdena Berken freien würde; dann hätte sie vielleicht anderes im Kopf, und alles wäre in bester Ordnung. Doch seines Wissens hatte Zdena keinen Brautwerber, denn das wäre ihm bestimmt zu Ohren gekommen. Er wunderte sich darüber, war sie doch hübsch und obendrein wohlhabend. Ihm wurde etwas mulmig, wenn er daran dachte, welche Komplikationen ihre gemeinsame Reise mit sich bringen könnte – zumal wenn sich am Ende noch Agnes von Böhmen einmischen würde. Deren zweite Leidenschaft neben ihrer Frömmigkeit war es nämlich, die Vermählung von Töchtern aus vornehmer Familie zu arrangieren.

Als Otto mit seinen Befürchtungen bis hierhin gelangt war, sagte er sich plötzlich: Was soll's? Ich habe schon Schlimmeres überstanden. Warum in Verteidigungsposition gehen, wo doch der Feind noch nicht einmal vor den Mauern steht? Er wusste nun, was er tun würde. Es wäre ganz unsinnig, Zdena aus dem Weg zu gehen. Lieber würde er bei der erstbesten Gelegenheit das Gespräch unter vier Augen mit ihr suchen, denn es erschien ihm redlicher, gleich zu Beginn klarzustellen, dass das, was zwischen ihnen vorgefallen war, zu Ende war. Oder noch besser: erst gar nicht begonnen hatte. Besser riskierte er gleich einen Streit, als später vorwurfsvolle Blicke oder gar verliebte Seufzer und Tränen ertragen zu müssen. Seine Freunde beneideten ihn oft um seine Erfolge bei den Mädchen – wenn sie nur wüssten, wie viel Mühe es bedeutete, sie anschließend in allen Ehren wieder loszuwerden!

»Seid Ihr der Knappe Otto von Zastrizl?«, riss eine forsche Stimme ihn aus seinen Gedanken. Der Mann war von recht kleiner Statur, hatte ein scharf geschnittenes Gesicht und sprach Deutsch. Er war jedoch ganz offenkundig kein Deutscher, denn er hatte einen unüberhörbaren fremdländischen Akzent. Otto war so in Gedanken versunken gewesen, dass er ihn gar nicht bemerkt hatte, dabei war er ihm wohl schon länger gefolgt. Er hatte einen dunklen Teint, trug das Panzerhemd eines Kriegers und über den Schultern einen schwarzen Mantel. Ein Schwert war nicht zu sehen, doch an seinem Gürtel hing ein Dolch mit einem wunderbar ziselierten Griff, der mit braunen Topasen besetzt war.

»Zu Euren Diensten«, sagte Otto mit einer höflichen Verbeugung und wartete gespannt ab. »Kennen wir uns?«

»Ihr seid mir wohlbekannt. Ein erwachsener Mann und doch weiterhin Knappe, ist das nicht etwas Seltsames?«, sagte der Fremde lächelnd. »Ich wüsste, wie Ihr das ändern könntet.«

»Und wenn ich es nicht ändern möchte?«

»Nur Heilige wollen in Armut leben. Und Ihr seid keiner, wie mir zu Ohren gekommen ist. Würden wir sämtliche Schenken der Altstadt zusammen aufsuchen, würde sich wohl mindestens die Hälfte der dortigen Kellnerinnen an Euch erinnern. Eine anständige Leistung, wahrhaftig!«

»Ihr übertreibt«, sagte Otto lachend. Er war neugierig, was diese Begegnung bedeutete, und blieb deshalb ebenfalls freundlich. »So viele Kellnerinnen sind es nicht. Höchstens in jeder vierten Schenke würde man sich an mich erinnern. Alles andere ist üble Nachrede.«

»Solchen Neigungen zu frönen kostet Geld. Wie würde Euch das hier gefallen?«, fragte der Fremde. Er griff in seinen schwarzen Mantel und holte einen prall gefüllten kleinen Beutel hervor. Dann fasste er nach Ottos Hand und drückte den Beutel hinein. Waren darin wirklich Denare, mussten es mindestens zehn Schock sein. So viel verdiente Otto im ganzen Jahr nicht.

Der Knappe verzog das Gesicht. »Das ist ganz unnötig«, sagte er. »Ich muss mir die Kellnerinnen nicht kaufen, und so brauche ich auch keine Silberlinge. Vor allem keine fremden.«

»Geld kann man immer gebrauchen! Schließlich steht Euch eine lange Reise bevor. Wenn Ihr Euch erst einmal auf dem Gebiet des französischen Königs befindet, werdet Ihr staunen, was die Schneider dort Prachtvolles vollbringen. Und aus welchen Stoffen! Auf den Märkten werdet Ihr gar nicht wissen, wohin Ihr Euren Blick zuerst wenden sollt. Maurische Waffen, byzantinische Duftöle, Spitzen aus Venedig ... Gönnt Euch ein wenig Prunk! Das Leben ist zu kurz, um zu darben, edler Herr von Zastrizl.« Der Fremde verneigte sich mit ernster Miene, trat einen Schritt zurück und fügte noch hinzu: »Dankt mir nicht, vielleicht werden wir einander ja noch einmal begegnen.« Er ließ den Beutel in Ottos Hand, drehte sich um und eilte in Richtung der Judit-Brücke davon.

»He! So wartet doch!«, schrie der völlig überrumpelte Otto und rannte ihm hinterher. Er konnte ihn gerade noch am Mantelsaum fassen und wollte ihm das Geld zurückgeben, doch der Fremde verschränkte die Arme vor der Brust und sagte in tadelndem Ton: »Wir wollen doch hier auf der Straße nicht miteinander rangeln wie zwei Markthändler. Lasst mich freundlichst los! Solltet Ihr so unklug sein und etwa diesen schieläugigen Büttel dort hinten um Hilfe rufen, der uns schon von weitem beobachtet, dann werde ich abstreiten, dass dies mein Geld ist. Ich wünsche eine glückliche Reise nach Compostela!« Dann riss er Otto den Saum seines Mantels aus der Hand und eilte weiter in Richtung Fluss.

III. Kapitel

Jakob de Vries, der Komtur des Tempelordens in der Provinz Böhmen, stammte aus Flandern. Er war ein gedrungener Mann mittleren Alters mit markanten Gesichtszügen: blauen Augen, einer breiten, etwas platten Nase und einem schmalen, strengen Mund, den ein gepflegter rötlicher Bart umgab. Auch sein Haar, das ihm üppig gelockt bis auf die Schultern fiel, war rot. Er trug das Gewand seines Ordens mit dem roten Kreuz auf der Brust und dem grauen Umhang. In demütiger Haltung kniete er vor Agnes von Böhmen, doch seine Miene drückte Groll aus.

»Verzeih mir, ältere Schwester Agnes, aber ich kann dir nicht beipflichten. Ich leite die ganze Pilgerschaft und trage die Verantwortung für die Sicherheit aller. Deshalb bin ich entschieden dagegen, dass dieser Mann mit uns reist. Ulrich von Kulm hat keinen guten Leumund. Er missachtet die kirchlichen Sakramente, legt die Dogmen für sich aus, wie es ihm gerade passt, und unlängst hat er gar dem König die Stirn geboten. Wenn er als Büßer im einfachen Gewande mitreiste, würde ich nichts sagen. Aber warum als Ritter?«

»Halt ein!« Agnes von Böhmen streckte ihm müde ihre gepflegte weiße Hand entgegen. Aus Gründen der Demut trug sie ein schlichtes, grobleinenes Gewand, an ihrem Finger aber glänzte ein prächtiger goldener Ring. Sie mochte die Vorsteherin eines Ordens armer Damianitinnen sein, doch sie war auch die Tochter eines böhmischen Königs.

»Deine Einwände sind zwecklos, Komtur. Die Teilnahme des Herrn Ulrich von Kulm beruht auf der Entscheidung unseres Herrschers. Anders als du betrachtet Přemysl Ottokar den

Verwalter Nordböhmens als seinen getreuen Diener. Und dass Ulrich von Kulm kein guter Christ sein soll, das bezweifle wiederum ich. Ich wage sogar zu behaupten, es gäbe in der Kirche weniger Laster, wenn alle Geistlichen so anständig wären wie er.«

»So?«, spottete der Komtur. »Warum leitet dann nicht er das ganze Unterfangen? Er scheint ja ein Ausbund an christlichen Tugenden zu sein. Wenn er auch lediglich mit Tinte und Federkiel für Christus kämpft, während ich im Heiligen Land zehn Jahre im Krieg gegen die Ungläubigen Blut vergossen habe ...«

»Niemand verkennt deine Verdienste. Und Gott würdigt sie und wird dich dafür belohnen, wenn die Zeit gekommen ist. Bedenke aber, dass auch Stolz eine Sünde ist. Die Muselmanen hast du bekämpft, um Christi Grab zu befreien – oder trägst du nur deshalb das Schwert, um dich über andere Gläubige zu erheben? Wer nicht mit dem Schwert regiert, ist keineswegs schlechter. Der König hat Ulrich von Kulms Teilnahme beschlossen. Er wird mit uns reisen und sich um das Gefolge der vier ehrbaren Jungfrauen kümmern. Wenn du über die Untugenden des Herrn von Kulm so gut Bescheid weißt, dann weißt du sicher auch, dass er seit einiger Zeit der Tochter des Burggrafen nahesteht. Deshalb wurde er ausgewählt, das Edelfräulein Lucia zu begleiten. Und nun genug davon!«

»Meinetwegen. Ich bin ein demütiger Diener der Kirche und gehorche«, erwiderte der Komtur mit sichtlicher Überwindung und blickte zu Boden. »Aber da gibt es noch etwas, ältere Schwester. Etwas Ernsteres!«

»Dann sprich.«

»Reisen wir wirklich nur nach Compostela, um den Apostel Jakobus zu ehren? Aus Akkon habe ich einen Brief von unserem erhabenen Großmeister erhalten. Im Namen des ganzen Tempelordens bittet er mich, dich zu fragen, ob unsere Reise womöglich mit dem Tod des Grafen Rainald von Châtillon zusammenhänge.«

Agnes von Böhmens Miene blieb unbewegt, doch in ihren Augen blitzte es. Sie war sichtlich verstimmt, antwortete ihm jedoch mit ruhiger Stimme: »Lieber Komtur, eben hast du deine Zweifel am aufrichtigen Glauben des Herrn Ulrich von Kulm geäußert. Aber sei versichert, dass er meine frommen Absichten nicht im Mindesten in Frage stellen würde. Sein Glaube ist fest. Warum also zweifelt dein Großmeister an meinen Absichten? Welchen Grund hat er dafür? Hegte ich auch nur den geringsten niederen Groll in meinem Herzen, könnte ich antworten, dass *ich* nicht dabei war, als die Ungläubigen Jerusalem eroberten – der Orden deines Großmeisters hingegen schon. Du kannst gehen!«

Jakob de Vries erhob sich, zitternd vor Wut.

Die Pilger sollten ihre lange Reise zwar erst am Montag nach dem Tag des heiligen Gallus antreten, doch Ulrich von Kulm und sein Knappe Otto brachen schon am Samstag von Prag auf. Das hatte einen einfachen Grund: Es hatte sich herausgestellt, dass ein Teil der Pilgerschaft die Prager Burg bereits verlassen hatte. Die Burggrafentochter Lucia hatte Agnes von Böhmen ausrichten lassen, dass sie und die anderen Jungfern auf der väterlichen Burg Landstein auf sie warten würden, da ja die Reise ohnehin dort vorbeiführen würde. Zusammen mit ihnen waren auch ein paar Ritter vorausgeritten. Wie Ulrich schnell verstanden hatte, schien außer dem böhmischen König niemand auf seine Teilnahme an der Wallfahrt erpicht zu sein, und so war es wohl gleichgültig, ob er alleine loszog oder mit den anderen.

»Als ich dann auch noch gehört habe, dass der Prager Bischof vor der Abreise am Montag eine feierliche Messe für die Pilger abhalten will«, erklärte er seinem Knappen, »habe ich mir gesagt, wir brechen lieber sofort auf.«

»Ich hätte ebenso entschieden«, pflichtete Otto ihm bei. Sie ritten im Galopp über den breiten Handelspfad in Richtung Beneschau. Es war ein herrlicher Herbsttag. Die Sonne wärmte die Luft, und entlang des Wegs leuchtete das bunte Laub der dichten Wälder. »Was verpassen wir schon in Prag? Die Gesellschaft tugendhafter Jungfrauen ist gewiss angenehmer als die der tugendhaften Kleriker. Auf Burg Landstein sind wir besser dran.«

»Deine Überlegung weist einige Schwachpunkte auf«, antwortete Ulrich lachend. Seitdem sie das Stadttor passiert und die dunklen Mauern der Prager Altstadt hinter sich gelassen hatten, fühlte er sich gelöster. Er liebte das weite, offene Land. »Erst einmal gibt es nämlich keine tugendhaften Kleriker. Zweitens ist auch keine Jungfrau, mit der du verkehrst, tugendhaft. Ergo ist es einerlei, in welcher Gesellschaft wir uns bewegen. Und drittens reiten wir nicht nach Landstein.«

»Ihr werdet mir noch sagen, dass wir gar nicht nach Compostela reiten«, seufzte der Knappe. »Euch zu dienen, mein Herr, ist wirklich nicht einfach.«

»Falls du auf das Angebot jenes seltsamen Fremden anspielst, so werde ich deinem Glück nicht im Wege stehen«, frotzelte der königliche Prokurator.

Otto hatte ihm natürlich von der merkwürdigen Begegnung in der Prager Altstadt erzählt. Auch hatte er den Beutel mit den Silberlingen seinem Herrn aushändigen wollen, doch Ulrich von Kulm hatte abgelehnt und dabei das Sprichwort zitiert, töricht sei, wer gebe, noch törichter aber, wer nicht nehme. Das Geld habe Otto erhalten, ohne dafür etwas versprechen zu müssen, so solle er es also auch behalten, zumindest einstweilen – wer wusste, wozu es noch gut sein konnte.

»Ihr würdet mich also seelenruhig aus Euren Diensten entlassen?«, fragte Otto entrüstet. Er wusste zwar, dass sein Herr ihn nur neckte, dennoch konnte er eine leichte Verstimmung nicht verbergen.

»Du erwartest doch hoffentlich nicht, dass ich nun aufzuzählen beginne, weshalb ich auf deine Dienste nicht verzichten kann«, antwortete Ulrich versöhnlich und straffte die Zügel, um sein Pferd zu verlangsamen, denn nach einer Biegung des Weges ging es nun steiler bergauf.

»Das könnt Ihr sehr gerne tun. So etwas hört man immer gerne. Irgendwie müssen wir uns ja die Zeit vertreiben. Übrigens ... wohin reiten wir nun eigentlich, wenn nicht nach Landstein?«

»Wir reiten nach Landstein, machen jedoch noch einen Umweg. Ich hätte also in der Tat genügend Zeit, um deine guten Eigenschaften aufzuzählen. Allerdings auch deine schlechten. Diese Liste ist nämlich wesentlich länger. Und weißt du, womit wir beginnen könnten? Mit Zdena Berken von Bürgstein.«

»Wie habt Ihr davon erfahren?«, brummte Otto missmutig.

»Mein lieber Otto, bin ich denn nicht königlicher Prokurator? Nach Meinung unseres gnädigen Herrschers sogar der beste im Lande. So versteht es sich von selbst, dass ich von eurem Techtelmechtel weiß.«

»Nun, es verhält sich so, mein Herr«, erklärte der Knappe scheinbar demütig, doch in seinen Augen funkelte es belustigt, denn auch er amüsierte sich ausgezeichnet. »Ihr seid ein bekannter Ermittler, ich ein bekannter Liebhaber. Nach Meinung vieler Mädchen der beste im Lande. So versteht es sich von selbst, dass sie sich für mich interessiert hat ...« Gerade noch rechtzeitig konnte er dem Knuff ausweichen, den Ulrich von Kulm ihm versetzen wollte. Und da sie gerade das Ende der Steigung erreicht hatten, schnalzte er laut und preschte in vollem Galopp davon.

Die Nacht verbrachten sie in einem Gasthaus in Olbramowitz, um am folgenden Tag kurz nach Mittag Mühlhausen zu erreichen. Es war zwar Sonntag, doch der Vorsteher des Prämonstratenserklosters war sofort bereit, sie zu empfangen. Abt Quido war ein junger Mann mit einem sanftmütigen Gesicht. Ulrich hatte ihm einmal aus einer misslichen Lage geholfen, als Quido noch ein einfacher Ordensbruder gewesen war, doch bisher hatte der Abt noch keine Gelegenheit gehabt, sich ihm erkenntlich zu zeigen. Nun ließ er Ulrich lächelnd in seinem prunkvollen Kaminzimmer Platz nehmen und bot ihm einen hervorragenden Burgunderwein an, den er von seinem Mutterkonvent in Prémontré mitgebracht hatte.

»Ich beginne gleich mit einer Bitte an dich«, sagte Ulrich, nachdem sie miteinander angestoßen hatten. »Ich werde Agnes von Böhmen nach Compostela begleiten.«

Abt Quido nickte. »Ich habe von ihren Wallfahrtsplänen gehört«, sagte er. »Um ehrlich zu sein, bin ich darüber etwas betrübt, denn als ich diesen Sommer in Prag war, hatte sie mir versprochen, die Weihnachtstage in unserem Kloster zu verbringen. Wir bräuchten nämlich dringend Geld für die Instandsetzung der Marienkirche. Und sicher hätte sie den König dazu bewegen können, uns auszuhelfen. Aber wem erzähle ich das, du kennst das ja selbst ... Nun, da lässt sich nichts machen, vielleicht besucht uns die ehrwürdige Äbtissin ja ein andermal.«

»Habt ihr hier im Kloster einen Bruder, der sowohl Französisch als auch Okzitanisch spricht? Und womöglich gar Spanisch?«

»Wir haben hier gleich zwei Klosterbrüder, die aus Südfrankreich stammen. Sie können sich mit Sicherheit auf Okzitanisch verständigen. Aber auf Spanisch? ... Ich werde einmal nachfragen. Wolltest du einen von ihnen mitnehmen?«

»So ist es. Es geht allerdings nicht nur ums Dolmetschen. Es sollte ein tugendhafter und vertrauenswürdiger Mann sein. Das heißt ... er müsste nicht einmal besonders männlich sein, Hauptsache, tugendhaft.«

»Alle meine Brüder sind tugendhaft«, antwortete der Abt mit einem Augenzwinkern. »Schwebt Euch eine bestimmte Form von Tugendhaftigkeit vor?«

»Nun, sagen wir, Unmäßigkeit, Hochmut, Geiz und bis zu einem gewissen Grade auch Dummheit wären noch verzeihlich, doch er sollte das sechste Gebot einhalten und im Beisein von Frauen keine sündigen Gedanken hegen, geschweige denn in die Tat umsetzen. Ich möchte, dass er während der Reise dem Gefolge der vier ehrbaren Jungfrauen als Beichtvater dient.«

»Ich verstehe gut, dass du diese Aufgabe nicht deinem Knappen anvertrauen willst ... Einer der beiden Brüder, die ich vorhin erwähnt habe, würde sich hervorragend eignen. Dass er keine sündigen Gedanken haben wird, kann ich nicht garantieren. Aber dass er sie auch umsetzt, das schließe ich mit ruhigem Gewissen aus, denn er ist nicht in der Lage dazu, falls du verstehst, was ich meine. Er hat früher eine Verletzung erlitten, und so fehlt ihm das Wesentliche dafür. Er hat hier im Kloster den Ordensnamen Hyacinthus angenommen und ist ein sehr guter Mann. Aber ich bitte dich, befrage ihn nicht nach seiner Vergangenheit. Meines Wissens wurden seine Eltern im Languedoc von der Inquisition verbrannt, weil sie den Waldensern angehörten. Deshalb spricht er auch so gut Okzitanisch, es ist seine Muttersprache. Aber trotz allem, was er als Kind erleben musste, ist er ein tiefgläubiger Mensch. Er lebt schon seit ein paar Jahren in unserem Kloster. Ich werde ihn gleich rufen.«

Bruder Hyacinthus gefiel Ulrich gut. Er war ein ansehnlicher, groß gewachsener Mann von etwa vierzig Jahren, der trotz jener körperlichen Unzulänglichkeit, von der der Abt gesprochen hatte, mit einer schönen tiefen Stimme sprach. In seinem Blick lag allerdings eine mädchenhafte Sensibilität, und überhaupt schien er von zartem Gemüt, denn so männlich er auf den ersten Blick wirkte, so schnell erschrak er bei jedem etwas lauteren Geräusch. Insgesamt machte er einen sehr aufmerksamen und zuvorkommenden Eindruck, sodass das Reisen mit ihm wohl keinerlei Schwierigkeiten bereiten würde. Als er sich angehört hatte, worum es ging, senkte er bescheiden den Kopf und erklärte leise, er werde Gott überall dienen, wo es dem Orden, dem er sich angeschlossen habe, nützlich sei. Und er werde alles tun, um den Bruder Abt zufriedenzustellen.

Ulrich zierte sich eine Weile, die Einladung des Abtes anzunehmen, in Mühlhausen zu übernachten, doch schließlich ließ er sich erweichen, als Quido ernst bemerkte: »Es schickt sich nicht, am Tage des Herrn zu reisen. Zudem muss Bruder Hyacinthus noch von den anderen Brüdern Abschied nehmen und zur Beichte gehen. Und der Schaffer muss ihm eine kleine Wegzehrung, ein wenig Geld, Wechselkleidung, einen Essnapf und Ähnliches zusammenstellen. Wie könnte ich, ein Diener Gottes, unseren Schaffer zwingen, die göttlichen Gebote zu missachten und am Sonntag zu arbeiten? Außerdem ... ich habe dich sehr lange nicht gesehen. Denkst du, ich lasse dich so schnell gehen, damit du wieder für viele Jahre verschwindest? Kommt nicht in Frage! Ich lasse uns ein paar Speisen zubereiten, und wir werden heute Abend ein wenig zusammensitzen.«

»Und das am Tage des Herrn?«, erwiderte Ulrich amüsiert.

»Einen Abend lang deinen weisen Worten zu lauschen ist fast das Gleiche, wie den Tag mit der Lektüre frommer Bücher zu beenden«, antwortete der Abt lächelnd. Dann bekreuzigte er sich schnell und fügte hinzu, Gott werde ihm solche Worte sicher vergeben, habe er sie doch mit den reinsten Absichten geäußert. Dann bot er Ulrich an, noch ein wenig auszuruhen, bevor man am Abend wieder zusammenkomme. Er rief den Prior herbei und bat ihn, Ulrich von Kulm und seinen Knappen im Gästehospital unterzubringen.

Doch auch am nächsten Tag blieben sie noch im Kloster Mühlhausen. Abt Quido hatte Ulrich in die Klosterbibliothek geführt und ihm stolz die vier großen Regale gezeigt, in denen dicht gedrängt dicke, in Leder gebundene Kodizes standen. Ursprünglich wollte Ulrich nur aus Höflichkeit einen kurzen Blick in das Skriptorium werfen, doch dann öffnete er eine Schrift des Isidor von Sevilla und las sich darin fest. Nach einer Weile brachte ihm der freundliche Bibliothekar einen weiteren Kodex, der einen Kommentar zum Evangelium des heiligen Johannes enthielt, sowie eine umfangreiche historische Abhandlung des früheren Abtes Gerlach über die Ereignisse, die sich vor hundert Jahren in den böhmischen Ländern zugetragen hatten. Fasziniert blätterte er durch die großen, mit einer kunstvollen Schrift bedeckten Pergamentblätter, und auf einmal war es Nachmittag.

»Wir reisen doch erst morgen ab«, erklärte Ulrich seinem Knappen etwas schuldbewusst. »Ich habe völlig die Zeit vergessen.«

»Seht Ihr, auch Euch kann das passieren, mein Herr. Wenn ich mich ab und an verspäte, dann werde ich zurechtgewiesen wie ein kleiner Junge …«

»Mein lieber Otto, mich haben Bücher die Zeit vergessen lassen, während du dich wegen Frauenröcken verspätest, und zwar nicht nur ab und an. Das ist doch wohl ein Unterschied, oder?«

»Mag sein. Fragt sich nur, welcher Grund der angenehmere ist … Ich hoffe jedenfalls, die Bücher werden Euch nicht auch morgen noch hier festhalten? Ich bin vor Langeweile nämlich fast umgekommen, habe ich doch den halben Tag mit Bruder Hyacinthus verbracht und noch nie einen faderen Gesellen erlebt. Wisst Ihr, es ist nicht so, dass mir die Jungfrauen, vor allem die frommen, so furchtbar am Herzen lägen, aber diesen Bruder Hyacinthus wünsche ich ihnen wirklich nicht an den

Hals. Die arme Lucia ... Zum Glück wird sie ja auf dieser Reise auch Euch an ihrer Seite haben!«

»Noch ein Wort, und ich werde Hyacinthus *dir* zum Geleit geben, mein Lieber! Ich meinte es nur gut mit dir, und da kommst du mit solchen Boshaftigkeiten ... Über Lucia möchte ich keine Scherze hören, damit das klar ist. Ich hätte dir wohl besser eine Beschäftigung geben sollen; Müßiggang schadet dir, da denkst du bloß an Dummheiten. Nächstes Mal gebe ich dir eine Aufgabe, merk dir das!« Ulrich hob drohend den Zeigefinger. Im Stillen musterte er seinen Knappen genau. Er hatte ihm nichts von der körperlichen Versehrtheit des Prämonstratensers erzählt, da er es nicht wichtig gefunden hatte. Seiner Ansicht nach war Bruder Hyacinthus nicht langweiliger als andere Ordensleute, aber offenbar hatte Otto mit seinem sechsten Sinn gespürt, dass etwas mit ihm nicht stimmte, und bewahrte deshalb eine Distanz zu ihm.

»So viel Boshaftes habe ich nun auch wieder nicht gesagt, dass Ihr mir gleich drohen müsst«, widersprach Otto unbekümmert. »Zufälligerweise war ich nämlich gar nicht müßig. Ich habe über unsere Reise nachgedacht. Wisst Ihr, was sonderbar ist? Alle verhalten sich so, als wollten sie uns gar nicht dabeihaben. Die einzige Ausnahme bildet unser erhabener König. Aber selbst seine Tante Agnes wirkte wenig erfreut, obwohl wir doch zu ihrem Schutz mitkommen. Sie ist Euch sehr reserviert begegnet. Was hat das zu bedeuten?«

»Sie ist auch sonst kein Mensch von großer Herzlichkeit. Aber etwas anderes beschäftigt mich mehr. Ich habe das Gefühl, sie unternimmt diese Reise nicht wirklich aus frommen Gründen, sondern aus anderen, die ich bisher noch nicht durchschaue. Vor drei Monaten erst hatte sie dem Abt zugesagt, hier in Mühlhausen die Weihnachtstage zu begehen. Und plötzlich besinnt sie sich anders und möchte eine Wallfahrt nach Compostela machen. So eine Entscheidung trifft man doch nicht von einem Moment auf den nächsten. Wenn sie eine Pilgerreise machen will, warum dann so eilig, warum müssen wir noch so kurz vor dem Winter aufbrechen? Jeder andere vernünftige Pilger würde auf den Frühling warten, zumal der Gedenktag des Apostels Jakobus immer erst im Sommer gefeiert wird. Das ist die eigentliche Zeit, in der die Wallfahrer nach Compostela kommen. Ich weiß das aus der Abhandlung des Isidor von Sevilla, die hier in der Bibliothek steht. Ich habe meine Zeit also auch nicht ganz vergeudet, wie du siehst.«

»Wie schade, dass Ihr nicht auch in irgendeinem Kodex die Antwort darauf gefunden habt, weshalb jemand, wenn nicht aus Gründen der Frömmigkeit, nach Compostela reisen sollte. Das würde uns weitere Untersuchungen erleichtern, mein Herr«, bemerkte der Knappe. Er bemühte sich um einen scherzhaften Ton, verspürte aber eine gewisse Verunsicherung – ein Gefühl, das ihn nicht häufig heimsuchte.

»Wer redet hier von Untersuchungen? Es ist schließlich kein Verbrechen geschehen. Bis dato zumindest ... Außerdem dachte ich, du suchst deine Antworten lieber woanders als in Büchern. Vielleicht kannst du ja im Gefolge der Jungfrauen etwas herausfinden. Das ist deine Gelegenheit! Zdena Berken von Bürgstein ist ein sehr scharfsinniges Mädchen.«

»Wer kommt hier mit Boshaftigkeiten?«, murmelte Otto vor sich hin, aber Ulrich hatte ihn gehört.

Lächelnd fügte er hinzu: »Und die Gelegenheit hast du schon bald. Ich habe mit Abt Quido gesprochen: Wir reisen morgen nach der Frühmesse weiter.«

IV. Kapitel

Über Nacht war das Wetter umgeschlagen. Der Himmel war grau verhangen, es nieselte, und ein starker Wind zog auf. Die Bäume, die gestern noch in bunten Herbstfarben geleuchtet hatten, waren auf einmal fast kahl, und der Wind jagte das feuchte Laub über die Erde. Bruder Hyacinthus saß auf einem kleinen braunen Pferd und zog ein zweites, wesentlich größeres hinter sich her, das mit Vorräten bepackt war. Sie ritten durch die hügelige Landschaft Richtung Moldau, von wo sie dem Gmünder Handelsweg folgen wollten, der sie nach Landstein führen würde. Da wegen des schönen Wetters am Vortag die Wege noch nicht verschlammt waren, kamen sie gut voran. Noch vor Sonnenuntergang erreichten sie Sobieslau, wo sie die Furt durch den Fluss nahmen, und am Abend des darauffolgenden Tages gelangten sie an ihr Ziel.

Ulrich war noch nie auf Burg Landstein gewesen, hatte aber oft gehört, es sei die festeste Burg entlang der österreichischen Grenze. Und als sie aus dem Wald herausritten und sich vor ihnen die Ebene öffnete, verstand er, warum sie in der Ritterschaft einen so großartigen Ruf hatte. Hoch über ihren Köpfen ragten auf einem Felsen zwei mächtige eckige Türme auf, die mit einem stattlichen Palas verbunden waren. Sie mussten zunächst die weitläufige Vorburg passieren und auf einer hölzernen Brücke den Felsgraben überqueren, um zum ersten Tor zu gelangen. Dahinter wand sich unterhalb der Ringmauer ein schmaler Pfad am Rande eines Felsabhangs bis hinauf zum zweiten Tor. Die Wächter ließen sie passieren, und so ritten sie unter einem unverputzten steinernen Gewölbe hinweg in den Burghof hinein.

Ein etwas grimmig dreinschauender Knecht nahm ihnen die Pferde ab, und gleich darauf eilte ein Mann herbei, der ein Schwert am Gürtel trug sowie einen Kittel mit dem Wappen der Rose auf der Brust, das zeigte, dass er in den Diensten derer von Landstein stand. Er verneigte sich und bat Ulrich von Kulm, ihm zu folgen, die Herrschaften würden ihn schon ungeduldig erwarten. Otto fertigte er hingegen mit der Bemerkung ab, er solle sich so lange um das Gepäck kümmern und es ins Schlafgemach im Palas bringen. Er rief eine pausbäckige Magd herbei, die ihm den Weg zeigen sollte. Anschließend solle sie den Knappen und den Prämonstratenserbruder ins Gesindehaus führen und ihnen ihre Schlafplätze zeigen.

Otto wandte sich verärgert seinem Herrn zu, doch dieser zuckte mit den Schultern und flüsterte ihm beschwichtigend zu: »Wir sind hier nur Gäste. Wir können nicht gleich Befehle erteilen. Aber keine Angst, ich werde dafür sorgen, dass du bei mir bleiben kannst. Ins Gesindehaus brauchst du nicht zu ziehen.«

Der Burgvogt begleitete Ulrich die steinerne Rampe zu einem kleineren Portal hinauf, durch das man den Palas betrat. Sie durchquerten den dunklen Eingangssaal und gelangten über eine hölzerne Treppe ins Obergeschoss. Dort befand sich der große Rittersaal, der den ganzen ersten Stock einnahm. Am fernen Ende des Raumes befand sich ein großer Kamin, und dort hatten einige Männer und Frauen es sich in Sesseln bequem gemacht. Als Ulrich in den Saal trat und der Vogt förmlich seinen Namen meldete, verstummte die Gesellschaft und wandte ihm ihre Köpfe zu.

Ulrich erkannte sogleich Lucia unter ihnen. Sie hatte ein blaues Kleid mit silbernen Stickereien an, und ihr blondes Haar war nach Knabenart kurz geschnitten. Sie war schlank, und es stand ihr sehr gut. Neben ihr saß Jost von Landstein, ihr Bruder, den er bereits kannte. Auch ein anderer Ritter kam ihm bekannt vor, doch konnte er sich auf die Schnelle nicht an seinen Namen erinnern. Dann waren dort noch drei Mädchen, die er leicht einordnen konnte. Sie gehörten zu dem Jungfrauengefolge, das Agnes von Böhmen auf ihrer Pilgerreise begleiten sollte. Der ältere, etwas schäbig aussehende Geistliche war sicherlich der Burgkaplan. Nur das letzte Mitglied der Runde wusste er nicht einzuordnen. Es war ein großer, südländisch wirkender Mann, der einen grünen Brokatmantel ohne Wappen trug. Sein glatt rasiertes Gesicht hatte einen schmeichlerischen Ausdruck, den nur die ausdruckslosen blauen Augen etwas abschwächten.

Bei Ulrich von Kulms Erscheinen war Lucia aufgesprungen und ihm entgegengelaufen. Das war an und für sich schon mehr, als die höfischen Sitten erlaubten. Doch die Tochter Wilhelms von Landstein hatte sich nie darum gekümmert, was man durfte oder nicht. Sie liebte es, zu provozieren und gerade das zu tun, was ihr verboten war. Sie fasste Ulrich vertraulich bei der Hand und führte ihn zu der Gesellschaft am Kamin. Ein knisterndes Feuer aus großen Buchenscheiten verbreitete eine angenehme Wärme. Auf einem kleinen Tisch neben den Sesseln standen Becher und zwei Krüge mit rotem Wein.

»Nun, wie gefällt dir Landstein?«, fragte Lucia eifrig.

»Ich muss zugeben, es ist wirklich beeindruckend«, antwortete er höflich. »In Nordböhmen haben wir keine vergleichbare Burg.«

»Siehst du, sie könnte dein sein, hättest du mich nicht zurückgewiesen«, bemerkte Lucia vorwurfsvoll. Obwohl sie es mit leiser Stimme sagte, hatte ihr Bruder Jost sie gehört. Er lachte auf, erhob sich und flüsterte Ulrich, während er ihn zur Begrüßung umarmte, zu: »Glaubt ihr kein Wort, königlicher Prokurator. Nach dem Tod unseres Vaters werde ich die Burg erben. Lucia erhält lediglich eine kleine Burg in der Nähe von Zlabings. Und etwas Geld. Aber dennoch ist sie natürlich eine vermögende Braut. Und ich hätte nichts gegen Euch als Schwager einzuwenden. Aber gerade weil ich Euch schätze, wünsche ich Euch unsere Lucia nicht zur Frau – selbst wenn sie als Mitgift Burg Landstein erhielte!«

»Was tuschelst du da mit ihm?«, fragte Lucia ihren Bruder argwöhnisch.

»Oh, nichts.« Er zuckte fröhlich die Schultern und zwinkerte Ulrich zu. »Ich habe dem Herrn Prokurator nur versichert, was für eine großartige Partie du wärst.« Dann schenkte er ihm Wein ein und stieß mit ihm an.

Der Burgvogt mit dem Rosenwappen auf der Brust übernahm die Pflichten des Herolds und stellte dem Herrn von Kulm die restlichen Edelleute vor.

Die jungen Frauen gehörten tatsächlich zu Lucias Gefolge. Der so bieder wirkende Geistliche war der Burgkaplan Wolf. Der andere Ritter hieß Peter und war ein Neffe des Woko von Purschitz, der sich seit einiger Zeit nach seiner neuen Burg von Rosenberg nannte. Den Mann im grünen Brokatmantel hob sich der Vogt bis zum Schluss auf. Er holte tief Luft und verkündete feierlich: »Und dieser Edelmann ist Kardinal Tiberius von Mantua, Gesandter des römischen Papstes.«

Der Kardinal erhob sich gravitätisch aus seinem Sessel, und erst jetzt bemerkte Ulrich, dass er auf dem Kopf eine kleine Tonsur trug, die seine Priesterweihe bezeugte. Tiberius von Mantua hob eine gepflegte weiße Hand und segnete ihn mit einer salbungsvollen Bewegung. Seine schmalen Lippen waren jedoch leicht zusammengekniffen. Offenbar hatte sich das Gespräch gerade um etwas gedreht, was ihm nicht behagte.

Und wie zur Bestätigung von Ulrichs Gedanken sagte Jost von Landstein, nachdem sie sich wieder gesetzt hatten: »Ihr seid doch der beste Richter im Königreich. Vielleicht kann Eure Einschätzung unseren Streit entscheiden: Wie urteilt Ihr über ein Geständnis, das mittels peinlicher Befragung gewonnen wurde?«

»Es gibt viele Arten, einen Verbrecher zu überführen«, antwortete Ulrich vorsichtig. »Einige Ermittler setzen dabei auf Folter, ich persönlich verlasse mich lieber auf Logik und Verstand. Ich maße mir nicht an, ich sei der beste Richter in unserem Königreich, aber ich halte meinen Weg der Wahrheitssuche für den christlicheren.« Da Ulrich nicht wusste, was den Anlass zu dem Streit gegeben hatte, wagte er sich in Anwesenheit eines päpstlichen Gesandten lieber nicht weiter hinaus.

Jost von Landstein sah Tiberius von Mantua triumphierend an und sagte: »Hört Ihr, Eure Eminenz?«

»Den königlichen Prokurator entschuldigt, dass er den Gegenstand unseres Streites nicht kennt«, antwortete der Kardinal zugeknöpft. »Wir reden hier nicht von irdischem Recht, edler Herr, sondern von der Bekämpfung der Ketzerei! Nur zum Schutz der Christenheit hat der Heilige Vater vor zwei Jahren den Inquisitoren erlaubt, die peinliche Befragung anzuwenden. Den Ketzern kann man nicht mit Logik kommen. In ihren Seelen steckt der Teufel, den es auszutreiben gilt. Und zwar mit glühendem Eisen und scharfem Schwert!«

»Das mag sein«, antwortete Jost von Landstein, der nicht so schnell klein beigab. Als ältester Sohn für die Laufbahn des Ritters bestimmt, hatte er trotzdem eine tiefgehende Bildung genossen, wie übrigens auch die anderen Mitglieder seiner Familie. »Doch wie könnt Ihr die peinliche Befragung anwenden, wenn Ihr zu Beginn des Verhörs noch gar nicht wisst, ob vor Euch ein Ketzer steht? Die Tortur sollte erst dann zum Einsatz kommen, wenn die Schuld des Betreffenden außer Frage steht.«

»Vor dem Inquisitionstribunal stehen nur Ketzer. Jeder, den die Inquisition beschuldigt, ist ohne jeden Zweifel schuldig!«

»Aber was ist, wenn doch einmal einer unschuldig ist? Das könnte doch vorkommen?«

»Falls dergleichen vorkommen sollte – was ich freilich ausschließe, denn die Inquisition handelt im Auftrag des Heiligen Vaters und dieser ist unfehlbar –, so gälte, was der heilige Columban gesagt hat, als er ein Dorf voller Heiden auszurotten befahl. Einer der Soldaten zögerte, aus Sorge, er könnte bei dem Gemetzel auch einen ehrbaren Menschen umbringen. Darauf riet ihm Columban, keine Angst zu haben, Gott werde sich gewiss der Seelen der Verstorbenen annehmen und Unschuldige als Märtyrer auf seinen Thron holen.«

Jost von Landstein grinste spöttisch, doch bevor er etwas darauf erwidern konnte, stand der Kardinal wütend auf: »Ich gehe schlafen! Ich habe Eure Gastfreundschaft sehr gerne genossen und möchte deshalb keinen weiteren Streit heraufbeschwören. Aber glaubt mir, edler Herr, Ketzer muss man hart angehen! Unkraut muss samt Wurzel ausgerottet werden. Ich bin in jungen Jahren im Languedoc gewesen und habe die Waldenser bekämpft. Und lieber noch hätte ich Wölfen die Kehle aufgeschlitzt, als mit diesen widerlichen französischen Ketzern zu tun zu haben ... Gott schenke Euch eine gute Nacht!«

Damit drehte er sich um und marschierte hinaus.

»Warum musstest du ihn herausfordern?«, fragte Lucia ihren Bruder verstimmt. Sie trank den letzten Schluck aus ihrem Becher und gähnte.

»Warum? Er behauptet hier vor uns so harmlos, wie sehr er unsere Gastfreundschaft schätze, und dabei hat er am Nachmittag erst unseren Kaplan ausgehorcht, wie wir es in unserem Herrschaftsgebiet mit den Ketzern hielten.«

Der Kaplan wollte protestieren, doch Jost fuhr ihn an, er solle den Gesandten nur nicht verteidigen, er habe vor der offenen Kapellentür gestanden und es mit eigenen Ohren gehört. Kalt fuhr er fort: »Wir werden die Inquisition nicht nach Böhmen lassen, das merke dir! Weißt du überhaupt, worum es im Languedoc ging? Mitnichten um den Glauben! Der französische König wollte den Grafen von Toulouse demütigen und die gesamte Region unter seine Krone bringen. Er ließ Frauen und Kinder ermorden und wird dafür nun der Heilige Ludwig genannt.«

»Das ist eine viel zu schlichte Sichtweise. Du kannst doch nicht abstreiten, dass es dem französischen König um den christlichen Glauben geht!«, warf Peter von Rosenberg ein. »Wie viele Jahre kämpft er nicht schon im Heiligen Land aufopferungsvoll darum, das Grab Christi zu befreien?«

»Er ist diesen Sommer zurückgekommen«, mischte Ulrich sich ein. Über die Inquisition dachte er ebenso wie Jost von Landstein, und auch wenn ihn dieser Streit nichts anging, wollte er Lucias Bruder gerne unterstützen. »Allerdings ohne Erfolg – die Muselmanen haben ihn besiegt. Ludwigs Absichten waren sicherlich fromm, trotzdem hat Gott seinen Waffen keinen Sieg vergönnt.«

»Wie könnt Ihr so sprechen?«, ereiferte sich Peter von Rosenberg.

Ulrich lächelte. »Ich wollte nur darauf hinweisen, dass fromme Absichten allein noch kein gerechtes Handeln bedeuten. Der französische König hatte sicher die gute Absicht, Christi Grab zu befreien. Und vielleicht standen ja ebenso fromme Absichten hinter seinem Entschluss, die Ketzer in Südfrankreich zu unterdrücken. Versteht Ihr, worauf ich hinauswill?«

»Nur allzu gut.« Der junge Rosenberg schlug mit der Faust auf den Tisch, sprang auf und ging grußlos davon.

»Das hast du gut gemacht, dass er nun beleidigt verschwunden ist«, sagte Lucia zufrieden. »Denn er ist ein langweiliger und aufgeblasener Dummkopf. Endlich hat er einmal Widerworte bekommen. Kannst du dir vorstellen, dass sich diese drei den ganzen Abend lang nur über törichtes Zeug gestritten haben? Und das in Gesellschaft vornehmer Mädchen! Ritter sollten sich bemüßigt fühlen, sie zu unterhalten, statt herumzuräsonieren.«

Jost von Landstein erhob sich, und in seinen Augen funkelte es vergnügt.

»Auch ich gehöre offensichtlich zu den Rittern, die nach Ansicht meiner Schwester nicht wissen, worüber man in Gesellschaft edler Jungfrauen redet. Ihr seid in dieser Hinsicht bestimmt versierter, deshalb lasse ich Euch mit ihnen allein, damit sie endlich in den Genuss der gebotenen Höflichkeit kommen. Ich habe mich den Tag über schon genug damit beschäftigen müssen. Gute Nacht!«

Ulrich verzog das Gesicht. Doch was konnte er anderes tun, als zu bleiben? Schnell bat er den Kaplan, seinen Knappen dazuzuholen, und so lange bemühte er sich etwas steif, die vier Edelfräulein zu unterhalten, doch es fiel ihm nicht leicht. Endlich tauchte Otto auf der Treppe auf. Der Burgkaplan war nicht mit zurückgekommen.

Otto steuerte auf die Gruppe am Kamin zu, verbeugte sich artig vor jedem der Mädchen und nahm erst dann Platz. Er blickte in ihre Gesichter und erklärte unvermittelt, so als habe er die gerade beendete Diskussion mitverfolgt: »Wusstet ihr, dass man im Languedoc nicht nur für Ketzerei verbrannt wurde, sondern auch für unkeusches Verhalten?«

»Warum erzählst du uns das?«, zischte Zdena Berken von Bürgstein ihn an. Ihre finstere Miene verriet deutlich, dass sie von seiner Anwesenheit nicht eben begeistert war. »Du willst uns wohl bescheiden andeuten, dass du, hättest du in Südfrankreich gelebt, längst ein Häuflein Asche wärst?«

Der Knappe ließ sich nicht provozieren. Er hob seinen Becher, trank bedächtig einen Schluck Wein und schmatzte zufrieden. Dann erst antwortete er mit einem vielsagenden Grinsen: »Ich hätte mich genauer ausdrücken sollen. Für Unkeuschheit wurden gewöhnlich beide verbrannt – der Mann und auch seine Geliebte. Es heißt, die Unglücklichen hätten sich auf dem Scheiterhaufen oft bis an ihr Ende umarmt.«

»Woher weißt du das?«, fragte Lucia betroffen. Das Gesprächsthema schien ihr sichtlich nicht zu behagen.

»Der Prämonstratenser, der mit uns hergeritten ist, hat es mir erzählt. Er stammt von dort«, antwortete Otto mit ernster Miene. »Wenn ich also auf jenen Streit zurückkommen darf, den ihr zuvor geführt habt, so möchte auch ich keine Inquisition hier haben. Was diese vergnatzten Sittenwächter als Unkeuschheit bezeichnen, würde ich persönlich Liebe nennen. Und wer kann sich sicher sein, dass man ihn nicht schon deswegen einen Ketzer heißt?«

»Früher warst du amüsanter«, bemerkte Zdena. Sie gähnte demonstrativ und erklärte dann, auch sie werde jetzt lieber schlafen gehen. Die anderen beiden Mädchen verließen gemeinsam mit ihr den Saal. Otto sah ihnen hinterher und stellte erfreut fest, dass Katharina von Gutstein, um deren Hand sein Freund Michael Kekule von Stradonitz warb, zu einer äußerst hübschen jungen Frau herangewachsen war. Und dass sie sich verstohlen nach ihm umblickte, als sie den Saal verließ. Es stellte augenblicklich seine gute Laune wieder her.

»Und du, Otto? Magst du nicht auch schlafen gehen?«, fragte Lucia nachdrücklich. Es war nicht zu überhören, dass sie ihn in diesem Moment als überflüssig empfand und dass Ulrich von Kulm ihr an diesem Abend als Gesellschafter völlig ausreichen würde.

Otto warf seinem Herrn einen schnellen Blick zu. Ulrich hatte die Augenbrauen zusammengezogen und war ganz offensichtlich nicht in scherzhafter Stimmung. Anders als Lucia fand er, dass sein Knappe sich genau am richtigen Ort befand. Ihm war nämlich nicht nach Süßholzraspeln. Als sie vor ein paar Monaten in Prag Abschied voneinander genommen hatten, hatten sie sich klar darüber ausgesprochen, dass sie beide nicht zueinander passen würden. Es hatte sich nichts zwischen ihnen ereignet, und so gab es auch nichts zum Fortsetzen. Trotzdem war ihm nicht geheuer, dass Lucia so dringend mit ihm allein sein wollte. In Herzensangelegenheiten hielten oft nicht einmal die Ritter ihr Wort – wie sollte er es da von einem Edelfräulein erwarten?

Otto gähnte lautstark, und Lucias Augen blitzten zufrieden auf. »Ich würde ja durchaus schon schlafen gehen«, begann der Knappe in bekümmertem Tonfall, »doch als Ritter darf ich Euch nicht alleine lassen, edle Jungfer Lucia. Mein Herr muss Euch nämlich verlassen, wartet doch in seinem Schlafgemach ein Mann auf ihn. Er ist erst vorhin angekommen, kurz bevor das Tor schloss, und behauptet, er müsse dringend mit dem königlichen Prokurator sprechen.«

»O nein, dir gehe ich nicht auf den Leim«, brauste Lucia auf. »Du bist ein jämmerlicher Lügner, Otto! Und falls du deinen Herrn decken solltest, so bist du ein zweifacher Lügner.«

Der Knappe zuckte mit den Achseln. »So kommt mit und überzeugt Euch selbst. Das heißt … falls Ihr nicht fürchtet, der Gesandte des Papstes könnte davon erfahren. Die Tochter Wilhelms von Landstein, die im Dunkeln zwei Rittern ins Schlafgemach folgt … eine haarige Angelegenheit. Selbst hundert Vaterunser könnten das nicht wiedergutmachen!«

»Du bist ein dreifacher Lügner! Du glaubst doch nicht wirklich, dass ich auf all diesen Unfug hereinfalle?«, sagte Lucia aufgebracht. Sie trank ihren Wein aus und stand auf. Alle drei stiegen die Treppe hinauf in den oberen Stock, wo sich die Schlafkammern der vornehmen Gesellschaft befanden.

»Das war ein bisschen sehr durchsichtig«, murmelte Ulrich seinem Knappen leise zu, sodass Lucia es nicht hören konnte.

»Wollt Ihr lieber, dass ich Euch mit ihr allein lasse?«, fragte Otto unschuldig.

»Unterstehe dich!«

Lucia blieb vor der Tür stehen, hinter der sich das Ulrich zugewiesene Schlafgemach befand, und legte ihre Hand auf den

Riegel. Sie blickte Otto streng an und sagte verächtlich: »Ich hätte dich für schlauer gehalten!« Dann öffnete sie mit einem Ruck die Tür.

Auf einem niedrigen Schemel am Fenster saß ein älterer Mann in einem staubbedeckten Mantel und hielt einen Wanderstab in der Hand. Sein Kinn war unrasiert und voller grauer Bartstoppeln. Er erhob sich und wandte sich an Ulrich: »Seid Ihr der Verwalter Nordböhmens? Ich muss Euch sofort sprechen. Aber es ist vertraulich und muss unter vier Augen geschehen!«

Otto verneigte sich förmlich vor Lucia und bot ihr den Arm, um sie wieder hinunter in den Saal zu begleiten. Lucia warf ihm einen vernichtenden Blick zu, doch sie nahm seinen Arm an. Sie zog ihn durch den Flur und zischte dabei: »Ich habe mich den ganzen Abend lang derart gelangweilt, dass ich jetzt nicht schlafen gehen möchte. Zur Strafe für den Streich, den du mir gerade gespielt hast, wirst nun du mich unterhalten müssen. Und wenn du nicht amüsant genug bist, werde ich so Schlimmes über dich berichten, dass keine anständige Jungfer mehr mit dir reden wird.«

»Bislang hat sich noch keine über mich beschwert«, versetzte Otto frech. »Aber solltet Ihr tatsächlich so Schlimmes über mich verbreiten, so werde ich wohl auch das überleben. Die anständigen Jungfern interessieren mich sowieso nicht. Und die Übrigen kennen mich ohnedies schon genauer und werden Euch deshalb nicht glauben.«

Lucia lachte auf. Sie hatte sich nie besonders um höfische Konventionen gekümmert, und das war wohl ein weiterer Grund dafür, warum sie noch nicht verheiratet war. Ihre Eltern liebten sie, und die Mutter hatte ihr zugesichert, dass sie ihren Bräutigam selbst wählen dürfe. »Weißt du, was seltsam ist?«, sagte sie jetzt. »Jeder Knappe ähnelt ein wenig seinem Herrn. Nur bei euch ist es nicht im Geringsten so. Schade, dass Herr Ulrich immer so ernst ist.«

Sie kehrten in den großen Saal zurück und setzten sich wieder an den Kamin. Otto goss Wein in zwei Becher und reichte Lucia einen davon. Dann erklärte er: »Ich kann Euch darin nicht zustimmen. In Wahrheit bin ich ebenso scheu wie mein Herr. Und insgeheim ebenso ernst. Nur habe ich im Unterschied zu ihm gelernt, meine Scheu im Beisein holder Mädchen zu überwinden. Denn ich achte die Verpflichtung eines Ritters, die Edelfräulein zu unterhalten, wie Ihr richtig bemerkt habt, Jungfer Lucia. Im Grunde mache ich mein Leben lang nichts anderes, als dieser Verpflichtung nachzukommen.«

»In diesem Fall möchte ich dir raten, dass du während unserer Wallfahrt von der Erfüllung dieser ritterlichen Pflicht Abstand nimmst. Du solltest deine Scheu also diesmal nicht überwinden, sondern meinen Begleiterinnen gegenüber ebenso zurückhaltend sein wie dein Herr mir gegenüber, verstanden?«

»Nur um sicherzugehen, was Ihr genau damit meint«, antwortete Otto mit einer komisch begriffsstutzigen Miene. »Wollt Ihr mir damit andeuten, ich soll ihnen aus dem Weg gehen? Dagegen habe ich im Grunde nichts. Doch in diesem Falle deutet bitte dasselbige auch der edlen Zdena Berken von Bürgstein an. Ich gehe Eurem tugendhaften Gefolge aus dem Wege – und sie wiederum lässt mich in Ruhe.«

»Solcherlei Handel schließe ich nicht ab«, sagte sie lachend. »Was du dir eingebrockt hast, musst du auch auslöffeln.« Ganz offenkundig wusste sie von der sündigen Nacht der beiden. Sie hatte ihre gute Laune wiedergewonnen, trank ihren Becher leer, ließ sich erneut nachschenken und bat ihn dann zu erzählen, was er und sein Herr in den letzten Wochen erlebt hätten. Otto kam ihrer Bitte nach, blickte jedoch hin und wieder verstohlen zur Treppe. Er hätte zu gern gewusst, was der fremde Reisende von seinem Herrn wollte, doch Ulrich von Kulm tauchte nicht wieder auf.

Mit Lucia ließ sich angenehm plaudern, und sie erhoben sich erst, als schon fast zur Mitternacht geblasen wurde. Sie hatten beide recht viel getrunken, und als sie sich verabschiedeten, gab Lucia ihm einen freundschaftlichen Gutenachtkuss. Dabei fügte sie hinzu, sie habe sich noch gar nicht richtig bei ihm dafür bedankt, dass er ihr im Frühling das Leben gerettet habe, und vielleicht könne sie sich während der Reise nach Compostela erkenntlich zeigen.

Auf dem Weg zum Gesindehaus dachte Otto finster, wie schlecht sich doch alles für ihn anließ. Sein Herr würde zwar immer zu ihm halten, wenn es um Mädchen ging, und ihn notfalls auch vor dem Weg zum Altar bewahren. Doch es gab eine Ausnahme: Wenn Ulrich von Kulm selbst in der Patsche saß, würde er Lucia wohl ohne Weiteres Otto aufhalsen.

Er überquerte die Brücke und ging durch die stille Vorburg bis zu dem Gebäude, in dem die Dienerschaft schlief. Ein Huhn torkelte ihm verschlafen in den Weg, und er wollte ihm schon einen Tritt verpassen, doch es hüpfte rechtzeitig mit vorwurfsvollem Gegacker zur Seite.

V. Kapitel

Otto wachte früh auf. Nicht die Neugier darauf, was der Unbekannte von seinem Herrn gewollt hatte, weckte ihn, sondern die Tatsache, dass er im Gesindehaus schlafen musste. Die ganze Nacht über waren Geschnarche, Hüsteln, Knarren, Getuschel, Kichern, Fluchen und Schritte zu hören gewesen. Hätte er ein Bild für das christliche Fegefeuer finden müssen – an diesem Morgen hätte er gewusst, wie es aussah: wie das Gesindehaus auf Burg Landstein.

Draußen wusch er sich an einem Steintrog das Gesicht, dann eilte er hinauf zum oberen Tor. Er traf seinen Herrn in dessen Gemach an – friedlich schlafend. Mit Ottos Hereinkommen öffnete Ulrich von Kulm langsam die Augen, räkelte sich und äußerte seine Verwunderung darüber, dass schon Morgen sei. Er habe wie benommen geschlafen. Hätte Otto seinen Herrn jemals erwürgen wollen, dann wohl in diesem Moment. Der Tag hatte überhaupt lausig begonnen.

»Warum bist du heute Nacht nicht hierhergekommen?«, fragte Ulrich und deutete in die Ecke, wo sich ein niedriges Schlaflager mit einer Decke befand. »Ich habe es eigens für dich herbringen lassen, aber du bist nicht aufgetaucht.«

»Ich wollte Euch nicht stören«, antwortete sein Knappe und strich sich verlegen die Haare zurecht.

»Etwa wegen dieses Fremden? Aber der wollte doch nicht bei mir schlafen! Er ist noch in der Nacht wieder aufgebrochen. Ich nehme an, Lucia war eine angenehmere Gesellschaft als ich, hm?«

»Wir haben uns im Rittersaal unterhalten«, versetzte Otto

knapp. Die vielsagenden Blicke seines Herrn gefielen ihm kein bisschen. Am liebsten hätte er wohl gehört, dass Otto die Nacht mit Lucia verbracht hatte. Und obwohl er es ursprünglich nicht vorgehabt hatte, fügte er nun provozierend hinzu: »Ich wollte Euch nicht stören, für den Fall, dass Jungfer Lucia Euch besuchen wollte. Sie hat den ganzen Abend lang nur von Euch geredet.«

Ulrich sah seinen Knappen mit argwöhnisch zusammengezogenen Brauen an. Dann nickte er, als hätte er begriffen, und verkündete, zur Strafe für diese Lüge werde Otto sich den ganzen Tag lang Lucia widmen müssen. Lachend fügte er hinzu: »Man sollte nicht meinen, was so ein einziges trotziges Fräulein für Scherereien bereiten kann. Und dabei ist es bei mir nur eine, während es bei dir gleich eine ganze Schar ist! Du tust mir wirklich leid. Aber genug gespaßt. Nachher beginnt die Messe, und ich hoffe, du bist immer noch der Assistent des königlichen Prokurators und daran interessiert, was sich gestern Abend hier in meinem Schlafgemach zugetragen hat.«

Otto nickte. »Deshalb bin ich hier ...« Er hatte zwar noch ein paar Scherze im Kopf, mit der er seine vorherige Äußerung hätte würzen können, aber er begriff, dass dies nicht der richtige Zeitpunkt war. Er öffnete die Truhe und half seinem Herrn beim Anziehen. Dabei lauschte er neugierig seinen Worten.

»Der Unbekannte mit dem staubigen Mantel und dem Wanderstab, der gestern hier auf mich gewartet hat, ist ein Edelmann, wenn er vielleicht auch nicht so aussah«, begann Ulrich. »Er erzählte, er komme aus Compostela und sei ein Höfling des kastilischen Königs Alfons X. Damit dir die Zusammenhänge klar sind: Der König von Kastilien ist ein Cousin unseres Přemysl Ottokar. Er sagte, er bringe einen Brief für Äbtissin Agnes. Er wollte ihn ihr in Prag übergeben, doch sie war bereits abgereist, sie hätten sich knapp verpasst. Der Burggraf Wilhelm von Landstein habe ihm darauf empfohlen, schnell hierherzureiten. Er sei dann ohne Pause geritten und habe nur einmal das Pferd gewechselt.«

»Warum wendet er sich aber an Euch?«

»Nun, zum einen ist wohl mein Ruhm bis nach Kastilien vorgedrungen«, antwortete Ulrich scherzend, »zum anderen hat Wilhelm von Landstein es ihm angeraten. Er hat ihm offenbar gesagt, ich sei Agnes von Böhmens rechte Hand und er könne mit mir ebenso vertraulich sprechen wie mit ihr. Er hat mir also den Brief übergeben und schließlich noch eine recht lange mündliche Botschaft ausgerichtet. Bedauerlich, dass der Brief versiegelt ist …«

»Dürfte ich ihn einmal haben?«, fragte Otto und nahm ihn in die Hand. Dann bemerkte er mit ernster Miene: »Ich habe den Eindruck, mein Herr, dass sich hier das Siegel ein wenig gelöst hat. Es könnte abfallen. Wie wäre es, wenn ich das wieder in Ordnung bringe? Ich entferne es vorsichtig und klebe es dann wieder richtig auf.«

Ulrich nickte. »Gewiss, das wird das Beste sein«, antwortete er. »Wie lange brauchst du wohl dazu?«

»Nun, eine Weile dauert es schon …«

»Dann warten wir damit bis nach der Messe. Oder vielleicht bis heute Nachmittag, wenn es einen ruhigen Moment gibt.«

»Sagt mir, mein Herr, was hat Euch dieser kastilische Ritter noch erzählt?«

»Wir reden später darüber, wenn du das Siegel in Ordnung gebracht hast«, sagte Ulrich lächelnd und trat aus der Tür seines Gemachs.

Die Burgkapelle war nicht besonders groß. Sie befand sich im kleineren der beiden Türme. Auf einer Tribüne wartete die Herrschaft, darunter standen Gesinde und Burgmannen. Alle drängten sich dicht aneinander, und trotzdem passten nicht alle hinein, manche mussten an der Tür stehen bleiben oder sahen vom erhöhten Laubengang aus in die Kapelle. Aller Blicke waren auf die Apsis mit dem steinernen Altartisch gerichtet. Die Messe würde Kardinal Tiberius von Mantua höchstpersönlich abhalten. Vom Morgengrauen an war Kaplan Wolf durch die Burg gelaufen und hatte allen verzückt erklärt, der Gottesdienst eines Gesandten des Papstes verheiße noch größere göttliche Gnade als die Messe eines gewöhnlichen Priesters. Möglicherweise werde er den Sündern gar am Schluss den Ablass erteilen, weshalb keiner die Messe verpassen solle. Die Burgkapelle war noch nie so voll gewesen. Gewöhnlich fanden die meisten Bediensteten einen triftigen Grund, sich vor der Messe zu drücken, doch heute war es anders. Hätte ein Feind die Burg in diesem Moment überfallen wollen, hätte er die Tore mühelos selbst öffnen können.

Um die Messe möglichst feierlich zu gestalten, hatte Kaplan Wolf Bruder Hyacinthus gebeten, mit ihm am Altar zu assistieren. Zu seiner Überraschung hatte der Prämonstratenser dies jedoch brüsk abgelehnt, mit dem Argument, er habe noch nicht die höheren Weihen erhalten und sei deshalb nicht dazu befugt. Ulrich bekam ihren Wortwechsel mit und war insgeheim davon überzeugt, dass der Ordensbruder log. Seine Haare waren zur Tonsur geschoren, und diese bezeugte sehr wohl seine Weihe.

Der Kaplan von Landstein hatte sich mit der Begründung des Prämonstratensers zufriedengegeben, nicht aber der Kardinal. Ihn anzulügen maßte sich Bruder Hyacinthus jedoch nicht an, und so stand er schließlich doch am Altar. Von allen drei Kirchenmännern hatte er die schönste Gesangsstimme, und beim *Te Deum* stellte sein tönendes Timbre alle anderen in den Schatten. Ulrich bemerkte amüsiert, dass Kardinal Tiberius von Mantua beim kraftvollen Gesang des Prämonstratensers die Stirn runzelte. Bestimmt bereute er im Nachhinein, dass er den Ordensbruder zur Konzelebration am Altar genötigt hatte.

Nach der Messe segnete der Kardinal die Gemeinde und verkündete, dass Seine Heiligkeit der Papst ihm erlaubt habe, Ablass zu erteilen, und dies werde er in einer der nächsten Messen tun, sobald Ihre Ehrwürden Agnes von Böhmen auf der Burg angelangt sei. Als die Scharen von Bediensteten hinausströmten, war auf vielen Gesichtern Enttäuschung zu lesen.

Noch in der Kapelle wurde Bruder Hyacinthus von einigen Mägden umringt, die ihn drängten, ihnen noch etwas vorzusingen; sie würden ihm dafür nach ihrer Arbeit gerne ihre Zeit widmen. In den Blicken mancher von ihnen war die Sehnsucht nach mehr als nur dem Gesang zu erkennen. Der Prämonstratenser bekam einen hochroten Kopf und versuchte sich unbeholfen und stotternd aus ihrer Umringung zu befreien. Schließlich kam ihm Zdena Berken von Bürgstein zu Hilfe, die gerade mit den anderen Herrschaften die kleine Steintreppe von der Tribüne herabstieg. Sie befahl den Mägden herrisch, ihrer Wege zu gehen. Der Ordensbruder atmete schon auf, doch ehe er ihr noch danken konnte, ergriff Zdena seine Hand und lobte ihrerseits seine schöne Stimme. Verlegen begann er wieder etwas zu stammeln, doch sie beachtete es gar nicht, sondern forderte ihn auf, am Abend in den Rittersaal zu kommen, wo sie und die anderen Jungfrauen ihm gerne ein wenig zuhören würden. Er verneigte sich verwirrt, stolperte dabei über die Schwelle des Kapelleneingangs und wäre fast lang hingeschlagen.

Lucia, die dies alles beobachtet hatte, ließ ihr klangvolles Lachen ertönen – um sich gleich darauf die Hand vor den Mund zu schlagen, als Peter von Rosenberg sie mit strengem Blick darauf aufmerksam machte, sie befinde sich immer noch im Hause des Herrn. Lucia ließ sich jedoch die gute Laune nicht verderben. Sie fasste Katharina von Gutstein um die Schulter und bemerkte vergnügt: »Hast du den Bruder gesehen? Er wusste vor Verlegenheit nicht ein noch aus. Fast so wie dein Verlobter …«

»Michael Kekule von Stradonitz ist nicht mein Verlobter«, widersprach Katharina sofort. Dann seufzte sie und fügte hinzu, aber vielleicht werde er es ja eines Tages sein. Ihrer Meinung nach sei Michael freilich noch schüchterner als dieser Ordensmann – obwohl er als Ritter eigentlich keinen Grund dazu habe. Otto stand hinter ihnen und pflichtete ihr im Stillen bei. Er beugte den Kopf, um durch das gewölbte Steinportal auf den hölzernen Laubengang hinauszutreten. Der Himmel war immer noch bewölkt, aber es war wieder ein bisschen milder geworden.

Vor der Kapelle verkündete Jost von Landstein den Gästen fröhlich, gerade habe ihm der Jäger die Nachricht überbracht, die Treiber hätten nicht weit von hier einen Hirsch aufgespürt und ihn im Wald eingekreist. Der Stallmeister habe auf seine Anweisung bereits die Pferde gesattelt und sie könnten sogleich zur Jagd aufbrechen. Die edle Gesellschaft reagierte entzückt bei der Aussicht auf diese Kurzweil. Am eifrigsten mit dabei war wohl Kardinal Tiberius von Mantua. Er rief Jost eilig zu, sie sollten auf ihn warten, er müsse sich nur eben umkleiden und beten gehen.

»Ich werde nicht mitkommen«, entschuldigte sich Ulrich. Er machte sich nicht viel aus der Jagd und wollte in der Zeit lieber die Burg besichtigen. Lebte er in seiner Heimat auch in dem altertümlichen und nicht allzu repräsentativen Gehöft nahe Leipa, rechnete er doch damit, dass es früher oder später wohl auch in Nordböhmen nötig sein würde, eine feste Königsburg zu errichten. Er hatte dafür schon einen kegelförmigen Berg auf halbem Weg zwischen Leipa und Boleslav ausersehen, den die Leute Bezděz nannten und der einen Blick in die ganze Umgebung bot. Deshalb interessierte sich Ulrich für die Anlage von Burg Landstein.

»Und was ist mit dir?«, wollte Lucia von Otto wissen. »Kommst du mit auf die Jagd, oder bleibst du bei deinem Herrn?«

Otto blickte sie forschend an und überlegte fieberhaft, welche Antwort ihm selbst und zugleich auch seinem Herrn zupasskäme. Allerdings gab es da nicht viel zu entscheiden, schließlich war er eben doch nur ein Diener. Also fragte er Lucia höflich, ob sie wünsche, dass er ihr auf der Jagd das Geleit gebe.

»Es wäre mir angenehm«, antwortete sie und blinzelte ihm zu.

»Geh nur«, ermunterte Ulrich ihn eifrig. »Die Sache mit dem Siegel erledigen wir dann heute Abend.«

Bald brach die Jagdgesellschaft auf. Außer Ulrich von Kulm hatten sich alle Gäste angeschlossen – Ritter, Kirchenleute und selbst die Edelfräulein. Kaum aber hatten sie die Vorburg verlassen und ritten in den Wald hinein, drosselte Lucia ihr Pferd. Sie wartete ab, bis Katharina von Gutstein auf ihrer Höhe war, und flüsterte ihr etwas zu. Otto blickte sich nach ihnen um, zügelte ebenfalls sein Pferd und blieb stehen. »Was ist los?«, rief er den Mädchen zu.

Katharina trieb ihr Pferd an und kam auf Otto zugaloppiert, während Lucia kehrtmachte und langsam zur Burg zurückritt. Otto schnalzte seinem Braunen schon zu, doch da war Katharina bereits bei ihm. Mit leicht geröteten Wangen erklärte sie ihm, Jungfer Lucia habe ein Unwohlsein befallen und richte aus, er solle sich die Freude an der Jagd deshalb nicht verderben lassen. Lucia bitte ihn, nun ihr, Katharina von Gutstein, Gesellschaft zu leisten.

Otto nickte zerstreut und sah noch einmal Lucia hinterher, die soeben die Wegbiegung erreichte, wo sie langsamer wurde und sich vergewisserte, wie die Sache ausging. Als sie sah, dass Otto weiterreiten würde, richtete sie sich im Sattel auf, winkte ihm zu und streckte ihm spitzbübisch die Zunge heraus. Dann ließ sie die Zügel locker und galoppierte rasch zurück zur Burg.

Otto musste lachen. Sie hatte ihn an der Nase herumgeführt. Aber ihm war es nur recht so. Immerhin konnte sein Herr ihm keine Vorwürfe machen. Er musterte Katharina von Gutstein, die neben ihm herritt. Sie hatte langes, pechschwarzes Haar, ein regelmäßiges Gesicht mit einer winzigen Stupsnase und großen kindlich naiven Augen. Im Unterschied zur gertenschlanken Lucia besaß sie an den richtigen Stellen etwas mehr Fülle. Mit den dunklen Beinkleidern und dem ledernen Jägerkittel sah sie sehr gut aus. Sie bemerkte seinen Blick und trieb sogleich erschrocken ihr Pferd an. Der Knappe hatte sie schnell wieder eingeholt.

Mit ungespielter Bescheidenheit fragte sie ihn, ob er nicht lieber Jungfer Zdena das Geleit geben wolle. Otto begriff, dass Zdena Berken offenbar jedem, der es hören wollte, von ihrem nächtlichen Abenteuer erzählt hatte.

Ohne lange nachzudenken, antwortete er: »Ihr seid doch viel hübscher.« In solchen Situationen waren abgedroschene Phrasen das Beste.

»Sagt Ihr das zu jeder?«

»Nein, nur zu denen, die es verdienen.«

»Das vermag ich nicht zu beurteilen. Nichts für ungut, aber es heißt über Euch, Ihr würdet Mädchen bevorzugen, die Euch mehr als ihre keusche Gesellschaft bieten können. Ich bin aber nicht wie Zdena Berken!«

»Darf ich Euch etwas anvertrauen?«, fragte er mit geheimnisvoller Stimme. »Ich bin in Wahrheit gar nicht so, wie man sich erzählt. Die meisten Gerüchte über mich sind erfunden. Ritter brüsten sich damit, wie viele Feinde sie auf dem Schlachtfeld getötet haben, und die Edelfräulein … nun, die übertreiben es wiederum mit der Anzahl der Ritter, die sich angeblich in sie verliebt haben. Ich stehe gerade hoch im Kurs, und so scheint es unter den vornehmen Jungfrauen eine Frage der Reputation zu sein, sich dessen zu rühmen, was sie angeblich mit mir erlebt haben. Aber ich schwöre, fast nichts davon ist wahr!«

»Wirklich?« Sie sah ihn überrascht an. Offenbar war sie sehr leichtgläubig und konnte sich nicht verstellen. Einen Moment lang sah sie ihn prüfend an, dann seufzte sie: »Wie schade!« Darauf lockerte sie die Zügel und stürmte auf ihrem Pferd davon.

Otto konnte kaum mithalten und nahm im Vorüberreiten gerade noch wahr, dass Zdena Berken sich sehr vertraulich mit Peter von Rosenberg unterhielt.

Ulrich von Kulm besah sich gerade, wie die Fundamente des größeren polygonalen Turmes beschaffen waren, als er hinter sich Schritte hörte und gleich darauf Lucias Stimme. Gereizt drehte er sich um und fragte sie, was sie hier zu suchen habe.

»Du wirkst ja nicht eben erfreut«, sagte sie und hob tadelnd ihren Zeigefinger. »Habe ich gestern denn nicht deutlich genug gesagt, dass ich mit dir reden muss, und zwar unter vier Augen?«

»Und deshalb hast du meinen Knappen in den Wald gelockt und ihn den dortigen Dämonen und Wölfen ausgeliefert? Wie in diesem Märchen ...«, seufzte Ulrich resigniert.

»Nicht den Wölfen habe ich deinen Knappen ausgeliefert, sondern holden und edlen Jungfrauen ...«

»Das beruhigt mich kein bisschen.«

»Ich weiß.« Sie lachte fröhlich. »Wollen wir uns nicht irgendwo hinsetzen? Hier ist es so nass und kalt. Übrigens kannst du ganz ruhig bleiben und brauchst nicht dreinzuschauen wie ein Verurteilter, der zur Hinrichtung geführt wird. Stoße ich dich denn gar so sehr ab?«

»Natürlich nicht«, antwortete er und zwang sich zu einem

Lächeln. »Aber du kennst mich. Und du weißt, wie ich über unsere Beziehung denke.«

»Aber sicher, so denke ich doch auch! Schließlich haben wir uns bereits darüber verständigt. Wir zwei wären nicht füreinander geschaffen. Darüber habe ich meine Meinung nicht geändert. Ich bin gerne mit dir zusammen, das ist alles. Ich habe nicht vor, deine Liebste oder gar deine Ehefrau zu werden. So haben wir nun hoffentlich alles Wesentliche geklärt? Im Übrigen mag ich dich weiter gern.«

»Auf meine Weise mag ich dich auch gern, Lucia. Worum also geht es?«

Sie hatten den Palas erreicht und stiegen über die Treppe in den Rittersaal hinauf, der nun ganz verlassen war. Das Feuer im Kamin war erloschen, und die steinernen Mauern strahlten die gleiche Kälte aus wie im Kellergewölbe unter dem Turm. Lucia rief den Burgvogt herbei und scheuchte ihn herum, er solle sogleich Feuer machen und heißen Met bringen.

Als schließlich im Kamin die Holzscheite knackten, setzte Lucia sich mit ernster Miene neben Ulrich und sagte: »Ich wollte mit dir vertraulich sprechen, was die Pilgerreise der Äbtissin angeht, wie du dir wohl schon gedacht hast. Im letzten Monat haben sich nämlich einige Dinge ereignet, von denen du noch nichts weißt. Sie haben unseren erhabenen König zutiefst beunruhigt, weshalb er kurzfristig anordnete, dass auch du die Pilgerschaft begleiten sollst.«

»Dein Vater hat etwas Ähnliches angedeutet. Angeblich war es auf seine freundliche Empfehlung hin.«

Lucia brach in herzliches Gelächter aus, wobei ihr hübscher, sinnlicher Mund zur Geltung kam. »Das hat er behauptet? Dabei war er gar nicht auf der Prager Burg, als über die Sache verhandelt wurde. König Ottokar rüstete sich gerade für den Feldzug nach Mähren. Einen Tag vor seinem Aufbruch suchte ihn der neue Landrichter auf, und gleich anschließend ließ der

Herrscher nach mir rufen. Ich werde dir seine genauen Eingangsworte wiedergeben: ›Liebe Lucia, da Ulrich von Kulm Euch gernhat und Ihr zudem außergewöhnlich klug seid, betraue ich euch beide mit einer höchst wichtigen Aufgabe.‹«

»Moment!«, unterbrach Ulrich sie und strich nachdenklich über seinen kurzen Bart. »Ein Sprichwort unserer weisen Vorfahren rät, Frauen nicht zu trauen. Schon gar nicht jungen und hübschen Frauen. Kann es nicht sein, dass unser erhabener Herrscher sich zufällig ein wenig anders ausgedrückt hat?«

»Habe ich's nicht immer gesagt? Wir beiden taugen nicht füreinander! Ich würde dich als Ehemann nicht ertragen. Was passt dir nun wieder nicht? Glaubst du mir etwa nicht, dass unser König mich klug genannt hat?«

»Das hat er wohl. Auch dass ich dich nach seiner Überzeugung gernhabe, wird er gesagt haben, denn das redet ihm ja unablässig dein Vater ein. Du weißt, dass er den König sogar dazu bewegen wollte, mir die Vermählung mit dir aufzuzwingen. Ich kann allerdings nicht glauben, dass unser König uns beiden eine wichtige Aufgabe anvertrauen würde. Er würde sie lediglich mir anvertrauen. So sind die Gesetze des Landes.«

»Das ist doch einerlei! Oh, nicht für alles Geld der Welt könnte ich dich in meinem Heim ertragen ... Und wenn du mich dauernd unterbrichst, wirst du überhaupt nichts erfahren.«

Ulrich senkte zerknirscht den Kopf, und da gerade der Saaldiener auftauchte, ließ er sich von dem heißen Honigtrank einschenken. Genüsslich sog er den bittersüßen Duft ein.

Lucia beobachtete ihn mit amüsiertem Lächeln. Er war der einzige Mann, dessen Autorität sie bereitwillig anerkannte. Aber gerade deshalb würde sie ihn nicht lieben können, war sie es doch gewohnt, Befehle zu erteilen. Schnell verscheuchte sie diese Gedanken, denn im Augenblick drehte es sich nicht um sie. Sie nickte Ulrich zu, nahm ebenfalls ihren Becher und wartete ab, bis der Diener den Saal verlassen hatte. Erst dann erzählte sie weiter:

»Unser erhabener König erklärte mir, er müsse am nächsten Tag mit dem Heer ausrücken, sorge sich jedoch um seine Tante. Er habe versucht, ihr die Reise nach Compostela auszureden, doch sie habe nicht auf ihn hören wollen. Ein wenig beruhige ihn, dass Äbtissin Agnes unter dem direkten Schutz des Papstes reise. Der Heilige Vater habe nämlich sogar versprochen, dass sein Gesandter die Wallfahrt begleiten werde.«

»Und der Papst hat sichtlich Wort gehalten, denn wohl aus diesem Grund befindet sich Kardinal Tiberius von Mantua hier«, ergänzte Ulrich, der aufmerksam zugehört hatte. Er verstand natürlich, dass Ottokar seine Tante am Herzen lag, und jede Reise barg Risiken, doch einen wirklichen Grund für seine Sorgen konnte er nicht erkennen. Allerdings war auch das Interesse des Papstes an dieser Reise höchst ungewöhnlich.

»Bis hierhin wäre auch alles in bester Ordnung, und unser Herrscher hätte mich gewiss nicht zu sich gerufen«, erklärte Lucia, »doch kurz vor seiner Abreise nach Mähren sind zwei merkwürdige Dinge passiert. Ursprünglich sollte Michael von Cimburg unsere Reise anführen. Er war ein erfahrener Diplomat.«

»Ja, ich kannte ihn. Er war auch ein fantastischer Ritter«, pflichtete Ulrich ihr bei. »Mir ist zu Ohren gekommen, dass er vor einigen Tagen durch einen unglücklichen Zufall ums Leben kam.«

»So ist es. Aber es war kein unglücklicher Zufall. Es hieß zunächst, er sei vom Pferd gestürzt. Der Wundarzt unseres Herrschers ist jedoch davon überzeugt, dass ihm zuvor jemand einen Schlag auf den Kopf versetzt hat. Es war eine Mordtat. Freilich ist nicht bekannt, wer sie begangen hat und aus welchem Grund. Vielleicht hatte es gar nichts mit der Reise zu tun. Der König ernannte also umgehend einen neuen Kommandeur.

Und noch am selben Abend wurde dieser Ritter, dessen Name hier unwesentlich ist, umgebracht. Nicht weit von der Furt bei Porschitsch hat man ihn gefunden, mit fünf Pfeilen im Leib.«

»Es hat also jemand Morde begangen, damit ein ganz bestimmter Mensch die Führung von Agnes von Böhmens Pilgerschaft übernimmt. Soweit ich weiß, steht ihr jetzt der Komtur des Tempelordens vor.«

»Ganz richtig. Aber noch vor ihm hat unser König Herrn Markwart von Markenberg mit dieser Aufgabe betraut. Der bat jedoch darum, von dieser Pflicht entbunden zu werden, und begründete es damit, er habe sich bei einem Scharmützel mit den Herren von Dauba dummerweise verletzt und müsse ein paar Wochen zu Bett liegen. Dies ist also das eine, was unseren erhabenen König beunruhigt. Es ist noch das Harmlosere ...«

Ulrich zog ein verwundertes Gesicht. Das alles hatte er tatsächlich nicht gewusst. Er verstand nicht, warum ihm niemand davon erzählt hatte. Er hatte mit Äbtissin Agnes gesprochen, mit dem Komtur Jakob de Vries und auch mit Propst Willibald Odo. Alle drei hatten sich ihm gegenüber jedoch auffallend reserviert verhalten. Fast schien es, als hätten sie miteinander abgesprochen, ihm nichts Wesentliches mitzuteilen. Oder sie hatten vor irgendetwas Angst.

»Nun also zu der anderen Sache«, fuhr Lucia rasch fort. Sie war von Natur aus ungeduldig, und das Gespräch begann sie bereits zu ermüden. Wenn der Ermittlertätigkeit immer so lange Gespräche vorausgingen, dann überließ sie die nur zu gerne Ulrich von Kulm. »Unser König erhielt eine Nachricht von einem gewissen Geistlichen, der bei der päpstlichen Kurie in Rom für ihn arbeitet. Ich kenne zwar seinen Namen nicht, aber es muss jemand sein, der in der Hierarchie des Klerus recht hoch steht. Dieser Geistliche schrieb also in einem sehr knappen Brief, er habe in Rom zufällig von der geplanten Pilgerreise der Agnes von Böhmen erfahren, und es gebe Andeutungen, nach denen sie möglicherweise auf dem Rückweg ermordet werde.«

Wütend fuhr Ulrich hoch. Nichts ertrug er weniger als die Intrigen kirchlicher Würdenträger; wäre er ihnen doch selbst einst fast zum Opfer gefallen. »Hat der König ihr das Schreiben gezeigt?«, fragte er aufgebracht.

Lucia schüttelte den Kopf und fügte, wie um den König zu entschuldigen, hinzu: »Er meinte, Agnes würde dem Brief sowieso keinen Glauben schenken. Außerdem würde er damit seinen Mann in Rom gefährden. Er halte seine Tante in Fragen des Glaubens für recht arglos – er sehe schon vor sich, wie Agnes sich hinsetze und dem Papst einen Brief schreibe, in dem sie sich danach erkundigte, ob es wahr sei, dass jemand sie ermorden wolle. Ich selbst glaube zwar, er unterschätzt sie, denn so töricht ist Agnes nicht. Aber wie dem auch sei – diese Nachricht ist der Grund dafür, warum er dich hinzugeholt hat. Nach außen hin sollst du mich und die anderen Jungfrauen begleiten, doch in Wahrheit bürgst du dem König mit deinem Kopf für Agnes von Böhmens Leben. Ich scherze nicht. Ich gebe dir hier genau seine Worte wieder. Es gibt nämlich Situationen, in denen du Frauen sehr wohl trauen kannst, trotz all der tumben Aussprüche unserer im Übrigen sicherlich weisen männlichen Vorfahren über weibliche Durchtriebenheit und Dummheit.«

VI. Kapitel

Der Einzige, der dem Hirsch wohl mit echtem Eifer nachjagte, war Jost von Landstein. Die anderen nahmen an der Jagd eher teil, um ein wenig Luft zu schnappen; das war immer noch besser, als sich auf der Burg zu langweilen. Genau dafür waren Jagden schließlich da; die Edelleute mussten sich irgendwie die Zeit vertreiben.

Otto ritt an Katharina von Gutsteins Seite und gab sich Mühe, sie zu unterhalten. Sie gefiel ihm, aber was ihn am meisten an ihr interessierte, war, dass er sie nicht recht durchschaute. Auf viele Repliken hatte sie ganz anders reagiert als erwartet, und das belustigte ihn.

»Wenn ich Euch gesagt habe, ich sei kein so sündiger Mensch, wie mein Ruf es nahelegt, so bedeutet das nun auch wieder nicht, dass ich tugendhaft wäre …«, erklärte er mit gesenktem Blick, als würde er sich genieren.

»Euer Bekenntnis beruhigt mich nicht wirklich«, antwortete sie ernsthaft.

»Was wollt Ihr nun eigentlich hören? Erst hieltet Ihr mich für einen lasterhaften Menschen und saht mich deswegen finster an. Nachdem ich versucht habe, meine Tugend zu verteidigen, saht ihr mich ebenso tadelnd an. Und wenn ich nun erkläre, ich sei weder sündhaft noch allzu tugendhaft, dann beruhigt Euch das immer noch nicht. Wie soll ich denn nun Eurer Ansicht nach sein?«

»Ist das nicht gleichgültig? Was aber Zdena Berken von Bürgstein von Euch erzählt, ist eben doch wahr. Oder denkt sie sich das alles aus?«

Ehe Otto sich zu einer Antwort entschließen konnte, drang wütendes Geschrei zu ihnen herüber. Sie beschleunigten ihre Pferde und erblickten hinter der nächsten Wegbiegung Kardinal Tiberius von Mantua und Peter von Rosenberg, die einander mit ihren Pferden wie zum Turnier gegenüberstanden und ihre Hirschfänger drohend in die Luft reckten.

»Ich lasse mir dergleichen nicht gefallen!«, rief der junge Rosenberg wütend.

»Wagt es nicht, Euch dem Heiligen Stuhl zu widersetzen!«, antwortete der Gesandte des Papstes ebenso aufgebracht.

Sobald sie das Klappern der sich nähernden Hufe hörten, verstummten sie.

»Aber meine Herren ... Wir sind doch Pilger. Wir wandeln zum größeren Ruhme der Christenheit in den Spuren des Gekreuzigten. So etwas schickt sich hier doch nicht«, ermahnte Katharina von Gutstein die beiden Männer. Otto kannte dieses Mädchen nun schon genug, um zu wissen, dass sie die beiden weniger aus Glaubensgründen beschwichtigte, sondern weil sie zartbesaitet war und keinen Streit ertrug.

Der Kardinal und der junge Rosenberg steckten ihre Jagdmesser wieder ein, murmelten etwas Unverständliches und ritten dann jeder in eine andere Richtung davon.

Gleich darauf trafen sie auf einer Lichtung auf Zdena Berken. Sie befand sich alleine dort und sah verärgert aus.

»Streiten die beiden immer noch?«, fragte sie missmutig.

»Jetzt nicht mehr«, sagte Katharina lächelnd. »Weißt du, worum es ging?«

»Um mich«, antwortete Zdena hochmütig. Katharina nickte verständnisvoll, aber Otto nahm ein spöttisches Zucken ihrer Mundwinkel wahr.

Als sie wieder unter sich waren, sagte Katharina von Gutstein: »Jetzt glaube ich Euch, dass zwischen euch nichts gewesen ist!« Otto hatte zwar nichts dergleichen behauptet, doch er nickte scheinheilig. Katharina fuhr empört fort: »Diese Zdena hält sich für unwiderstehlich und glaubt, alle Welt liege ihr zu Füßen. Wie albern! Als würde der Kardinal sich ihretwegen streiten! Als sie mir von der Nacht damals mit Euch erzählte, war ich so dumm, ihr zu glauben. Dabei verbreitet sie solche Geschichten offenbar über jeden. Am Ende wird sie noch behaupten, der Kardinal habe sich mit ihr versündigt! Sie bildet sich doch wohl nicht ein, man würde sie deswegen bewundern? Also, ich habe nichts, wofür ich mich schämen müsste. Ich habe gegen keines der Zehn Gebote verstoßen und werde bis zu meiner Verheiratung jungfräulich bleiben. Wie kann man sich überhaupt mit Sünden brüsten?! Versteht Ihr das?«

»Mein Freund Michael hat Glück, dass er gerade Euch ausersehen hat«, wich Otto so liebenswürdig wie möglich einer Antwort aus.

Sie sah ihn an, als liege ihr noch etwas auf dem Herzen, doch sie schwieg und trieb ihr Pferd weiter an. Auf einer Lichtung hinter dichtem, blattlosem Strauchwerk warteten die anderen Reiter bereits auf sie. Soeben hatte man es geschafft, den gehetzten Hirsch niederzustrecken.

Otto beschloss für sich, dass er mit Katharina von Gutstein nun wirklich genug Zeit vertan hatte. Eine Weile hatte ihre arglose Art ihn zwar gut unterhalten und ein paarmal hatte sie ihn überrascht, doch seit sie Zdena getroffen hatten, redete sie nur noch von Moral …

Er ritt hinter ihr her. Da er nichts anderes zu tun hatte, musterte er die Silhouette ihrer Gestalt und stellte fest, dass ihm der Anblick durchaus gefiel. Deshalb revidierte er schnell seinen Vorsatz und sagte sich, er könnte vielleicht doch hin und wieder ein Wort mit ihr wechseln. Müsste er zwischen den Mädchen wählen, so war Katharina in seinen Augen wesentlich hübscher als Lucia oder Zdena, und diese Erkenntnis machte ihm dann doch gute Laune. Auf einer frommen Wallfahrt wog freilich jede Sünde hundertmal schwerer als daheim. Es war völlig undenkbar, dass ein Pilger mit einer Frau anbandelte. Auch Otto hatte tugendhaftes Verhalten gelobt, und so wie es aussah, würde es ihm keine Mühe bereiten, sein Versprechen zu halten. An Katharina von Gutsteins Seite würde er allenfalls sündige Gedanken hegen, doch das war alles. Ihren Vorsatz, die eigene Jungfräulichkeit für ihren zukünftigen Ehemann zu bewahren, nahm er ernst. Und über Zdena Berken von Bürgstein hatte er sich ja schon früher einen nicht sehr schmeichelhaften Eindruck verschafft – umso mehr Grund, ihr aus dem Weg zu gehen. Dagegen fürchtete er sich ein klein wenig vor Lucia, da dieser so gar nichts heilig zu sein schien. Gestern hatte sie sich ihm gegenüber sehr liebenswürdig verhalten, und auch er hatte sich mit ihr wohlgefühlt. Falls Lucia sich in den Kopf gesetzt hatte, dass er ihr den Hof machen sollte, dann würde es ihr gleichgültig sein, dass sie sich auf einer Wallfahrt befanden. So weit durfte Otto es nicht kommen lassen. Er wollte ein frommer Pilger sein und seinem Herrn keine Schande bereiten.

Am Nachmittag traf Agnes von Böhmen auf Burg Landstein ein. Das Gefolge, mit dem sie anreiste, erwies sich als nicht sehr groß. Außer dem Vyšehrader Propst Willibald Odo und dem Bibliothekar Emmeran von Greifsfeld begleiteten sie lediglich Bruder Gregor aus dem Orden der Minoriten sowie Ritter Přech von Michalowitz, der den Trupp von Söldnern befehligte. Jakob de Vries, der Komtur des Tempelordens, war nicht dabei.

Da die edle Gesellschaft unter Leitung Josts von Landstein noch nicht von der Jagd zurückgekehrt war, übernahm Lucia die Gastgeberpflichten. »Verzeiht, ehrwürdige ältere Schwester, wir ahnten nicht, dass Ihr schon so bald hier sein würdet. Man hatte uns ausgerichtet, Ihr würdet erst gegen Ende der Woche anreisen.«

»Das hatte ich ursprünglich auch im Sinn«, antwortete Agnes von Böhmen. »Aber dann sind wir doch früher von Prag aufgebrochen. Zeige mir meine Kammer, Mädchen, ich bin müde. Ich möchte mich bis zur Abendmesse noch etwas ausruhen ... Ist der Gesandte des Papstes bereits eingetroffen? Ich müsste mit ihm sprechen.«

»Er ist hier. Aber er ist mit den anderen auf die Jagd gegangen.«

Agnes von Böhmen nickte stumm. Lucia führte sie zum Palas und dort in das beste Gemach, in dem sonst ihr Vater wohnte. Da ihn sein Amt als Burggraf die meiste Zeit des Jahres auf der Prager Burg hielt, wurde es nur selten genutzt.

Den Ritter Přech von Michalowitz kannte Ulrich gut. Seine Burg lag in der Nähe des Gehöfts, von dem aus Ulrich im Namen des Königs Nordböhmen verwaltete. Sie waren etwa im gleichen Alter, und früher, als Ulrich noch jünger gewesen war und regelmäßig an Ritterturnieren teilgenommen hatte, hatte er ihn ein paarmal im Lanzenstechen besiegt. Jetzt grüßten sie einander freundschaftlich und gingen zusammen in die Vorburg, in der sich eine ganz ordentliche Schenke befand. Dort verkehrten zwar nur Bedienstete und Burgwächter, doch man zapfte hier ein gutes Bier und hatte kräftig im Ofen eingeheizt, weshalb es sich hier an so einem kühlen Herbsttag angenehm saß.

»Ist in Prag irgendetwas vorgefallen?«, fragte Ulrich ohne lange Umschweife. »Die Äbtissin erschien mir bekümmert. Sie hat nicht einmal gelächelt. Ich kann mir nicht vorstellen, dass das nur an den Anstrengungen der Reise liegt. Weshalb ist sie früher als geplant von Prag aufgebrochen?«

»Vielleicht hängt es mit dem Tod des Komturs zusammen ...«

»Wie? Jakob de Vries ist tot?«

»Er wurde ermordet. Vor den Mauern der Stadt hat man seine Leiche gefunden. Ein paar Pfeile steckten in seinem Leib, außerdem hat der Mörder ihm den Kopf mit einer Axt abgetrennt. Er wäre wohl nicht mehr zu erkennen gewesen, wenn er nicht seine Ordenstracht getragen hätte. Eine abscheuliche Meuchelei. Der Täter hat ihn natürlich auch ausgeraubt.«

»Mir ist bisher noch kein Fall vorgekommen, in dem ein Räuber sein Opfer mit Pfeil und Bogen erschossen hätte. Diese Banditen haben gewöhnlich keine militärische Ausbildung und können ihr Ziel noch aus fünf Schritt Entfernung nicht treffen. Hast du die Leiche gesehen? Die Stellen der Einschusswunden? Und könntest du je nach Tiefe der Wunden abschätzen, aus welcher Entfernung der Täter geschossen hat?«, wollte Ulrich wissen.

Ihm fiel wieder ein, was Lucia ihm am Vormittag erzählt hatte. Dies war also schon der dritte Ermordete, der eigentlich die Pilgerschaft der Äbtissin Agnes hätte anführen sollen. Hatte Ulrich zuvor noch gedacht, für den Tod der ersten beiden Männer könnte Jakob de Vries verantwortlich sein, der aus irgendeinem Grund im Namen der Templer das Kommando übernehmen wollte, so hatte sich dieser Verdacht hiermit erledigt.

Přech von Michalowitz schüttelte den Kopf. »Ich bin kein Ermittler wie du«, antwortete er. »In solchen Dingen kann ich dir nicht helfen, mein Freund. Die Tempelritter haben die Leiche des Komturs gleich nach ihrer Entdeckung fortgetragen. Ich habe sie nicht gesehen. Warum hätte ich sie auch untersuchen sollen? Ursprünglich sollte ja nicht ich mit Agnes von Böhmen reisen, also betraf mich das nicht. Erst nachdem sich der Mord ereignet hatte, bat sie mich persönlich, die Führung des Söldnertrupps zu übernehmen – und am selben Tag brachen wir auch schon auf, also am Sonntagnachmittag. Sie wollte nicht einmal mehr die feierliche Messe am Montag abwarten. Mir kam das auch merkwürdig vor, aber ich bin eben nur für den bewaffneten Trupp zuständig, und mehr hat sie mir nicht gesagt. Und diese Kleriker, die mit ihr reisen, tragen die Nase ganz schön hoch, wir reden überhaupt nicht miteinander. Ihr Geschwätz interessiert mich im Grunde auch nicht.«

»Aber du könntest vielleicht etwas aufgeschnappt haben, was mir weiterhelfen würde«, drang Ulrich in ihn. »Was ist zum Beispiel mit deinen Söldnern? Sie haben doch bestimmt über den Mord geredet!«

»Natürlich«, antwortete Přech und winkte die rundliche Wirtin herbei, die ihm ein Stück Rauchfleisch und ein paar Fladen bringen sollte. »Die haben geflucht wie die Heiden. Äbtissin Agnes hat ihnen zur Strafe sogar eine Buße auferlegt. Sie waren ebenso aufgebracht wie ich. Eigentlich sollten nämlich die Tempelritter mit ihrem Komtur sowie ein paar Reiter aus dem Gefolge des höchsten Hofmeisters die Wallfahrt begleiten. Nach der Ermordung des Komturs beschloss Wilhelm von Landstein jedoch kurzerhand, ein anderer militärischer Trupp solle Agnes von Böhmen das Geleit geben. Ich glaube, er war es auch, der der ehrwürdigen Äbtissin riet, nicht länger in Prag zu verweilen, sondern sofort aufzubrechen.«

»Keiner von deinen Männern weiß also etwas …«, seufzte Ulrich. Die Wirtin machte Anstalten, auch ihm eine geräucherte Fleischkeule hinzustellen, doch er lehnte ab und erklärte seinem Freund, er habe vorhin schon etwas gegessen und sei bereits satt. Dann stand er auf und entschuldigte sich, er müsse zurück zur Burg.

»Du kannst dir wohl nicht eine ruhige Minute gönnen. Wie ich schon gesagt habe, das Geschwätz der Geistlichen interessiert mich nicht; aber einen Predigtgedanken habe ich doch zurückbehalten: ›Gedenke, Mensch, eiliges Gerenne gebühret nur dem Vieh‹«, bemerkte Přech trocken und machte sich ans Essen.

Ulrich eilte zum oberen Tor und überlegte, wie er sich am besten verhalten sollte. Immerhin bürgte er mit seinem Leben für die Sicherheit der Agnes von Böhmen. Der bewaffnete

Tross wurde von seinem Freund angeführt, das war gut. Doch die eigentlichen Reisedetails hatte die Äbtissin mit den Kirchenmännern erörtert, er selbst war nicht einbezogen worden, ja man beachtete ihn gar nicht. Přemysl Ottokar II. hatte seine Teilnahme ganz offensichtlich gegen den Willen seiner Tante durchgesetzt, Ulrich konnte also nicht erwarten, dass die anderen ihn zu Rate ziehen würden. Wenn der Äbtissin etwas nicht gefiel, konnte sie sich generell sehr überheblich verhalten. Sie entstammte eben einem Königshaus, und daran konnte auch ihr Ordensgewand nichts ändern. Es lag also auf der Hand, was zu tun war: Der Einzige, von dem er etwas mehr würde erfahren können, war Emmeran von Greifsfeld.

Er fand den hageren Bibliothekar auf der Ringmauer, wo er mit dem Burgkaplan auf dem Holzgeländer saß und plauderte. Man hatte von dort einen herrlichen Blick auf die Flusswindungen und die bewaldeten Hügel, über deren Kämme die Grenze zum Herzogtum Österreich verlief. Der Kaplan streckte gerade die Hand aus und erklärte die Umgebung.

»Darf ich mich zu Euch gesellen?«, fragte Ulrich.

Der Bibliothekar nickte. »Im Grunde haben wir Euch schon erwartet. Denn natürlich weiß ich, dass Ihr, obgleich Ihr ein guter Christ seid, nicht des Glaubens wegen an dieser Reise teilnehmt. Eure Zuständigkeit sind Ermittlungen. Und so wird Euch das hier bestimmt interessieren. – Bruder, erzählt es noch einmal«, sagte Emmeran an den Kaplan gewandt.

Dieser begann sich jedoch zu zieren, er wisse ja nichts Genaues und würde sich nur ungern durch üble Nachreden an seinem Nächsten versündigen. Der Bibliothekar von Vyšehrad unterbrach ihn mit Entschiedenheit: »Bruder Kaplan, ich verstehe dein Zögern. Ich versprach dir, nicht weiterzuerzählen, was du mir anvertraut hast. Um mein Versprechen zu halten, bitte ich dich, erzähle du es dem Herrn Prokurator selbst. Glaube mir, er wird es für sich behalten. Es ist doch deine

Pflicht, stets und überall den christlichen Glauben zu verteidigen, nicht wahr?«

Der Burgkaplan seufzte und bekreuzigte sich. Einen Moment lang ließ er seine Blicke unsicher umherschweifen, als würde er noch überlegen. Schließlich rang er sich durch und begann zaghaft: »Nun gut. Es gibt da etwas, was mich beunruhigt. Eigentlich sind es zweierlei Dinge. Zum einen: Bruder Hyacinthus, jener Prämonstratenser, den Ihr mitgebracht habt, ist kein guter Christ.«

»Wie kommst du darauf? Weil er heute Morgen nicht in der Messe dienen wollte?«, fragte Ulrich, nur um den Kaplan zum Weiterreden zu ermuntern. Er war sich nämlich sicher, dass dies nicht der Grund war.

»Das auch ... Aber vor allem versuchte er, dem Gesandten des Papstes aus dem Weg zu gehen. Ich habe bemerkt, wie er ihn am Altar angesehen hat. Ich glaube, er hasst ihn.«

»Auch ich bin mir gestern Abend mit Seiner Eminenz nicht recht einig geworden«, warf Ulrich ein. »Du hast ja unseren Streit über die Inquisition gehört. Aber das heißt doch noch nichts.«

»Sich über etwas nicht einig werden ist eine Sache, jemanden auf den Tod nicht ausstehen können eine andere. Bei Bruder Hyacinthus geht es um etwas Persönliches. Und das ist nicht nur so ein Eindruck von mir. Ich habe nämlich gehört, wie ... ich wage es kaum auszusprechen. Bruder Hyacinthus hat zu Gott gebetet, er möge den päpstlichen Gesandten so bald wie möglich zu sich rufen und ihn richten.«

Ulrich nickte. Er glaubte zu wissen, was es damit auf sich hatte. Der Abt hatte ihm ja erzählt, dass Bruder Hyacinthus aus Südfrankreich stammte und die Kirche seine Eltern als Ketzer verbrannt hatte. Da der Gesandte des Papstes die Inquisition so vehement verteidigt hatte, war er in seinen jungen Jahren vermutlich selbst Inquisitor gewesen, er hatte also auch die Waldenser in Südfrankreich verfolgt. Ihre Wege mussten sich damals schon einmal gekreuzt haben. Hyacinthus war zu der Zeit noch ein Kind gewesen, weshalb der Gesandte ihn nicht erkannt hatte, doch der Prämonstratenser erinnerte sich vielleicht an sein Gesicht. Ulrich war aber noch ein anderes wichtiges Detail aufgefallen: Der Burgkaplan sprach von dem Kardinal immer nur als ›Gesandter‹. Nicht ein einziges Mal hatte er ihn anders bezeichnet, weder mit seinem Namen noch mit seinem Titel, der seinen hohen Stand in der Kirchenhierarchie bezeugte. Ulrich hatte gleich vermutet, dass damit wohl die zweite Sache zusammenhing, die der Kaplan beunruhigend genannt hatte, und so sprach er ihn nun einfach direkt darauf an: »Und was erscheint Euch so merkwürdig an dem päpstlichen Gesandten?«

»Was, auch Euch ...?«, stieß Kaplan Wolf verblüfft aus. Er war jetzt weniger zaghaft und begann zu erzählen: Er sei einst mit Herrn Wilhelm von Landstein in Rom gewesen, um dem Heiligen Vater eine Nachricht von Agnes von Böhmen zu überbringen. Damals habe er auch Kardinal Tiberius von Mantua zu Gesicht bekommen. Es sei zwar schon einige Jahre her, doch so sehr könne der Kardinal sich in dieser Zeit nicht verändert haben. Kurz: Er könne schwören, dass der Mann, der sich hier auf der Burg aufhalte, nicht Tiberius von Mantua sei. Er zuckte noch mit den Schultern, als wollte er sich entschuldigen, dann eilte er schnell davon.

Ulrich hätte den Bibliothekar gerne befragt, was dieser von der seltsamen Angelegenheit hielt, doch in dem Moment drang vom Tor her Lärm zu ihnen herauf. Die Jagdgesellschaft um Jost von Landstein kam in den Burghof geritten. Dahinter schritten der Jägermeister sowie die beiden Treiber, die eine Stange geschultert hatten. Daran war mit herabhängendem Haupt ein prächtiger Zwölfender gebunden.

Agnes von Böhmen kam den ganzen Nachmittag nicht aus ihrer Kammer. Sie ließ sich auch das Abendessen bringen und lud lediglich Willibald Odo und den Minoritenbruder Gregor zur Besprechung zu sich. Ulrich von Kulm zu empfangen lehnte sie ab. Im Grunde kam ihm das ganz gelegen. Er hatte ja den versiegelten Brief des kastilischen Königs für sie und konnte ihn so mit gutem Gewissen über Nacht behalten.

Auch am Abend fuhr er mit seinen diskreten Nachforschungen fort. Der Bibliothekar von Vyšehrad konnte ihm allerdings nichts über den Tod des Komturs berichten. Ulrich dachte darüber nach, Lucia in den Verdacht einzuweihen, dass der Gesandte des Papstes womöglich nicht der war, der er zu sein vorgab, doch dann ließ er es lieber bleiben. Zum einen war er nicht mit ihrer Idee der gemeinsamen Ermittlung einverstanden, zum anderen war dies eine sehr delikate Angelegenheit. Selbst wenn der Mann nicht der Kardinal war, konnte es trotzdem sein, dass der Papst ihn geschickt hatte. Die päpstliche Bulle, die er bei sich trug, bestätigte seinen Auftrag. Es war zwar möglich, dass er sich das Dokument unrechtmäßig angeeignet hatte, dass er den Kardinal womöglich sogar getötet und ihm nicht nur die päpstliche Bulle, sondern auch seine Kleidung und andere Dinge gestohlen hatte, doch das erschien nicht besonders wahrscheinlich, denn warum hätte er es tun sollen? Und wenn er den echten Kardinal bestohlen hatte, warum führte er dann so ein Brimborium auf? Seinen Worten und Gesten nach war er tatsächlich ein hoher Geistlicher. Er sprach fließend Latein, zelebrierte die Messe ohne den geringsten Patzer und offenbarte nicht nur in der Theologie, sondern auch in anderen Wissenschaften tiefgreifende Kenntnisse – Letzteres konnte Jost von Landstein bezeugen, der den Gesandten des Papstes schon seit einigen Tagen seinen Gast nannte und zahlreiche Diskussionen mit ihm geführt hatte. Die Wahrheit sah wahrscheinlich so aus, dass sich unter dem Namen des ehrwürdigen Kardinals Tiberius von Mantua in Absprache mit dem Papst ein anderes bedeutendes Mitglied der römischen Kurie verbarg. Das alles war zwar mehr als merkwürdig, doch solange Ulrich nicht mit Agnes von Böhmen darüber geredet hatte, war es nicht ratsam, jemand anderen darauf anzusprechen.

Ulrich verkündete vor der edlen Gesellschaft, er sei müde und gehe heute früh schlafen. Für alle hörbar forderte er Otto auf, samt seinen Sachen und dem Strohsack zu ihm in die Kammer zu ziehen, und fügte zur Erklärung hinzu, es befänden sich gleich mehrere hübsche Mädchen auf der Burg, die vornehmer Herkunft und gewiss jungfräulich unerfahren, unschuldig und rein seien – weshalb es sicherer sei, wenn er ein Auge auf seinen Knappen habe.

»Ich danke Euch recht herzlich«, brummte Otto, als sie in Ulrichs Kammer angelangt waren. »Wisst Ihr nicht, was Ihr damit bewirkt? So entfacht Ihr unter dem zarten Geschlecht nur noch größeres Interesse an mir! Was schaut Ihr so erstaunt? Nichts für ungut, mein Herr, aber in Liebesdingen seid Ihr selbst ein wenig jungfräulich, unschuldig und rein. Ganz im Gegensatz zu diesen Edelfräulein, denn die meisten sind keine Jungfrauen mehr ... Aber gut, ich stehe das durch. Ich wappne mich mit meinem festen Glauben und werde sie nach besten Kräften vertreiben!«

»Ich wollte dir nur helfen, und du beschwerst dich ...«, protestierte Ulrich. »Stell dir einmal vor, ein Chronist würde dereinst über uns schreiben. Ritter Ulrich, in dessen Diensten der größte Verführer vornehmer Mädchen in ganz Böhmen ... und so fort. Sofern nicht ein Kirchenmann diese Chronik schreibt – der würde dich vermutlich ganz anders bezeichnen. Und gleich noch weitere Sünden von dir nennen ...« Mit diesen vielsagenden Worten reichte er Otto den versiegelten Brief und setzte eine schuldbewusste Miene auf.

Sein Knappe nickte nur. »Ich kümmere mich darum.«

Über einer Kerzenflamme erwärmte er kurz die Umgebung des Siegels, und zwar gerade so kurz, dass das Pergament keinen Schaden nahm. Dann begann er mit größter Vorsicht und Sorgfalt, das Siegelwachs von dem Schriftstück zu lösen. »So, das wäre geschafft«, sagte er schließlich und atmete aus. Er legte das Siegel beiseite und gab das Pergament seinem Herrn.

»Setz dich hierher zu mir, ich lese es vor«, sagte Ulrich mit leiser Stimme. »Hoffen wir, es ist nicht auf Spanisch geschrieben ... Aber dann würde Agnes von Böhmen es wohl auch nicht verstehen.« Er faltete den Brief auseinander und lächelte zufrieden. Er war auf Latein verfasst.

»›Meine ehrwürdige und geliebte‹ ... und so weiter und so weiter. Das ist nicht interessant ... ›Grüße auch an meinen königlichen Vetter‹ ... Hier erfährt man auch nichts weiter ... ›Gott half mir, Cádiz einzunehmen‹ ... Liebe Güte, weshalb hat er diesen Brief überhaupt geschickt? ... Ah, hier kommt es, schon fast zum Schluss. Das ist interessant für uns. Hör zu, Otto! ›Ich freue mich von Herzen, dass Ihr Compostela besuchen wollt. Auch Eure ehrwürdige Gefährtin Klara von Assisi hat es einst besucht. Es ist schon gut vierzig Jahre her, und sie war noch ein junges Mädchen. Damals kam sie in Begleitung ihres Lehrers Francesco, der heute in der ganzen christlichen Welt als der heilige Franziskus von Assisi bekannt ist. Möget Ihr also auf ihren Spuren wandeln. Wir konnten in Erfahrung bringen, dass sie damals in dem nahe gelegenen Dorf Bertamiráns wohnte. Ich kann es Euch ebenfalls empfehlen, denn Klara hat sich hier mehrere Monate aufgehalten. Euer stets‹ ... und so weiter. Nun, was sagst du dazu?«

»Tja, was mir durch den Kopf geht, hat wohl damit zu tun, dass ich nur ein lasterhafter Knappe bin und sie eine Heilige war. Jedenfalls fällt mir auf, dass sie von einem Mann begleitet wurde. Wenngleich er seinerseits ein Heiliger war.«

»Diese Bemerkung ist in der Tat nicht sehr angemessen«, versetzte Ulrich knapp. »Die beiden lebten wie Bruder und Schwester zusammen. Anfänglich war der Orden der Minderen Brüder nach der Regel des heiligen Franziskus eine Gemeinschaft von Männern und Frauen. Sie verbrachten ganze Abende und manchmal auch Nächte mit der Meditation über das Leiden Christi. Nach der ursprünglichen Regula vitae aus dem Jahre 1216 waren die Schwestern auf das angewiesen, was ihre Mitbrüder für sie erbettelten. Es war eine geistige Gemeinschaft der Demutsvollen und Armen. Aber bereits drei Jahre später erließ der Papst die neue Regel namens Formula vitae, nach der sich der weibliche und der männliche Teil voneinander trennten. Erst da begann sich nach dem benediktinischen Vorbild die Idee der Klausur, also der Isolation der Schwestern von der Welt der Männer, herauszubilden.«

»Historisch ist das gewiss interessant«, räumte Otto ein, »aber im Grunde bestätigt es doch nur meine respektlose Bemerkung. Warum hätte der Papst sie mittels irgendeiner Regula voneinander trennen sollen, wenn sie wirklich so unschuldig gelebt hätten, wie Ihr sagtet? Nein, Ihr könnt mir nicht ausreden, dass auch eine Heilige sündigen kann. Besonders wenn sie sich in einen Heiligen verliebt ... Vielleicht ist das dann ja nicht einmal eine Sünde ...«

»Der Gesandte des Papstes würde dir sicherlich zustimmen, dich aber gleichzeitig darauf aufmerksam machen, dass sehr wohl ein Unterschied besteht zwischen der reinen Liebe zweier für Jesus Christus schwärmenden Herzen und der geilen Wollust liederlicher Knappen und unzüchtiger Töchter, die ihre edle christliche Herkunft vergessen haben. Deswegen sind wir aber nicht hier.«

»Wenn ich mich recht erinnere, hat der Bote des kastilischen Königs etwas in dem Sinne angedeutet, dass er noch eine vertrauliche mündliche Mitteilung zu machen habe. Was hat er Euch gesagt, mein Herr?«

Ulrich beugte sich nachdenklich vor und strich sich über den kurzen Bart. Er überlegte, welche Worte er wählen sollte, denn nachdem er nun den Inhalt des Briefes kannte, erschien das, was ihm der Bote anvertraut hatte, in einem ganz anderen Licht.

»Es waren nur wenige Dinge«, sagte er schließlich zögernd. »Und sie könnten alles Mögliche bedeuten. Ich soll Agnes von Böhmen ausrichten, der Papst wisse nichts von Klaras damaligem Compostela-Besuch. Weiter soll ich ausrichten, in Bertamiráns gebe es niemanden mehr, der sich an sie erinnern würde. Und am seltsamsten ist die letzte Botschaft: In Compostela befinde sich unter anderen Schätzen auch eine sehr große Wachskerze, die Klara zusammen mit Franziskus der Kirche gestiftet habe – darauf eine Inschrift, von der selbst der kastilische König nicht weiß, was sie bedeutet, wie mir sein Bote erklärte. Die Inschrift lautet: *Vermächtnis des heiligen Apostels Jakobus*.«

»Vielleicht weiß Äbtissin Agnes, was sie zu bedeuten hat.«

»Vielleicht. Aber sie wird es uns bestimmt nicht sagen. Auch wenn das sehr unklug von ihr ist, denn sie scheint nicht die Einzige zu sein, die etwas weiß. Immerhin sind schon mehrere Menschen gestorben, und ich fürchte, dass sie selbst in großer Gefahr schwebt, lieber Otto. Aber im Moment können wir rein gar nichts unternehmen.«

Eine Weile erörterten sie noch, was sie bisher in Erfahrung gebracht hatten, doch es war kläglich wenig und ergab keinen Sinn. Es war unmöglich, daraus irgendwelche Schlüsse zu ziehen oder über das weitere Vorgehen zu entscheiden.

»Überlassen wir es dem Schicksal«, seufzte Ulrich. »Vielleicht geschieht ja etwas, was uns eine Richtung weist.«

Er sollte recht behalten. Noch in derselben Nacht geschah etwas: Am Morgen fand man den Gesandten des Papstes ermordet in seinem Schlafgemach.

VII. Kapitel

Es war Kaplan Wolf, der die Leiche des Gesandten entdeckte. Als sich am Morgen die Menschen zum Gottesdienst in der Burgkapelle versammelt hatten und der Kardinal immer noch nicht erschienen war, war er zu dessen Gemach gelaufen, um ihn an die Uhrzeit zu erinnern. Der päpstliche Gesandte hatte in einer Lache getrockneten Bluts auf dem Boden gelegen. Wer ihn umgebracht hatte, hatte wie besinnungslos gewütet. Der Leib des Toten wies einige Dutzend Stichwunden auf, seine Truhe stand offen, und überall auf dem Boden lagen des Kardinals Kleider herum.

Als der Kaplan mit der Schreckensnachricht in die Burgkapelle zurückkehrte, stieß Agnes von Böhmen einen Schrei aus und schien fast ohnmächtig zu werden. Jost von Landstein wurde kreidebleich, doch im nächsten Moment rannte er die Treppe von der Tribüne herab, auf der die Herrschaften auf die Messe gewartet hatten, stellte sich breitbeinig vor die Tür und verkündete, niemand dürfe ohne seine Erlaubnis die Kapelle verlassen.

»Dazu habt Ihr kein Recht«, protestierte der Vyšehrader Propst Willibald Odo.

»O doch, das habe ich«, schrie der junge Jost. »Auf unserer Burg wurde ein Gesandter des Papstes ermordet. Wird der Mörder nicht umgehend gefasst, kann der Heilige Vater über unser gesamtes Territorium ein Interdikt verhängen. Deswegen begreift Ihr sicher, Herr Propst, dass ich das Recht habe, alles dafür zu tun, dies zu verhindern. Alles!«

Seine Erklärung vermochte die anderen jedoch nicht zu

überzeugen. Dem Propst schlossen sich noch Peter von Rosenberg und Zdena Berken von Bürgstein an.

»Ich befehle euch, ihm zu gehorchen!«, erklang da die schneidende Stimme der Äbtissin. »Dies ist meine Wallfahrt. Herr von Landstein, lasst Euch durch Ulrich von Kulm helfen. Ich beauftrage hiermit den Prokurator meines Neffen, König Přemysl Ottokar II., die Ermittlungen durchzuführen.«

Ulrich von Kulm stand, wie vom Donner gerührt, drei Schritte von ihr entfernt auf der Tribüne. Bisher hatte sie so getan, als würde er gar nicht existieren, und jetzt das. Er blickte sie an. Um ihre Augen hatten sich müde Falten gebildet, und ihre Mundwinkel zitterten. Wenn sie auch versuchte, als Herrscherin zu agieren, so stand hier doch eine zutiefst erschütterte Frau. Er machte eine Verbeugung und versicherte ihr, er werde alles in seiner Macht Stehende versuchen, um den Mörder seiner gerechten Strafe zuzuführen. Seine Worte schienen sie jedoch nicht zu beruhigen, ja er glaubte, in ihren Augen die blanke Angst zu lesen.

Als sie die Kapelle verließen, hatte Jost von Landstein sich etwas beruhigt. »Hoffentlich wird sich dieses abscheuliche Verbrechen rasch aufklären. Glücklicherweise weiß ich auch schon, wer der Mörder ist.«

»So? Habt Ihr ihn gesehen?«

»Das nicht ... aber ich weiß, warum der Gesandte sterben musste. Ihr habt doch gestern auch mit unserem Kaplan gesprochen. So kennt Ihr ebenfalls das Motiv: Rachsucht. Schließlich hat Bruder Hyacinthus zu Gott gebetet, der Kardinal möge sterben.«

»Wenn er ihn hätte ermorden wollen, hätte er doch nicht zu Gott gebetet – er hätte es einfach getan! Unser Prämonstratenser hat die Vergeltung aber offenbar in Gottes Hände gelegt. Das widerspricht sich. Ein Christ betet zu Gott, damit der ihm bei etwas hilft, das er selbst nicht vermag.«

»Ein Christ vielleicht ... Aber Hyacinthus war früher Ketzer. Wusstet Ihr das?«

»Wie habt Ihr das erfahren, Herr Jost?«

»Das ist doch nicht schwer ... Ich weiß es einfach.«

Als sie das Schlafgemach des Ermordeten betraten, sagte Jost von Landstein triumphierend: »Seht Ihr, Herr Prokurator, wie der Mörder gewütet hat! Diese vielen Einstiche im Leib des Toten ... Bruder Hyacinthus muss rasend vor Hass gewesen sein. Es hat ihm nicht genügt, ihn zu töten, nein, er hat immer wieder auf ihn eingestochen.«

Ulrich beugte sich über den Leichnam des Gesandten und studierte ihn aufmerksam. Der Tote lag mit dem Gesicht zur Erde. Er drehte ihn auf den Rücken und nickte zufrieden.

»Schaut her, Herr Jost. Er hat am ganzen Leib Messerstiche. Vorne und hinten.«

»Ich sage es ja, er hat wie ein Rasender gewütet.«

»Stellt Euch einmal einen Rasenden vor: Er sticht zu, immer wieder. Aber dann dreht er den Körper sorgfältig auf die andere Seite, um weiterzustechen ... Kommt Euch das nicht seltsam vor? Der Mörder hat zwar etliche Male auf den Gesandten eingestochen, aber von allen Seiten, versteht Ihr? Er wollte, dass es so aussieht, als habe der Täter den Ermordeten gehasst. Dabei ist er mit kalter Berechnung vorgegangen. Diese Wunden hier sollen meiner Ansicht nach das wahre Motiv seines Verbrechens verschleiern. Hier ging es nicht um Hass und auch nicht um Rache.«

»Nein? Wer hat es Eurer Meinung nach dann getan?«

»Das werden wir herausfinden. Wir müssen alle verhören. Seht Ihr die auf dem Boden verstreuten Sachen? Auch das will mir nicht recht zu einem Mord aus Vergeltung passen. Der Mörder hat hier etwas gesucht. Und vielleicht auch gefunden.«

»Da fällt mir etwas ein. Kommt mit!«, sagte Jost von Landstein. Er ging mit Ulrich hinaus aus dem Palas, über den Burghof und bis zum Gesindehaus. Dort fragte er einen alten Knecht, der hier seine letzten Tage verlebte, welcher Schlafplatz dem jungen Prämonstratenser gehöre. Der Alte deutete in eine Ecke, in der eine hölzerne Pritsche stand. Auf dem Boden davor lag ein lederner Sack.

Jost von Landstein stürzte sofort dorthin, nahm den Sack und band ihn auf. Gleich obenauf lag ein Beutel mit Silbermünzen. In das Leder des Beutels war das Wappen der päpstlichen Kurie eingeprägt.

»Was sagt Ihr nun?«, fragte Jost mit dem Beutel in der Hand.

»Dass dies jemand ausgeklügelt hat, der nicht besonders viel Fantasie besitzt. Nur ein Dummkopf kann darauf hereinfallen!«, brummte Ulrich. Aber Jost von Landstein hatte nicht die Absicht, lange mit ihm zu diskutieren. Ohne zu antworten, verließ er das Gesindehaus und marschierte zurück in Richtung Kapelle. Ulrich folgte ihm widerstrebend. Unterwegs eröffnete ihm Jost seine Absichten: »Ein Glücksfall, dass dieser Prämonstratenser dahintersteckt. So kann niemand meine Familie beschuldigen, und die Kirche muss die Angelegenheit selbst regeln. Der Prager Bischof wollte die Immunität und hat sie sich erkämpft. Das Schöne daran ist, dass nun er selbst das Urteil über Bruder Hyacinthus fällen und dem Papst gegenüber verantworten muss. Nur er allein, weder meine Familie noch Ihr, denn die Befugnisse Eures Amtes erstrecken sich nicht auf Kirchenleute. Ich lasse Bruder Hyacinthus ans Diözesangericht in Prag überführen, und wir haben unsere Ruhe.«

»Meines Wissens hatte Hyacinthus, als wir von Mühlhausen aufgebrochen sind, bereits Vorräte bei sich – auch Geld, das er vom Abt für die Wallfahrt erhalten hat. Und zwar mehr, als in diesem Beutel enthalten ist. Welchen Grund sollte er also haben, für ein paar Silberlinge zu morden? Und wo ist dann das restliche Geld?«

Jost von Landstein blieb endlich stehen. »Welches restliche Geld?«, fragte er mürrisch.

»Ihr glaubt doch nicht, der Gesandte des Papstes trug nur einen halb vollen Beutel bei sich? Wenn Bruder Hyacinthus ihn bestehlen wollte, wo hat er dann die restlichen Silberlinge versteckt? Und warum, wenn es um einen Diebstahl ging, hat er dann so wild auf den Leib des Toten eingestochen? Was wollte er Eurer Meinung nach nun eigentlich? Sich an ihm rächen oder ihn bestehlen?«

»Das soll der Diözesanrichter entscheiden«, antwortete Jost gereizt. Ulrich blickte ihn unverwandt an. Der junge Ritter hielt seinem Blick stand, doch nur kurz, dann wich er ihm aus. Er presste seine Lippen zusammen, drehte sich um und eilte schnell weiter zum oberen Tor. Aber nach ein paar Schritten blieb er wieder stehen und wartete ab, bis Ulrich ihn eingeholt hatte.

»Also gut. Ich bin nicht so dumm, wie Ihr vielleicht denkt«, erklärte er. »Auch mir sind die vielen Unstimmigkeiten aufgefallen, von denen Ihr sprecht. Auf unserer Burg wurde ein wichtiges Mitglied der päpstlichen Kurie ermordet, und der Papst wird diesen Umstand ausnutzen wollen. Könnt Ihr Euch vorstellen, welch hohe Buße er von meinem Vater fordern wird? Es kann unser ganzes Geschlecht vernichten! ... Nur eines könnte uns retten. Wenn der Mörder ein Angehöriger der Kirche wäre ... versteht Ihr?«

»Das gibt Euch aber nicht das Recht, Bruder Hyacinthus zu beschuldigen«, widersprach Ulrich ihm vehement.

»Warum nicht? Soll sich der Bischof von Prag damit befassen. Vielleicht gelangt er ja am Ende zur gleichen Auffassung wie Ihr, dass dieser Prämonstratenser unschuldig ist. Hauptsache, er kann unserer Familie nichts vorwerfen!«

»Habt Ihr eine so schlechte Meinung von mir, dass Ihr glaubt, ich würde mich mit dergleichen einverstanden erklären?«, entgegnete Ulrich entrüstet. »Ich verspreche, ich werde genaue Nachforschungen betreiben und den wahren Mörder finden.«

»Aber wann?«

»So bald wie möglich!«

»Morgen will Agnes von Böhmen auf die Wallfahrt aufbrechen. Wenn Ihr bis dahin den wahren Mörder nicht gefunden habt, werde ich Bruder Hyacinthus öffentlich beschuldigen«, verkündete Jost von Landstein kühl. Dann rief er dem Wächter am Tor zu, er solle einstweilen niemanden ohne seine ausdrückliche Erlaubnis aus der Burg hinauslassen.

»Dies also ist die Nachricht, die der Bote des kastilischen Königs Alfons mir übermittelt hat«, sagte Ulrich. Er hatte Agnes von Böhmen die mündliche Botschaft ausgerichtet und ihr den versiegelten Brief überreicht.

»Warum hast du ihn mir nicht schon gestern gegeben?«, fragte sie verärgert.

»Ich habe Euch um eine Audienz gebeten, doch Ihr habt mich abgewiesen. Und ich konnte doch nicht vor aller Ohren aussprechen, worum es ging«, verteidigte Ulrich sich mit aller Ehrerbietung.

Agnes von Böhmen nickte. Sie besah sich das Siegel, brach es auf und entfaltete das Pergament. An ihren leicht zitternden Händen war zu erkennen, wie nervös sie war.

Nachdem sie zu Ende gelesen hatte, sagte Ulrich vorsichtig: »Darf ich Euch etwas fragen? Warum habt Ihr mir die Untersuchung des Mordfalls anvertraut?« Nachdem Agnes von Böhmen zusammen mit den anderen die Burgkapelle verlassen hatte, hatte sie ihn zu sich rufen lassen. Sie saß in einem Sessel am Fenster ihres Gemachs, hatte die Hände gefaltet und die Augen halb geschlossen, so als würde sie beten. Der Brief lag in ihrem Schoß.

»Weil mein Neffe dich für den besten Ermittler hält, den das Königreich je hatte. Und weil auch ich dich hochschätze. Ich weiß, dass du ein ehrenhafter Ritter bist.«

»Erhabene Äbtissin ... das heißt ältere Schwester ... verzeiht, dass ich die falsche Anrede benutzt habe«, entschuldigte sich Ulrich. Er versuchte, Zeit zu gewinnen, denn was ihm Agnes gerade unterbreitet hatte, passte in keiner Weise mit den Ereignissen der letzten Tage zusammen und verwirrte ihn. Er beschloss deshalb, offen mit ihr zu sprechen.

»Euer Lob ehrt mich außerordentlich, doch bislang habt Ihr Euch mir gegenüber sehr geringschätzig verhalten. Ich hatte den Eindruck gewonnen, Ihr seid nicht im Mindesten erpicht darauf, dass ich an Eurer Wallfahrt teilnehme.«

Sie lächelte etwas bitter. »Auch der beste Ermittler kann nicht alles wissen. Und manchmal soll er auch nicht alles wissen. Kurz vor seinem Tode hat mich der Komtur Jakob de Vries aufgesucht und mir abgeraten, dich nach Compostela mitzunehmen. Ich habe ihn scharf zurückgewiesen und ihm gesagt, ich würde auf deiner Teilnahme bestehen. Wenn ich dich also nicht zur Audienz empfangen habe, so nicht, weil ich dich gering achten würde, wie ihr Männer gerne jammert, sondern weil ich dich schützen wollte.«

»Das könnte ich verstehen, wenn denn eine Gefahr drohte. Mir oder vielleicht auch Euch. Wollt Ihr mir verraten, was Euch solche Sorge bereitet?«

Agnes von Böhmen führte die gefalteten Hände zu ihren Lippen, als würde sie demütig beten. Eine Weile schien sie nachzudenken, dann nickte sie. »Du solltest wirklich mehr erfahren. Ich weiß wohl, dass mein Entschluss, so eilig zur Pilgerreise aufzubrechen, zumindest bei klugen Köpfen Fragen aufgeworfen hat. Es war jedoch nicht nur eine Laune von mir. Mitte August des vergangenen Jahres ist in Assisi meine Lehrerin und liebste Gefährtin Klara gestorben. Kurz vor ihrem Tod schrieb sie mir einen Brief. Darin bat sie mich, umgehend nach Compostela zu pilgern. Ich sehe es als meine christliche Pflicht an, diesen letzten Wunsch einer Sterbenden zu erfüllen. Durch eine unglückliche Fügung wurde jedoch auf ihren Boten ein Überfall verübt, und so erhielt ich den Brief erst fast ein Jahr nach ihrem Tod.«

»Sie hat Euch aber doch nicht nur um diese Pilgerreise gebeten, oder?«

»Was der Brief des Weiteren enthielt, muss dich nicht interessieren! Es handelt sich um eine geistliche Mission«, antwortete sie harsch. Eben noch hatte sie sehr offen zu ihm gesprochen, als wollte sie sich ihm nur zu gerne anvertrauen, doch nun hatte sie schlagartig wieder ihre Maske abweisender Distanz aufgesetzt. Ihre Stirn war dabei sorgenvoll gerunzelt. Sie befand sich in einem Alter, in dem Frauen sich bereits als alt bezeichneten, doch ihr Gesicht hatte die unverwechselbare Anmut der Přemyslidenfrauen bewahrt.

»Soviel ich weiß, besuchte der Papst höchstpersönlich Klara von Assisi zwei Tage vor ihrem Tod und billigte die Regel des Damianitinnenordens«, versuchte Ulrich das Thema von einer anderen Seite anzugehen.

Agnes von Böhmen nickte. »Und dies geschah zur unendlichen Freude all unserer Ordensschwestern«, sagte sie. »Demnächst wird es eine Zusammenkunft aller Vorsteherinnen geben, deren Klöster nach dieser Regel leben. Klara benannte ihren Orden nach der Kirche des heiligen Damian, in der sie mit ihren Mitschwestern lebte. Das wollen wir nun ändern. Ihr zu Ehren werden wir uns von nun an Klarissen nennen. Und wir wollen den Papst darum bitten, Äbtissin Klara heiligzusprechen. In gewissem Sinne hängt meine Wallfahrt auch damit zusammen.«

»Hat Papst Innozenz unsere Reise deshalb so großzügig unter seinen Schutz gestellt?«

»Über eines bist du nicht exakt unterrichtet«, sagte Agnes betrübt. »In der Tat beeilte sich der Papst, die sterbende Klara in Assisi zu besuchen. Und er billigte ihre Ordensregel. Doch sie konnte sich in ihrem Erdenleben nicht mehr daran erfreuen, denn als er zu ihrem Sterbebett gelangte, war sie bereits tot. Und darin liegt nun das Problem. Sie hatte ihm nämlich eine bestimmte Reliquie übergeben wollen. Und weil ihr so sehr daran gelegen war, ihren Teil der Vereinbarung zu erfüllen, hat sie in ihrem Brief also mich gebeten, diese Aufgabe für sie zu übernehmen. Sie schrieb, die Reliquie befinde sich einstweilen in Compostela oder in der näheren Umgebung.«

»Wollt Ihr damit andeuten, der Heilige Vater billigte die von ihr verfassten Regeln für den Bettelorden der Schwestern im Austausch für jene Reliquie?«

»Nichts dergleichen habe ich gesagt!«, brauste Agnes von Böhmen auf. »Ich sagte lediglich, Klara habe dem Papst vor ihrem Tode etwas versprochen und sich gewünscht, dass ihr Versprechen auch im Fall ihres Todes eingelöst werde. Das ist alles. Sei also nicht so dreist!«

»Verzeiht. Ihr habt ganz recht, dass mich Klaras geistiges Vermächtnis nichts angeht. Aber vielleicht darf ich die Vermutung anstellen, dass ebendieses Vermächtnis der Grund dafür ist, dass in Prag mehrere Männer sterben mussten, die Euch auf Eurer Pilgerreise begleiten sollten? Und dass wohl aus dem gleichen Grund auch der Gesandte des Papstes letzte Nacht ermordet wurde?«

»Das kann sein. Aber ich wiederhole, es handelt sich um eine höchstkirchliche Angelegenheit.«

»Dann muss freilich auch der Täter aus kirchlichen Kreisen stammen, denn niemand sonst kann wissen, was es mit dem Vermächtnis der Klara von Assisi auf sich hat. Vermutlich besäße es auch für niemanden sonst einen Wert.«

Die Miene der Äbtissin verfinsterte sich noch mehr. Doch im

Lauf ihres langen Lebens hatte sie gelernt, pragmatisch zu handeln. Wenn sie sich einmal dazu entschlossen hatte, Ulrich von Kulm bis zu einem gewissen Grad in ihr Geheimnis einzuweihen, konnte sie ihn nun nicht einfach beleidigt hinauswerfen. Einerseits gewann sie dadurch nichts, und andererseits hatte er vermutlich recht. Zudem war er der Einzige, der die Botschaft des Königs von Kastilien kannte, und sie war darauf angewiesen, dass er nichts weitererzählte, denn sie ahnte, dass die nächsten Wochen auch für sie gefährlich werden konnten.

»Jost von Landstein hat mir gegenüber den Verdacht geäußert, der Prämonstratenser habe den Gesandten getötet«, sagte Agnes ungerührt. Dann schwieg sie und blickte Ulrich abwartend an. Der königliche Prokurator ließ sich nicht lange bitten.

»Hat er Euch auch von meinen Zweifeln diesbezüglich berichtet? Ich glaube nicht, dass dieser Ordensbruder es getan hat. Und vor dem Hintergrund, über den wir hier gerade sprechen, schon gar nicht. Im letzten Monat befand sich Hyacinthus überhaupt nicht in Prag.«

»Von deinen Zweifeln hat Herr Jost mir nichts erzählt. Du meintest also jemand anderen, als du von einem Verbrecher aus Kirchenkreisen sprachst?«

»Theoretisch ja. Doch weiß ich noch viel zu wenig, um irgendjemanden beschuldigen zu können. Allerdings können wir wohl davon ausgehen, dass derjenige, der in Prag gemordet hat, auch den Mord hier auf Burg Landstein begangen hat.«

»Deine Gedanken klingen vernünftig, königlicher Prokurator, sie haben jedoch eine nicht unwesentliche Schwäche. Die Kleriker, die mit mir hierhergeritten sind, sind über jeden Verdacht erhaben. Der Propst von Vyšehrad, Willibald Odo, ist mein langjähriger Beichtvater, er hatte keinerlei Grund zum Morden. Dann ist da sein Bibliothekar. Ein unbedeutender Ordensmann. Und für die Unschuld des dritten von ihnen, Bruder Gregor, lege ich meine Hand ins Feuer. Die übrigen Ordensleute wiederum, ob nun der hiesige Kaplan oder jener unglückliche Prämonstratenser, befanden sich nicht in Prag.«

»Was wollt Ihr damit andeuten?«

»Nun, es muss nicht ein einziger Mörder sein. Im Interesse gewisser Kreise könnten auch verschiedene Leute Morde begehen.«

»In wessen Interesse? Des Heiligen Vaters in Rom?«

»Was für ein Unsinn! Ach, es ist schwierig, wenn du so wenig weißt«, seufzte sie wie eine Mutter über ihr begriffsstutziges Kind. »Und ich kann dir nicht noch mehr verraten. Nein, glaube mir, die mörderische Hand wurde in diesem Fall nicht von Rom gelenkt.« Sie blickte zu Boden und knetete ihre Hände, als würde sie schwer mit sich ringen. Eine Weile herrschte Stille. Dann schien sie einen Entschluss zu fassen.

»Herr Prokurator, ich habe die Tempelritter in Verdacht! Und dafür habe ich meine Gründe.«

»Diesen Verdacht hatte ich auch schon. Aber wie erklärt Ihr Euch dann, dass in Prag ihr Komtur umgebracht wurde?«, wollte Ulrich wissen. Er hatte mit der Äbtissin früher immer nur über Glaubensfragen gesprochen. Nun musste er zugeben, dass sie auch zu anderen Reflexionen fähig war. Sie war eben eine echte Přemyslidin.

»Hast du den toten Jakob de Vries gesehen? Ich nicht. Kaum wurde seine Leiche gefunden, haben die Templer sie auch schon in ihre Komturei fortgetragen. Es heißt, der Kopf des Toten sei völlig unkenntlich gewesen. Ich will nichts Falsches behaupten, vielleicht war es ja wirklich der Komtur, aber es könnte auch anders sein. Erst kurz zuvor hatten wir uns gestritten, und dabei ging es auch um andere Fragen als um deine Person. Jakob de Vries muss begriffen haben, dass ich nicht auf ihn hören würde. Vielleicht wählte er deshalb einen anderen Weg, um seine Ziele zu erreichen. Ein vermeintlich toter Feind kann mehr ausrichten!«

»Ihr wart nicht zufällig in Euren früheren Jahren als Ermittlerin tätig? Oder als Richterin?«, sagte Ulrich und verneigte sich voller Bewunderung. Ihm war schon ein ähnlicher Gedanke gekommen, als er gehört hatte, dass die Leiche des ermordeten Komturs so entstellt sei. Deshalb hatte er auch versucht, über Přech von Michalowitz mehr darüber zu erfahren, doch leider ohne Erfolg. Und dann hatte er die Hypothese erst einmal fallen gelassen. Allzu vertrackt war sie ihm vorgekommen.

Als er sein Kompliment hervorbrachte, huschte ein kleines Lächeln über das sonst so ernste und blasse Gesicht der Äbtissin. Vielleicht hatte Otto in einem eben doch recht: Auch eine Heilige war nur eine Frau. Rasch kehrte Ulrich wieder zum Kern der Sache zurück: »Falls Euer Verdacht hinsichtlich des Komturs stimmen sollte, bleibt dennoch ein Problem: Wer hat den Mord hier auf Burg Landstein begangen? Und ich wiederhole, Bruder Hyacinthus war es nicht.«

»Vielleicht haben die Templer ja einen Gehilfen?«, bemerkte sie bitter. »Und da ich mich in letzter Zeit tatsächlich ein wenig als Ermittlerin versuche, werde ich dir mehrere Möglichkeiten präsentieren: Es geht das Gerücht, Peter von Rosenberg strebe nach der Aufnahme in den Tempelorden. Jost von Landstein wiederum hat im Heiligen Land gekämpft und sich in Akkon aufgehalten, wo der Großmeister der Tempelritter residiert. Und gestern Abend hat Johanna von Blatna den Gesandten des Papstes in seinem Gemach aufgesucht. Das arme Mädchen ist aus dem Jungfrauengefolge die Hässlichste, weshalb eine Fleischessünde wohl kaum in Betracht kommt. Unterschätze bitte nicht den guten Geschmack der Kleriker! Sie betrachten die Frauen wie andere Männer auch, wenngleich natürlich auf frommere Weise. Ich hätte also eine andere Erklärung:

Johannas Vater ist ein enger Vertrauter vom Großmeister des Johanniterordens, der nicht weit von ihrer Stammburg in Strakonitz lebt. Wer weiß, vielleicht helfen die beiden Ritterorden einander aus? Auch eine Frau kann durchaus den Mord begangen haben, und nicht nur Johanna von Blatna, schließlich haben wir hier auch noch die Dienerschaft der Burg. Für Geld würden viele selbst die eigene Mutter töten – weshalb nicht einen Gesandten des Papstes?«

»Ihr sprecht immer nur vom Gesandten des Papstes«, bemerkte Ulrich beiläufig.

Mehr musste er nicht sagen, denn Agnes von Böhmen fuhr von sich aus fort: »Natürlich, das weißt du auch schon. Es war nicht Kardinal Tiberius von Mantua. Ich wusste Bescheid, der Heilige Vater hatte mich darüber unterrichtet, wenngleich ich nicht weiß, weshalb er sich zu dieser List entschlossen hat. Der Mann, der heute Nacht hier ermordet wurde, war eine bedeutende Persönlichkeit. Er war bei der päpstlichen Kurie als Kardinal für den Schutz des Glaubens zuständig. Vielleicht ist er unter falschem Namen aufgetreten, weil er viele Feinde besaß. Er gehörte zu den Mitbegründern der Inquisition.«

VIII. Kapitel

Bald nach dem Mittagessen erschien plötzlich Otto in Ulrichs Kammer. Hinter sich her zog er, am Saum von dessen Kutte, den Landsteiner Kaplan Wolf.

»Ich habe den Übeltäter«, meldete der Knappe zufrieden. An Ottos Reitstiefeln klebte eingetrockneter Schlamm, der Kaplan war völlig schmutzverschmiert und hatte eine frisch blutende Schramme im Gesicht. Seine Hände waren mit einem groben Seil gefesselt, und in seinem Mund steckte ein Knäuel Stoff. Mit Blick auf den Knebel erklärte Otto rasch, der Kaplan habe die ganze Zeit über so widerlich herumgejammert, dass er ihm leider das Maul habe stopfen müssen.

»Dann lass den Knebel noch einen Moment darin, und erzähle mir, was passiert ist«, forderte Ulrich ihn auf.

Er hatte seine Verhöre beendet und machte sich gerade Notizen. Das einzig Aufschlussreiche war sein Gespräch mit Agnes von Böhmen gewesen. Aber auch damit war er nicht recht zufrieden. Dass sie ihm nicht alles erklären wollte und in manchem nur vage Andeutungen machte, konnte er mit Blick auf die Umstände verstehen. Er hatte jedoch das starke Gefühl, dass auch in dem, was sie ihm anvertraute, eine gewisse Unaufrichtigkeit lag. Es war, als wollte sie seine Vermutungen in eine ganz bestimmte Richtung lenken, die ihr selbst gelegen kam. Vor allem ihre Anspielungen auf die Tempelritter erschienen ihm nicht wirklich plausibel. Wenn nur einer von ihnen das Verbrechen begangen hätte – gut, das konnte er sich vorstellen, aber warum sollte sich gleich der ganze Orden mit so etwas kompromittieren? Auch schien ihm, als wollte die Äbtissin um jeden Preis den Ruf der päpstlichen Kurie aufrechterhalten. Er benötigte Zeit, um klarer zu sehen. Nur eines war gewiss, es handelte sich um ein kirchliches Geheimnis. Und mit der Kirche war das so eine Sache: Oft hielt man dort schon eine Banalität, die in Wahrheit nicht der Rede wert war, für ein erstrangiges Geheimnis. Allerdings hegte die Kirche auch schreckliche Geheimnisse, bei denen einem allein der Gedanke daran Schauer über den Rücken jagte.

Die anderen Edelleute zu verhören war reine Zeitvergeudung gewesen. Niemand wollte etwas mit dem Mord an dem päpstlichen Gesandten zu tun haben, weshalb alle behauptet hatten, sie könnten sich an nichts erinnern und hätten nichts bemerkt. Peter von Rosenberg stritt ab, dass er sich am Vortag während der Jagd mit dem Gesandten gestritten hätte. Er behauptete, sie hätten nur etwas lautstarker über etwas diskutiert und es sei um nichts Wichtiges gegangen.

Die einzige wertvolle Aussage war von den Edelfräulein gekommen. Sie hatten Bruder Hyacinthus am Vorabend dazu gedrängt, im Rittersaal für sie zu singen. Sie hatten sich köstlich über seine Befangenheit amüsiert und ihn schließlich unter Gelächter bis in die Vorburg begleitet und ihn dort im Gästehaus höchstpersönlich zu Bett gebracht.

Ulrich hatte sich natürlich bei dem Wächter vom zweiten Tor erkundigt, ob der Prämonstratenser vielleicht nachts in den Palas zurückgekehrt sei, aber der Wächter hatte dies eindeutig verneint. Dies alles bestätigte nur, dass Hyacinthus den Gesandten des Papstes nicht umgebracht haben konnte, denn den Mord musste jemand begangen haben, der sich nachts im Palas aufhielt.

»Erzähle, Otto, was hat Kaplan Wolf denn getan?«, wollte Ulrich nun von seinem Knappen wissen.

»Mir ging das Geld nicht aus dem Kopf, das dem Gesandten fehlte«, begann Otto nicht ohne Stolz. »Ihr erinnert Euch, Ihr meintet, es müsste mehr sein als nur dieser eine Beutel, der sich unter den Sachen von Bruder Hyacinthus fand. Da dachte ich, vielleicht hat jemand es gestohlen, der als Erster in das Gemach des Toten kam. Natürlich hatte er nicht die Zeit, es mitzunehmen, und wie sollte er es auch transportieren, schließlich konnte er jemandem im Palas begegnen. Was hatte er also mit den restlichen Geldbeuteln getan? Mir fiel nur eine Möglichkeit ein. Er warf sie aus dem Fenster! Unterhalb des Palas befindet sich der Graben und darin allerlei Unrat wie in jedem Burggraben. Ein paar kleine Lederbeutel würden dort niemandem auffallen.«

»Außer dir, lieber Otto«, sagte Ulrich. Er fand es großartig, einen so verlässlichen und klugen Gehilfen an seiner Seite zu haben. Nur ein Dummkopf umgab sich mit Dummköpfen, damit er selbst herausragen konnte. Er kannte viele Burgvögte, die genau das taten. Im Übrigen war auch der Prager Bischof nicht anders.

»Ich bin gleich nach der Kapelle dort nachgucken gegangen. Und natürlich lagen die Säckel dort. Ich habe mich bei den Wächtern kundig gemacht, die mir erklärten, sie würden jeden Nachmittag durch den Burggraben laufen und ihn kontrollieren. Es war also klar, dass der Dieb nicht lange zögern würde. Ich habe mich in einer Nische der Burgmauer versteckt und abgewartet. Es dauerte nicht lang, und der Burgkaplan tauchte auf, um die Geldbeutel zu holen. Ich nahm ihn in die Mangel, und er hat gestanden. Er habe die Beutel aus dem Fenster geworfen, nachdem er die Leiche des Gesandten entdeckt hatte. Danach sei er in die Kapelle gelaufen, um uns die schreckliche Nachricht zu verkünden.«

Ulrich strich sich mit der Hand über den Bart und dachte nach. Ein anderer Verdacht machte ihm zu schaffen. Burggraf Wilhelm von Landstein hatte ihn am Hofe des Königs schon mehrfach unterstützt. Zwar hatte er partout versucht, ihn mit seiner Tochter Lucia zu verloben, aber er war doch ein ehrenhafter Ritter. Umso unangenehmer wäre es Ulrich, müsste er das Herrschaftsgebiet von Burg Landstein nur wegen der Torheit seines Sohnes Jost gefährden.

Doch er war nun einmal der königliche Prokurator, Gerechtigkeit gab es nur eine, und die galt gleichermaßen für den Burggrafen wie für den Prämonstratenser, für den Burgkaplan wie für Ulrich von Kulm. Und nicht zuletzt für den Ermordeten.

Er seufzte, dann wandte er sich an Kaplan Wolf: »Gestehst du? War es so, wie mein Knappe sagt?«

Der Kaplan ließ den Kopf hängen und nickte stumm. In seinen Augen standen Tränen, und seine Hände zitterten.

»Aber es ist nur ein Teil der Wahrheit, nicht wahr?«, fuhr Ulrich streng fort. »Jetzt erzähle mir noch von dem einen Beutel, den du nicht aus dem Fenster geworfen hast!« Damit nahm er ihm den Knebel aus dem Mund.

»Wie wisst Ihr davon?«, brach es aus dem erschrockenen Kaplan hervor.

»Mir kam es merkwürdig vor, dass Herr Jost gleich nach dem Mord so schnelle Antworten fand. Als wüsste er bereits, wo er suchen musste. Von der Leiche des Gesandten hat er mich geradewegs zu den persönlichen Dingen von Bruder Hyacinthus geführt. Du hattest diesen einen Beutel dort für ihn versteckt, ist es nicht so?«

Der Landsteiner Kaplan nickte erneut und zog den Kopf noch weiter ein. Dann faltete er die Hände, fiel auf die Knie und betete unter Tränen, Gott möge ihm vergeben.

»Wir wollen nun darüber sprechen, wie es wirklich war!«, sagte Ulrich von Kulm in scharfem Ton. Er stand in der Burgkapelle, wo er Jost von Landstein und seine Schwester Lucia zusammengerufen hatte. In der Apsis behielt Otto den Burgkaplan im

Auge, der mit gesenktem Kopf beim Altar stand. Neben dem steinernen Tabernakel mit dem Kruzifix brannten zwei dicke Wachskerzen.

»Mein Knappe hat im Burggraben die Geldbeutel gefunden, die dem ermordeten Gesandten gehörten, und er hat auch herausbekommen, wie sie dorthin gelangt sind. Ferner fand er die Wahrheit über jenen letzten Beutel heraus, den Ihr in Bruder Hyacinthus' Sack habt stecken lassen, damit man ihm die Schuld anhängen konnte, Herr Jost«, berichtete Ulrich förmlich.

Lucia sah ihren Bruder mit hochgezogenen Augenbrauen an, sagte jedoch nichts, und das überraschte Ulrich. Er war sich sicher gewesen, dass Lucia nichts mit der Sache zu tun hatte, hatte jedoch erwartet, dass sie heftig protestieren würde. Doch sie tat nichts dergleichen. In ihrem Gesicht lag nur Verblüffung, und auch Enttäuschung. Offenbar hatte sie ihren Bruder Jost sehr gern, und deshalb schwieg sie.

Jost hingegen schwieg nicht. Er platzte wütend heraus, dass er von nichts wisse, und falls sein Kaplan etwas anderes behaupte, dann spreche er nicht die Wahrheit.

»Wenigstens in der Kapelle solltet Ihr nicht lügen«, fiel Ulrich ihm ins Wort. »Wie konntet Ihr wissen, dass die Beutel von Kaplan Wolf aus dem Fenster geworfen wurden? Sein Name fiel bisher überhaupt nicht. Dass er hier am Altar steht, ist schließlich nichts Ungewöhnliches, das hier ist sein Platz. Ich dachte, Herr Jost, Ihr seid ein Ritter und wisst, wann Ihr verloren habt!«

Lucia lief rot an, denn es war auch für sie eine große Erniedrigung. Ihr Bruder bemerkte es und wandte den Blick ab. Er hatte seine Hände zu Fäusten geballt, und wenn das Verhör nicht in der Kapelle stattgefunden hätte, hätte er womöglich das Schwert gezogen und sich auf den königlichen Prokurator gestürzt. Er konnte sich kaum noch beherrschen.

»Mein Amt sieht Eure Schuld und die Eures Kaplans als erwiesen an«, fuhr Ulrich mit fester Stimme fort. »Heute Nachmittag werde ich Bruder Hyacinthus öffentlich vom Mordverdacht freisprechen. Und jetzt möchte ich die Wahrheit hören! Bedenkt, wir stehen vor einem Altar. Wer hat den Gesandten des Papstes umgebracht? Ihr, Herr Jost?«

»Wie könnt Ihr es wagen? Ihr befindet Euch immer noch auf meiner Burg! Hier bin ich der Herr! Hier treffe ich die Entscheidungen!«, schrie Jost von Landstein außer sich vor Wut. Dann drehte er sich um und rannte aus der Kapelle.

»Er war schon immer jähzornig«, sagte Lucia sanft und hielt Ulrich fest, der ihm nachlaufen wollte. In ihren Augen standen Tränen. »Er hat etwas Unrechtes getan, so viel habe ich verstanden. Ich möchte mich für ihn entschuldigen. So sollte sich ein Ritter wirklich nicht verhalten. Wenngleich es heutzutage die meisten Ritter tun. Sie, die Kirche, der König … Immer heiligt der Zweck die Mittel. Das ist keine Entschuldigung, aber so haben uns unsere Väter erzogen. Ich bitte dich, denke nicht schlecht über ihn. Er ist nicht niederträchtig, ich kenne ihn. Er wollte nur unsere Burg und unseren Vater schützen – was ist daran so falsch? Vielleicht nur, dass er es so ungeschickt angestellt hat. Aber ich schwöre dir, er hat den Gesandten nicht umgebracht.«

»Lass uns noch in Ruhe miteinander sprechen«, sagte Ulrich und bedeutete Otto mit einer Kopfbewegung, mit Kaplan Wolf hinauszugehen. Als Lucia und er alleine waren, setzten sie sich auf eine niedrige Holzbank neben dem Aufgang zur Tribüne.

»Da wir in einem Gotteshaus sind, Lucia, will ich dir glauben, wenn du sagst, du kannst die Unschuld deines Bruders beschwören, zumindest was diesen Mord betrifft. Weißt du etwas mehr darüber?«

»Unter normalen Umständen würde ich dir nichts sagen, aber jetzt muss ich wohl … Doch gerade weil wir uns in einem

Gotteshaus befinden, sollst zuerst du mir ein Versprechen geben. Dass du niemandem erzählen wirst, was ich dir jetzt sage! Keine Sorge, das ist von meiner Seite keine List ...«

Ulrich blickte ihr kurz in die Augen und versprach dann, er werde es für sich behalten.

»Gut.« Lucia nickte und fuhr sich mit der Hand übers Kinn, wie Ulrich es immer tat. Hätte es sich nicht um eine so ernste Angelegenheit gehandelt, hätte er laut aufgelacht. König Ottokar hatte Lucia beauftragt, Ulrich bei seinen Nachforschungen zu helfen, und so versuchte sie sich dieser Aufgabe würdig zu erweisen. Dabei hatte sie unwillkürlich seine Gesten übernommen.

»Gestern Nacht habe ich den Gesandten des Papstes in seiner Schlafkammer aufgesucht«, begann Lucia und seufzte leise. »Ich hatte nämlich vor, ihn zu verhören. In manchen Situationen habe ich dir gegenüber als Frau schließlich gewisse Vorteile. Du schickst immer deinen Knappen vor, um die Frauen zu vernehmen, weil sich das als nützlich erweist. Warum solltest du also nicht mich schicken, um die Männer auszufragen? Ich hatte gehört, dass der Gesandte Zdena Berken von Bürgstein während der Jagd ein unzüchtiges Angebot gemacht hatte. Ich war mir also sicher, dass ich etwas aus ihm herausbringen würde, schließlich bin ich, mit aller Bescheidenheit, hübscher als sie, denkst du nicht?«

»In einem Haus Gottes erwarte hierzu bitte keine Antwort von mir!«, entgegnete er reserviert. Insgeheim gab er Lucia natürlich recht. Wenn er ihr jedoch darauf antwortete, würde das nur als weiterer Schritt der Annäherung verstanden werden. In so einer Frage durfte man keiner Frau beipflichten, da konnte man genauso gut gleich dem Feind Tor und Tür öffnen.

»Wie du willst«, sagte Lucia lächelnd. »Wenn wir an einem geeigneteren Ort sind, werde ich dir die Frage erneut stellen. Ich habe meine Vorzüge auch nicht erwähnt, um mich bei dir einzuschmeicheln, sondern nur um zu verdeutlichen, was im Gemach des Gesandten geschah. Oder besser, was nicht geschah. Der Gesandte des Papstes ist mir nämlich sehr kalt begegnet. Nicht ansatzweise hat er versucht, vertraulich zu werden. Du begreifst also wohl, dass ich verstimmt war.«

Ulrich nickte. Dies war eines der Weltenrätsel. Die Astronomen vollbrachten unmöglich erscheinende Dinge, wie die Bewegung von Planeten zu berechnen und danach einen Kalender zu erstellen. Doch noch der beste Arithmetiker würde niemals ein Modell des weiblichen Denkens ermitteln. Immer und immer wieder vermochten die Frauen ihn zu überraschen. Und eine Meisterin darin war Lucia.

»Immerhin war er bereit, mit mir zu reden«, fuhr sie fort und brachte dabei ihr kurzes blondes Haar in Ordnung. Sie musste ihr würdevolles Amt vergessen haben, denn diese Geste war in höchstem Maße weiblich. »Ich habe ihm gleich zu Beginn erklärt, dass ich nichts von Theologie verstünde und auch nicht gekommen wäre, um mit ihm über die Liturgie oder die Inquisition zu streiten. Mir ginge es lediglich um die Pilgerreise nach Compostela, da ich die Gefolgschaft der frommen Jungfrauen anführte und mich für sie verantwortlich fühlte. Ich bat ihn also, mir etwas über das Pilgern zu erzählen und namentlich, welche Schwierigkeiten uns auf der Reise begegnen könnten.«

»Ich vermute, er hat dir die passenden Gebete empfohlen. Oder angeraten, das Werk des Isidor von Sevilla zu studieren«, antwortete Ulrich, der sich an sein Gespräch neulich mit dem Bibliothekar im Stiftskapitel von Vyšehrad erinnerte.

»Woher weißt du das?«, fragte sie verwundert, um sogleich selbst fortzufahren: »Jedenfalls hat mir das nicht genügt, und schließlich hat er mir ein paar sehr nützliche Ratschläge gegeben.«

Der ironische Unterton war kaum zu überhören, und so

fragte Ulrich gleich nach, was das bedeutende Mitglied der päpstlichen Kurie dem Jungfrauengefolge denn angeraten habe.

»Zum Beispiel sagte er, wir sollten bequeme Reitstiefel anziehen. Auch hat er empfohlen, in den Bergen unter den Röcken Unterhosen zu tragen. Damit uns bei einem steilen Aufstieg nicht etwa der Wind unter die Röcke fährt und der Pilger hinter uns Einblicke gewinnt ... Unterhosen! Ein weiterer Ratschlag war, wir sollten uns im Laufe der Reise gelegentlich waschen, und zwar so, dass die anderen Mädchen am Ufer aufpassen, während eine von uns im Wasser ist, damit nicht zufällig ein Mann auftaucht. Eindrücklich hat er uns auch davor gewarnt, während der Wallfahrt zu singen, zu tanzen, zu lachen oder mit unverheirateten Jünglingen zu sprechen. Auch sollten wir mit keinen Männern reden, die uns anzügliche Blicke zuwerfen. Wie du siehst, weiß ich nun genau, wie man sich auf einer Pilgerreise zu verhalten hat.«

»Das ist sehr amüsant, aber was hat das alles mit deinem Bruder zu tun?«

»Ich bin recht lange im Gemach des Gesandten geblieben. Als ich ihn verließ, sah ich Johanna von Blatna, wie sie gerade den Gang entlangschlich und dann in die Schlafkammer meines Bruders huschte.«

»Laut Agnes von Böhmen hat sie aber den Gesandten aufgesucht!«

»Das hat Johanna ihr gegenüber nur behauptet. Agnes von Böhmen hat sie zwar auf dem Gang gesehen, aber nicht mitbekommen, in welchem Zimmer sie verschwand. Sollte Johanna ihr etwa erzählen, dass sie zu meinem Bruder ging?«, erklärte Lucia mit nachsichtiger Geduld.

Ulrich konnte nicht umhin, noch ein weiteres Detail anzuführen, das die Äbtissin erwähnt hatte. Laut Agnes von Böhmen besaß Johanna von Blatna von all den Edelfräulein am wenigsten Anmut. Er selbst war nicht unbedingt dieser Meinung, und auch Lucia dachte anders darüber. Sofort begann sie, Johanna in Schutz zu nehmen.

»Nichts für ungut, aber wie soll die Vorsteherin eines Bettelordens, deren Nonnen schmutzig und in Lumpen gehen, weibliche Schönheit beurteilen können? Äbtissin Agnes hält nach eigenem Bekunden nur Mädchen für hübsch, die dünn sind, weder Hüften noch Busen haben und somit keine männlichen Begierden wecken. Doch Johanna von Blatna wurde von Gott mit alledem reichlich beschenkt. Ganz im Unterschied zu mir«, fügte sie hinzu und ließ traurig den Kopf hängen. Doch Ulrich nahm ihr diese Demut nicht ab.

Als Lucia begriff, dass er ihr weder widersprechen noch sie aufmuntern würde, wie man das von einem Ritter erwarten durfte, schmollte sie ein wenig. Durch ihre gesenkten Wimpern betrachtete sie ihn prüfend, dann grinste sie belustigt: »Du benimmst dich wie ein Holzklotz. Dich entschuldigt lediglich, dass wir uns in einer Kapelle befinden.«

»Du kennst mich, ich würde mich auch an einem anderen Ort so verhalten«, entgegnete er freundlich.

Lucia seufzte: »Ich weiß ... Also zurück zur Sache. Heute früh behielt ich unauffällig die Tür zur Schlafkammer meines Bruders im Auge. Johanna kam erst nach dem Morgengrauen dort herausgeschlüpft. Und dann begann auch schon die Frühmesse. Nachdem man den Gesandten des Papstes tot aufgefunden hatte, habe ich bei Johanna zur Sicherheit einmal nachgefragt. Sie schwört, mein Bruder habe die ganze Nacht seine Kammer nicht verlassen.«

Trotz seines Versprechens, das Gespräch für sich zu behalten, teilte Ulrich seinem Knappen in groben Zügen seine Schlussfolgerungen mit. Er wusste, dass Otto es niemandem weitererzählen würde. Bei seinen Ermittlungen folgte er dem Grundsatz, dass Ottos Mitarbeit nur dann sinnvoll war, wenn er alles wusste. Anders war den Verbrechern nicht beizukommen.

»So seht Ihr also, edler Herr«, sagte Otto und schüttelte entrüstet den Kopf, als wäre er von der Schlechtigkeit der Menschen zutiefst erschüttert. »Auf einer frommen Pilgerreise, heißt es, darf nicht gesündigt werden. Besonders vom körperlichen Beischlaf hat sich der Christ fernzuhalten. Und was ist das hier? Die Edelleute sündigen, und ich bescheide mich ...«

»Und du wirst dich weiter bescheiden«, fiel Ulrich ihm streng ins Wort.

IX. Kapitel

Am Nachmittag wurde der königliche Prokurator zu Agnes von Böhmen gerufen. Sie war nervös und äußerst schlecht gelaunt.

»Morgen früh verlassen wir Burg Landstein«, verkündete sie ohne Umschweife. »Das heißt, alle müssen sich für den Aufbruch rüsten. Auch im Geiste. Deshalb wird heute Abend ein feierlicher Gottesdienst stattfinden. Es kommt nicht in Frage, dass du den hiesigen Kaplan im Burgverlies gefangen hältst. Ich habe gehört, dass du ihn vor das Diözesangericht in Prag bringen lassen willst. Sein Vergehen ist jedoch nicht so gravierend, dass er nicht mit uns nach Compostela reisen könnte. Im Gegenteil! Als Pilger kann er die Vergebung seiner Sünden erwirken. Du wirst ihn freilassen, und ich werde mit ihm reden.«

»Als Prokurator des Königs steht es mir nicht zu, mich über die Strafmethoden innerhalb der Kirche zu äußern«, knurrte Ulrich. »Kann ich gehen?«

»Nein! Da ist noch die Sache mit Jost von Landstein. Er ist zu mir gekommen und war sehr reumütig. Ich achte seine Beweggründe. Er ehrt seinen Vater und seine Mutter und wollte ihre Besitzungen schützen, wie es die Zehn Gebote vorschreiben.«

»Verzeiht, erhabene ältere Schwester, aber die Zehn Gebote verbieten auch, falsch Zeugnis ...«

»Überlasse bitte die Auslegung der Zehn Gebote jenen, die Gott dazu berufen hat. Den Gesandten des Papstes hat er jedenfalls nicht getötet, darin sind wir uns wohl einig. Deshalb wünsche ich nicht, dass Herr Jost vor den anderen Buße tut. Es genügt, dass der Prämonstratenser nicht verhaftet wird und mit uns weiterreist. So werden die anderen begreifen, dass er unschuldig ist. Meiner Meinung nach ist das völlig ausreichend!«

»Das ist rücksichtslos ihm gegenüber.«

»Die Ehre eines Ritters zu verteidigen ist keine Rücksichtslosigkeit! Mein Neffe, König Ottokar, hat mich schon vor dir gewarnt. Du seist zwar ein hervorragender Ermittler, ließest aber Demut vermissen. Er hatte recht! Ich werde dafür beten, dass dir die heilige Wallfahrt die Augen öffnet und du begreifst, dass der Stolz auf den eigenen Verstand eine schwere Sünde ist. Nicht die Verstandesschärfe, Herr Prokurator, sondern der Glaube ehrt den Christen. Mit Bruder Hyacinthus habe ich bereits geredet, und er ist mit meiner Lösung einverstanden. Damit betrachte ich die Angelegenheit als abgeschlossen.«

Ulrich machte eine leichte Verbeugung, um anzuzeigen, dass er ihre Befehle respektiere. Doch er konnte sich nicht verkneifen zu sagen: »Nichts von alledem löst freilich unser größtes Problem: Wer hat den päpstlichen Gesandten umgebracht? Der Heilige Vater wird sich gewiss nicht mit der Nachricht zufriedengeben, dass einer seiner Kardinäle ermordet wurde. Er wird die Bestrafung des Schuldigen fordern. Aus dem, was wir bisher wissen, geht klar hervor, dass der Mörder unter uns weilt. Er bewegt sich inmitten unserer Gesellschaft und wird mit uns nach Compostela reisen.«

»Das ist leider richtig«, erwiderte sie knapp. »Sicher wird Gott seine Hand über uns halten und seine Getreuen schützen. Dir danke ich für dein Bemühen, den Mörder zu finden. Aber weitere Ermittlungen während der Pilgerreise untersage ich! Von nun an werden wir uns alle wie Büßer verhalten, wir werden beten und des Apostels Jakobus gedenken! Ich entziehe dir hiermit die Befugnisse, die ich dir heute Morgen in dieser Sache kurzfristig verliehen habe.«

»Ist irgendetwas vorgefallen?«, fragte Ulrich besorgt. Ein solcher Sinneswandel konnte sich doch nicht ohne Grund vollziehen.

»Du bist künftig ausschließlich für die Sicherheit der Edelfräulein zuständig. Dies war auch deine ursprüngliche Aufgabe auf meiner Wallfahrt, wenn ich mich nicht täusche.«

»Ihr täuscht Euch«, antwortete Ulrich mit fester Stimme. Er hatte allmählich genug von den Launen dieser Frau! Er verstand, dass die Sorgen sie bedrückten und überforderten – doch warum sollte er dafür bezahlen? Sie verfolgte sichtlich ihre eigenen Pläne, verfuhr dabei aber höchst ungeschickt. Offenbar war sie nicht imstande, anders zu handeln. Sie stammte eben aus königlichem Geblüt, war als Prinzessin aufgewachsen, um die die bedeutendsten Männer der christlichen Welt warben, und schließlich war sie Äbtissin des Klosters geworden, das ihr Bruder Wenzel für sie gegründet hatte. Nichts davon waren Erfahrungen, auf die sie sich jetzt stützen konnte. Sie war unbestreitbar klug und temperamentvoll, doch glaubte sie leichtfertigerweise, dass dies und ihr Glaube ausreichten, um einen Verbrecher zu überführen. Von der Welt des gemeinen Volkes, geschweige denn von Kriminellen, hatte sie nicht die geringste Ahnung.

»Ihr täuscht Euch«, wiederholte er. »Unser erhabener König hat mich nicht nur mit der Obhut über die Jungfrauen betraut. Er hat mich vor allem angewiesen, Euch zu schützen. Und das werde ich tun, ob es Euch gefällt oder nicht!« Er verneigte sich und marschierte voller Ingrimm zur Tür.

»Warte!«, rief sie konsterniert. Sie war nicht an Widerspruch gewöhnt. »Etwas Wichtiges haben wir noch nicht besprochen. Du wirst niemandem auch nur ein Sterbenswörtchen von Klara von Assisi und dem Brief des kastilischen Königs erzählen! Und nun kannst du gehen!«

Nach der Abendmesse zog sich jeder sogleich in seine Kammer zurück. Gewöhnlich beging man zwar den Vorabend einer so langen Reise mit einem Festmahl, doch dazu war im Augenblick niemand in der Stimmung. Otto brachte einen Krug warmen Met in die Kammer seines Herrn mit, und dann machten sie es sich in den Sesseln bequem. Es war ein ungeschriebenes Ritual, dass sie von Zeit zu Zeit miteinander durchgingen, was sie Neues über ein Verbrechen herausgefunden hatten, wenn ihre Ermittlungen ein Stadium erreicht hatten, in dem man Hypothesen aufstellen konnte. Doch diesmal, sosehr sie auch grübelten, wollte sich nichts Sinnvolles herauskristallisieren.

»Wir haben hier ein Dreieck«, dachte Ulrich laut nach. »Klara von Assisi, der Papst und vielleicht der Tempelorden. Dessen Anteil an den Verbrechen ist allerdings nicht gesichert, auch wenn Äbtissin Agnes davon überzeugt ist.«

»Das behauptet sie zumindest«, warf Otto ein. »Ihr habt selbst gesagt, man dürfe ihr nicht alles glauben. Und sie habe Euer Augenmerk allzu auffällig auf die Tempelritter gelenkt.«

»Das stimmt. Dies scheint ein ziemlich vertrackter Fall zu werden. Da ein Gesandter des Papstes umgebracht wurde, muss es jedenfalls jemanden geben, der andere Interessen verfolgt als der Heilige Stuhl. Und wenn es nicht die Templer sind, dann jemand anderes. Aber lassen wir ihnen einstweilen die dritte Spitze des Dreiecks. Die Zeit wird es weisen.«

»Wir sprechen von einem Dreieck und weisen eine der Spitzen Klara von Assisi zu? Das verstehe ich nicht ganz, mein Herr«, bemerkte Otto. »Sie ist doch tot. Schon über ein Jahr.«

»Ich wollte nur höflich sein«, sagte Ulrich lächelnd. »Ebenso gut könnten wir diese dritte Spitze mit der älteren Schwester Agnes besetzen. Damit will ich nicht behaupten, dass sie mit den Verbrechen zu tun hätte, das nicht! Allerdings ist sie es, an die Klara von Assisi sich vor ihrem Tode gewandt hat, demnach handelt sie im Interesse der Toten. Oder vielleicht im Interesse ihres ganzen Bettelordens, schließlich ist sie wie auch Klara Ordensgründerin geworden, und du weißt, wie wichtig es ihr ist, dass der Papst ihre Ordensregel gutheißt. Ihre Behauptung, der Brief der sterbenden Klara sei verloren gegangen und sie habe ihn erst mit einem Jahr Verspätung erhalten, scheint mir übrigens pure Erfindung zu sein. Weißt du, was mich zu dieser Vermutung veranlasst?«

»Der Brief des kastilischen Königs«, antwortete sein Knappe schnell. »Denn darin antwortet er ihr ganz offensichtlich auf eine Frage, die sie ihm zuvor geschrieben haben muss. Aus seinen Antworten geht hervor, dass seine Beamten bereits Nachforschungen angestellt haben. Hätte Agnes von Böhmen den Brief der sterbenden Klara erst vor zwei Monaten erhalten, hätte die Antwort aus Spanien nicht so schnell kommen können.«

»Ganz richtig. Und wenn sie schon bei einer scheinbar so unbedeutenden Kleinigkeit nicht die Wahrheit spricht, wie können wir dann wissen, ob sie uns nicht noch Wesentlicheres verheimlicht? Zugunsten ihres Ordens und ihres Glaubens wäre sie wohl zu lügen bereit. Vielleicht auch ...« Ulrich hielt inne, denn seine eigenen Gedanken überraschten und erschreckten ihn etwas. Resolut schüttelte er den Kopf. »Aber nein, das ist Unsinn!«

»Ihr sagt, laut Äbtissin Agnes hat Klara dem Papst irgendeine Reliquie versprochen«, überlegte Otto weiter. »Und angeblich hat der päpstliche Gesandte gegenüber Jost von Landstein erwähnt, bei seiner Abreise aus Rom habe Papst Innozenz im Sterben gelegen – vielleicht ist er nun bereits verstorben. Könnte die Tatsache, dass Agnes erst jetzt nach Compostela aufbricht, womöglich mit dem Tod des Papstes zusammenhängen?«

Ulrich nickte. »Das ist denkbar«, sagte er. »Nehmen wir einmal an, Klara seien Dokumente in die Hände gelangt, die den

Papst in Misskredit brachten. Sie versprach ihm, sie ihm auszuhändigen, und dafür erkannte er ihren Orden offiziell an ... Ach nein, das ist wohl Unfug. Was müsste denn in solchen Dokumenten stehen, dass es den Heiligen Vater beunruhigen könnte? Über das Papsttum werden schon so schlimme Dinge berichtet, dass es schwerlich noch mehr diskreditiert werden kann. Außerdem, wenn der Papst Klaras Orden anerkannt hat, er aber dafür nicht erhielt, was ihm versprochen wurde, dann hätte er den Orden nach ihrem Tod einfach wieder auflösen können. Er hätte ihn für ketzerisch erklären und mittels der Inquisition doch noch an die Dokumente gelangen können.«

»Das setzt allerdings voraus, dass die anderen Ordensschwestern in Assisi darüber Bescheid wussten«, bemerkte Otto. »Aber vielleicht wussten sie ja nichts – und einzig Agnes von Böhmen weiß nun davon? Diese pilgert also nach Compostela, weil die fraglichen Dinge dort versteckt sind. Und da der Heilige Vater sie nicht von Klara bekommen hat, will er sie von unserer Agnes haben. Wer weiß, vielleicht hat er ihr ja ebenfalls die Anerkennung einer Ordensregel versprochen. Doch diesmal ist er misstrauisch und gewährt keine Vorausleistung in diesem Handel – schön eins nach dem anderen wie auf dem Markt ... Und deshalb sind wir nun so eilig schon im Winter aufgebrochen. Warum sonst hätte Agnes sich bei König Alfons von Kastilien erkundigen sollen, ob Klara je in Compostela war?«

Ulrich schüttelte den Kopf. »Lassen wir einmal beiseite, dass deine Hypothese gegenüber der geliebten Tante unseres erhabenen Herrschers den nötigen Respekt vermissen lässt, so muss ich dich zusätzlich darauf hinweisen, dass sie auch in logischer Hinsicht hinkt, und zwar heftig«, sagte er. »Die Sache, um die sich alles zu drehen scheint, verbirgt sich offenbar in Compostela. Sollte Klara von Assisi etwas besessen haben, das so kompromittierend war, dass der Papst dafür ihren Orden anerkannte, dann wollte sie sicherlich vermeiden, dass es je in fremde Hände fällt. Etwas so Wertvolles musste sie höchstpersönlich verstecken, und zwar an einem Ort, wo niemand es vermuten würde. Compostela ist ein idealer Ort dafür. Allerdings hat sich Klara nur einmal dort aufgehalten, und zwar vor vierzig Jahren. Folglich könnte diese Sache höchstens einen der längst verstorbenen Päpste in Misskredit bringen, nicht aber den gegenwärtigen. Es stellt sich also die Frage, weshalb Innozenz IV. sich überhaupt dafür interessieren sollte, wenn es ihn doch gar nicht betrifft – und dann auch noch auf seinem Sterbebett? Nein, das ergibt einfach keinen Sinn!«

»Was ist, wenn die fragliche Sache nicht einen konkreten Papst in Verruf brächte, sondern das ganze Papsttum?«

»Schon die Juristen der römischen Kaiser haben Dutzende Dokumente vorgelegt, die die Rechte der römischen Päpste diskreditieren, und zwar ganz unbestreitbar, und niemanden kümmert das weiter. Nein, auch das kann nicht die Lösung sein.«

»Und wenn die Sache das Christentum als solches diskreditiert? Den Glauben an sich?«

»Lieber Otto, eine Hypothese ist eine Vermutung, die auf festen Fundamenten der Logik aufbaut. Was du hier aber vorschlägst, lässt sich nachgerade als Ketzerei bezeichnen. Zudem basiert es auf keinen Fundamenten, und schon gar keinen festen. Was sollte denn das Christentum erschüttern? Etwa die Feststellung, dass Jungfrau Maria gar keine Jungfrau war? Dass Christus nicht von den Toten auferstanden ist? Oder dass er den heiligen Petrus nicht als seinen Nachfolger bestimmt hat?« Ulrich bekreuzigte sich schnell, denn was er im Eifer des Gefechts von sich gegeben hatte, war eine unglaubliche Lästerung. Er war zwar kein besonders glühender Christ, doch er hätte niemals gewagt, die grundlegenden Dogmen des Glaubens in Frage zu stellen. Als Richter wusste er, dass es ohne feste Säulen keine Ordnung gab. Was das Gesetz für die Gerechtigkeit war, war das Dogma für den Glauben.

»Ihr habt wohl recht«, räumte Otto ein. »Aber worum sonst kann es bei alledem gehen?«

»Denk daran, dass wir als Arbeitsmodell von einem Dreieck ausgegangen sind. Dabei haben wir die ganze Zeit nur von zwei der Spitzen gesprochen. Die dritte, wo wir mutmaßlich die Tempelritter verortet haben, haben wir noch nicht genauer betrachtet.«

»Weil wir so gar nichts über sie wissen.«

»So ist es«, sagte Ulrich und gähnte. »Und deswegen geben wir hier Torheiten von uns, bei denen ein Inquisitor sich schon die Hände reiben und ein feierliches Autodafé samt Scheiterhaufen für uns beide vorbereiten würde. Lass uns lieber schlafen gehen.«

Er stand auf, trank den Rest Met aus dem Krug, schnallte sein Schwert ab und legte es auf die Truhe. In diesem Moment klopfte es an der Tür, und noch bevor er antworten konnte, schwang sie bereits auf. Auf der Schwelle stand Lucia. Sie warf einen schnellen Blick zurück in den Gang, dann schlüpfte sie herein und schloss die Tür.

»Kann ich mit euch sprechen?«, fragte sie leise.

»Soll ich vielleicht heute Nacht im Gesindehaus schlafen?«, fragte der Knappe mit Unschuldsmiene.

Aber diesmal fuhr Lucia selbst ihn an, er solle diesen Mumpitz unterlassen. »Musst du immer nur an das eine denken? Am Ende werde ich noch glauben, dir liegt überhaupt nichts an den Ermittlungen. Warum tust du nicht lieber etwas Nützliches?«

Otto machte ein langes Gesicht und versetzte frech, im Gegensatz zu ihr würde er beides fertigbringen – liebenswürdig sein und dabei gleichzeitig ermitteln.

Aber Lucia gab sich nicht geschlagen, sondern lächelte spöttisch: »Wirklich? Dann sage mir doch, was weißt du über Peter von Rosenberg?«

»Warst du etwa bei ihm?«, frotzelte Otto. »Wohl deshalb trägst du unter dem Mantel nur dein Nachtgewand.«

»Nun reicht es aber!«, fuhr Ulrich dazwischen, sonst gerieten die beiden Streithähne noch ernsthaft aneinander. »Was ist los, Lucia? Aber rasch heraus damit. Ich bin müde und will schlafen gehen.«

»Peter von Rosenberg hat vorhin heimlich die Burg verlassen. Aber das interessiert dich wohl nicht, wenn dein Knappe lieber Beobachtungen darüber anstellt, was ich unter dem Mantel trage, statt aufzupassen, was hier im Palas geschieht! Ich bin nicht so verantwortungslos, im Unterschied zu ihm habe ich gewissenhaft die Augen offen gehalten!«

Sie machte kehrt und wollte beleidigt hinausgehen, doch Ulrich fasste ihre Hand und hielt sie fest. »Na, na, so sei nicht gleich gekränkt. Otto wird sich bei dir entschuldigen.«

Der Knappe murmelte etwas vor sich hin. Es war nicht zu verstehen, doch Lucia gab sich damit zufrieden. Stolzgeschwellt begann sie zu erzählen: »Ich habe ganz zufällig den Aufbruch des jungen Rosenberg bemerkt. Und da mein Bruder noch nicht schlief, habe ich ihn hinter ihm hergeschickt. Jost kann Tiere aufspüren wie kein Zweiter. Die Fährte eines Ritters aufzunehmen ist für ihn ein Kinderspiel.«

Da sie den skeptischen Blick bemerkte, den Ulrich seinem Knappen zuwarf, schickte sie empört hinterher: »Mein Bruder bereut aufrichtig, was er getan hat, und möchte ebenso wie ich der Gerechtigkeit zum Sieg verhelfen.«

»So habe ich also noch einen weiteren Mitarbeiter? Außer Otto und dir?«, fragte Ulrich in möglichst gleichgültigem Ton, doch seine Augen blitzten amüsiert.

»Nein, so ist es nicht«, erklärte Lucia hastig. »Auf dich würde mein Bruder gar nicht hören. Dem Wunsch unseres erhabenen Königs entsprechend werde nur ich dir bei den Ermittlungen helfen, Jost ist dabei lediglich mein Gehilfe.«

»Was für ein großartiger Einfall«, sagte Ulrich überschwänglich. »Und was ist mit dir, Otto? Solltest du dir nicht auch noch einen Gehilfen suchen? Wie wäre es mit Zdena Berken? Vielleicht möchte sie sich unseren Nachforschungen ebenfalls gerne anschließen.«

»Warum machst du dich immer nur über mich lustig?«, flüsterte Lucia betrübt. Sie setzte sich auf den Bettrand, legte ihre Hände in den Schoß und senkte den Blick.

»Weil Otto und ich dich gernhaben und nicht möchten, dass dir etwas zustößt«, antwortete Ulrich mit einem Anflug von Zärtlichkeit. »Das hier ist kein Spiel. Es geht um Leben und Tod. Der Mörder befindet sich immer noch unter uns, hier im Palas. Was, glaubst du, wird er tun, wenn er feststellt, dass nicht nur Otto und ich hinter ihm her sind, sondern auch du ihm nachjagst und obendrein deinen Bruder auf ihn ansetzt? Was wäre, wenn du wirklich etwas Wichtiges gesehen oder herausgefunden hättest und er davon erführe? Er würde dich töten, ohne mit der Wimper zu zucken. Je mehr Menschen Nachforschungen anstellen, umso größer ist die Gefahr, dass der Verbrecher entkommt, das ist eine alte Erfahrung von mir. Quantität bedeutet nicht gleich Qualität, so ist das nun einmal.«

Otto nickte zustimmend, auch wenn er seinen Herrn noch nie von so einer Erfahrung hatte reden hören. Er meinte sich sogar zu erinnern, dass Ulrich von Kulm unlängst bei einer Fahndung in der Prager Altstadt den Schultheiß mit den Worten um Hilfe bat, je mehr Büttel den Verbrecher jagten, desto schneller könne er gefasst werden.

»Ich schätze deine Hilfe sehr, Lucia, aber so wie ich vor unserem König die Verantwortung für Agnes von Böhmen trage, so trage ich vor deinem Vater Verantwortung für dich. Bis jetzt war es ein Spiel, ein spannendes Abenteuer. Aber damit ist jetzt Schluss! Hier auf der Burg befinden wir uns noch im Vorteil, doch während wir reisen, wird der Vorteil auf Seiten des Mörders liegen. Unterwegs werden uns keine Mauern schützen, auch werden wir in fremder Umgebung und unter fremden Menschen sein. Überall kann etwas Unvorhersehbares geschehen, das er zu seinen Gunsten nutzen könnte. Oder er selbst kann Unvorhersehbares bewirken. Von morgen an werden wir ein anderes Leben führen. Wir werden diejenigen sein, die sich fürchten müssen, nicht der Täter. Ich verspreche dir aber, dass wir dich über unsere Erkundigungen auf dem Laufenden halten. Und wenn ich es als sicher genug erachte, werde ich dich um deine Hilfe bitten. Aber von selbst unternimmst du bitte nichts, versprich mir das!«

Lucia schwieg eine Weile, dann seufzte sie und nickte. Sie versprach so ungerne etwas. Insgeheim fragte sie sich, ob sie auch vor dem Altar so resigniert seufzen würde, wenn es dereinst darum gehen würde, ihrem Ehemann die Treue zu schwören.

»Kann ich noch ein bisschen bei euch bleiben?«, fragte sie und bemühte sich um einen möglichst bescheidenen Gesichtsausdruck. »Ich habe meinem Bruder gesagt, wenn er etwas herausgefunden hat, soll er sogleich zu euch kommen, und ich würde gerne dabei sein.« Sie bemerkte, dass Ulrichs Krug leer war, und bevor er sie daran hindern konnte, hatte sie ihn gepackt und war hinausgelaufen.

»Glaubt Ihr, mein Herr, sie wird Eure Worte beherzigen?«, wollte Otto wissen.

Ulrich nickte. »O ja. Allerdings wird das nur ein oder zwei Tage andauern. Ich habe zwar die Möglichkeiten des Mörders etwas übertrieben, aber in einem habe ich doch die Wahrheit gesagt: Es ist blutiger Ernst. Doch auch Lucia hatte recht: Von jetzt an verbiete ich dieses alberne Liebesgeplänkel. Wir befinden uns hier auf einer Wallfahrt. Und damit wir später nicht lange hin und her diskutieren müssen, was Fleischessünde ist und was nicht, untersage ich zur Sicherheit jegliche dummen Scherze in diese Richtung, verstanden?«

»Gewiss, mein Herr«, nickte Otto übereifrig. »Doch nur zur Sicherheit, was sind dumme Scherze? Wie unterscheiden sie sich von klugen Scherzen? Und sind kluge Scherze über etwas anderes als über Liebesdinge erlaubt?«

Bevor Ulrich ihm darauf antworten konnte, kam Lucia atemlos zurück. Sie brachte ein paar kleine Metkrüge und berichtete schon auf der Türschwelle hastig flüsternd, Peter von Rosenberg sei auf die Burg zurückgekehrt. Sie habe ihn durch das Küchenfenster gesehen. Als er durch das von Fackeln erleuchtete Tor getreten sei, habe sie erkennen können, dass er einen neuen grauen Umhang trug sowie einen Kittel mit dem roten Kreuz der Templer auf der Brust. Ihren Bruder Jost habe sie zwar nicht gesehen, doch sie rechne damit, dass er jeden Moment auftauche.

Lucia verteilte die Krüge und entschuldigte sich dafür, dass der Met nicht mehr warm sei. »Worauf stoßen wir an?«, wollte sie wissen.

»Auf deinen Gehorsam«, schlug Ulrich vor.

Sie zog zwar eine Grimasse, hob aber ihren Krug und trank. Vom Gang her hörte man eilige Schritte näher kommen, und gleich darauf erschien Jost von Landstein in der Tür. Er machte eine kleine Verbeugung.

»Ihr habt ja schon von meiner Schwester gehört, was sie sich da wieder für mich ausgedacht hat. Wann wird dieses Mädchen nur Vernunft annehmen?«

»Das interessiert hier doch niemanden!«, fiel Lucia ihm ins Wort. »Hast du etwas herausgefunden?«

»Peter von Rosenberg ist durch das Tor hinaus und dann in den Wald hineingegangen. Nicht sehr weit, nur bis zur ersten Lichtung. Dort haben zwei Tempelritter auf ihn gewartet. Er ging zu ihnen hin und kniete vor ihnen nieder. Darauf streiften sie ihm die Tunika mit dem Templerkreuz über und reichten ihm ein Schwert. Er küsste es, dann stand er auf und ging wieder zur Burg zurück. Bei alledem ist kein einziges Wort gefallen. Ich habe noch eine Weile dort gestanden. Die beiden Templer gingen zu ihren Pferden, die sie am Waldrand festgebunden hatten, sprangen in den Sattel und ritten davon. Das ist alles. Und nun heißt es schlafen gehen, Lucia!«

»Was kann das nur bedeuten?«, grübelte Lucia laut und zeigte keinerlei Neigung zu gehen.

»Auf deinen Gehorsam«, wiederholte Ulrich bedeutungsvoll, hob seinen Krug und trank einen Schluck.

Sie presste die Lippen zusammen, nickte jedoch. Dann erhob sie sich und ging mit ihrem Bruder davon.

»So hat unser Dreieck nun doch noch seine dritte Spitze«, verkündete Otto zufrieden.

»Glaubst du? In diesem Fall verstehe ich gar nichts mehr. Wie schön wäre die christliche Welt, wenn sie so logisch wäre. Aber das ist sie gewöhnlich nicht.« Ulrich gähnte wieder und verkündete entschieden, dass auch er jetzt wirklich zu Bett gehe.

X. Kapitel

Als die versammelte Reisegesellschaft am nächsten Morgen Burg Landstein verließ, zeigte sich, dass der Herbst endgültig die Herrschaft über das Land übernommen hatte. Es nieselte, und von den Bergen blies ein kalter Wind. Bevor sie losritten, hatte Propst Willibald Odo noch eine flammende Rede über die fromme Bedeutung ihrer Reise gehalten, und Ulrich hatte amüsiert festgestellt, dass er in seinem Eifer die Namen der Apostel verwechselte. Bibliothekar Emmeran verzog dabei das Gesicht, als hätte er wieder Zahnschmerzen.

Peter von Rosenberg war in der Frühe mit dem roten Templerkreuz auf der Brust erschienen und hatte allen stolz erklärt, er habe immer schon den Wunsch gehegt, ein Ritter Christi zu werden, und nun habe Gott so kurz vor der Wallfahrt sein Bitten erhört. Am Vorabend sei er in den Orden aufgenommen worden.

Nachdem sie losgeritten waren, fragte Ulrich ihn, ob er vielleicht wisse, wer nach dem Tod des Jakob de Vries neuer Templerkomtur in der Provinz Böhmen geworden sei, doch der junge Rosenberg musste passen.

»Ihr wisst vermutlich nicht, wie die Aufnahme in den Templorden abläuft«, erklärte er mit wichtiger Miene. »Alles ist schon vorher abgesprochen. Verträge wurden unterschrieben sowie vereinbart, welche Spenden dem Orden zukommen. Das eigentliche Ritual jedoch findet schweigend statt. Ich hatte mithin nicht die Möglichkeit, mit den Tempelbrüdern zu reden, daher weiß ich es nicht. Aber gewiss wurde ein Komtur gewählt, der unsere Interessen würdig vertritt.«

»Findest du, die Templertracht steht ihm gut?«, stichelte Johanna von Blatna in Richtung von Zdena Berken, die neben ihr ritt. Zdena gab ihr keine Antwort. Vorgestern auf der Jagd hatte es noch so ausgesehen, als würde der junge Rosenberg sich für sie interessieren – und nun das hier! Er hatte überhaupt nichts von seinen Absichten verlauten lassen. Wenn aber jemand in der Kirche das Gebot der fleischlichen Enthaltsamkeit achtete, dann waren das die Mitglieder der Ritterorden. Zdena ärgerte sich über sich selbst. Wie oft hatte sie ihn nicht in den vergangenen Tagen angelächelt und ihm verstohlene Blicke zugeworfen? Völlig umsonst! Sie sah sich unter den Reitern um. Weiter vorne ritt Otto von Zastrizl neben Katharina von Gutstein und unterhielt sich angeregt mit ihr.

So nicht!, dachte sie, ich werde nicht ohne einen Ritter reisen. Im Übrigen ist Otto nicht die schlechteste Wahl. Sie trieb ihr Pferd an und holte die beiden ein.

»Hör mal, Otto, können wir miteinander reden?«

Er lächelte. »Gern. Aber später. Jetzt bin ich gerade dabei, Jungfer Katharina etwas zu erzählen. Sobald ich fertig bin, komme ich zu dir.«

Zdena fing Katharinas triumphierenden Blick auf. Sie zügelte ihr Pferd und blieb hinter den beiden zurück. Wütend murmelte sie vor sich hin: »Mich wirfst du nicht aus dem Sattel, du Gans!«

Neben Lucia ritt Ulrich von Kulm. Nicht dass es seine Absicht gewesen wäre, es hatte sich einfach so ergeben. »Ist es für deine Ermittlungen von Belang, dass der junge Rosenberg nun Tempelritter ist?«, fragte Lucia neugierig. Sie achtete sorgsam darauf, bei dem Wort Ermittlungen das »deine« zu betonen. Ulrich registrierte es und konnte sich ein Lächeln nicht verkneifen. Allerdings bemerkte auch Lucia seine Reaktion und warf trotzig den Kopf zurück. Nein, sie würde niemals ihr Leben lang gehorsam bleiben!

»Das hängt ganz davon ab, was der junge Rosenberg für seinen Eintritt in den Orden versprechen oder tun musste«, antwortete Ulrich mit gedämpfter Stimme. Der ganze Pilgerzug bewegte sich in Zweierreihen, und er wollte nicht, dass die anderen ihn hörten. »Hat er vorher nichts von seinem Plan erwähnt? Ihr wart doch einige Tage lang auf Burg Landstein zusammen.«

»Kein Wort hat er gesagt. Allerdings war er im Gespräch immer eher auf Seiten der Geistlichkeit als auf jener der Ritterschaft. Über was wir auch geredet haben, stets hat er uns darüber belehrt, wie wir an Christus zu glauben hätten und was wir Frommes tun sollten. Was immer ihn zu seinem gestrigen Schritt bewogen haben mag, ich glaube, er ist von ganzem Herzen von seiner Mission als Ritter Christi überzeugt.«

»Das macht ihn nur noch unberechenbarer«, antwortete Ulrich noch leiser. »Falls du je noch einmal mit Ermittlungen zu tun haben solltest, dann merke dir, dass jemand, der für Geld Verbrechen begeht, niemals so gefährlich ist wie ein Fanatiker, der es im Namen einer höheren Mission tut.«

»Ich werde es mir merken«, antwortete sie fröhlich. »Bedeutet das, dass du mich wieder einmal zu irgendwelchen Ermittlungen hinzuziehen wirst?«

»Darf ich dich daran erinnern, was du gestern meinem Knappen vorgeworfen hast? Du hast ihn dafür getadelt, er würde immer nur an das eine denken.«

»Aber erlaube mal!«, protestierte sie entrüstet, und Schamesröte stieg ihr ins Gesicht. »Das ist nicht dasselbe.«

»Ja und nein.« Er zuckte mit den Schultern. »Jedenfalls möchte ich dich darauf hinweisen, dass es nach dem besonderen Umstand dieser Reise keinen Grund geben wird, weshalb wir noch einmal so viele Tage zusammen verbringen sollten.«

»Und Nächte«, fügte sie schnell mit harmloser Miene hinzu. »Man ermittelt schließlich auch im Dunkeln, nicht wahr?«

»Darf ich der Vollständigkeit halber auch noch deinen Bruder Jost zitieren? Wann wird dieses Mädchen nur Vernunft annehmen!«

Lucia lachte laut auf. »Niemals!«, schmetterte sie. Agnes von Böhmen, die vor ihnen ritt, drehte sich pikiert um, sagte aber nichts.

Den Schluss des langen Reiterzuges bildeten Propst Willibald Odo und Emmeran von Greifsfeld. Der dünne Bibliothekar erwies sich als ausgezeichneter Reiter, wenngleich er sich unablässig darüber beschwerte, wie sehr ihn die Reise im Sattel anstrenge. Er gehörte zu jenem Menschenschlag, der sich ständig über irgendetwas beklagte. Obwohl es Essen zum Sattwerden gab, war es seiner Ansicht nach immer entweder zu wenig oder zu viel, jedenfalls nie genau so, dass er sich hätte mit der Hand über den Bauch streichen und sagen können: »Gelobt sei der Herr, jetzt fühle ich mich prächtig.«

»Halte deine Augen offen«, raunte der Propst ihm leise zu. »Der königliche Prokurator meint, der Mörder des Gesandten befinde sich unter uns.«

»Fürchtest du, Bruder Propst, er könnte auch uns etwas antun?«, rief Emmeran von Greifsfeld erschrocken aus und bekreuzigte sich schnell.

»Still, Dummkopf! Wir müssen herausfinden, wer es ist.«

»Willst du ihn bestrafen?«

»Du bist und bleibst ein Narr! Man könnte seine Lage ja ausnutzen, verstehst du?«, belehrte der Vyšehrader Propst ihn von oben herab. »Wir werden alle Pilger unauffällig ins Gebet nehmen. Irgendeiner wird sich schon verplappern. Ich habe da meine Erfahrungen.« Dann trieb er sein Pferd an, denn die Gesellschaft des Bibliothekars ödete ihn bereits an.

»So, du hast also deine Erfahrungen«, murmelte Emmeran von Greifsfeld höhnisch, während er ihm nachsah. Im nächsten Moment kam der Landsteiner Kaplan an seine Seite geritten.

Als Büßer trug er nun ein langes weißes Gewand über seiner Kleidung und um den Hals ein Seil, das wie ein Galgenstrick gebunden war.

Trotz des ungemütlichen Wetters kamen sie zügig voran. Der Handelsweg, der sich durch dichte Wälder, über Anhöhen und sanfte Täler zog, war gut instand gehalten, und so erreichten sie schon am frühen Nachmittag die niederösterreichische Grenzstadt Gmünd. Auf der Burg derer von Kuenring wurden sie bereits erwartet. Über dem Bergfried flatterte die Fahne des böhmischen Königs, und um die Fenster und das Eingangsportal des Burgpalas hingen Girlanden aus trockenen Blumen. Agnes von Böhmen tat so, als würde sie den welken Festschmuck nicht bemerken.

»Eigentlich wollte sie hier keinen Halt einlegen«, flüsterte Lucia Ulrich zu. »Aber unser Herrscher hat darauf bestanden. Deshalb ging unsere Route auch über Burg Landstein. Gewiss ahnst du, warum Agnes von Böhmen so sauertöpfisch dreinschaut.«

»Ja, ich habe davon gehört …«, antwortete Ulrich wenig begeistert. Eheliche Untreue konnte er ebenso wenig gutheißen wie den Verrat ritterlicher Ideale. Er hatte bereits mit seinem Knappen darüber diskutiert, der ihm widersprochen hatte:

»Untreue ist es nur, wenn man sein Eheweib selbst erwählt hat und liebt. Doch unser König hat Margarete von Babenberg ja nicht erwählt, sein Vater hat die Ehe für ihn arrangiert. Unser König ist etwa so jung wie Ihr, mein Herr, und seine Braut war zu dem Zeitpunkt rund fünfzig Jahre alt. Natürlich war ihre Mitgift – die österreichischen Länder – die Sache wert, aber das ist keine Liebesheirat, das war ein politischer Handel. Da ist es doch nur verständlich, dass Ottokar sich sehr bald eine Buhlschaft gesucht hat. Warum ihn dafür verurteilen? Wisst Ihr, was hinter vorgehaltener Hand gemunkelt wird? Dass seine Gattin selbst es war, die ihm ihre Hofdame Agnes von Kuenring ins Bett steckte.«

Ob es sich nun so verhielt oder nicht, Ulrich konnte die Befangenheit der Äbtissin verstehen, hielt sich doch Agnes von Kuenring gerade hier in Gmünd auf. Im Sommer hatte sie dem böhmischen König einen unehelichen Sohn geboren, Nikolaus. Es war das erste Kind Přemysl Ottokars, und der König hatte sich darüber gefreut wie ein kleiner Junge. Die verwelkten Blumengirlanden waren die Überreste der Dekoration, die man zur Taufe des königlichen Bastards am Palas befestigt hatte.

Agnes von Kuenring war eine schlanke junge Frau mit kurz geschnittenem, rotem Haar. Sie hatte etwas Ähnlichkeit mit Lucia, nicht nur äußerlich, sondern auch von ihrem Naturell. Sie liebte ihre Unabhängigkeit, verachtete Handarbeiten und gebärdete sich zu Pferde wie ein übermütiger Junge. Wegen ihres Haars, das sie trug wie ein junger Edelknabe, hatte sie den Spitznamen Pagenkopf erhalten.

Sie kam auf den Burghof heraus, um sie zu begrüßen. Hinter ihr her schritt eine mollige Amme mit einem Säugling auf dem Arm, der in ein feines Tuch gewickelt war. Die noch nicht lange zurückliegende Geburt war Agnes von Kuenring nicht anzusehen. Agnes von Böhmen umarmte sie kühl, und mit noch kühlerer Geste segnete sie das Kind. Dann fragte sie, wo sich ihr Schlafgemach befinde, der lange Ritt habe sie ermüdet und sie müsse sich etwas ausruhen, schließlich sei sie schon eine alte Frau. Man würde einander dann abends beim Gottesdienst sehen.

»Der wird heute Abend nur kurz sein«, erklärte ihre Namensvetterin sanft, aber durchaus entschieden. »Ich veranstalte ein Festmahl zu Ehren meines Sohnes Nikolaus. Er ist heute genau zehn Wochen alt.«

»Damit bin ich nicht einverstanden. Die Messe wird nicht

abgekürzt. Es ist allemal christlicher, Gott zu feiern als irgendeinen Bastard«, brauste Äbtissin Agnes auf.

»Er ist der Sohn des Königs von Böhmen«, versetzte die andere knapp. Sie standen einander grimmig gegenüber – die zierliche junge Frau mit dem kurzen roten Haar, die ein schlicht geschnittenes Gewand aus blaugrünem Brokat trug, und die groß gewachsene, bejahrte Äbtissin in der schwarzen Ordenstracht. Dem Alter nach hätten sie Mutter und Tochter sein können.

»Der uneheliche Sohn«, präzisierte die Äbtissin kalt.

»Der erhabene König hat ihn anlässlich der Taufe öffentlich als Sohn anerkannt«, erwiderte die andere Agnes hartnäckig. Sie zog die Stirn zusammen und fügte spöttisch hinzu: »Ganz nebenbei entstammten einige böhmische Herrscher ebenfalls nicht dem ehelichen Lager, und dennoch regierten sie! Auch das Blut jener Bastarde fließt in den Adern der Přemysliden. In Euren Adern und in denen meines Sohnes. Ich fürchte zudem, die böhmische Königin Margarete wird unserem Herrscher keinen Sohn mehr gebären.«

»Ach, darum geht es dir?«, zischte Äbtissin Agnes wütend. »Eine Frau, die ein Kind gebiert, das nicht dem ehelichen Lager entstammt, ist schlimmer als eine Dirne. So steht es in der Heiligen Schrift.«

»Wahrhaftig? Und wie kommt es dann, dass sich nicht alle Ordensschwestern, die doch Bräute Christi sind, daran gehalten haben? Sogar die ...«

»Schweig!«, schrie Agnes von Böhmen erschrocken auf. »Schweig, bei Gott, ich bitte dich, schweig!«

Erst jetzt schien sich Agnes von Kuenring der eigenen Worte bewusst zu werden. Sie senkte den Kopf, presste die Lippen zusammen und ballte ihre Hand zur Faust. Dann hob sie den Kopf und verkündete mit klangvoller Stimme: »Mit Freude im Herzen begrüße ich alle Pilger auf den Spuren des Apostels

Jakobus. Die ehrwürdige ältere Schwester Agnes von Böhmen verbringt den heutigen Abend im Gebet, euch anderen lade ich zum Festmahl, um dem Sohn des böhmischen Königs die Ehre zu erweisen!«

»Allzu viel christliche Liebe und Vergebung war hier nicht zu spüren, oder?«, bemerkte der Knappe Otto. »So stelle ich mir die Begegnung zweier Feinde kurz vor der Schlacht vor.«

»Noch dazu von zwei besonders unhöflichen Feinden, denn selbst Ritter verstehen es, auf elegante Weise zu töten«, sagte Lucia. »Pagenkopf tut mir leid. Sie liebt den König und hat nie etwas von ihm gefordert. Außer seiner Liebe natürlich.«

Ulrich von Kulm war nicht ganz ihrer Meinung und dachte über die Entflammtheit des Königs das Seine. Doch das spielte im Moment keine Rolle und interessierte auch niemanden. Er war persönlich mit vielen Dingen nicht einverstanden, konnte aber den Lauf der christlichen Welt nicht ändern. Die Unmoral anzuprangern war Sache der Kleriker, er selbst war dafür zuständig, über Verbrechen zu urteilen. Und den König zu lieben stellte kein Verbrechen dar. Ihn beschäftigte jedoch etwas anderes, was ihm an dem Streit der beiden Frauen aufgefallen war, und das sprach er jetzt an: »Habt ihr gehört, was Pagenkopf am Schluss des Wortgefechts geäußert hat? Sie warf der Äbtissin an den Kopf, dass auch Ordensschwestern uneheliche Kinder hätten. Und sie wollte einen Namen nennen, doch Agnes fuhr ihr rechtzeitig über den Mund.«

»Vermutlich hat sie damit Květa gemeint, eine von Agnes' Klosterschwestern. Sie wurde schwanger und hat den Orden verlassen. Es heißt, der Vater sei ein Minoritenbruder«, erklärte Lucia.

Ulrich nickte schweigend, allerdings stellte ihn die Erklärung nicht zufrieden. Als er mit Lucia alleine war, fragte er sie, wie gut sie Agnes von Kuenring kenne. Ob sie ihr so nahestehe, dass sie sie etwas Vertrauliches fragen könnte.

»O ja, das denke ich wohl«, antwortete Lucia sofort. »Unsere Burgen liegen nur einen Tagesritt auseinander. Wir kennen uns schon seit unserer Kindheit. Seit damals schneiden wir uns die Haare kurz ... aber das ist eine längere Geschichte. Warum willst du das wissen?«

»Könntest du sie fragen, wen sie vorhin im Burghof gemeint hat? Den Namen jener Frau herausfinden? Ich glaube nämlich nicht, dass es sich um eine unbedeutende Ordensschwester aus Prag handelte. Du hast ja gesehen, wie bleich Agnes von Böhmen wurde.«

»Du hast Pech. Vielleicht würde ich es ja versuchen, aber nun habe ich zugesagt, mich nicht in deine Ermittlungen einzumischen.« Sie hob in gespieltem Bedauern die Hände. »Und ich habe versprochen, gehorsam zu sein.«

»Aber worum ich dich bitte, hat nichts mit Ermittlungen zu tun ... Ich möchte lediglich, dass du ein wenig mit deiner Kindheitsfreundin plauderst.«

»Gib acht! Auf einer frommen Wallfahrt zu lügen ist eine besonders schwere Sünde!«

»Gut, so lass es eben«, schloss Ulrich mit gleichgültiger Miene, verneigte sich kurz und machte Anstalten, sich zu entfernen.

»Nie – niemals würde ich dich zum Ehemann nehmen!«, fauchte Lucia wütend. Doch kurz bevor er verschwand, rief sie ihm noch nach, sie werde es versuchen.

Die Dämmerung hatte noch nicht eingesetzt, als in der Burgkapelle recht zügig eine Stille Messe abgehalten wurde. Danach begab sich der größte Teil der Gesellschaft in den Großen Saal. Nur Agnes von Böhmen, der Propst von Vyšehrad, der Minorit

Gregor und das Neumitglied des Tempelordens Peter von Rosenberg blieben zur Andacht vor dem Altar zurück.

Im Großen Saal wartete nicht nur eine üppige Bewirtung auf die Edelleute, sondern auch höfische Unterhaltung, denn Agnes von Kuenring hatte den berühmten Minnesänger Ulrich von dem Türlin eingeladen. Pagenkopf war eine aufmerksame Gastgeberin, und einem uneingeweihten Beobachter wäre nicht im Traum eingefallen, dass diese ausgelassene Gesellschaft fromme Pilgerreisende auf dem Weg nach Compostela waren. In Wahrheit gehörten die Wallfahrten der ersten christlichen Pilger auch längst der Vergangenheit an. Die Büßer pilgerten nicht mehr barfuß, im weißen Hemd und mit einem Strick um den Hals. Nicht einmal Kaplan Wolf hatte an diesem Abend sein Büßerhemd an, sondern trug jetzt seine weltliche Kleidung. Die Anweisungen der Kirche, wie Pilger sich zu verhalten hatten, waren eher frommer Wunsch denn Realität. Über die Demut der Pilger wurde zwar viel gesprochen, aber sobald sie über die Schwelle einer Kirche hinaustraten, verhielten sie sich nur selten so, und das betraf die einfachen Menschen ebenso wie die Edelleute.

Ulrich selbst machte sich nichts aus höfischen Vergnügungen. Er wusste, sein Knappe würde die Pflichten der Geselligkeit für ihn übernehmen, und deshalb setzte er sich in eine Fensternische, um seinen Gedanken nachzuhängen.

»Darf ich mich zu Euch gesellen?«, fragte Emmeran von Greifsfeld mit etwas schwerer Zunge. Seine Augen funkelten weinselig, und er konnte auch nicht mehr ganz aufrecht stehen. Ulrich war am Nachmittag ein Streit zwischen Emmeran und seinem Vorsteher aufgefallen. Sie hatten sich angeschrien und beinahe aufeinandergestürzt. Er machte dem Bibliothekar Platz und antwortete, das sei eine gute Idee, in Prag hätten sie ja sowieso verabredet, sich noch ausführlicher zu unterhalten. Sie tranken einander zu, dann fragte Ulrich ihn möglichst beiläufig, warum er sich mit Willibald Odo gestritten habe.

»Weil er ein ungebildeter und aufgeblasener Mensch ist«, antwortete der Bibliothekar unwirsch. »Findet Ihr nicht, dass es schon genug ungünstige Zeichen gab? Gott warnt uns davor, diese Reise fortzusetzen. Als ich das dem Propst erklärte, hat er mich ausgelacht, könnt Ihr das glauben?«

»Welche Zeichen meint Ihr, Bruder Bibliothekar? Die Ermordung des päpstlichen Gesandten?«

»Nicht nur die. Auch die anderen Todesfälle.«

»Über die weiß ich nicht viel, ich war nicht in Prag«, sagte Ulrich mit argloser Miene, um ihn zum Weiterreden zu ermuntern. »Waren es ebenfalls Morde?«

Emmeran zuckte mit den Schultern. »Was weiß ich? Aber eines sage ich Euch. Ob diese Männer nun durch fremde Hand starben oder nicht, es ist in jedem Fall ein göttliches Zeichen. Gott hat alle zu sich gerufen, die diese Wallfahrt anführen sollten. Es war ganz offensichtlich nicht sein Wille, dass die ehrwürdige ältere Schwester Agnes Prag verlässt.«

»Was sollte unseren Herrn an einem so frommen Vorhaben, wie es die Pilgerreise gläubiger Christen ist, denn stören?«, erwiderte Ulrich mit aufrichtigem Interesse. So hatte er über die Ereignisse noch gar nicht nachgedacht. Nicht dass er die Argumente des Bibliothekars für sehr plausibel hielt, aber ihn interessierten die Gedanken dieses Kirchenmannes. Da seiner Ansicht nach hinter den Verbrechen der letzten Tage ein Angehöriger der Kirche stand, konnte es von Vorteil sein, die Dinge aus dem Blickwinkel des Glaubens zu betrachten.

»Es geht doch nicht nur um die Reise«, ereiferte sich Emmeran von Greifsfeld, trank seinen Krug leer und nahm von einem Diener in einer Lederjoppe einen neuen entgegen. »Es geht um den heiligen Apostel Jakobus! Ganz offensichtlich möchte Gott nicht, dass wir vor sein Grab treten.«

»Ich weiß, dass Ihr in ganz Böhmen der beste Kenner von Jakobus' Leben seid«, sagte Ulrich mit einer höflichen Verneigung. »Deshalb versteht Ihr die Angelegenheit wohl besser als ich. Doch meiner Ansicht nach müsste es jeden Heiligen erfreuen, wenn Gläubige seinen letzten Ruheort aufsuchen. Warum sollten gerade wir, Pilger aus Böhmen, dem Apostel Jakobus nicht genehm sein?«

Der Bibliothekar nahm einen langen Schluck und hickste. Er war schon ziemlich betrunken, doch nicht so sehr, dass er nicht gewusst hätte, was er sagte. Er presste seine Lippen zusammen und schien mit sich selbst zu ringen. Auf einmal schlug er mit der Faust gegen die Steinmauer neben sich und sprudelte aufgebracht hervor: »Wollt Ihr wissen, warum wir dort nichts zu suchen haben? Weil wir nicht dorthin reisen, um ihn zu preisen, sondern um ihn in den Schmutz zu ziehen. So wie es auch Klara von Assisi dereinst getan hat!«

»Klara von Assisi? Wie hätte diese heilige Jungfrau ihn in den Schmutz ziehen können?«

»Vergesst meine Worte«, lallte Emmeran von Greifsfeld. »Der Apostel Jakobus ist immer nur auf Unverständnis gestoßen. Habt Ihr je die Evangelien studiert?«

»Selbstverständlich«, antwortete Ulrich zögernd. Es passte ihm nicht, dass der Gesprächsgegenstand so schnell wechselte. Er hatte gehofft, durch Emmeran von Greifsfeld mehr über Klara von Assisi erfahren zu können. Etwas halbherzig wiederholte er: »Ja, ich habe die heiligen Evangelien studiert. Nur verstehe ich im Moment den Zusammenhang nicht ...«

»Jeder Christenmensch weiß, dass es derer vier gibt – vielleicht mit Ausnahme unseres Propstes. Die Evangelien nach Matthäus, Markus und Lukas sind einander sehr ähnlich und enthalten in etwa die gleichen Begebenheiten. Wir nennen sie deshalb synoptisch, können wir sie doch nebeneinanderlegen und vergleichen. In allen drei Evangelien sind die Namen der zwölf Apostel aufgeführt. Und an zweiter oder dritter Stelle wird immer Jakobus der Ältere genannt.«

Emmeran nahm seinen Krug und trank erneut mit großem Durst. Etwas Wein rann ihm das Kinn herab, denn er war so berauscht, dass er den Krug nicht mehr exakt ansetzen konnte. Dennoch sprach er immer noch recht zusammenhängend.

»Das Evangelium nach Johannes aber weicht in vielen Details von den anderen ab. Die Kirchengelehrten vermuten, dass Johannes Quellen zur Verfügung hatte, die den anderen Evangelisten unbekannt waren. Doch noch keiner hat diese eine wichtige Sache bemerkt, die mich zutiefst umtreibt – und ihretwegen dürfen wir nicht nach Compostela reisen! Der Evangelist Johannes nennt einige Apostel. Aber nirgendwo erwähnt er auch nur mit einem Wort Jakobus. Ist das nicht sonderbar?« Der Bibliothekar fuchtelte mit dem Zeigefinger vor Ulrichs Gesicht herum. »Warum erwähnt er ihn nicht? Schließlich war es sein Bruder! Ein wichtiger Jünger Jesu! Warum hat er seinen Bruder kein einziges Mal erwähnt? Niemand soll mir erklären, er habe eben andere Quellen gehabt. Jakobus war sein leiblicher Bruder! Irgendetwas stimmt da nicht. Nur ist es noch keinem aufgefallen.«

Mit einem Ruck stand er auf und wollte Ulrich von Kulm umarmen. Hätte dieser ihn nicht gehalten, wäre Emmeran wohl hingefallen. Er legte seinen Kopf auf Ulrichs Schulter und wiederholte unter Tränen: »Warum erwähnt Johannes seinen Bruder nicht? Warum nicht?« Er nuschelte noch etwas, was nicht zu verstehen war, und dann nickte er ein.

Ulrich legte ihn vorsichtig auf der Bank in der Fensternische nieder. Sofort begann er laut zu schnarchen.

»Ich werde mich um ihn kümmern. Wir schlafen in der gleichen Kammer«, brummte Willibald Odo, der überraschend aufgetaucht war. Offenbar hatte er seine Meditation in der Burgkapelle beendet. Er hob den hageren Bibliothekar hoch und warf ihn sich über die Schulter wie einen Sack Kleie. Spöttisch fügte er noch hinzu, wie man sehe, sei zu große Belesenheit von Nachteil, denn bei all der Schlaumeierei lerne man nicht, gescheit zu trinken. Dann bewegte er sich langsam mit dem dünnen Bibliothekar auf der Schulter zum Ausgang.

XI. Kapitel

Am nächsten Morgen regnete es in Strömen. Das unfreundliche, trübe Wetter schlug sich auch auf die Stimmung der Pilger nieder. Den meisten tat nach dem gestrigen Gelage der Kopf weh, einige hatten dunkle Ringe unter den Augen, und Emmeran von Greifsfeld hatte sich ein Stück kaltes, nasses Leinen um den Kopf gewickelt. Er seufzte, als stünde ihm das Jüngste Gericht bevor.

Auch Lucia hatte einen ordentlichen Kater. Sie beschwerte sich bei Ulrich von Kulm: »Das ist nur deine Schuld! Ich habe herauszufinden versucht, was Pagenkopf mit diesen unehelichen Kindern andeuten wollte. Ich dachte, wenn ich sie ein bisschen betrunken mache, wird sie mir vielleicht mehr erzählen. Aber sie verträgt mehr als ich, und ich bin schließlich ganz benommen eingedöst.«

»Hat sie dir überhaupt irgendetwas gesagt?«

»Vielleicht, aber ich erinnere mich an nichts«, jammerte Lucia. »Bitte, sprich mich jetzt nicht weiter an!«

Auf Agnes von Böhmens Befehl sollten sich alle zur Abreise fertig machen. Die meisten Pilger besaßen weite Reisemäntel mit Kapuzen. Ihr dicker Stoff war aus einer Wolle-Leinen-Mischung gewirkt, und das Wasser perlte von ihnen ab wie von einer Wand, sodass man die Reise fortsetzen konnte, ohne größere gesundheitliche Einbußen fürchten zu müssen.

Es dauerte eine Weile, bis Willibald Odo und Kommandeur Přech von Michalowitz alle im Großen Saal versammelt hatten, wo Pagenkopf sich offiziell von den Pilgern verabschieden wollte. Im Burghof sattelten die Söldner derweil schon die Pferde.

Die Bediensteten der Burgküche verteilten gerade Becher mit duftendem heißen Gewürzwein an die Edelleute, als ein Mitglied des bewaffneten Trupps zu Přech von Michalowitz gelaufen kam.

»Edler Herr, es ist etwas Schlimmes passiert ... Heute Morgen konnten wir Smíšek nicht finden. Er hat nicht bei uns im Gesindehaus übernachtet. Wir dachten zuerst, er hätte vielleicht zu viel getrunken und wäre irgendwo anders eingeschlafen. Aber als er auch jetzt nicht auftauchte, sind wir ihn suchen gegangen. Und ...«

»Und was?«, fragte der Kommandeur ungeduldig.

»Was ist denn los?«, fuhr auch Agnes von Böhmen dazwischen. Sie war verärgert, wollte sie doch schon längst unterwegs sein und sich nicht länger als nötig in der Nähe ihrer Namensvetterin von Kuenring aufhalten. »Wenn er noch irgendwo schläft, lassen wir ihn eben hier. Er wird uns später einholen.«

»Das ist nicht möglich, erhabene ältere Schwester«, antwortete der Söldner und verbeugte sich erfurchtsvoll. »Er ist tot. Jemand hat ihn erstochen. Wir haben ihn in dem schmalen Spalt zwischen Palas und Kapelle unter den Abfällen gefunden. Vom Burghof aus kann man die Stelle nicht einsehen. Es muss schon gestern Abend oder heute Nacht geschehen sein, denn er ist ganz steif. Er hatte das hier in der Hand«, fügte der Söldner hinzu und zeigte ihnen eine nagelneue Silbermünze. »Zwei andere haben wir auf dem Boden gefunden.«

»Gott hat ihn seiner Strafe zugeführt«, erklärte Agnes von Böhmen mitleidlos. »Er hätte bei uns in der Kapelle bleiben und sich nach der Messe dem frommen Gebet widmen sollen. Aber offensichtlich ist er beim Würfelspiel mit jemandem in Streit geraten, weil er mit gezinkten Würfeln spielte oder dergleichen. Sein Tod berührt unsere Mission nicht. Der Burgvogt soll den Mord aufklären, und gewiss wird es nicht schwer sein, den Täter zu finden. Wir werden uns nicht länger damit aufhalten.«

»Ganz wie es Euch beliebt«, sagte Přech von Michalowitz mit einer Verneigung.

Doch kaum hatten sie die Gmünder Burg verlassen, ritt er unauffällig in Ulrich von Kulms Nähe und bemerkte leise, dass die ehrwürdige Äbtissin Agnes sich ganz eindeutig irre. Smíšek sei kein Würfelspieler gewesen. Er sei ein sparsamer, um nicht zu sagen geiziger Geselle gewesen. Habe er einmal einen Kupferling verloren, habe ihm das eine Woche lang den Schlaf geraubt.

»Aber er hatte einen Silberling in der Hand, das lässt sich nicht leugnen«, antwortete Ulrich zögernd. »Vielleicht hatte er ja etwas Geld angespart, das ihm jemand nun geraubt hat? Von seiner Sparsamkeit konnten freilich nur die Männer aus deinem Gefolge wissen.«

»Ich habe einen anderen Verdacht«, widersprach ihm Přech und senkte die Stimme. »Smíšek hat in der Nacht, in der der Gesandte des Papstes ermordet wurde, im Palas von Burg Landstein Wache gehalten. Als wir ihn vernommen haben, schwor er, er hätte nichts Verdächtiges bemerkt. Aber was ist, wenn er doch etwas gesehen hat? Womöglich sogar den Täter? Vielleicht hat er ihn ja erpresst. Wie ich schon sagte, war er ziemlich habsüchtig, und der Mörder könnte ihm für sein Schweigen Geld versprochen haben. Gestern Abend nutzte er dann den allgemeinen Trubel und lockte Smíšek auf das verlassene Gelände hinter dem Palas. Er gab ihm das Geld, und als Smíšek gierig danach griff, um es durchzuzählen, hat er ihn erstochen.«

»Deine Überlegung erscheint mir sehr klug«, sagte Ulrich anerkennend. »Ich bitte dich aber, sprich einstweilen mit niemandem über deinen Verdacht.«

»Ich habe dir ja schon gesagt, dass ich die Geistlichen satthabe«, sagte der junge Ritter grinsend. »Wem sollte ich also davon erzählen?«

Der Reiterzug bewegte sich nun langsamer voran, er dehnte sich immer mehr in die Länge, und es entstanden große Lücken. Přech von Michalowitz, der den Zug anführte, blieb von Zeit zu Zeit stehen, damit alle nachkommen konnten.

»Was wartest du so lange?«, schimpfte Agnes von Böhmen. Es regnete weiterhin stark, und bei dieser Witterung schmerzten ihr die Knie, weshalb sie noch unleidlicher war als sonst. »Glaubst du etwa, es könnte uns jemand überfallen? Abgesehen davon, dass Gott seine schützende Hand über uns hält, kenne ich keine friedlichere Landschaft als diese.«

»Räuber sind nicht meine Sorge. Ich fürchte nur, einer von uns könnte zu weit zurückbleiben und sich verirren. Ringsum sind nur tiefe Wälder«, sagte Přech zu seiner Verteidigung.

Sie gerieten in Streit darüber, ob man auf die Nachzügler warten sollte oder nicht, doch schließlich setzte sich der Ritter durch – was die Laune der Äbtissin nicht eben verbesserte. Allerdings war die Stimmung auch bei allen anderen miserabel. Der strömende Regen, dazu der kalte Wind und ein verschlammter Weg – die Reiter mussten ihre Pferde behutsam lenken, damit sie nicht ausglitten oder irgendwo einsanken. Nach der durchfeierten Nacht waren zudem die meisten müde, und Ritter wie Jungfrauen mussten dagegen ankämpfen, nicht im Sattel einzuschlafen. Fast niemandem war nach Gesprächen zumute.

Ulrich sah seinen Knappen neben sich auftauchen. Da der Weg ein wenig breiter wurde, konnten sie bequem nebeneinander herreiten. »Habt Ihr einmal darüber nachgedacht, mein Herr, dass Unmäßigkeit der Christenheit in bestimmten Situationen höchst nützlich sein kann?«, begann Otto mit ernster Stimme, doch seine Augen blickten vergnügt drein.

»Die meisten unserer Reisegefährten würden dir heute wohl eher nicht zustimmen, und ich selbst würde es ganz allgemein nicht tun. Was hat dieser absurde Gedanke nun wieder zu bedeuten?«

»Sobald Menschen sich amüsieren und trinken, vergessen sie die Kontrolle über sich selbst. Hat jemand ein paar Becher Wein intus, erkennt man, wer er wirklich ist. In dieser Hinsicht war der gestrige Abend für unsere Ermittlungen sehr lehrreich.«

»Wenn ich es richtig beobachtet habe, hast du die meiste Zeit nur um das Gefolge der Jungfrauen scharwenzelt.«

»Das ist nicht ganz korrekt. Jost von Landstein hat fortwährend Johanna von Blatna zum Tanz abgeführt, und Lucia saß mit Pagenkopf zusammen, die beiden leerten ihre Becher wie zwei Saufbrüder in einer Vorstadtspelunke. Sie haben über jeden Unsinn gekichert und sich prächtig amüsiert. Einmal habe ich mich ihnen unauffällig genähert, und wisst Ihr, worüber sie gerade diskutierten? Ob Ihr oder unser erhabener König ein besseres Mannsbild abgeben würdet. Es würde mich ungemein interessieren, zu welchem Schluss die beiden gelangt sind.«

»Kannst du nicht zur Sache kommen?«

»Gewiss, gleich komme ich dazu. Da ich mir Eure Ermahnungen zu Herzen genommen habe, bin ich Zdena Berken von Bürgstein so weit wie möglich aus dem Weg gegangen ...«

»Du fabulierst mal wieder. Soweit ich mich erinnere, habe ich dir nicht geraten, gerade ihr aus dem Weg zu gehen, sondern dich von den Reizen sämtlicher mitreisender Jungfrauen fernzuhalten.«

»Da muss ich Euch wohl falsch verstanden haben«, sagte Otto mit gespielter Zerknirschtheit. »Infolge dieses Irrtums musste ich mich freilich Katharina von Gutstein widmen, denn sie war die Einzige, die noch übrig blieb. Das wiederum hat Zdena so aufgebracht, dass sie Katharina beschimpfte. Sie kabbelten sich fast so miteinander wie unsere ehrwürdige Äbtissin und Pagenkopf.«

»Worum ging es denn? Deine Auskünfte fließen so spärlich

wie Silbermünzen aus dem Säckel eines Geizhalses, und bei diesem starken Regen ist mir nicht nach langatmigen Erzählungen …«

»Zdena Berken plauderte aus, sie sei am Abend vor der Mordtat ebenfalls im Gemach des päpstlichen Gesandten gewesen. Es muss noch vor Lucias Besuch gewesen sein. Der Gesandte und sie hätten ihre Zusammenkunft auf der Jagd verabredet.«

»Und weiter?«

»Ihr wolltet, dass ich mich kurzfasse. Das ist in der Zusammenfassung alles.«

»Das ist alles? Der Christenheit schadet nicht Unmäßigkeit, wie du behauptest, sondern ganz offensichtlich ein Mangel an Geist. Du machst erst so überflüssig lange und komplizierte Worte, ohne dass in ihnen auch nur ein kluger Gedanke enthalten wäre. Wie es in der Bibel heißt: Deine Worte seien klar wie die Flamme auf dem Stab Mose. Und nun führe deinen eigentlichen Bericht gefälligst weiter aus!«

»Zdena Berken brüstete sich damit, der Gesandte des Papstes habe sich so zudringlich verhalten, dass sie ihm habe entfliehen müssen. Auf dem Gang sei sie fast mit Peter von Rosenberg zusammengestoßen. Sie beschwerte sich bei ihm über das ungebührliche Verhalten des Gesandten, und deshalb glaubt sie nun, er sei unverzüglich zu ihm gestürmt, um ihre Ehre wiederherzustellen. Ich habe sie plappern lassen, aber sobald sie weg war, habe ich einmal nachgeforscht, wie es wirklich war. Von Rosenberg ist nicht zu dem Gesandten geeilt, denn offenbar war ihm Zdenas Ehre kein Kopfzerbrechen wert. Katharina von Gutstein kann seine Unschuld bestätigen, sie war es nämlich, die er aufsuchte. Er wollte sie über das Leben bei den Tempelrittern ausfragen. Um einer weiteren Kritik an meiner unnötig verzwickten Erzählweise zuvorzukommen, füge ich hinzu, dass ein Vetter Katharinas vor einiger Zeit Tempelritter geworden ist. Ich wusste es vorher nicht, Katharina hatte niemandem davon erzählt.«

»Du hast gute Arbeit geleistet, Otto.«

»Seht Ihr«, lächelte der junge Mann. »Und Katharina von Gutstein denkt seit gestern dasselbe. Wir haben uns den ganzen Abend lang unterhalten, zusammen getanzt, und ich durfte sogar ihre Hand küssen. Sie fand, unser erhabener Herrscher habe gut daran getan, die Obhut über das Jungfrauengefolge gerade uns anzuvertrauen.«

»Um genau zu sein, hat er sie nur mir anvertraut«, bemerkte Ulrich und versuchte, einen strengen Blick aufzusetzen. Es gelang ihm allerdings nicht, und schließlich fing er selbst an zu lachen und sagte, Otto hätte besser nicht als Knappe eines christlichen Ritters geboren werden sollen, sondern als vermögender Muselman mit großem Harem.

»Als Muselman? Um nichts auf der Welt!«, sagte Otto und bekreuzigte sich entsetzt. »Den Glauben Mohammeds könnte ich vielleicht ertragen, aber zehn Ehefrauen? Niemals!«

Zur Mittagszeit machten sie im Wald unter einer ausladenden Ulme Rast. Sie aßen den Proviant aus Fladen, Käse und etwas Obst, den man ihnen in Gmünd mitgegeben hatte. Der Regen hatte nachgelassen, aber es wehte immer noch ein kalter Wind.

Nachmittags kamen sie etwas schneller voran, und so war es noch hell, als sie die Donau erreichten. Ihr Weg führte das steinige Ufer entlang, und bald zeichnete sich vor ihnen am dunkler werdenden Himmel die Silhouette der stattlichen Burg von Melk ab.

Einst wurde sie von Leopold I. gegründet, doch seinen Nachfolgern war sie nicht mehr groß genug gewesen, weshalb sie den Sitz der östlichen Grenzmark nach Wien verlegt hatten. Die Burg hatten sie den Benediktinermönchen übereignet, die hier ihr Kloster gründeten – ein ungewöhnliches Kloster freilich, denn im Unterschied zu anderen Gemeinschaften bewohnten die Brüder hier eine Burg, in der sich die strengen Regeln des mönchischen Lebens nur schwer einhalten ließen.

Sobald Melk vor ihnen auftauchte, verkündete Agnes von Böhmen zufrieden, sie würden für die heutige Nacht Unterkunft im Kloster beziehen, wo alle Pilger ihre Aufmerksamkeit dem frommen Sinn ihrer Reise zuwenden könnten. Allen, die gestern gesündigt hätten, empfehle sie eine nächtliche Bußandacht in der Kirche.

Vom Fluss her zog eine schneidende Kälte herauf, aber die Strecke war nicht mehr lang, und schon bald ritten sie durch das große Tor in den Hof des Benediktinerklosters ein. Der Palas der Burg war mit frischen Blumengirlanden geschmückt, und Bedienstete des Klosters eilten ihnen beflissen entgegen. Auch der Abt kam lächelnd in den Hof. Er jauchzte, was für ein Glück es doch sei, dass die ehrwürdige und berühmte ältere Schwester Agnes ihnen so unverhofft ihre Aufwartung mache.

»Am heutigen Tag erfreut uns dein Besuch mit den frommen Pilgern ganz besonders«, erklärte er strahlend. »Heute Abend gibt es nämlich nur eine kurze Vigilmesse, und dann lade ich Euch zu einem Festmahl ein. Ist doch morgen der 13. Oktober, an dem wir den Tag des heiligen Koloman begehen, des wichtigsten Schutzpatrons unseres Klosters. Ihr werdet sehen, dass die Tafelrunden der Benediktiner den Festessen edler Ritter in nichts nachstehen. Wir haben allerlei vornehme Gäste aus dem Umland geladen und auch einen ganz ausgezeichneten Minnesänger. Ich glaube, ältere Schwester, du wirst dich gut amüsieren.«

»Ich bin nicht gekommen, um mich zu amüsieren«, versetzte Agnes trocken. »Falls Ihr es noch nicht bemerkt habt, Bruder Abt, ich befinde mich auf einer Pilgerreise.«

»Und sollte es den Pilgern denn nicht erlaubt sein, die Vigilien der Gedenktage bedeutender Heiliger und Märtyrer feierlich zu begehen? Meines Wissens hat Papst Honorius solche frommen Veranstaltungen während einer Wallfahrt nachgerade empfohlen. Und es würde mich kränken, ältere Schwester, wolltest du behaupten, dass unser Patron, der heilige Koloman, kein bedeutender Heiliger sei. Ganz sicher verdient er diese Feierlichkeit, meinst du nicht?«

Agnes von Böhmen nickte steif. »Deiner Frömmigkeit gewiss, Bruder Abt, denke ich, das Festmahl wird wohl der Tatsache angemessen sein, dass es in einem Kloster stattfindet.«

Der Benediktinerabt nickte bedächtig. »Das ist selbstverständlich, ältere Schwester. Und dann – wem unsere bescheidene Bewirtung dennoch zu üppig erscheint, der möchte sich selbst beschränken. Ein Grundsatz unseres Ordens ist, ein jeder Christ soll sein rechtes Maß kennen.« Dann erteilte er allen würdevoll den Segen und verschwand in Richtung Küche, um die Zubereitung des Bratens zu beaufsichtigen.

»Der Mann gefällt mir«, sagte Otto leise zu Lucia.

»Ich hoffe nur, ich muss ihn nicht zum Reden bringen wie gestern Pagenkopf, denn ich wette, dieser fromme Abt würde mit einem guten Tropfen im Becher auch Agnes von Kuenring unter den Tisch trinken.«

Die Zeit vor dem Abendessen nutzte Ulrich, um die Klosterbibliothek aufzusuchen. Der Bücherschatz des Klosters von Melk war berühmt. Er musste immer daran denken, was der betrunkene Emmeran von Greifsfeld am Vorabend gesagt hatte, auch wenn es nichts mit Klara von Assisi zu tun hatte. Ulrich kannte alle Evangelien gut, doch ihm wäre nie eingefallen zu überprüfen, welche Apostelnamen in ihnen vorkamen und welche nicht. Er hatte die Evangelien bisher immer im Sinne der kirchlichen Lehre als frohe Botschaft der Erlösung durch Jesus Christus verstanden. Nie hatte er daran gedacht, sie als historische Chronik, als Schilderung konkreter Begebenheiten zu studieren.

Er hatte Emmeran von Greifsfeld gefragt, ob er ihn in den Büchersaal begleiten wolle, aber dieser hatte mit ersterbender Stimme abgelehnt. Gleich nachdem sie im Hof von den Pferden abgestiegen waren, hatte er sich in die Kammer zurückgezogen, die er mit dem Propst teilte, um sich hinzulegen.

Der Bibliothekar des Klosters zeigte sich hilfsbereit. »Wir haben gleich mehrere Kodizes von den Evangelien. Ich kann Euch eine herrliche Abschrift mit den Illuminationen des Heribert von Graz anbieten. Es lohnt sich, sie anzuschauen, denn er besaß eine unglaubliche Fantasie. Wenn Ihr seht, wie er die Offenbarung des heiligen Johannes bebildert hat, werdet Ihr staunen, edler Herr«, erklärte er eifrig. Ihn schienen die Vorbereitungen für das abendliche Festmahl weniger zu interessieren.

Ulrich liebte die Buchmalereien in den Kodizes. Begierig blätterte er in dem dicken, in bleiches Hirschleder gebundenen Buch. Den Text rahmte ein goldener Rand mit blauen und roten Verzierungen. Es war ein prachtvoller Kodex. Die Bilder zur Offenbarung des Johannes erschienen Ulrich zwar nicht weiter bemerkenswert, dafür war die Auferstehung Christi sehr ungewöhnlich dargestellt. Seitlich neben dem Sarg, über dem Jesus abgebildet war, kauerte eine Gestalt in römischer Toga, und daneben stand in winziger Schrift geschrieben, dass es sich um Pontius Pilatus handelte. In keinem der Evangelien war jedoch davon die Rede, dass dieser bei dem Wunder anwesend gewesen wäre.

Ulrich merkte kaum, wie die Zeit verging. Er blätterte durch den Kodex und machte sich auf einem Pergament Notizen. Die Texte im Sinne einer Chronik zu vergleichen nahm ihn so gefangen, dass der Bibliothekar ihn schließlich darauf aufmerksam machen musste, dass in Kürze das Festmahl beginnen werde.

»Und die Messe?«, fragte Ulrich zerstreut und schloss das Buch.

»Die haben wir bereits verpasst, edler Herr«, erklärte der Bibliothekar gutmütig. »Das Festmahl aber sollten wir nicht versäumen. Ich hoffe, unser Bücherbestand konnte Euch bei Euren Forschungen helfen?«

»Ganz außerordentlich«, sagte Ulrich mit einer höflichen Verbeugung. »Ich beneide Euch um den Schatz, den Ihr hier hütet.«

Er wartete, bis die Tinte auf seinem Pergament getrocknet war, dann rollte er es zusammen und steckte es ein. Er hatte sich allerlei Anmerkungen gemacht, doch eine davon beschäftigte ihn noch mehr als das, was der betrunkene Emmeran am Vorabend verlautbart hatte: Im Johannes-Evangelium wurde Jesus Christus bereits am Donnerstag gekreuzigt und nicht am Karfreitag wie in den Berichten der anderen Evangelisten. Johannes erzählte auch nichts von Jesu Predigt auf dem Ölberg, und nirgendwo erwähnte er auch nur ein einziges Mal seinen Bruder Jakobus.

»Noch eine Frage, Bruder Bibliothekar«, sagte Ulrich, als sie den Saal verließen. »Dieser Buchmaler, wie hieß er doch gleich ... Heribert von Graz, nicht wahr? Ist er je im Heiligen Land gewesen?«

»O ja«, antwortete der Bibliothekar, der sich über Ulrichs Interesse freute. »Deshalb sind seine Darstellungen auch so lebendig. Es heißt, der Jerusalemer Tempel sehe in Wirklichkeit genau so aus, wie er ihn gemalt hat. Wisst Ihr, bevor er in unseren Orden eintrat, war er ein Diener der Tempelritter.«

XII. Kapitel

Am nächsten Morgen bestieg die Pilgerschaft der Agnes von Böhmen ein dickbauchiges Boot, das der Abt des Klosters Melk ihnen kurzfristig zur Verfügung gestellt hatte. Er hatte gemeint, um diese Jahreszeit würde es äußerst schwierig sein, woanders eines aufzutreiben, hätten die Händler ihre Schiffe doch bereits für den Winter in die Bootshäuser gebracht. Zum Glück aber habe das Kloster seine Boote noch unten am Fluss. Zwei Benediktinermönche, die Erfahrung mit der Donau-Schifffahrt hatten, schlossen sich den Reisenden an. Sie meinten, sie würden keinen Lotsen benötigen und könnten diese Aufgabe selbst übernehmen. Sobald sie die Pilger bis nach Sigmaringen gebracht hätten, würden sie ein paar Mann anheuern und mit dem Boot nach Melk zurückkehren.

Die Männer des bewaffneten Gefolges tauschten die Pferde gegen Ruder aus, und die vornehme Herrschaft ließ sich auf den harten Bänken nieder. Das Heck war mit einer schäbigen Plane bedeckt, unter der man sich vor Wind und Wetter schützen konnte. Es gab nicht allzu viel Platz in dem Boot, und so drängten sich Ritter und Edelfräulein nebeneinander wie Vögel auf der Stange, um die Söldner möglichst wenig bei ihrer Arbeit zu behindern. Man kam jedoch nur langsam voran, denn es ging stromaufwärts. Immerhin war die Donau an dieser Stelle breit und die Strömung nicht allzu stark. Mit unerbittlicher Regelmäßigkeit fielen die Regentropfen auf den Fluss und hinterließen Ringe, die sich ausweiteten und miteinander verschmolzen, sodass die trübe Oberfläche an das Muster eines Kettenhemdes erinnerte. Im Lauf des Tages wurde es etwas milder, und weiße

Nebelschwaden stiegen vom Fluss auf. Der Nebel wurde so dicht, dass zeitweilig das Ufer nicht mehr zu sehen war.

Otto verließ mit verdrossener Miene die Gesellschaft der Edelleute, um sich ins Vorschiff zu setzen. Er trug einen breitkrempigen braunen Hut, den er in Gmünd auf dem Markt gekauft hatte, und hüllte seinen Mantel fest um sich, um nicht nass zu werden. Schweigend blickte er auf das Wasser, das der Bug mit leisem Plätschern teilte. Er war unzufrieden und hätte nicht sagen können, warum. Dieses Herumtasten, das kein richtiges Fahnden zu sein schien, wollte ihm nicht gefallen. Ebenso wenig gefiel es ihm, den Fräulein aus dem Jungfrauengefolge den Hof zu machen, denn es war kein echtes Hofieren und ebenso müßig wie ihre ganzen Nachforschungen. Sein Herr ließ sich zwar nichts anmerken, doch sicher war auch er unzufrieden. Allerdings war es ganz gleich, was er von dieser Reise nach Compostela hielt, er war in jedem Fall dafür verantwortlich, dass Agnes, der Tante des Königs, nichts zustieß. Nur wie sollte sein Herr sie beschützen, wenn sie selbst es ihm so erschwerte?

»Du erlaubst?«, hörte Otto hinter sich eine leise Mädchenstimme. Er musste sich nicht erst umdrehen, um zu wissen, dass sie Zdena Berken von Bürgstein gehörte. Allerdings hatte sie diesmal nicht den üblichen spöttischen Unterton, sondern klang kleinlaut und ziemlich müde. Der Abt von Kloster Melk hatte am Tag zuvor nicht zu viel versprochen, das abendliche Festmahl war wirklich exzellent gewesen, und als sie am frühen Morgen vom Kloster aufbrachen, waren aus den Fenstern des Refektoriums noch immer Gesang und Gelächter gedrungen, weil viele Gäste überhaupt nicht zu Bett gegangen waren.

Otto rückte ein wenig zur Seite, um Zdena Platz zu machen. Sie setzte sich neben ihn und drückte sich fröstelnd an ihn. Er öffnete seinen Mantel und breitete ihn über sie.

»Warum hast du nicht wieder von dir hören lassen?«, fragte

sie leise, während sie auf den Fluss blickte. Sie musste nicht erklären, was sie meinte.

»Wir hatten einander schließlich nichts versprochen«, antwortete er mit fester Stimme. Er hatte geahnt, dass es einmal zu diesem Gespräch kommen würde. Sie hatte den Moment geschickt gewählt, denn hier konnte er ihr nicht so einfach entwischen.

»Weißt du, wie ich mir damals vorgekommen bin? Wie eine elende kleine Dirne. Du hattest dein Vergnügen, und dann bist du verschwunden.«

»Du irrst dich. Eine Dirne tut es für Geld, wir beide aber waren zusammen, weil du es ebenfalls wolltest. Du musstest ja nicht! Und ich habe dir nichts versprochen. Weder davor noch danach.«

»Ich war eben neugierig, was für ein Liebhaber du bist«, gestand sie mit leicht roten Wangen.

»Na eben, da siehst du es«, sagte er und legte die Stirn in Falten wie einer, der viele Weisheiten zu vergeben hat. »Wollte ich solches Zeug zusammenschreiben wie die Minnesänger, dann würde ich es vielleicht so ausdrücken: Du warst nur neugierig auf den Leib, deshalb gewannst du nicht das Herze.«

»Das klingt aber garstig«, sagte sie und seufzte. Eine Weile schwiegen beide. Dann fasste sie seine Hand und fuhr mit gesenkter Stimme fort: »Ich schwöre dir, ich will auch jetzt nicht dein Herz erobern. Aber ich möchte auf einer so langen Reise nicht alleine sein. Ich gebe zu, dass ich verwöhnt bin und vielleicht auch selbstsüchtig, aber habe ich nicht dennoch Anrecht auf einen Ritter an meiner Seite, der mich beschützt? Der mir, wenn ich traurig bin, ein paar nette Worte sagt und mich streichelt? Das ist doch wohl keine Sünde und auch nichts Schlimmes ... Ich bin ja so dumm gewesen: Bei deiner Ankunft auf Burg Landstein dachte ich noch, Peter von Rosenberg würde während dieser Reise mein Ritter sein. Deshalb bin ich dir so unfreundlich begegnet. Wie konnte ich denn auch wissen, dass dieser Tölpel Ordensbruder werden würde?«

»Ein Ritter, der das Kreuz annimmt, ist kein Ordensbruder ...«

»Jedenfalls ist er nicht mehr zu gebrauchen«, fiel sie ihm gleich ins Wort. »Siehst du nicht, wie peinlich das jetzt für mich ist? Ich habe mich noch nie jemandem so aufgedrängt. Ich will ja nicht viel! Es würde schon genügen, wenn ich hin und wieder bei dir sein darf. So wie jetzt ...« Sie lächelte schwach und legte ihren Kopf auf seine Schulter.

So saßen sie eine Weile still nebeneinander und blickten schweigend auf das trübe Wasser der Donau, das beidseits des Bootes an ihnen vorüberglitt.

Ottos Stimmung war nun noch schlechter als am Morgen. Zu allem anderen, was ihm Verdruss bereitete, kam jetzt auch noch diese zusätzliche Sorge hinzu. Denn ganz gleich, ob Zdena dies alles ernst meinte oder ob sie sich nur geschickt verstellte – er konnte sie in keinem Fall abweisen, und zwar allein deshalb nicht, weil sie aus Nordböhmen stammte und ein ungeschriebenes Gesetz verlangte, dass Nachbarn füreinander da waren. So wie sein Herr gegenüber dem höchsten Burggrafen Verantwortung für Lucia empfand, fühlte er sich für Zdena Berken verantwortlich, da er ihre Eltern kannte und schätzte. Und so fasste er im Stillen den Entschluss, sich bis zu einem gewissen Grad um Zdena zu kümmern, wenn auch nur in aller ritterlichen Ehrbarkeit. Er hob seinen Arm und legte ihn um ihre Schulter. Sie schmiegte sich zufrieden an ihn und entspannte sich. Belustigt stellte er kurz darauf fest, dass sie still und regelmäßig atmete. Sie war eingeschlafen.

Es war schwer, sich auf einer Wallfahrt auch nur die geringste Privatheit zu bewahren, und auf einem so kleinen Schiff war es nahezu unmöglich. Die edle Gesellschaft saß zusammengedrängt unter der Dachplane, und was immer einer sagte – die anderen bekamen es unweigerlich mit und gaben ihre Kommentare dazu ab. Přech von Michalowitz hatte zwei Schläuche mit süßem, verdünntem Wein auf das Boot mitgebracht. Den tranken sie nun aus einem Becher, der von Hand zu Hand weitergereicht wurde.

Emmeran von Greifsfeld sagte gerade an die Äbtissin gewandt: »Zwei Ritter, die unser erhabener König zu Anführern der Pilgerschaft bestimmt hatte, sind bereits in Prag ermordet worden, erhabene ältere Schwester.« Er schüttelte fassungslos den Kopf.

»Und auf der Burg meines Vaters wurde der päpstliche Gesandte umgebracht«, schloss sich ihm Jost von Landstein an. Neben ihm saß Johanna von Blatna. Als sie sah, wie sich weiter vorne im Boot Zdena an Otto von Zastrizl schmiegte, rückte auch sie näher an Jost heran und ließ sich von seinem Mantel zudecken.

»Die Ermordung unseres Söldners sollte uns ebenfalls zutiefst beunruhigen, das müsst Ihr doch zugeben«, fügte Přech von Michalowitz hinzu.

Agnes von Böhmen saß auf einem niedrigen Schemel inmitten der Runde. Die anderen Pilger auf ihren Bänken zu beiden Seiten des Hinterdecks saßen viel höher als sie, und so wirkte sie zwischen ihnen ganz verloren. Doch es war die einzige Stelle, wo nicht das Regenwasser vom Rand der Plane herabtropfte.

»Ihr habt euch wohl alle gegen mich verschworen?«, sagte Agnes verärgert. »Der Tod gehört nun einmal zum Leben. Wir liegen alle in Gottes Hand, und Er kann uns jederzeit zu sich rufen. Wir sollten deshalb so leben, dass wir zu jedem Zeitpunkt unseres Erdendaseins darauf vorbereitet sind. Und nicht sündigen, vor allem nicht auf einer Pilgerreise!«

»Ihr lenkt vom Thema ab«, mischte Ulrich von Kulm sich ins Gespräch. Er hatte sich mit den anderen nicht abgesprochen, aber diese Unterhaltung kam ihm sehr gelegen. »In seiner Barmherzigkeit sendet Gott uns verschiedene Zeichen, um uns seinen Willen zu verdeutlichen. Sind all diese Todesfälle nicht längst genug, um darin eine göttliche Warnung zu erkennen?«

»Falls sie ein Zeichen Gottes sind, so bedeuten sie nur eines: Der Herr prüft die Festigkeit unseres Glaubens«, antwortete die Äbtissin entschieden. »Er teilt uns mit, dass wir nicht der Kleingläubigkeit anheimfallen dürfen. Jeder Christ sollte jederzeit bereit sein, sein Leben für Jesus Christus zu geben, dann wird er erlöst werden. Dafür schließlich ist Jesus den Kreuzestod gestorben und von den Toten auferstanden. Um uns zu zeigen, dass unser irdisches Dasein nur der Beginn eines ewigen Lebens ist. Ja, Gott gibt uns ein Zeichen. Er sagt uns, dass nur der Gerechte ins Himmelreich kommt.«

»Doch es gibt auch göttliche Zeichen, die uns, den einfachen Gläubigen, zur Warnung dienen«, mischte sich nun unerwartet Bruder Gregor ein. Der Minorit war im Allgemeinen ein stiller und nicht sehr redseliger Mensch. Er mied zwar die Gesellschaft der anderen nicht, beteiligte sich aber selten an Gesprächen. Meist saß er mit aufmerksamem Blick und tiefen, bitteren Furchen um den Mund mit Bruder Hyacinthus zusammen, um gemeinsam mit ihm leise das Geschehen um sie herum zu kommentieren. Jetzt fragte er: »Wie kannst du dir so sicher sein, ehrwürdige ältere Schwester, dass Gott uns nicht eine Warnung sendet?«

»Warum sollte er das tun?«, fragte Agnes von Böhmen aufgebracht zurück.

»Vielleicht weil sich unter uns ein Mörder befindet. Und weil Gott nicht will, dass der Fuß des Verbrechers die heilige Erde entweiht, in der sein geliebter Apostel Jakobus ruht«, sagte der Minorit sanft. »Ist dir nicht aufgefallen, dass auf Burg Landstein während der Messe die Altarkerze erlosch? Und als wir die Festung in Gmünd verließen, lag am Wegrand der Kadaver eines toten Vogels. Sind das vielleicht keine deutlichen Zeichen?«

Agnes von Böhmen ließ die Schultern hängen. Dann brach es auf einmal fast hysterisch aus ihr hervor: »Was wollt ihr eigentlich von mir?«

»Wir sollten umkehren!«, schlug Willibald Odo feierlich vor. »In Prag werden wir demütig beten und beichten gehen und uns so innerlich reinigen. Und sobald der Mörder gefunden ist, treten wir die Reise nach Compostela von neuem an. Rein vor dem Angesicht Gottes.«

»Und bei besserem Wetter«, fügte Přech von Michalowitz hoffnungsvoll hinzu.

»Nein!«, schrie Agnes von Böhmen. Sie hatte gerötete, feuchte Augen und zitterte so, als habe sie sich bei der kalten Witterung der letzten Tage eine heftige Erkältung zugezogen.

»Es gäbe vielleicht eine Lösung, die dem Herrgott gefiele«, sagte Lucia. Sie glitt von der Bank, kniete vor Äbtissin Agnes nieder und nahm ihre kalte, zitternde Hand. »Wenn der königliche Prokurator unterwegs den Mörder fasst und wir ihn der weltlichen Gerichtsbarkeit übergeben, dann wäre das ebenso gut wie eine Rückkehr nach Prag, denn so würden wir verhindern, dass der Fuß des Verbrechers heiligen Boden berührt, und Gott wäre gewiss zufrieden.«

»Du bist ein gutes Mädchen«, sagte Agnes von Böhmen müde, hob ihre Hand und legte sie auf Lucias Kopf wie bei der Taufe eines Kindes. Dann verstummte sie. Sie schien fieberhaft zu überlegen, was für sie das Beste wäre.

»Wenn du einverstanden bist, ehrwürdige ältere Schwester, werde lieber ich die Ermittlungen übernehmen«, schlug der Propst von Vyšehrad mit wichtiger Miene vor. »Ich darf mit aller Bescheidenheit sagen, dass ich ebenfalls über gewisse

Erfahrungen verfüge, schließlich bin ich Mitglied des königlichen Rates, und von allen, die dich hier begleiten, ist meine Stellung am Hofe unseres erhabenen Herrschers die höchste. Sollte es sich zufällig erweisen – was ich natürlich zutiefst bezweifle –, dass der Verbrecher mit der heiligen Mutter Kirche in Verbindung steht, dann besitze ich als Prälat zudem die Befugnis, in dieser Angelegenheit zu handeln. Und zu guter Letzt bin ich ja auch dein Beichtvater!«

Ulrich fing den spöttischen, aber auch erschrockenen Blick des Bibliothekars auf, der sich ihm zuwandte und den Kopf schüttelte, als wollte er sagen, dass dies für alle das Schlimmste wäre, was auf dieser Pilgerreise passieren könnte.

»Es steht mir gewiss nicht zu, mich in Eure Entscheidungen einzumischen, ehrwürdige ältere Schwester Agnes«, ergriff Přech von Michalowitz forsch das Wort. »Doch Herr Ulrich von Kulm war der Einzige, der den Mord an Landrichter Dobřej aufzuklären wusste – anders als der ehrwürdige Propst von Vyšehrad, der trotz seiner unstreitigen Erfahrungen bis zum letzten Moment auf jener Seite stand, die, wie sich schließlich herausstellte, den wahren Mörder schützte – wenn auch bestimmt nur aus Unwissenheit.«

»Das ist nicht deine Angelegenheit!«, wies Willibald Odo ihn scharf zurecht. »Kümmere dich lieber um deinen Trupp! Drei deiner Männer waren heute Morgen nicht in der Messe. *Das* sollte dich interessieren. Und du solltest sie antreiben, schneller zu rudern. Wir schlingern durchs Wasser wie eine tote Ratte.«

»Ich muss Ritter von Michalowitz beipflichten«, meldete sich Jost von Landstein zu Wort. »Mein Vater, der höchste Burggraf, lobt Herrn Ulrich von Kulm als besten Ermittler, den das böhmische Königreich je hatte.«

»Ich schätze Herrn von Kulm sehr wohl«, antwortete Agnes von Böhmen hoheitsvoll. »Aber seine Erfahrungen beschränken sich auf den weltlichen Bereich. Wir sind eine fromme Pilgerschaft, und die Einschätzung eines erfahrenen Geistlichen wird in diesem Fall sicher wertvoller und dem Herrn gefälliger sein. Deshalb beauftrage ich den Propst Willibald Odo, die weiteren Ermittlungen zu führen!«

Gegen Abend legten sie an einer kleinen, neu errichteten Mole vor einem Gasthaus an, das laut den Melker Klosterbrüdern die beste Unterkunft für Donaureisende bot, die in dieser Richtung unterwegs waren. In der geräumigen Wirtsstube stand ein großer Ofen, der eine wohlige Wärme verbreitete. Die Edelleute setzten sich ringsherum auf Holzbänke, wärmten ihre klammen Körper auf und ließen ihre Kleidung trocknen. Dann zogen sich alle früh zurück. Der Wind war noch stärker geworden, und an den Hauswänden klapperten die Fensterläden.

Am nächsten Morgen stellte Přech von Michalowitz fest, dass über Nacht jemand ein großes Loch in eine Bordwand des Bootes geschlagen hatte, offenbar mit einer Axt. Viel Wasser war eingedrungen, und wäre der Uferbereich nicht so seicht und das Schiff nicht fest an der Mole vertäut gewesen, wäre es womöglich untergegangen. Als Přech mit düsterer Miene der Äbtissin Bericht erstattete, fuhr sie ihn an, was er denn tauge, wenn er nicht einmal daran gedacht habe, das Boot über Nacht bewachen zu lassen.

»Verzeiht, hochwürdige ältere Schwester«, sprang ihm einer der Benediktiner zur Verteidigung bei, »aber dergleichen ist bisher noch nie vorgekommen. Dieser Fluss ist sonst sehr sicher. Und sind wir nicht eine fromme Pilgerschar, der jeder Christ helfen und nicht schaden sollte? So war es stets, und wir haben schon Dutzende Reisende begleitet, ohne jemals Wächter zu postieren. Aus diesem Dorf hat das ganz sicher niemand getan – es muss einer von euch gewesen sein. Ich habe gestern euer Gespräch mitverfolgt. Offensichtlich möchte irgendjemand eure Weiterreise behindern.«

»Wie lange wird es dauern, das Boot zu reparieren?«

»Mindestens eine Woche, vermutlich länger. Aber ich wüsste eine bessere Lösung«, antwortete der Benediktiner, der ein breites, freundliches Gesicht und klare blaue Augen hatte. Er winkte den Schankwirt herbei, der sich tief verneigte und anbot, er könne der Pilgerschaft sein Schiff leihen. Es sei sogar größer und bequemer als das des Abtes. Die Benediktinerbrüder könnten Letzteres so lange instand setzen und anschließend damit nach Melk zurückkehren. Als Schiffslotsen könne er den Reisenden seinen Sohn mitgeben und dazu zwei Hausknechte. Dann wurde er ernst und fügte hinzu: »Dies alles wird drei Pfund Silber kosten.«

»Wir sind Pilger«, entgegnete Äbtissin Agnes sofort. »Es ist üblich, Pilger unentgeltlich in ihrem christlichen Unterfangen zu unterstützen.«

Der Schankwirt nickte. »Ganz bestimmt. Das gilt jedoch für Klöster. Ihr bezahlt mich doch auch für die Unterkunft. Das Schiff habe ich bereits in seinem Winterquartier untergebracht. Gebt mir Bescheid, wie Ihr Euch entschieden habt, dann lasse ich es gegebenenfalls reisefertig machen. Doch umsonst wird es nicht sein!«

»Warte!« Agnes von Böhmen hielt ihn missmutig zurück. »Lass es gleich zu Wasser bringen. Ich zahle! Aber bedenke, dass Gott dir das beim Jüngsten Gericht als schwere Sünde auslegen wird.«

Der Schankwirt reagierte nicht auf ihre Androhung und rief stattdessen nach seinem Sohn, damit dieser sogleich ans Werk ging.

XIII. Kapitel

In den folgenden Tagen verlief die Reise der Pilgerschaft ohne größere Zwischenfälle. Jede Nacht wachte einer der Söldner über das Schiff. Der Regen hatte aufgehört, und auch der Wind war schwächer geworden, was die Fahrt deutlich erleichterte. Nachts war es allerdings sehr kalt, und morgens bedeckte eine dünne Eisschicht das Wasser am Ufersaum. Alle hofften, dass es auf französischem Territorium wärmer sein würde, und konnten es kaum erwarten, den Bodensee zu erreichen.

Propst Willibald Odo fragte die Edelleute fortwährend über alle möglichen Dinge aus, die er für seine Nachforschungen als wichtig erachtete. Er beharrte darauf, dass der bewaffnete Trupp nicht nur das Schiff, sondern auch das Gepäck und selbst einzelne Pilger überwachte, sobald diese sich auch nur für einen Augenblick von der Reisegesellschaft entfernen wollten. Dem Ritter Přech von Michalowitz drohte er ständig damit, er werde ihn zur Verantwortung ziehen, falls irgendetwas passiere.

Ulrich von Kulm verfolgte belustigt die Anstalten des Propstes, einen nach dem anderen unter vier Augen zu verhören. Willibald Odo nahm jeden mit in das Vorschiff, um sich dort mit ihm diskret zu unterhalten, bemerkte jedoch nicht, dass der Wind in die Gegenrichtung blies und jedes einzelne Wörtchen bis nach hinten ins Heck trieb. Dort saßen die anderen unter einem ähnlichen Leinendach wie auf dem Boot des Abtes und hörten aus Langeweile zu, was vorne im Bug gesprochen wurde. Und weil bis auf den Propst alle wussten, dass man sie hören konnte, antworteten sie ihm so, dass sie keinen der anderen kränkten oder verärgerten.

Nach Ablauf dieser Gespräche schloss sich der Bibliothekar Emmeran mit Bruder Gregor und Bruder Hyacinthus zusammen, um den Propst ehrfurchtsvoll und mit argloser Miene immer wieder mit Fragen zu behelligen, ob er denn in dem Fall schon klarsehe und eine Vermutung habe, wer der Mörder sei.

Als sie für ein spätes Mittagessen in einem kleinen bayerischen Dorf haltmachten und Bruder Gregor den Propst in der Schenke erneut unschuldig fragte, ob die Verhöre ihn vorangebracht hätten und er ihnen endlich verraten wolle, was er herausgefunden habe, geriet Willibald Odo außer sich. Er schrie, sie sollten endlich den Mund halten, er besitze selbst genug Urteilsvermögen, und wenn er etwas mitzuteilen habe, würden sie es schon erfahren. Einen Mörder aufzuspüren sei etwas anderes, als Wachteln zu fangen. Wer ihn als Nächstes so etwas frage, dem werde er einen Krug an den Kopf werfen und ihm obendrein in den Allerwertesten treten.

In diesem Moment ging die Tür auf, und Agnes von Böhmen erschien in der Schenke. Sie ging zum Tisch des Propstes und fragte ihn mit sorgenvoller Miene, wie weit er denn in seinen Ermittlungen vorangeschritten sei.

Den ganzen restlichen Tag traktierten die drei Ordensbrüder den Propst damit, ob das denn angehen könne, dass ein hoher Geistlicher nicht halte, was er versprochen habe. Von da an stellte Willibald Odo die Verhöre ein.

Ulrich hatte alles mit einem Lächeln verfolgt. Die Pilger langweilten sich nun mal, und jeder versuchte sich auf seine Weise zu unterhalten. Während die Späße der Kirchenmänner ihn amüsierten, machte ihm sein Knappe eher Sorgen. Otto wirkte die meiste Zeit düster und scherzte nur ausnahmsweise mit den Mädchen, und das gab Ulrich wirklich zu denken. Manchmal sah er ihn mit ernster Miene leise etwas mit Zdena besprechen. Aber auch Lucia bereitete Ulrich Kopfzerbrechen. Es schien, als würde sie ihn meiden, und wenn er sich nicht täuschte, schlich sie ständig um Peter von Rosenberg herum. Er befürchtete, dass sie auf eigene Faust heimlich Nachforschungen betrieb.

Dann erreichten sie Regensburg. Vor einigen Jahren hatte Kaiser Friedrich II. es zur freien Reichsstadt erhoben, doch Agnes von Böhmen weigerte sich, dies anzuerkennen. Sie hatte nicht vor, mit dem Rat der Stadt zusammenzutreffen, auch wenn dies die Höflichkeit gebot, sondern wollte lieber den Regensburger Bischof treffen, dieser sei ihrer Meinung nach der einzige rechtmäßige Herrscher über die Stadt. Sie fuhren unter der Steinernen Brücke hindurch und legten am Ufer an. Von Regensburg hieß es, es sei eine der schönsten und reichsten deutschen Städte, und schon der erste Anblick schien dies zu bestätigen.

Die böhmische Pilgergruppe teilte sich: Ritter, Edelfräulein und Söldner kamen in einem bequemen Gehöft unweit des Hafens unter, während Agnes von Böhmen und die Geistlichen die Gastfreundschaft im bischöflichen Palast genossen, der sich nicht weit entfernt vom im Bau befindlichen Dom St. Peter befand. Der junge Rosenberg hatte sie ebenfalls begleiten wollen, mit der Begründung, dass er ja Mitglied des Tempelordens sei, doch Äbtissin Agnes hatte ihn schroff zurückgewiesen. Sie erklärte, er habe keinerlei Weihe erhalten, und so sehe sie keinen Grund, weshalb er sich als Angehöriger des geistlichen Standes betrachte.

»Du bist ein Ritter Christi«, fuhr sie etwas freundlicher fort. »Dafür wird Gott dich loben. Aber der Angehörige eines Ritterordens ist nicht dasselbe wie ein gesalbter Diener der Kirche. Ich möchte mit dem Regensburger Bischof über geistliche Dinge sprechen.« Und damit ließ sie ihn stehen.

Am Abend betrank sich Peter von Rosenberg in der Taverne. Er zeterte und lallte, er lasse sich das nicht gefallen und die hochmütige Äbtissin werde schon noch sehen, wer die Tempelritter seien. Lucia setzte sich neben ihn, streichelte seine Wange und besänftigte ihn wie ein kleines Kind. Schließlich schlief er mit dem Kopf auf der Tischplatte ein.

Angewidert zog sie sich von dem betrunkenen Ritter zurück. »Hilfst du mir, ihn zu Bett zu bringen?«, fragte sie Ulrich.

Ulrich verzog das Gesicht. »Mir gefällt nicht, was du da tust«, sagte er.

»Ei, ei, du bist doch nicht etwa eifersüchtig?«

»Mumpitz! Ich habe nur etwas dagegen, dass du auf eigene Faust ermittelst. Hast du wenigstens etwas aus ihm herausbekommen?«

»Leider nein«, sagte sie seufzend. »Aber ich könnte schwören, dass er etwas weiß. Einmal hätte er sich fast verplappert. Wenn ich richtig verstanden habe, reist er nämlich nicht zufällig mit. Ich glaube, er wollte vor mir ein wenig großtun, jedenfalls machte er eine Andeutung, dass er im Namen der Templer etwas Wichtiges in Compostela zu erledigen habe. Aber dann wechselte er schnell das Thema, und mehr konnte ich aus ihm nicht herausbekommen. Bisher zumindest.«

»Gib acht auf dich«, warnte Ulrich sie. Er wusste, sie würde sowieso nicht auf ihn hören, wenn er ihr etwas verbot, mochten sie auch noch vor ein paar Tagen auf ihren Gehorsam angestoßen haben.

Zusammen mit Otto hoben sie den sturzbetrunkenen jungen Rosenberg hoch und trugen ihn über den Hof in die Herberge hinter der Taverne.

Am nächsten Morgen brach die Sonne durch die grauen Wolken, und auch wenn sie an Kraft verloren hatte, hellte sie doch allen Pilgerreisenden die Stimmung auf. An diesem Tag gelangten sie auf der Donau bis nach Pförring kurz vor Neustadt.

Während sie über den wackeligen Steg an Land gingen, drehte Agnes von Böhmen sich nach Ulrich um und flüsterte ihm zu, er möge bitte nach der Abendandacht in ihre Kammer kommen, niemand dürfe ihn jedoch dabei sehen.

Der Gasthof in Pförring erwies sich als ein stattliches Ensemble: Der größte Gebäudeteil war aus Stein erbaut, im Hof hinter der Schenke befanden sich eine Backstube und ein kleines Brauhaus, und unter einer Remise standen mindestens zehn Händlerfuhrwerke.

»Wo so viele Händler übernachten, gibt es eine gute Küche«, sagte Přech von Michalowitz und rieb sich in Vorfreude die Hände.

Die Nacht war bereits hereingebrochen und der Lärm aus der Schenke abgeebbt, als Ulrich beschloss, Agnes von Böhmen aufzusuchen. Vorsichtig schlich er den Gang entlang und ging erst einmal absichtlich an ihrer Tür vorbei, als wollte er einem der Edelfräulein einen Besuch abstatten. Erst als er sicher war, dass niemand ihm folgte, kehrte er zurück. Schnell schlüpfte er in die Kammer, welche die beste im ganzen Gasthof und deshalb von Äbtissin Agnes ausgewählt worden war.

»Du hast dir aber Zeit gelassen«, sagte sie, als sie ihn erblickte. Sie kniete auf dem Boden vor der Wand, an der ein einfaches Holzkreuz hing. Dann bekreuzigte sie sich und stand auf. Sie ließ sich auf dem Rand der Bettstatt nieder und bedeutete ihm, sich neben sie zu setzen.

»Ist etwas vorgefallen?«, fragte Ulrich in dunkler Vorahnung. Er begann sich allmählich an ihre Wankelmütigkeit zu gewöhnen. Was blieb ihm auch anderes übrig? Wenn er sie beschützen sollte, durfte er nicht den Beleidigten spielen. Es war nicht immer einfach, dem böhmischen König zu gehorchen – seiner Tante zu gehorchen war jedoch wesentlich schwieriger.

»Ich gehe dir ordentlich auf die Nerven, nicht wahr?«, fragte Agnes von Böhmen leise, aber doch würdevoll.

Ulrich zuckte mit den Schultern und sagte nichts dazu. Er wartete ab, was als Nächstes kommen würde. Die alternde Äbtissin hatte ihre Launen, doch heute schien sie guter Stimmung zu sein.

»Du sollst eines wissen: Wenn ich dir auf dem Schiff die Ermittlungen entzogen habe, so nicht, weil ich dir nicht vertrauen würde. Ich wollte lediglich unsere Reisegefährten beruhigen«, erklärte sie, sichtlich stolz auf ihre Finte. »Sobald die anderen nämlich hörten, dass jemand Nachforschungen betreibt, verloren sie ihre Furcht.«

»Und Ihr wart wohl davon überzeugt, dass ich als Ermittler sie nicht beruhigt hätte?«, entgegnete Ulrich angriffslustig. Er verstand nicht, was das Ganze sollte. Agnes von Böhmen hatte ihn doch sicher nicht zu sich gerufen, um nach ihrem ungerechten Handeln nun ihr Gewissen vor ihm zu erleichtern.

»Vielleicht hätte es sie ebenfalls beruhigt«, antwortete sie mit steifem Lächeln. »Doch mir ging es um etwas anderes. Kennst du die Wendung *den Bock zum Gärtner machen?* Nun, genau das habe ich versucht.«

»Verstehe ich Euch richtig, dass Ihr Willibald Odo verdächtigt?«

Sie nickte. »Schon längere Zeit. Als mein Beichtvater war er schließlich über alles unterrichtet. Es ist nun so: Der Gesandte des Papstes hatte eine Urkunde bei sich, in der der Heilige Vater den Propst von Vyšehrad, Willibald Odo, seines Amtes enthebt, vorausgesetzt, dass mein Neffe, der böhmische König, dem zustimmen wird. Und das hätte Přemysl Ottokar II. nach unserer Rückkehr aus Compostela getan, dessen bin ich gewiss.«

»Wusste der Propst von der Existenz dieser Urkunde?«

»Als ich mit meiner Gefolgschaft auf Burg Landstein eintraf, hat der Gesandte es ihm in meinem Beisein offiziell verkündet. Allerdings war die päpstliche Urkunde nach der Mordtat unauffindbar; der Mörder muss sie mitgenommen haben. Deshalb waren auch alle Sachen aus der Truhe über den Boden verstreut.«

»Aber was hätte Propst Willibald durch dieses Verbrechen gewonnen? Der Papst kann doch einfach eine neue Urkunde schreiben.«

»Kann er nicht … Innozenz IV. liegt im Sterben. Wenn wir von Compostela zurückkommen, wird er vermutlich tot sein. Und der neue Papst wird andere Sorgen haben. Wer weiß, wer als Nächstes den Heiligen Stuhl besteigt? Willibald Odo hat in Rom nicht nur Feinde, sondern auch etliche Gönner. Und er weiß das für sich zu nutzen.«

»Warum habt Ihr mir das nicht früher erzählt, ehrwürdige ältere Schwester?«

»Ich war mir erst nicht sicher. Die Urkunde konnte auch jemand anderes entwendet haben, zum Beispiel dieser Narr von Burgkaplan, der die Silbermünzen gestohlen hat. Erst gestern Abend habe ich Gewissheit erlangt. Sieh her«, sagte Agnes von Böhmen und griff unter ihr Kissen. Sie zog ein zusammengefaltetes Pergament hervor. »Diesen Brief habe ich vorgestern in meiner Kammer vorgefunden.«

Ulrich entfaltete den Brief. Es war nur ein kurzes Schreiben, das weder eine offizielle Anrede noch eine Unterschrift enthielt. Es besagte knapp, die böhmische Reisegruppe müsse nach Prag zurückkehren. Sollte Agnes von Böhmen dieser Aufforderung nicht nachkommen, werde ein Mitglied der edlen Pilgerschaft Konstanz nicht lebend erreichen. Die Äbtissin solle sich überlegen, ob sie ein Christenleben auf dem Gewissen haben wolle.

»Dieser Verbrecher … er droht uns«, fuhr Ulrich wütend hoch. Was Agnes von Böhmen ihm zuvor erzählt hatte, ergab für ihn dennoch keinen Sinn. Hätte Willibald Odo den Mord begangen, dann würde er doch nicht nach Prag zurückkehren wollen. Er würde im Gegenteil versuchen, die Pilgerreise so lange auszudehnen, bis er sicher sein konnte, dass Papst Innozenz IV. inzwischen verstorben war.

»Ich entnehme dem Schreiben, dass der Verfasser mir ein paar Tage Bedenkzeit gibt. Die Strecke nach Konstanz erfordert mindestens eine Woche«, fuhr Äbtissin Agnes nachdenklich fort. »Deshalb war es mir gestern auch so wichtig, mit den anderen Klerikern im Palast des Regensburger Bischofs zu übernachten. Ich bat den Bischof, meine Reisegefährten ein Weilchen zu unterhalten. Unterdessen habe ich heimlich das Gepäck des Propstes untersucht. Achte einmal auf die Beschaffenheit des Drohbriefes. Es ist ein äußerst feines Pergament, wie es gewöhnlich nicht verwendet wird. Ich erinnerte mich gleich daran, ein solches im Stiftskapitel von Vyšehrad gesehen zu haben. Nun, und in der Truhe des Propstes fand ich schließlich weitere zehn unbeschriebene Bögen des absolut gleichen Pergaments. Er muss den Drohbrief geschrieben haben!«

»Lasst Ihr ihn verhaften?«

»Nein. Ich will ihn in flagranti ertappen, wenn er einen weiteren Mordversuch unternimmt. Nur so ist seine Schuld unbestreitbar. Und deshalb habe ich dich hergerufen. Du musst die anderen unauffällig warnen. Und niemand darf im Beisein des Propstes unsere Vorsichtsmaßnahmen erwähnen! Keiner unserer Pilger darf von nun an alleine bleiben. Sie dürfen sich immer nur zu zweit bewegen. Und wenn ich immer sage, dann meine ich immer und überall. Zusätzlich wird jedes Zweierpaar von einem Söldner unseres bewaffneten Trupps überwacht. Es muss aber unauffällig geschehen. Wir dürfen dem Propst keine Gelegenheit zum Zuschlagen geben. Je näher wir Konstanz kommen, desto nervöser wird er vermutlich. Sicherlich wird er versuchen, seine Drohung wahrzumachen, aber da wir ihm keine Gelegenheit dazu geben werden, wird er irgendwann die

Nerven verlieren und einen Fehler machen. Seine Festnahme lege ich dann in deine Hände!«

»Verzeiht, ältere Schwester, aber warum die böse Tat heraufbeschwören? Noch der beste Plan kann fehlschlagen. Ein Verbrecher hat in solchen Fällen stets den Vorteil, dass er selbst Ort und Zeit bestimmt, an denen er zuschlagen wird. Wäre es nicht besser, den Propst einfach zu beschuldigen, ein Gericht einzuberufen und diesem alle Beweise vorzulegen?«

»Nein! Wir haben nicht genügend Beweise. Mein Plan ist gut. Sollte dennoch etwas misslingen, dann allein durch deine Unachtsamkeit. Ich bin überzeugt, es muss möglich sein, Propst Willibald Odo genau im Auge zu behalten. Du kannst gehen! Möge aus unserer Reise dann endlich eine wahre Wallfahrt werden. Ich hatte die Hoffnung darauf schon fast aufgegeben. Aber Gott hat mir geholfen.«

Vom Schlafgemach der Äbtissin aus begab sich Ulrich direkt in seine eigene Kammer, die er mit seinem Knappen teilte, und beriet sich lange mit Otto. Dabei stellte sich schnell heraus, dass es nicht leicht werden würde, Agnes von Böhmens Anweisungen zu befolgen.

»Wenn wir die anderen vor dem Propst warnen und sie gleichzeitig bitten, das Geheimnis für sich zu behalten, dann wird Willibald Odo spätestens nach einer Stunde Bescheid wissen, darauf wette ich«, erklärte Ulrich finster.

Sein Knappe nickte. »Wir müssen es schlauer anstellen, im Interesse der Äbtissin. Ich habe eine Idee: Ihr sucht mit jedem Einzelnen das Gespräch unter vier Augen und teilt ihm mit, Ihr wüsstet vermutlich, wer der Mörder sei, und hättet herausgefunden, dass er aus unbekannten Gründen ausgerechnet ihn umbringen wolle. Darauf versprecht Ihr demjenigen, gut auf ihn aufzupassen, solange er genau Eure Anweisungen befolge.

Erstens müsse er schweigen, andernfalls könntet Ihr für nichts garantieren. Zweitens müsse er sich stets in der Nähe einer vertrauenswürdigen Person aufhalten, die Ihr ihm nennt, um in Gegenwart dieser zweiten Person sicher zu sein. Das könnte doch gehen?«

»Wenn die Menschen um ihr Leben bangen, dann bringen sie es wohl ein paar Tage lang fertig, ihren Mund zu halten«, stimmte Ulrich ihm zu. »Trotzdem kann ich mir nicht recht vorstellen, wie wir diese Zweierpaare verteilen sollen. Mir gefällt das alles überhaupt nicht. Äbtissin Agnes glaubt, einen besonders klugen Plan entworfen zu haben – aber gerade sie sollte doch christlich mit ihren Nächsten umgehen. Ich würde niemals nur der Verbrechersuche wegen das Leben eines unschuldigen Menschen riskieren. Du weißt, wenn wir einmal eine Falle stellen, dann immer so, dass wir höchstens uns selbst dabei gefährden, nicht aber andere. Risiken einzugehen gehört zu unserer Arbeit, doch warum sollten wir die edlen Jungfrauen in Gefahr bringen?«

Otto nickte. »Mit den Edelfräulein wird es am schwierigsten sein. Selbst zu zweit können sie es sicher nicht mit dem Verbrecher aufnehmen, sollte er eine von ihnen angreifen. Ich denke deshalb, wir sollten keine Paare innerhalb des Jungferngefolges bilden. Besser wäre es, wenn ein Ritter und ein Mädchen jeweils ein Paar bildeten.«

»Du weißt aber auch alles zu deinem Vorteil zu nutzen«, brummte Ulrich misstrauisch.

Doch gleich am nächsten Morgen konnte er sich davon überzeugen, dass die Sache tatsächlich kompliziert war. Als Jost von Landstein von der drohenden Gefahr hörte, erklärte er sofort, in diesem Falle werde er Johanna von Blatna nicht von der Seite weichen. Katharina von Gutstein wiederum verkündete, lieber lasse sie sich umbringen, als von früh bis spät auf Zdena Berken von Bürgstein aufpassen zu müssen. Lucia war der Meinung, dass sie an der Seite Ulrichs von Kulm am besten aufgehoben sei. Und Peter von Rosenberg lehnte gleich jeglichen Gefährten ab, schließlich sei er ein Tempelritter und könne sich selbst verteidigen.

Als Ulrich am Abend der Äbtissin davon erzählte, wurde sie wütend. Sie sagte, sie habe von Ulrich von Kulm eine höhere Meinung gehabt und werde ihrem Neffen von seiner Nachlässigkeit berichten. Am Ende schloss sie erregt: »Dann tu eben, was du für richtig hältst! Aber wenigstens der Propst soll Tag und Nacht von zwei Söldnern beaufsichtigt werden. Und zwar so, dass er es nicht merkt! Und auch du wirst Willibald Odo im Auge behalten. Du bürgst mir mit deinem Leben dafür, dass er keinen weiteren Mord begeht. Ich werde veranlassen, dass von nun an du die Schlafkammer mit ihm teilst.«

Das Wetter wurde wieder schlechter. Nur fiel nun auch tagsüber kein feiner Regen mehr, sondern Graupel, und manchmal schneite es auch richtig.

»Der Winter setzt dieses Jahr verflixt früh ein«, brummte Přech von Michalowitz. »Wenn erst einmal der Frost kommt und die Flüsse zufrieren, dann erreichen wir Compostela erst im Frühling.«

»Wäre das so schlimm?«, bemerkte Ulrich achselzuckend. »Ehrlich gesagt, so einen elenden Auftrag hatte ich lange nicht.«

»Ich auch nicht, das kannst du mir glauben. Warum muss ich immer so ein Pech haben? Unser erhabener König hat dieses Jahr mindestens ein Dutzend Expeditionen veranlasst. Die eine ging zur Hochzeit irgendeiner Fürstin ins Rheinland, eine andere nach Kastilien, ein paar Truppen sind auf einen Straffeldzug gegen Heiden aufgebrochen oder in den Kampf gegen den ungarischen König. Lauter großartige Unterfangen, die Vergnügen bereiten. Nur ich muss Agnes von Böhmen und ihre

Kleriker auf einer Wallfahrt begleiten, auf der die Pilger sich gegenseitig meucheln. Barmherziger Gott, warum strafst du mich so!«

»Gib acht, dass dich am Ende nicht unser erhabener König Ottokar straft, wenn sich unsere Kleriker untereinander meucheln«, bemerkte Ulrich freundlich. »Wir müssen besprechen, wie wir deine Söldner sinnvoll aufteilen und den Propst von Vyšehrad bewachen, sodass er niemanden mehr umbringen kann.«

»Denkst du, er ist der Mörder?«

»Auf Befehl der ehrwürdigen Äbtissin habe ich das Denken aufgegeben. Agnes von Böhmen hat ihn als Mörder bezeichnet, und so gehorche ich ihr. Aber unter uns: Ich bin nicht wirklich davon überzeugt, dass der Propst dahintersteckt. Also lass zur Sicherheit auch noch die Edelfräulein bewachen …«

»Also doch noch ein wenig Vergnügen«, sagte Přech von Michalowitz und nickte zufrieden. »Das wird meinen Männern wesentlich mehr zusagen, als den Propst zu beaufsichtigen.«

XIV. Kapitel

Auf der Strecke bis nach Ulm ereignete sich nichts, was mit den vergangenen Verbrechen in Verbindung stand. Es war, als würde mit der zunehmenden Entfernung von Böhmen auch das Schreckensbild des unbekannten Mörders verblassen. Unangenehmes vergisst der Mensch schnell und gerne. Und trotzdem blieb keiner der böhmischen Pilger gern alleine, wie Ulrich feststellte. Die Edelleute hingen die meiste Zeit zusammen, und zwar Männer wie Frauen – was manchen von ihnen Anlass zu Scherzen gab, in denen kirchliche Sittenwächter wohl kaum christliche Tugendhaftigkeit gefunden hätten. Die frommen Jungfrauen standen den Rittern in dieser Hinsicht in nichts nach. Und so herrschte zwischen den Pilgerreisenden alles in allem gute Laune.

Nach ein paar Tagen gab es noch einmal einen jähen Wetterwechsel, und auf den Schnee folgten sonnige Tage eines späten Altweibersommers. Ulrich wusste, dass sich in Ulm eine berühmte Werkstatt befand, in der die besten Pergamente nördlich der Alpen hergestellt wurden, und so ließ er sich, gleich nachdem sie an Land gegangen waren, von der Äbtissin den Drohbrief aushändigen, um mit ihm Meister Heidenreich aufzusuchen.

Der Ulmer Weißgerber hatte grobe, raue Hände von all der Lauge, in die er die Leder einweichte. Er rieb das Pergament zwischen den Fingern, hielt es gegen das Licht, roch sogar daran. Dann lächelte er und bestätigte mit Stolz in der Stimme, dass es aus seiner Werkstatt stamme.

»Aber in einer Sache täuscht Ihr Euch, edler Herr«, erklärte er höflich. »Im böhmischen Königreich beliefere ich nur einen einzigen Ort mit diesem Pergament. Das Stiftskapitel von Vyšehrad. Die Kanzlei des böhmischen Königs hingegen bezieht ihre Pergamente meines Wissens von den Mönchen in Waldsassen. Sie stellen zwar sehr gute her, aber so exzellent wie meine sind sie nicht. Möchtet Ihr welche kaufen?«

»Ich denke noch darüber nach«, antwortete Ulrich freundlich. »Ich hätte allerdings noch eine Frage: Was ist mit den Rittern des Tempelordens? Habt Ihr für sie je ein ähnliches Pergament hergestellt?«

»Nein, nie. Bedenkt, dass deren Großmeister im Heiligen Land residiert – dort kann er von den Ungläubigen viel bessere bekommen. Ich weiß nicht, warum Gott es so eingerichtet hat, aber die jüdischen und muselmanischen Handwerker erzeugen noch bessere Waren als wir. Ich begreife es nicht und bete täglich zu Gott, er möge uns die gleiche Handfertigkeit schenken.«

Ulrich dankte dem Meister und verabschiedete sich von ihm. Nachdenklich wanderte er durch die Straßen. Er war völlig konsterniert. Er hatte erwartet, Meister Heidenreich würde sagen, dass solche Pergamente auch in anderen böhmischen Skriptorien zu finden seien. Das war aber nicht der Fall. Nur Propst Willibald Odo kaufte diese feinen, gebleichten Pergamente. Und nur in seiner Truhe hatte Agnes von Böhmen sie gefunden. Während der Fahrt auf der Donau hatte Ulrich sich die Mühe gemacht und heimlich das Gepäck der anderen Pilger durchsucht. Bei keinem hatte er etwas Vergleichbares gefunden.

Bei seiner Ermittlungstätigkeit hielt er sich immer an den Grundsatz, einer Hypothese nur so lange zu folgen, bis er etwas entdeckte, was sie widerlegte, und seine Erfahrung hatte ihm nahegelegt, sich bei seinen Nachforschungen nicht nur auf den Vyšehrader Propst zu konzentrieren. Deshalb hatte er seinen Verdacht auch auf andere Pilger ausgeweitet. Doch die Aussage Meister Heidenreichs war eindeutig.

Nun gut, warum sollte der Propst nicht der Mörder sein?, fragte er sich. Er kehrte in die nächstbeste Schenke ein, setzte sich an einen Tisch und bestellte heißen Met. Zu seiner Ernüchterung antwortete ihm die mollige Wirtin, die ein scheußliches grünes Gewand trug, dass sie dieses Getränk nicht führten.

»In Ulm bekommt Ihr das nicht«, erklärte sie höflich. »Vielleicht in Preußen oder noch weiter im Osten bei irgendwelchen Heiden. Aber wir sind eine christliche Stadt. Hier trinken wir nur Wein und Bier.«

»Und welches davon ist christlicher?«, fragte er herausfordernd. Wie er vermutet hatte, antwortete sie, ohne zu zögern: »Wein.« Der war nämlich teurer als Bier. Gleich darauf brachte sie ihm einen kleinen Krug mit einem starken roten Wein, der mit Gewürzen aufgekocht worden war und verlockend roch.

Ulrich trank einen Schluck und leckte sich zufrieden die Lippen. Er hatte ein wenig Zeit und musste sich nicht beeilen. Es herrschte zwar ein ziemlicher Lärm in der Schenke, trotzdem schien ihm, als fände er zum ersten Mal seit langer Zeit etwas Ruhe. Es war eben nicht leicht, in einer Gemeinschaft von Pilgern zu reisen. Stets war man von Menschen umgeben, und jeder von ihnen besaß einen anderen Charakter, hatte andere Bedürfnisse, interessierte sich für andere Dinge. Ritter, Jungfrauen, Kirchenmänner, Söldner ... Man konnte ihnen nicht aus dem Weg gehen, sich keinen Moment zurückziehen. Von morgens bis abends drängte man sich auf dem kleinen Schiff zusammen. Die meisten Herbergen, in denen sie übernachteten, verfügten nur über eine oder zwei Schlafkammern, die dann Agnes von Böhmen und die Edelfräulein bezogen. Alle anderen Gäste schliefen in der Regel gemeinsam in einem Raum, zusammengepfercht wie die Salzheringe im Fass. Was immer man sagte, wurde von etlichen Ohren aufgefangen, von denen, die es hören sollten, und denen, die es nicht hören sollten. Schon mindestens eine Woche lang hatte er sich mit seinem Knappen nicht mehr richtig beraten können. Und er fand auch selbst nie die Zeit, einmal in Ruhe nachzudenken. Ihm schien, das war der Grund, weshalb er in seinen Nachforschungen so wenig vorangeschritten war. Jetzt aber hatte er endlich die Möglichkeit, das nachzuholen.

Er lehnte sich bequem zurück, streckte unter dem Tisch die Beine aus und wärmte seine Hände an dem Weinkrug. Es war ein rundlicher kleiner Krug mit rauer Oberfläche. Sogleich fiel ihm die Bemerkung seines Knappen ein, eine rechte Maid müsse hübsche Rundungen haben wie so ein Krug. Er seufzte. So würde er in dem Fall nicht weiterkommen ... Er trank noch einen Schluck und richtete sich dann auf, um sich besser zu konzentrieren.

Er begann seine Überlegungen mit dem Propst von Vyšehrad. Was Meister Heidenreich gesagt hatte, warf alles um, was er zuvor gedacht hatte: Dass es unlogisch sei, Willibald Odo zu verdächtigen, da dieser keinen Grund hatte, eilig nach Hause zurückzukehren, wo doch der Papst ihn von seiner hohen und einträglichen Position im Vyšehrader Stiftskapitel entbinden wollte. Dass Willibald Odo besser dran sei, wenn er den Kopf zwischen die Schultern steckte, sich irgendwohin zurückzog und abwartete, bis das Gewitter vorüber war; zumal wenn er die fragliche Urkunde an sich genommen hatte. Jetzt fiel ihm eine Möglichkeit ein, an die er bislang nicht gedacht hatte, vielleicht gerade weil er nie eine ruhige Minute gefunden hatte:

Äbtissin Agnes hatte gesagt, der Gesandte des Papstes habe eine Urkunde über die Abberufung des Vyšehrader Propstes mitgebracht und diese sei verschwunden. Sie hatte jedoch nicht ausdrücklich erwähnt, sie zuvor überhaupt gesehen zu haben. Vielleicht hatte der Gesandte die Urkunde auf Burg Landstein schon gar nicht mehr bei sich gehabt und lediglich von ihr gesprochen? Er konnte sie bereits an den Bischof von Prag, an das Stiftskapitel oder an den böhmischen König geschickt haben. Das wiederum hatte der Mörder – mutmaßlich Willibald Odo – vor seiner Tat nicht gewusst. Erst als er den Gesandten umgebracht hatte und seine Sachen durchwühlte, stellte er fest, dass die Urkunde nicht mehr da war. In diesem Fall war es nur logisch, wenn der Propst so schnell wie möglich nach Hause zurückkehren wollte, schließlich hatte er in Prag viele einflussreiche Bekannte, die ihm gewogen waren und die für ihn eintreten konnten. Dann musste er allerdings äußerst schnell handeln, um die Urkunde noch abzufangen, bevor der König von seinem Feldzug in Mähren zurückkehrte. Das ergab Sinn ...

Ulrich machte sich noch etwas anderes bewusst. Er hatte sich zu sehr von dem Verdacht der Äbtissin beeinflussen lassen, hinter den Verbrechen stecke der Tempelorden. Unter diesem Eindruck hatte er unablässig nach dem geringsten Hinweis auf die Tempelritter gesucht. Aber was, wenn das eine Sackgasse war? Vielleicht hatten die Morde, die sich in Prag ereignet hatten, überhaupt nichts mit den Verbrechen während der Reise zu tun. Sollten die Prager Morde nämlich von jemand anderem begangen worden sein, dann fiel bei den anderen beiden Verbrechen der Verdacht umso stärker auf den Propst von Vyšehrad.

Diese neue Hypothese erschien ihm schlüssig: Wegen der päpstlichen Urkunde hatte Willibald Odo auf Burg Landstein den Gesandten umgebracht. Gleich darauf wurde er auf dem Gang von einem der Söldner gesehen. Dieser begann ihn zu erpressen, weshalb der Propst ihn in Gmünd ebenfalls umbrachte. Anschließend versuchte er mit seinen Drohungen, Agnes von Böhmen zur Heimreise zu zwingen. Sollte diese Hypothese stimmen, dann würde der Propst seine Absichten wohl noch weiterverfolgen und seine Drohungen wahrmachen wollen. Und das durfte Ulrich nicht zulassen.

Er trank den Krug leer und bestellte sich einen neuen. Er begann darüber nachzusinnen, auf wen Propst Willibald Odo es wohl als Nächstes abgesehen haben könnte, um eine wirkungsvolle Abschreckung zu erzielen. Es musste jemand sein, der Agnes von Böhmen so nahestand, dass der Verlust sie schwer treffen würde. Gleichzeitig musste es jemand sein, der dem Propst selbst nicht weiter wichtig war. Das schloss sogleich Emmeran von Greifsfeld aus – für die Äbtissin besaß er zu wenig Bedeutung, und der Propst würde sicherlich nicht den Bibliothekar seines Stiftskapitels verlieren wollen. Auch Jost von Landstein und Lucia konnte Ulrich ausschließen, saß ihr Vater doch zusammen mit Willibald Odo im königlichen Rat – und man mochte über den Propst denken, was man wollte, aber er war sicherlich kein kaltblütiger Mörder, der den Rest seines Lebens dem Vater seiner Opfer in die Augen schauen wollte. Einen nach dem anderen sortierte Ulrich die einzelnen Pilger aus, bis ihm nur noch zwei Namen blieben, die beide in Betracht kamen. Der erste war Bruder Gregor, der Agnes von Böhmen am Herzen lag, weil sie beide dem gleichen Orden entstammten. Allerdings war er wie Willibald Odo ein Mann der Kirche, und so war der zweite Name noch wahrscheinlicher. Er lautete Ulrich von Kulm.

Wenn er ganz unbefangen darüber nachdachte, lag diese Lösung klar auf der Hand. Sein Tod würde die Entschlossenheit des Mörders verdeutlichen, die Pilger um jeden Preis aufzuhalten. Und die Ermordung des Herrn Ulrich von Kulm würde Agnes von Böhmen sicher nicht kaltlassen. Obendrein könnte Willibald Odo damit alte Rechnungen begleichen, die offen waren, seit Ulrich im Frühling den Mordfall Dobřej aufgeklärt hatte. So glatt diese Hypothese aufging, so wenig konnte sie ihn natürlich erfreuen. Er war es zwar gewohnt, Kopf und Kragen zu riskieren, doch war es eine Sache, einem Feind mit dem Schwert in der Hand gegenüberzutreten, und eine andere, sich hinterrücks erstechen zu lassen.

Jenseits ihrer Bedrohlichkeit bot die Situation allerdings auch gewisse Vorteile. Sie gab ihm die Gelegenheit, den Propst von Vyšehrad auf frischer Tat zu ertappen und zu überführen – dies freilich nur, wenn er schneller war als dieser und die Sache überlebte. Er grübelte noch eine Weile und wurde darüber immer unzufriedener. Er stellte nämlich fest, dass in all seinen Überlegungen weder Klara von Assisi noch die päpstliche Kurie noch die Templer vorgekommen waren. Etwas stimmte da also immer noch nicht, und so konnte ihn seine neue Theorie nicht wirklich überzeugen ...

Er zahlte seinen Wein und ging auf die Straße hinaus. Draußen begann es bereits zu dämmern, und es war höchste Zeit, zum Landungsplatz zurückzukehren. Dort war die böhmische Pilgerschaft in der St.-Nikolaus-Herberge untergebracht. Er näherte sich dem Marktplatz, als ihm ein Bürgerhaus ins Auge fiel, über dessen Eingang eine große Schere hing, die die Werkstatt eines Schneiders kennzeichnete. Vor dem Eingang war ein Holzständer aufgestellt, an dem Frauengewänder hingen. Katharina von Gutstein war gerade damit beschäftigt, sie genauer zu betrachten, und ein paar Schritte hinter ihr stand der Propst von Vyšehrad und gähnte gelangweilt.

Obwohl Willibald Odo nur mutmaßlich im Verdacht stand, gefiel es Ulrich ganz und gar nicht, die beiden dort zu sehen. Erst vor wenigen Tagen hatte er die Pilger ausdrücklich angewiesen, sich nicht von den anderen zu entfernen. Da er den Vyšehrader Propst nicht öffentlich als Schuldigen bezeichnen konnte, hatte er alle lediglich gebeten, ihm nichts von dieser Vorsichtsmaßnahme zu erzählen. Nicht im Traum hatte er daran gedacht zu betonen, dass sie selbstverständlich auch nicht mit ihm alleine bleiben durften.

»Was macht Ihr hier, edle Jungfer?«, fragte Ulrich und verbeugte sich höflich vor dem Edelfräulein.

Sie drehte sich überrascht um. »Ich habe meinen Kamm verloren«, antwortete sie. »Ich muss mir einen neuen kaufen. Und der Herr Propst war so liebenswürdig, mich zu begleiten.«

»O ja, das war ich«, meldete Willibald Odo sich zu Wort, wobei er einen sarkastischen Unterton nicht verbergen konnte. »Allerdings ahnte ich nicht, dass wir alle Läden abklappern würden. Den Kammmacher haben wir dabei noch nicht einmal erreicht. Und wir werden es wohl auch nicht mehr schaffen, wenn wir weiter so trödeln.«

»Seid nicht so garstig«, beschwerte sich Katharina. »Bei einem der Händler gab es durchaus Kämme, aber sie haben mir nicht gefallen.«

»Das mag sein. Hier aber haben sie nur Kleider!«, entgegnete der Propst und rang ohnmächtig die Hände. »In all der Zeit, in der Ihr sie anschaut, edle Jungfer, hätte ich zwanzigmal das Vaterunser beten können.«

»Vielleicht brauche ich auch noch ein Kleid«, antwortete sie und kräuselte unbekümmert die Nase. Dann wandte sie sich wieder den ausgestellten Waren zu.

Willibald Odo musterte Ulrich kritisch und sagte in vorwurfsvollem Ton: »Es heißt, Ihr hättet angeordnet, dass niemand die Gesellschaft alleine verlassen darf. Das Mädchen erzählte mir, uns würde irgendeine Gefahr drohen. Wie ist es möglich, dass Ihr mir nichts davon gesagt habt?«

»Weil diese Gefahr vor allem weltliche Personen bedroht«, antwortete Ulrich schlagfertig. Doch gleich darauf machte er sich bewusst, wie wenig wahrscheinlich das klang, deshalb fügte er schnell hinzu, er sei just deswegen in die Stadt gegangen, um mehr über diese vermeintliche Bedrohung in Erfahrung zu bringen, und habe dabei herausgefunden, dass sie nicht nur real sei, sondern auch die geistlichen Herren betreffe.

»Was ist das für eine Bedrohung?«, fragte der Propst scharf nach und fügte mit wichtiger Miene hinzu, dass Agnes von Böhmen *ihn* mit den Ermittlungen betraut habe.

»Was habt Ihr denn bis dato herausgefunden?«, fragte Ulrich mit zuckersüßer Stimme.

»Ich bin allein Gott und der ehrwürdigen älteren Schwester Agnes Rechenschaft schuldig«, fauchte der Kleriker verärgert. »So sprecht also Ihr!«

»Auch ich bin nur Gott und der ehrwürdigen Agnes von Böhmen verpflichtet«, antwortete Ulrich sanft. »Aber eines kann ich Euch doch anvertrauen. Ich befürchte nämlich, dass jemand ausgerechnet Euch ermorden will. Mehr darf ich nicht sagen. Aber seid furchtlos! Von jetzt an werde ich nicht von Eurer Seite weichen.«

»Mich ermorden? Warum denn mich?«, fragte Willibald Odo aufgebracht. Sein überhebliches Selbstbewusstsein war plötzlich dahin.

Im Schlepptau von Katharina von Gutstein wanderten sie über den Platz. Nachdem die junge Frau endlich einen hübschen Hornkamm für sich gefunden und bezahlt hatte, fragte Ulrich sie leise, warum sie denn nicht lieber seinen Knappen Otto mitgenommen habe.

»Der weicht keinen Zollbreit von Zdena Berken«, antwortete sie gleichmütig. »Im Übrigen ist es nur gerecht, dass er sich um sie kümmert, schließlich hat er sie entehrt. Und Propst Willibald Odo war so freundlich, mir von sich aus seine Begleitung anzubieten.«

Je näher sie Konstanz kamen, desto beklommener wurde die Stimmung. Dazu trug auch Ulrich von Kulm bei, der unablässig vor der Gefahr warnte, die ihnen drohe. Lieber verdarb er ihnen die gute Laune, als dass jemand durch sein Versäumnis ums Leben kam.

»Wisst Ihr, was auffällt?«, bemerkte Otto, als es ihm für einen Augenblick gelang, mit seinem Herrn alleine zu bleiben.

»Die ganze Zeit über hat kein einziger unserer Mitreisenden gejammert, er würde gerne nach Hause zurückkehren.«

»Ich kann dir auch sagen, warum«, sagte Ulrich lächelnd. »Weil jeder befürchtet, der Verdacht würde dann sofort auf ihn fallen. Das ist doch logisch: Derjenige, der die Morde begeht, will schließlich, dass die Pilgerschaft umkehrt. Wer also laut verkündet, er möchte heimkehren, muss der Verbrecher sein.«

»Das hieße aber, dass alle von dem Drohbrief wissen müssten.«

»Natürlich wissen sie von ihm. Äbtissin Agnes ist in dieser Hinsicht so naiv wie alle Frauen«, sagte Ulrich bitter. »Vermutlich hat sie diesem Minoriten unter dem Siegel der Verschwiegenheit von dem Brief berichtet. Aus der Perspektive des Ordens ist er ihr Bruder, und sie sollte vor ihm keine Geheimnisse haben. Dieser hat es bestimmt einem anderen Kirchenmann anvertraut, einer von den Geistlichen hat es unseren Rittern mitgeteilt und die wiederum den Jungfrauen. Hätte Agnes von Böhmen den Brief während des Gottesdienstes laut verlesen lassen, es wäre auf dasselbe herausgekommen.«

»Übertreibt Ihr nicht ein wenig, mein Herr?«

»Kein bisschen. Gestern hat Lucia mir verschwörerisch zugeflüstert, sie wolle mir ein Geheimnis anvertrauen. Und dann hat sie fast wortwörtlich den Inhalt des Drohbriefes zitiert.«

»Sieh mal einer an, und da soll ich glauben, dass ihr nicht an Euch gelegen sei?«

»Lieber Otto, wenn du schon von unseren tugendhaften Jungfrauen sprichst – wie verhält es sich eigentlich mit dir und Zdena Berken?«

»Ich kümmere mich um sie wie um alle Mädchen. So wie Ihr mir aufgetragen habt.«

»Denkst du, ich habe keine Augen im Kopf? Du scharwenzelst nur um sie herum. Weißt du, was man sich über dich erzählt? Du habest sie entehrt und würdest nun deine Sünden abbüßen ...«

»Das hat Euch Katharina von Gutstein erzählt, nicht wahr?«, sagte Otto verärgert. »Ständig spielt sie auf meine Vergehen an. Was geht sie das denn an? Sie hat ihren Verlobten, also soll sie andere in Ruhe lassen! Ich scharwenzele nicht um Zdena Berken herum, nur ist hier überhaupt so wenig Platz, und zufällig ergibt es sich immer so, dass wir nebeneinandersitzen. Aber ich habe sie mit keinem Finger angerührt – ich meine, während unserer Wallfahrt –, das schwöre ich bei meiner sündigen Seele. Wisst Ihr, irgendetwas scheint sie umzutreiben; sie hat sich im Lauf der Reise sehr verändert. Und ob es uns gefällt oder nicht, sie lebt nun einmal in Nordböhmen wie wir, und seinen Nachbarn sollte man helfen, selbst wenn sie aus dem Geschlechte der Dauba stammen.«

»Wie edelmütig von dir«, antwortete Ulrich spöttisch. Auf dieser Pilgerreise hatte er zum ersten Mal das Gefühl, sich mit seinem Knappen nicht wie sonst in allem einig zu sein. Vor allem glaubte er ihm nicht, dass er sich nur deshalb um ein Mädchen sorgte, weil es angeblich von etwas umgetrieben wurde. Aber dann machte Ulrich sich bewusst, wie sehr die Langeweile der letzten Tage wohl auch an seinem Knappen zehrte. Sich auf Pferden fortzubewegen war ein Vergnügen, die zähe lange Fahrt auf dem Fluss aber war öder als die Predigten ihres heimischen Kaplans.

XV. Kapitel

In Sigmaringen verließen sie schließlich die Donau. Sie zahlten den Sohn des Schankwirts aus, und dieser machte sich mit seinen Helfern per Schiff auf den Heimweg. Die böhmischen Pilger hingegen bezogen für die Nacht Unterkunft auf der Burg, die sich auf einem Felsen hoch über der Flussbiegung erhob.

Ulrich hatte in den letzten Nächten kaum ein Auge zugetan. Laut der Anordnung von Äbtissin Agnes teilte er nun die Schlafkammer mit dem Propst, und so hatte er jeden Moment darauf gewartet, dass Willibald Odo sich auf ihn stürzte. Tagsüber hatte Ulrich im Heck des Schiffs auf der Bank gesessen und vor sich hingedöst, um den Schlaf nachzuholen, nachts wiederum wach im Bett gelegen und gehorcht, ob er im Dunkeln nicht irgendwelche verdächtigen Geräusche wahrnahm. Seine Nerven waren zum Zerreißen gespannt. Er ertappte sich gar dabei, dass er betete, der Propst von Vyšehrad möge endlich zuschlagen.

Auch auf der Sigmaringer Burg verlief die Nacht jedoch ruhig. Nach der Frühmesse, die in einer Kapelle mit hohem Gewölbe und ebenso hohen Fenstern stattfand, brachen sie zu Pferd in Richtung Bodensee auf. Es war ein herrliches Gefühl, nach zwei Wochen wieder im Sattel zu sitzen. Das Wetter war ihnen gewogen, denn obwohl schwere graue Wolken über den Himmel zogen, herrschte eine angenehm milde Temperatur. Schon mehrere Tage lang hatte es nicht geregnet, und die Wege waren so ausgetrocknet, dass die Hufe der Pferde Staub aufwirbelten.

Während in ihrer Heimat um diese Jahreszeit nur noch

wenige Menschen auf den Handelsstraßen unterwegs waren, herrschte hier noch Betriebsamkeit. Sie begegneten vollbeladenen Fuhrwerken und Mauleselkarawanen, und auch wenn es den böhmischen Rittern nicht gefiel: In diesem Land hielt man sich als Pilger an die Regel, den Händlern mit ihren Waren den Weg frei zu machen. Der Handel kam hier offensichtlich vor dem Adel.

»Morgen Abend sind wir in Konstanz«, sagte Jost von Landstein hoffnungsfroh. »Dort wird sich unsere dumme Sorge und Ungewissheit wohl endlich erledigt haben.«

Agnes von Böhmen nickte. »Ich bete, dass du recht hast.« Sie warf Ulrich von Kulm einen prüfenden Blick zu, sagte aber nichts weiter.

»Von Konstanz aus könnten wir wieder ein Stück des Weges per Schiff zurücklegen«, ließ sich Přech von Michalowitz vernehmen. »Auf dem Rhein bis nach Basel und erst von dort auf Pferden weiter bis Besançon.«

»Mit mir nicht«, protestierte Peter von Rosenberg. »Fahrt ihr ruhig auf dem Fluss – mich bekommt ihr nicht aus dem Sattel. Ich werde am Ufer entlangreiten und gewiss nicht später als ihr in Besançon ankommen.«

»Wir sind der Schifffahrt ebenfalls überdrüssig«, meldete sich Lucia im Namen der Edelfräulein zu Wort. »Wir möchten auch lieber reiten.«

Přech von Michalowitz zuckte mit den Schultern. »Es war nur ein Vorschlag«, antwortete er ruhig. »Wir werden vor Ort besprechen, was der ehrwürdigen älteren Schwester Agnes am günstigsten erscheint.«

Otto ritt neben seinem Herrn und schwieg. Erst als sie außer Hörweite der anderen waren, wandte er sich mit sorgenvoller Miene an Ulrich: Ihm behage gar nicht, was dieser da tue. Warum stecke er freiwillig den Kopf in den Rachen des Löwen?

»Es ist meine Pflicht, alle anderen zu schützen«, antwortete

Ulrich müde. »Außerdem ist es nicht so gefährlich, wie du denkst. Der Propst wäre ein ausgemachter Narr, wollte er mich gerade dann ermorden, wenn ich allein mit ihm in der Kammer bin. Der Verdacht fiele unweigerlich auf ihn, und er würde ihn nur schwer von sich weisen können. Wenn er mich umbringen will, muss er es anders anfangen und an einem anderen Ort. Die Tatsache, dass wir die Schlafkammer miteinander teilen, macht die Angelegenheit für ihn nur komplizierter. Immer vorausgesetzt, dass er überhaupt der Mörder ist ...«

»Zur Sicherheit will ich ihn wenigstens tagsüber nicht aus den Augen lassen«, sagte der Knappe entschlossen, korrigierte sich jedoch gleich darauf: »Zumindest wenn ich nicht gerade den Blick auf eine unserer jungen Pilgerinnen genieße. Habt Ihr bemerkt, wie gut die Reise ihnen bekommt? Ein paar sind nachgerade schöner geworden ... Ein Dichter würde sagen, sie sind wie Rosenknospen kurz vor dem Aufblühen.«

»Na, aber ... Otto!«

»Entschuldigt, ich werde nun auch schon ganz dümmlich von alledem.«

»Auch? Wer denn noch? Ich etwa?«, lachte Ulrich.

»Wir alle. Ist diese Jagd auf den Vyšehrader Propst nicht eigentlich töricht? Ich habe nämlich allmählich meine Zweifel, dass er unser Mörder ist. Auch deshalb wollte ich mit Euch sprechen. Mir ist nämlich ein Gegenargument eingefallen. Es ist ja überhaupt nicht sicher, dass dieser Drohbrief wirklich von ihm stammt. Hätte er selbst ihn verfasst, wäre es geradezu wahnwitzig. Willibald Odo mag vielleicht ein überheblicher Mensch sein, und manch einer würde ihn dumm nennen, aber ich halte ihn doch für recht ausgefuchst.«

»Was ist dir denn an dem Pergament aufgefallen?«, fragte Ulrich neugierig. Auch an ihm nagte ja der Zweifel. Eine falsche Einschätzung der ganzen Situation konnte die gesamte Reisegesellschaft ins Unglück stürzen.

»Zu dem Pergament komme ich noch«, sagte Otto. »Es geht mir um etwas Wesentlicheres. Nach dem letzten Stand unserer Überlegungen hat der Propst von Vyšehrad den Gesandten ermordet und will nun, weil er den Brief des Papstes nicht bei ihm fand, so schnell wie möglich nach Prag zurückkehren; der Zeit ein Schnippchen schlagen. Aber warum sollte ihm dann daran gelegen sein, dass die ganze Pilgerschaft zurückkehrt? Es würde doch genügen, wenn er sich alleine auf den Weg machte? Gewiss würde er dafür tausend Vorwände finden – er könnte krank geworden sein, sich verletzen oder einfach verschwinden. Es ginge schneller und wäre sicherer für ihn. Gut, nehmen wir als Erklärung einmal an, er befürchtet, Agnes von Böhmen könnte ihre Zustimmung verweigern. Dann stellt sich aber immer noch die Frage, warum er ihr in diesem Drohbrief auf seinem persönlichen Pergament eine so lange Frist einräumte, um die Pilgerschaft abzubrechen und heimzukehren. Warum schrieb er nicht, sie solle auf der Stelle umkehren? Warum sollte er bis Konstanz darauf warten? Dadurch verliert er doch mindestens zwei weitere Wochen. Nein, irgendetwas an dieser Hypothese stimmt nicht.«

»Grundsätzlich hast du recht. Ich fürchte nur, wir wissen noch nicht genug, um dieses Gegenargument ganz gelten zu lassen. Zuallererst: Niemand hat diese Urkunde gesehen, mit der der Papst Willibald Odo seines Amtes entheben will. Nicht einmal Agnes von Böhmen weiß, was der Papst genau geschrieben hat und weshalb er den Propst von seinem Amt entbinden will. Wir müssen auch die Möglichkeit einbeziehen, dass überhaupt keine Urkunde existiert und der Gesandte dem Propst aus irgendeinem Grunde nur drohen wollte. Oder noch eine andere Möglichkeit: Es gibt keine solche Urkunde, und Äbtissin Agnes hat sich dies alles ausgedacht.«

»Nicht nur die päpstliche Urkunde wirft Fragen auf, mein Herr. Auch dieser Drohbrief auf dem Pergament des Vyšehrader Stiftskapitels, den die Äbtissin erhalten hat. Meiner Meinung nach bezeugt er eher Willibald Odos Unschuld.«

»Warum das? Für mich war es bisher der einzige Grund, Willibald Odo zu verdächtigen.«

»Ihr habt gesagt, niemand anderes könne so ein Pergament verwendet haben. Aber wenn es doch möglich war, dass Agnes von Böhmen an die Truhe des Propstes herankam, so hätte auch jeder andere darankommen und einen Bogen entwenden können, oder?«

»Das ist richtig. Etwas spricht jedoch dagegen. Der Propst hätte den Diebstahl bemerken müssen. Seine Pergamente sind schließlich teuer.«

»Ihr habt doch selbst gesagt, er verachte Bücher und Gelehrsamkeit. Nehmen wir einfach an, dass er das Verschwinden eines Bogens nicht bemerkt hätte.«

»Aber jeder Geistliche muss von Zeit zu Zeit einen Brief schreiben. Auch einer, der Gelehrsamkeit verabscheut«, warf Ulrich ein, dann verstummte er nachdenklich. Es war ihm anzumerken, dass ihm gerade noch etwas anderes in den Sinn gekommen war. Er weihte Otto jedoch nicht in seine Gedanken ein, und dieser drang nicht in ihn. Er kannte seinen Herrn und wusste, dass er jetzt etwas Zeit für sich selbst benötigte.

Die kommende Nacht verbrachten sie in Stockach, keine ganze Meile vom Bodensee entfernt. Nach Konstanz war es von hier aus nur noch ein halber Tagesritt.

Als Ulrich sich nach dem Abendessen in der kleinen Kammer im ersten Stock zum Schlafen legte, fragte er den Propst ganz beiläufig, ob er zufällig ein unbeschriebenes Pergament für ihn dahabe, er würde seinem König nämlich gerne einen Brief schreiben.

»Aber gewiss, ich habe ein paar Bögen in meiner Truhe«, antwortete Willibald Odo und stieß laut auf. Er klagte, er müsse irgendetwas Schlechtes oder zu Fettes gegessen haben, denn das Abendessen liege ihm schwer im Magen.

»Eure Bögen sind allerdings sicherlich sehr kostbar. Mir würde schon ein Stück billigen und vielleicht auch benutzten Pergaments genügen«, wandte Ulrich bescheiden ein. »Ihr habt das teure ja sicher nicht mitgenommen, um es allenthalben zu verschenken.«

»Ach was. Solange ich es habe, helfe ich gerne aus«, gab sich der Propst spendabel.

»Ich bin wohl nicht der Erste, der Euch fragt?«

»Aber nein. Vor zwei Wochen habe ich bereits einen Bogen Zdena Berken von Bürgstein gegeben, die ihren Eltern schreiben wollte. Ich besitze genug Pergament, keine Sorge. Und wenn es nötig sein sollte, wird mein Bibliothekar Emmeran neues besorgen. Schließlich sind wir Christen und müssen einander helfen.« Der Vyšehrader Propst war sonst nicht für seine Großzügigkeit bekannt, aber offenbar erachtete er Pergament nicht als ein hohes Gut.

Ulrich blies die Kerze aus. Er lehnte sich auf seiner Bettstatt zurück, faltete die Hände hinter dem Kopf und dachte nach. Die bisherige Theorie, die auf einem Verdacht gründete, den Äbtissin Agnes unlängst geäußert hatte, schien auf tönernen Füßen zu stehen. Mit den Pergamenten verhielt es sich komplizierter, als es auf den ersten Blick den Anschein gehabt hatte. Was, wenn hinter den Mordfällen weder die Tempelritter noch der Propst von Vyšehrad steckten, sondern jemand völlig anderes? Warum nicht zum Beispiel Zdena Berken von Bürgstein? Immerhin floss in ihren Adern das Blut derer von Dauba, und diese Herrschaften waren noch weniger vertrauenswürdig als der Propst.

Otto hatte natürlich recht: Theoretisch hätte jeder einen Bogen Pergament aus der Truhe des Propstes stehlen können.

Und Ulrich hatte Willibald Odo offenkundig überschätzt: Der Klang seiner Stimme vorhin, so geringschätzig gegenüber allem, was Bildung und Pergamente betraf, hatte ihn davon überzeugt, dass er überhaupt nicht wusste, wie viele Bögen er in seiner Truhe aufbewahrte. Das hieß, dass die meisten Folgerungen, zu denen er in den letzten Tagen gelangt war, auf einem Irrtum beruhten. Und ebenso die Mutmaßung, dass der Propst gerade ihn, Ulrich von Kulm, ermorden wollte.

Am nächsten Tag sollten sie Konstanz erreichen. Wenn der Verfasser des Drohbriefes seine Warnung wirklich ernst meinte, war diese Nacht für ihn die letzte Gelegenheit zum Zuschlagen. Doch wer von den Pilgern sollte ein Motiv dafür haben? Wer wollte so dringend, dass die Wallfahrt ein Ende fand?

Noch in einer anderen Hinsicht hatte Otto recht gehabt, und dies machte die ganze Angelegenheit noch verzwickter: Warum wollte der Verbrecher, der den Drohbrief verfasst hatte, nicht alleine nach Prag zurückkehren, sondern auch alle anderen von der Reise abhalten? Dafür musste es einen verdammt guten Grund geben. Und nach Abwägung aller Umstände schien Willibald Odo keinen solchen Grund zu haben.

Ulrich hörte etwas rascheln. Er griff nach seinem Schwert, das er sogar mit ins Bett genommen hatte, und versuchte die Dunkelheit des Raumes mit seinen Blicken zu durchdringen. Da ertönte ein gewaltiger Rülpser, und gleich darauf hörte er Schritte.

»Ich muss mein Gedärm entleeren«, verkündete der Propst mit gequälter Stimme. Er lief auf den Gang hinaus und hatte es offenbar so eilig, dass er nicht einmal die Türe hinter sich schloss. Durch den Spalt drang der matte Schein der Öllampe in die Kammer, die während der Nacht das Treppenhaus beleuchtete.

Ulrich fragte sich, ob es überhaupt möglich war, in dieser Nacht ein Verbrechen zu begehen. Die Herberge, in der sie übernachteten, war sehr groß und besaß so viele Kammern, dass die Pilger erstmals nach längerer Zeit nicht zusammen in einem Saal schlafen mussten. Bevor sich die Edelleute zurückgezogen hatten, hatte Ulrich noch einmal allen eingeschärft, dass keiner von ihnen alleine irgendwohin gehen durfte. Selbst wenn einer nur kurz die Kammer verlassen musste, sollte sein Zimmergefährte ihn begleiten. Etwas widerstrebend musste er sich eingestehen, dass er selbst gerade den eigenen Grundsatz missachtete. Der Gedanke, der Propst von Vyšehrad sei der gesuchte Mörder, war ihm schon so zur Gewohnheit geworden, dass ihm gar nicht eingefallen war, Willibald Odo zur Mistgrube draußen auf dem Hof zu begleiten, wohin er vermutlich geeilt war.

Ulrich seufzte und stand auf. Mit dem Schwert in der Hand ging er auf den Flur hinaus. Er stieg die Treppenstufen hinunter, durchquerte die dunkle Gaststube und gelangte auf den Hof, der vom Schein des Vollmonds hell erleuchtet war. Ulrich ging um die Strohscheuer herum, um zu der Abfallgrube hinten am Zaun zu gelangen. Fast wäre er über den am Boden liegenden Körper gestolpert. Es war Propst Willibald Odo, der dort in einer Blutlache lag. Er war tot. Jemand hatte ihm mehrfach einen Dolch in Bauch und Brust gestoßen. Ein Angriff von vorne, der darauf hinzuweisen schien, dass der Propst seinen Mörder gekannt hatte. Es war kein Raubüberfall. An der Hand des toten Propstes leuchtete im matten Schein des Mondes sein goldener Ring.

Nach und nach versammelten sich alle böhmischen Pilger um den Ermordeten.

»Wie konnte der Mörder wissen, dass Willibald hierherkommen würde?«, fragte Otto bestürzt.

»Der Mörder wusste es nicht nur, er hat es genau so geplant«, antwortete Ulrich. Er war schrecklich wütend auf sich selbst, dass er nicht an diese Möglichkeit gedacht hatte. »Wir haben zum Abendessen Fleischeintopf gegessen. Alle aus demselbe Kessel. Warum hat nur Willibald Odo ihn so schlecht vertragen? Er hat genau das Gleiche wie wir und auch nicht mehr davon gegessen. Der Mörder muss ihm unauffällig etwas ins Essen oder in seinen Trinkbecher gemischt haben. Dann brauchte er nur noch hier abzuwarten ...«

»Herr von Kulm, ich möchte auf der Stelle mit dir sprechen«, verkündete Agnes von Böhmen, die ebenfalls erschienen war. Sie verweilte einen Moment über dem Leichnam des ermordeten Propstes und sprach ein Gebet, dann schritt sie zurück zum Gebäude der Herberge. Sie zeigte keinerlei Regung im Gesicht, doch ihre fest verschlossenen Lippen und ihr kerzengerader Gang ließen erkennen, dass sie in höchstem Grade zornig war.

Sobald sie in ihrer Kammer waren, platzte sie heraus: »Königlicher Prokurator, ich habe dich gewarnt! Ich sagte dir, sobald du eine Unachtsamkeit begehst und einer unserer Pilger stirbt, wirst du das mit deinem Leben bezahlen!«

»Ehrwürdige ältere Schwester, Ihr sagtet, ich müsse den Propst von Vyšehrad daran hindern, ein Mitglied der Pilgerschaft zu ermorden. So lautete wörtlich Eure Order ...«

»Es ist doch wohl klar, dass ...«

»Ich bin noch nicht fertig«, brüllte er los. Agnes von Böhmen verstummte erschrocken und blickte ihn schräg von der Seite an. Ulrich von Kulm war bleich und zitterte vor Wut.

»Ihr selbst wart es, die mir verboten habt, Willibald Odo zu warnen. Ihr hieltet ihn für einen Verbrecher. Ihr meintet, Ihr hättet einen ausgezeichneten Plan, ich solle die anderen beschützen, nur er dürfe nichts davon erfahren. Wie soll der Unglückselige also die Gefahr geahnt haben? Wie konnte er sich überhaupt verteidigen? Ihr habt ihn zu Unrecht beschuldigt. Sein Tod fällt auf Euch selbst zurück!«

»Genug! Das lasse ich mir nicht gefallen«, schrie Agnes, die ihre Contenance wiedergewonnen hatte. »Unser erhabener König wird bei unserer Rückkehr entscheiden, wer die Schuld trägt.«

»Wann Ihr zurückkehrt, weiß ich nicht«, fiel Ulrich ihr respektlos ins Wort. »Ich aber werde mit meinem Knappen gleich morgen nach Prag aufbrechen. Und ich werde alle mitnehmen, die dies wünschen. Denn ich bin es leid, Eure Zielscheibe zu sein, auf die Ihr nach Herzenslust Eure Pfeile abschießt. Ich bin auch kein Spielball, sodass Ihr mich an einem Tag mit den Ermittlungen betrauen, am Abend bereits Eure Meinung ändern und am nächsten Morgen wiederum anders darüber denken könnt, was Ihr zweimal zugesagt und dann wieder verworfen habt. Nein, handelt weiter, wie es Euch beliebt. Wenn es Euch gleich ist, dass dieser Mörder einen nach dem anderen umbringt, bitte schön. Ihr seid die Äbtissin. Ihr leitet diese Wallfahrt. Ich nicht, ich bin kein Wallfahrer. Ich habe von unserem König einen Auftrag erhalten, doch diesen kann ich nicht erfüllen, solange ich Euch weniger gelte als ein Söldner des bewaffneten Gefolges. Selbst deren Anführer seid Ihr bereit zu respektieren, nur mich nicht. Ich werde heimreisen und unseren erhabenen König selber darum bitten, mich zu bestrafen. Gott sei mit Euch!« Und mit diesen Worten drehte er sich um und lief aus der Kammer, wobei er die Tür so heftig zuknallte, dass sie fast aus den Angeln fiel.

Draußen im Flur glättete sich seine finstere Miene sogleich. Einen Streit mit Agnes von Böhmen heraufzubeschwören war das Einzige, was er für das Gelingen der Pilgerreise noch tun konnte. Entweder änderte sich ihre Haltung ihm gegenüber und sie ließ ihn endlich seine Arbeit machen, um den Verbrecher aufzuspüren, oder aber die Äbtissin verhielt sich weiterhin wie ein verzogenes Kind, und dann war es im Grunde einerlei, ob Ulrich gleich bestraft wurde oder erst eine Woche später. Es ging schließlich nicht nur um ihn. Er war nämlich überzeugt davon, dass der heutige Mord nicht der letzte sein würde.

Vor der Treppe, nur wenige Schritte von der Kammer der Äbtissin entfernt, stand Lucia. Ihr Streit war so laut gewesen, dass sie ihn selbst durch die verschlossene Tür gehört haben musste. Ulrich nahm ihre bewundernden Blicke wahr. Sie kam auf ihn zu, und ehe er sie daran hindern konnte, hielt sie ihn in ihren Armen und küsste ihn. »Was auch immer geschieht, ich stehe hinter dir«, sagte sie. »Ich werde vor unserem König bezeugen, dass nichts von dem Vorgefallenen deine Schuld ist.«

»Das ist sehr freundlich von dir«, sagte er vorsichtig und versuchte, sich aus ihrer Umarmung zu lösen. Einen Moment lang verhedderten sie sich, ehe es ihm gelang. Doch er musste unwillkürlich lächeln. Zärtlich und etwas unbeholfen strich er ihr über die Wange.

»Was ist mit dir?«, fragte sie argwöhnisch.

»Nun, du kennst mich doch ...«, versuchte er einer Antwort auszuweichen.

»Und ob ich dich kenne«, fuhr sie streng fort. »Das war alles nur Theater! Du hast überhaupt nicht mit ihr gestritten. Hast sie absichtlich heftig angeschrien. Und wahrscheinlich willst du morgen auch gar nicht abreisen, habe ich recht?«

»Wenn ich mich mit Agnes von Böhmen einigen kann, so bleibe ich. Ich bewege mich schrecklich ungern in einer Welt, in der ein Verbrecher sein Unwesen treibt, und ich werde alles dafür tun, dass er seiner gerechten Strafe zugeführt wird.«

»Und ich zittere hier um dich, weil sie dir etwas antun könnten. Und dabei ...« Sie schüttelte resigniert den Kopf. »Dir hat Gott anstelle eines Herzens wohl ein Gesetzbuch gegeben. Und ich Dummerchen vergesse immer wieder, dass du der schlimmste Ehemann auf Erden wärst. Ich wäre so unglücklich mit dir!«

Ulrich nickte ernst. »Ein Mann kann in seinem Leben nur eine einzige Frau glücklich machen. Meine Frau war glücklich mit mir. Gott hat sie mir genommen, und mit ihr hat er auch ein Stück meines Herzens weggenommen. Ja, Lucia, du hast recht, in meinem Innern ist vermutlich nur noch dieses Gesetzbuch übrig geblieben. Aber du ... du bist sehr gut. Ich werde dafür beten, dass auch du den Richtigen findest.« Er wandte sich um und lief schnell die Treppe hinab.

Lucia sah ihm schweigend nach, und in ihren Augen standen Tränen. Sie seufzte leise und murmelte: »Dein Gebet wird mir gerade helfen!«

In diesem Moment öffnete sich knarrend eine Tür, und dahinter tauchte das blasse Gesicht der Äbtissin auf. Auch ihre Augen waren gerötet. Als sie Lucia erblickte, lud sie sie ein, zu ihr hereinzukommen. Vielleicht sei es gut, eine Weile gemeinsam zu beten. Und mit einem Seufzer fügte sie hinzu, dass offenbar der gleiche Mann sie beide leiden lasse.

XVI. Kapitel

Am Morgen ließ Agnes von Böhmen ausrichten, sämtliche Pilger sollten sich im Hof versammeln. Bruder Gregor ging von Tür zu Tür, um alle zur Eile anzutreiben, es handele sich um eine höchst wichtige Angelegenheit.

»Was glaubt Ihr, wird die Äbtissin tun, mein Herr?«, fragte Otto, der nach dem Tod des Propstes wieder zu Ulrich in die Kammer gezogen war.

»Wie soll ich das wissen? Sie ist es nicht gewohnt, dass man sich ihr widersetzt. Aber sie ist eine aufrechte Gläubige, die meiner Meinung nach alles tun wird, um die Wallfahrt fortzusetzen. Außerdem ist da noch ihre Verpflichtung gegenüber Klara von Assisi. Ich hoffe, die anderen Pilger sind ihr nicht ganz gleichgültig. Allerdings …«

»Allerdings ist sie eben nur eine Frau«, führte Otto seinen Satz zu Ende, doch Ulrich schüttelte entschieden den Kopf, denn das hatte er nicht sagen wollen.

»Allerdings könnte es sein, dass sie aus den genannten Gründen beschließt, die Reise nach Compostela alleine fortzusetzen. Oder zumindest ohne uns beide.«

»Aber falls sie dort wirklich eine geheime Mission zu erfüllen hat, dann würde sie doch alleine viel mehr auffallen. Ob nun die Templer oder der Papst ihre Gegenspieler sind.«

»Das ist richtig, aber …« Ulrich zögerte, dann schloss er grinsend: »Im Grunde hast du recht. Sie ist eben eine Frau. Noch schlimmer: eine aus königlichem Geblüt. Wie soll man da wissen, was ihr durch den Kopf geht? Lass uns hören, was sie zu sagen hat.«

Als sie auf den Hof kamen, waren die anderen schon dort versammelt, nur die Äbtissin fehlte noch. Einen Moment später tauchte sie in der Tür der Herberge auf. Über ihrem Gewand trug sie ein langes weißes Büßerhemd, ein grober Strick hing um ihren Hals, und sie ging mit bloßen Füßen. Außerdem war sie barhäuptig und trug in der Hand eine brennende Kerze.

»Der Propst von Vyšehrad ist durch meine Schuld gestorben«, verkündete sie ohne Umschweife. »Aus diesem Grund muss und werde ich die Wallfahrt zum heiligen Jakobus fortsetzen. Ihr seid mir allesamt lieb, und deshalb entbinde ich euch von dem Versprechen, das ihr mir gegeben habt. Keiner von euch muss die Pilgerreise fortsetzen. Ja, ich bitte euch aufrichtig und von ganzem Herzen: Kehrt zurück. Es ist zu gefährlich. Und ich selbst kann euch nicht schützen.«

»Wir sind zusammen aus Prag abgereist, und wir werden zusammen zurückkehren, Schwester«, antwortete der Minorit Gregor mit fester Stimme. Er löste sich von der Gruppe der Pilger und trat neben die Äbtissin.

»Gestern ist unser Propst gestorben«, meldete sich Emmeran von Greifsfeld zu Wort. »Ich sage nicht, dass ich ihn geliebt hätte, aber er war mein Bruder in Christo, und im Namen des ganzen Stiftskapitels kann ich sein Andenken nur ehren, indem ich die Pilgerreise nach Compostela fortsetze.«

Auch er trat neben Agnes von Böhmen. Ihm folgte sogleich Kaplan Wolf. Auch er müsse die Wallfahrt vollenden, um für seine sündige Tat Vergebung zu erlangen. Bruder Hyacinthus äußerte keine Beweggründe – er verkündete schlicht, er werde weiterreisen. Dafür genoss Peter von Rosenberg es umso mehr, in hehren Worten langatmig darzulegen, dass ein Tempelritter jederzeit bereit sein müsse, für seinen Glauben zu sterben, und es deshalb für ihn nicht in Betracht komme, die Wallfahrt abzubrechen. Er fürchte den Tod nicht.

Etwas widerstrebend schloss sich Jost von Landstein mit den Worten an, wenn es allein um ihn ginge, würde er wohl heimreisen, aber er müsse dabeibleiben, um zu bezeigen, wie sehr er das Verbrechen bedauere, das sich auf der Burg seines Vaters zugetragen habe, und er hoffe, damit die Vergebung des Papstes zu erwirken. Sofort verkündete Lucia, es solle nur niemand glauben, dass sie ihren Bruder alleine lasse. Johanna von Blatna wiederum erklärte mit leicht geröteten Wangen, sie sei sich nun sicher, dass sie keinem Orden beitreten werde, und sie wolle an Jost von Landsteins Seite bleiben. Přech von Michalowitz brummte etwas widerwillig, er habe den Auftrag, die erhabene Agnes von Böhmen mit seinem Trupp zu begleiten, und nur der böhmische König könne ihn von dieser Aufgabe entbinden. Solange dies aber nicht geschehe, werde er mit all seinen Mannen nach Compostela weiterreisen. Katharina von Gutstein bat Agnes von Böhmen darum, ebenfalls weiterreisen zu dürfen. Zdena Berken von Bürgstein warf Otto einen langen Blick zu, dann erklärte sie, dass auch sie nicht heimreisen wolle, da der edle Otto von Zastrizl ganz sicher ebenfalls nicht umkehren werde.

»Und was ist mit dir?«, wandte Agnes von Böhmen sich an Ulrich von Kulm, und ihre Stimme klang sanft, ohne einen Hauch von Triumph oder gar Schadenfreude. »Ich würde es außerordentlich schätzen, wenn du ebenfalls mit uns weiterreisen würdest. Die Entscheidung überlasse ich natürlich dir.«

»Ich komme mit«, antwortete Ulrich ruhig mit einer höflichen Verneigung.

»In diesem Fall möchte ich dich um einen Gefallen bitten«, sagte die Äbtissin, und nun war eine gewisse Anspannung aus ihrer Stimme herauszuhören. »Niemand kann uns besser beschützen als du. Und deshalb soll Herr Přech weiterhin dem bewaffneten Gefolge vorstehen, du aber wirst an meiner statt die Pilgerschaft leiten. Ich werde mich von nun an nur noch den geistlichen Dingen widmen. Bitte nimm diesen Auftrag an! Und vor allen Anwesenden hier erkläre ich, dass ich an dieser Entscheidung so lange festhalten werde, bis du uns sicher nach Prag zurückgeleitet hast.«

Ulrich blickte sie direkt an. Falten der Müdigkeit umgaben ihre Augen, die ihn sorgenvoll, aber auch voller Vertrauen ansahen. Schweigend nickte er. Sein Blick wanderte schnell über die versammelten Pilger. Von nun an würde er sie alle beschützen müssen. Bis auf einen, welcher der Mörder war.

»Soll ich die Pferde satteln lassen?«, erkundigte sich Přech von Michalowitz.

Ulrich fuhr herum. »Wie? O nein, wir haben noch keine Eile. Es genügt, nach dem Mittagessen aufzubrechen, um Konstanz noch vor der Dunkelheit zu erreichen. Heute Vormittag werde ich jeden Einzelnen von euch verhören. Und ich werde Verhaltensregeln aufstellen, um zu verhindern, dass noch einer von uns eines gewaltsamen Todes sterben muss. Denn wir sollten uns nicht einbilden, dass der Schrecken vorbei sei. Das ist er nicht. Der Mörder befindet sich immer noch unter uns.«

Auf einem der übrigen Pergamente aus der Truhe des ermordeten Propstes zeichnete Ulrich sich einen Übersichtsplan der Herberge auf. In die Rechtecke, die die Schlafkammern bildeten, schrieb er jeweils die Namen der Pilger, die dort übernachtet hatten. Er wollte herausfinden, wer zu dem Zeitpunkt draußen im Hof gewesen sein könnte, als Willibald Odo ermordet wurde. Er dachte, es müsste ein Leichtes sein, schließlich war ja vereinbart gewesen, dass niemand alleine seine Kammer verlassen und sich alle nur zu zweit bewegen durften. Aus Angst, so hatte er geglaubt, würden die Pilger sich selbst an ungeliebte Sicherheitsregeln halten. Doch schnell musste Ulrich feststellen, dass er sich gründlich getäuscht hatte.

Es gehörte zum Wesen der Ritter, nicht allzu sehr um das eigene Leben zu bangen, die edlen Jungfrauen wiederum erwiesen sich als leichtfertig und damit zu sorglos, und die Männer der Kirche vertraten die Meinung, dass Gott seine schützende Hand über sie halte. Bald konnte Ulrich seine Sondierungen aufgeben, denn praktisch niemand war dort gewesen, wo er hätte sein sollen. Noch gravierender war, dass sich auch keiner in Begleitung der Person befunden hatte, mit der er für seine eigene Sicherheit hätte zusammenbleiben sollen. So konnte Ulrich am Ende lediglich vier Personen von dem Verdacht ausschließen, den Propst ermordet zu haben: Jost von Landstein hatte sich, so wie es sich schon an den vorhergehenden Abenden angebahnt hatte, in Gesellschaft Johannas von Blatna befunden. Und Agnes von Böhmen hatte den ganzen Abend lang mit Bruder Gregor über die theologische Bedeutung der Armut diskutiert. Die anderen waren nach dem Abendessen ihren diversen Interessen nachgegangen. So verlief es im Grunde immer bei Ermittlungen in der vornehmen Gesellschaft: Nicht nur Mut und Frömmigkeit kennzeichnete das Leben der Ritter und Geistlichen, sondern ebenso ein Mangel an Disziplin.

Als Ulrich gerade die kläglichen Ergebnisse seiner Bemühungen niederschrieb, kam Bruder Gregor in seine Kammer. Der Minorit machte ein düsteres Gesicht und erklärte, die ältere Schwester Agnes müsse sofort mit dem Herrn Prokurator sprechen. Sie lasse ausrichten, es gehe um etwas sehr Ernstes.

Ulrich kam sofort mit ihm mit. Die Äbtissin kniete in ihrer Kammer auf dem Boden vor dem Kreuz und betete. Mit zitternder Hand deutete sie auf den Tisch, auf dem ein aufgefaltetes Pergament lag. Es musste aus dem Vorrat Willibald Odos stammen, denn es war sehr fein und gebleicht. Agnes bat Ulrich, das Schreiben zu lesen, und so nahm er es in die Hand und überflog die wenigen Zeilen. Der Handschrift nach stammte es vom gleichen Verfasser wie der erste Drohbrief. Auf dem Pergament stand: »Wie betrübt es das Herz, dass Ihr nützliche Ratschläge nicht befolgen wollt! Sobald Ihr in Konstanz die Brücke über den Fluss überquert, wird ein weiterer Pilger sterben. Kehrt um, solange noch Zeit ist!«

»Das war zu erwarten«, murmelte Ulrich und legte den Brief zurück auf den Tisch. »Er hat sich beeilt.«

»So ist es also noch nicht vorbei?«

»Es wäre nur dann vorbei, wenn der Täter den Propst aus persönlichen Beweggründen hätte ermorden wollen und die vorherigen Drohungen lediglich als Tarnung gebraucht hätte. Dann würde er uns nun wohl in Ruhe lassen, weil er sein Ziel erreicht hätte. Doch offenbar geht es ihm wirklich darum, uns von der Reise nach Compostela abzubringen. Und da wir ihm bisher nicht gehorcht haben, droht er uns abermals. Hat er einmal gemordet, wird er es wieder tun. Er kann jetzt nicht mehr zurück.«

»Aber draußen auf dem Hof haben doch alle erklärt, dass sie die Reise fortsetzen wollen.«

»Der Mörder hat natürlich gelogen, denn eine Ablehnung wäre einem Geständnis gleichgekommen.«

»Wirst du es verhindern können, dass weitere Christen sterben?«

»Mit Eurer Hilfe gelingt es vielleicht.«

»Was kann ich denn noch tun? Ich habe dir alle Vollmachten verliehen. Jetzt kann ich nur mehr durch mein Gebet nützlich sein.«

»Ihr könnt sehr wohl etwas tun, ehrwürdige ältere Schwester. Zunächst solltet Ihr mir den wahren Grund unserer Wallfahrt offenbaren. Denn darin liegt der Schlüssel dafür, warum die Christen in Eurem Gefolge umkommen. Wenn Ihr jedoch nicht aufrichtig zu mir seid, wird es wohl weitergehen mit dem Sterben. Dann kann auch ich nichts ausrichten.«

»Es fällt sehr schwer, sich zwischen zwei Übeln zu entscheiden ...«, sagte Agnes von Böhmen müde. Sie bekreuzigte sich und stand vom Boden auf, wo sie immer noch vor dem Kreuz gekniet hatte. Dann ging sie zum Tisch und bat Ulrich, ihr gegenüber Platz zu nehmen. »Du bist ein kluger Mann und warst auf einer Klosterschule, vielleicht wirst du mich also verstehen. Auf der einen Seite stehen die gläubigen Pilger, auf der anderen der Glaube. Wenn du wählen müsstest, welche der beiden Seiten würdest du eher in Gefahr bringen?«

»Was Ihr da wissen wollt, ehrwürdige ältere Schwester, ist ein Sophismus, der keine Antwort kennt. Der Glaube ohne Gläubige ist nur ein leerer Begriff. Und ebenso können Gläubige keine Gläubigen sein, wenn sie den Glauben nicht hätten. Das lässt sich nicht voneinander trennen. Wollt Ihr andeuten, dass jenes Geheimnis, dessentwegen schon mehrere Morde begangen wurden, den christlichen Glauben gefährden könnte? Habt Ihr deshalb so lange geschwiegen?«

»Das hast du richtig verstanden. Bis zum gestrigen Abend war ich überzeugt, es sei Gottes Wille, dass ich vor allem den Glauben beschütze. Nun bin ich mir dessen nicht mehr sicher. Es ist so schwer ...« Sie seufzte und faltete die Hände, als wollte sie wieder zu beten beginnen. Er wartete ab und versuchte sie nicht zum Weiterreden zu drängen. Diesen Kampf mit ihrem Gewissen musste sie alleine führen.

»Kannst du mir garantieren, dass das Morden endet, wenn ich dir alles erzähle?«, fragte sie nach längerem Schweigen. Sie blickte ihn nicht an, sondern sah zu Boden und wartete auf seine Antwort. Als er immer noch nicht reagierte, hob sie plötzlich den Kopf. »Ich verstehe ... Warum es auch länger hinauszögern? Dass es um Klara von Assisi geht, habe ich dir ja bereits erzählt. Bei jener Sache, die sie dem Papst auszuhändigen versprach, handelt es sich um eine metallene Schatulle. Die Tempelritter verwahrten darin einst eine Papyrusrolle, die sie im Gewölbe des Jerusalemer Tempelberges gefunden hatten. Dieser Papyrus enthält offenbar ein schreckliches Geheimnis. Ich schwöre dir, ich weiß nicht, was es ist. Tatsache ist, dass die Päpste den Tempelorden wegen dieser Schriftrolle lange fürchteten. Dann kam den Templern die Schatulle abhanden, und sie gelangte durch göttliche Fügung in die Hände des heiligen Franziskus von Assisi. Was glaubst du wohl, warum die Päpste andere Prediger der Armut auf dem Scheiterhaufen verbrannten, Franziskus hingegen für das Gleiche heiligsprachen? Ich sage es sehr ungern, aber in der christlichen Kirche gelten nicht allein die frommen Absichten. Vielleicht hat Gott ja gerade deshalb die Schatulle Franziskus' Händen anvertraut. Er wollte, dass die Christen wieder zur Demut der christlichen Urkirche zurückkehren. Sie zu erneuern war das Bemühen des heiligen Franziskus. Seines und das unsere, die wir seine Nachfolger sind. In Wahrheit sind die Bettelorden der päpstlichen Kurie ein Dorn im Auge, doch sie wagen es nicht, gegen uns vorzugehen. Gäbe es diese Schriftrolle nicht, wäre Franziskus von Assisi auf dem Scheiterhaufen geendet und die Bettelorden würden von der Inquisition verfolgt. Dieser Papyrus ist die Zukunft der Kirche, das steht außer Zweifel, denn er beschützt alle, die deren Pomp und Hochmut reformieren wollen.«

Ulrich hatte ihr aufmerksam zugehört. »Wie aber fügt sich nun Klara von Assisi in diese Geschichte? Und wie Ihr, erhabene ältere Schwester?«, fragte er.

»Gegen Ende seines Lebens begann der heilige Franziskus das Augenlicht zu verlieren. Dann erschienen blutige Stigmata auf seinem Leib. Er begriff, dass er die Schatulle jemandem anvertrauen musste, der deren Macht über den Papst nicht missbrauchen würde. Der einzige Mensch, dem er wirklich vertraute, war Klara. Die beiden waren einander geistig verbunden, hatten wie Bruder und Schwester miteinander gelebt. Er übergab also ihr die Schatulle, und Klara hütete sie bis zu ihrem Tode. In Wirklichkeit wollte sie sie gar nicht dem Papst aushändigen, ihr ging es nur darum, dass der Papst zum größeren Ruhme Gottes ihren Orden anerkannte. Ihr Versprechen, die Schatulle herauszugeben, war wohl die einzige Lüge in ihrem sonst so gottesfürchtigen und tugendhaften Leben. Sie schrieb mir, wie sie wirklich darüber dachte, und bat mich, die Schatulle zu verstecken.«

»Und deshalb fürchtet Ihr nun die Tempelritter?«

»Die Schatulle hat ihnen einst außerordentliche Macht verliehen. Seit Jahrzehnten suchen sie nach ihr. Sie haben für ihre Nachforschungen ein Vermögen ausgegeben. Doch erst vor wenigen Jahren fanden sie heraus, dass sie in Klaras Hände gelangt war. Zuerst wollten sie sie ihr abkaufen, dann versuchten sie es mit Einschüchterungen, doch sie rückte sie nicht heraus. Einmal bezahlten sie sogar eine Bande von Räubern, die das Kloster in Assisi überfielen und nach der Schatulle suchten. Doch Klara war in dieser Hinsicht weder naiv noch nachlässig gewesen. Sie hatte die Schatulle schon Jahre zuvor an einem sicheren Ort versteckt. Ich muss wohl nicht erst erwähnen, dass dieser Ort Compostela heißt.«

»Und das wissen die Templer?«

»Inzwischen ja.«

»Ist es denkbar, dass jemand die Schatulle in Compostela aufspürt, bevor wir dort ankommen?«

Agnes von Böhmen schüttelte den Kopf. Aber sie wirkte selbst nicht ganz überzeugt und fuhr zögernd fort: »Um ehrlich zu sein, weiß ich selbst nicht genau, wo Klara sie versteckt hat. Sie hat in ihrem Brief ein paar vage Andeutungen gemacht, aber solange wir nicht vor Ort sind, kann ich nichts Sicheres sagen. Ich habe das noch niemandem erzählt. Vermutlich denken alle, ich würde das Versteck kennen.«

»Ein riskantes Spiel ... Und welche Rolle hatte in alledem

der Gesandte des Papstes? Kam er wirklich nur auf Burg Landstein, um die Absetzung des Propstes zu erwirken?«

»Wie es im Leben oft ist, musste ich zwischen zwei Übeln wählen. Die Unterstützung durch den Papst erschien mir sicherer als eine Einigung mit den Tempelrittern. Ich fand mich also in einer verzwickten Lage wieder – und mit mir all meine Ordensschwestern in der christlichen Welt: Es gibt eine Schriftrolle, die uns vor der Inquisition beschützt, doch in Wahrheit besitzen wir sie gar nicht. Der Papst versprach, nichts gegen die Minoriten und die Klarissen zu unternehmen, und so erklärte ich mich damit einverstanden, dass sein Kardinal uns nach Compostela begleitete. Er wählte absichtlich einen Kleriker aus, der für den Schutz des Glaubens zuständig war. Gott wird mich für diese Worte gewiss verurteilen – aber ich habe aufgeatmet, als ich ihn auf Burg Landstein tot daliegen sah.«

»Habt Ihr eine Vermutung, welches Geheimnis die Schriftrolle birgt? Möglicherweise hilft uns das auf der Suche nach dem Täter weiter.«

»Nur der Großmeister des Tempelordens kennt das Geheimnis. Und wohl auch der Papst.«

»Auch Klara von Assisi muss es gekannt haben. Hat sie niemals etwas erwähnt? Irgendeine Andeutung gemacht?«, fragte Ulrich hartnäckig.

»Du täuschst dich. Ich weiß ganz sicher, dass sie den Inhalt der Schriftrolle nicht kannte.«

»Wollt Ihr damit sagen, dass sie niemals in die Schatulle hineingeschaut hat? Sie oder der heilige Franziskus? Wie konnten die beiden dann wissen, was sie da eigentlich aufbewahren?«

»Niemand kann hineinschauen ... Die Schatulle ist verschlossen, und den Schlüssel verloren die Templer damals mit ihr zusammen. Der heilige Franziskus wiederum erhielt nur das Behältnis, aber nicht den Schlüssel. Die Schatulle ist nicht besonders groß und aus härtestem Stahl. Sie wurde in Damaskus gefertigt, wo damals die besten Metallschläger des Orients arbeiteten. Man könnte sie allenfalls mithilfe von Feuer öffnen, aber dann würde man den Inhalt gleich mitvernichten. Glaube mir, es ist besser, manche Geheimnisse gar nicht zu kennen. Es genügt, sie zu fürchten.«

»Wenn ich Euch recht verstehe, weiß keiner so richtig, was sich in der Schatulle befindet. Und doch verzehren sich alle danach. Ist das nicht sonderbar?«

Äbtissin Agnes zuckte nur mit den Schultern und wirkte auf einmal unendlich müde. Es war, als hätte dieses Gespräch sie um Jahre altern lassen. Ulrich hatte Mitleid mit ihr, aber er musste einfach weiterfragen. »Eine Sache begreife ich immer noch nicht. Sie betrifft uns selbst. Warum will der Mörder uns daran hindern, die Pilgerreise nach Compostela fortzusetzen? Was weiß er über die Schatulle?«

»Ich denke unablässig über die Ereignisse der vergangenen Tage nach«, seufzte Agnes von Böhmen, »aber ich werde einfach nicht klug daraus. Anfangs dachte ich, die Tempelritter und die päpstliche Kurie würden mich gefahrlos nach Compostela reisen lassen, da sie dort meine Hilfe benötigen. Denn selbst wenn sie die Schatulle finden würden, wäre sie ihnen ohne mich zu nichts nütze. Ich rechnete deshalb damit, dass sie erst vor Ort gegen mich und mein Gefolge vorgehen würden. Aus diesem Grund habe ich mich auch an König Alfons von Kastilien gewandt und ihn um seinen Schutz gebeten, schließlich fällt Galicien, wo Compostela liegt, in seinen Herrschaftsbereich. Ich hatte geglaubt, die Reise könnte so reibungslos vonstattengehen. Deshalb war ich auch so wenig auf deine Begleitung erpicht, als der böhmische König sie mir antrug. Ich fürchtete, durch deine Anwesenheit würden die Dinge nur komplizierter. Ich habe mich geirrt.«

»Warum sagt Ihr, dass die Schatulle dem Papst oder den Templern ohne Euch zu nichts nütze wäre?«

»Das ist wirklich nicht wichtig. Die Hauptsache ist: Sie werden sie nicht finden.«

»Umso weniger verstehe ich, warum jemand so vehement versucht, uns von der Reise nach Compostela abzubringen. Wenn es stimmt, dass die Schatulle ohne Eure Hilfe nicht aufzufinden ist, dann denke ich wie Ihr, man müsste Euch eher behilflich sein.« Ulrich wurde immer aufgeregter: »Wer ist es also, der uns nicht in Compostela haben will, und warum?«

»Es stimmt, weder der Papst noch die Tempelritter hätten etwas davon, wenn ich jetzt nach Prag zurückkehrte. Ich fürchte also, dass der Mörder für jemand anderen arbeitet. Womöglich für den französischen König, die Johanniter oder die Inquisition – was weiß ich?« Agnes von Böhmen war völlig ermattet. Sie war bleich, auf ihrer Stirn stand Schweiß, ihre Augen glänzten wie im Fieber, und sie zitterte, als hätte sie Schüttelfrost. »Es peinigt mich alles zu sehr. Bitte lass mich jetzt alleine. Aber ich beschwöre dich, alles dafür zu tun, dass dieser Verbrecher kein weiteres Mal mehr mordet!«

Ulrich verbeugte sich und ging auf den Flur hinaus. Er wusste, er war ein Stück weitergekommen, und trotzdem hatte er das Gefühl, dass Agnes von Böhmen immer noch etwas vor ihm verbarg. Und zwar ein sehr wesentliches Detail.

Immerhin war ihm nun klar, weshalb die Pilgerreise im Winter stattfand und keinen Aufschub geduldet hatte. Doch was die Entlarvung des Mörders betraf, war er keinen Deut vorangekommen, ja ihm schien, als wäre er von einer Aufklärung weiter entfernt denn je.

XVII. Kapitel

Diesmal wollte Ulrich von Kulm nichts dem Zufall überlassen. Er wusste, dass er sich auf die Disziplin der Edelleute nicht verlassen konnte, und so teilte er jedem von ihnen einen Söldner als persönlichen Leibwächter zu.

Peter von Rosenberg lehnte den Geleitschutz mit stolzer Miene ab. Er erklärte, ein Tempelritter besitze ein Schwert, mit dem er weit besser umzugehen verstehe als irgendein Wächter.

»Es geht nicht nur um Eure Sicherheit«, entgegnete Ulrich streng. »Es geht auch um die Sicherheit der anderen. Der Söldner ist nicht nur dafür da, damit Euch nichts geschieht, sondern auch, damit Ihr den anderen nichts antut!«

»Wollt Ihr mich etwa des Verbrechens beschuldigen?«, fragte der junge Rosenberg wütend und zog schon das Schwert.

»Jeder kann der Täter sein«, fuhr Ulrich ungerührt fort. »In Eurem Falle werde ich freilich doppelt achtsam sein, da Ihr Tempelritter seid. Ihr braucht gar nicht erst den Unwissenden vor mir zu spielen. Was immer Ihr für den Orden zu erledigen habt, ich werde dafür sorgen, dass es Euch den Kopf kostet, sobald Ihr das Gesetz brecht. Ihr könnt gehen!«

Peter von Rosenberg erbleichte und fingerte einen Moment unentschlossen am Griff seines Schwerts herum. Dann lachte er überheblich und steckte seine Waffe zurück in die Scheide. »Und sobald Ihr irgendetwas gegen unseren Orden unternehmt, werde ich dafür sorgen, dass es Euren Kopf kostet. Ich habe keine Angst vor Euch!«

»Mir behagt es gar nicht, die ganze Zeit irgend so einen Krieger im Rücken zu haben«, beklagte sich Zdena Berken bei Otto. »Könntest nicht lieber du auf mich aufpassen?«

»Nein. Mein Herr möchte, dass ich alle Edelfräulein im Auge behalte«, erklärte Otto mit ernster Miene. »Er meinte, Ihr könntet aufeinander eifersüchtig werden und in Streit geraten, wenn ich nur einer den Vorzug gäbe.«

»Das soll wohl ein Witz sein«, antwortete sie säuerlich. Sie wollte sich schon umdrehen und weggehen, aber Otto ergriff ihre Hand. »Warte! Da wir gerade alleine sind, sollten wir miteinander reden.«

»Natürlich, völlig alleine. Bis auf diesen Söldner, der einen Schritt hinter mir steht«, antwortete sie bissig. »Wie bedauerlich, dass mein Vater mir damals im Frühling nicht auch so einen Wächter mitgegeben hat.«

»Bedauerlich für wen?«, neckte er sie, aber er war nicht wirklich fröhlich dabei und kehrte schnell zu seinem ernsten Ton zurück. »Meine Liebe, du musst mir etwas erklären ...« Er gab dem Söldner einen kleinen Wink und warf ihm einen Silberling zu. Der Krieger begriff, nickte und begab sich schlendernd in Richtung Schenke auf ein Bier.

»Ach, so macht man das?«, lachte Zdena etwas gezwungen. »Und warum so plötzlich? Gelegenheiten hattest du doch genug ...«

»Vor zwei Wochen hat der Propst von Vyšehrad dir ein Pergament gegeben. Was hast du damit gemacht?«

»Wie kommst du darauf? Und warum willst du das wissen?«

»Wenn du erlaubst, werde ich hier die Fragen stellen. Auf meine Weise mag ich dich gern, und deshalb möchte ich dir ersparen, dass mein Herr dich offiziell verhört. Wenn du mir wahrheitsgemäß antwortest, kann alles wieder in Ordnung kommen.«

»Ach? Am Ende soll also ich verdächtig sein?«, antwortete

Zdena schnippisch. »Ihr wisst wohl nicht weiter, und so wollt ihr alles einem unschuldigen, wehrlosen Fräulein anhängen? Wie kläglich!«

»Mädchen, Mädchen, wann lernst du nur, Vernunft anzunehmen?«, sagte Otto kopfschüttelnd.

Zdena warf ihm böse Blicke zu, dann brach sie plötzlich in Gelächter aus. »Wenn du dich sehen könntest! Wie wichtig du dich aufspielst!«

»Du etwa nicht? Nun rede schon, was war das mit dem Pergament?«

»Nichts Besonderes. Ich habe einen Brief nach Hause geschrieben.«

»Aber wir haben keinen Boten geschickt.«

»Kannst du dich an diese lausige Herberge erinnern, in der wir übernachtet haben? Ich glaube, sie hieß *Kaiserweiden*. Wir haben noch darüber gespottet, was für ein würdiger Ort das doch für einen Kaiser sei. In der Gaststube trafen wir einen Händler aus Böhmen, der sich auf der Heimreise befand. Ich glaube, du hast ebenfalls mit ihm gesprochen.«

»Ich erinnere mich. Und ihm hast du den Brief anvertraut?«

»Ja. Ich gab ihm Geld dafür, und er hat mir versprochen, dass meine Eltern ihn noch vor der Adventszeit erhalten würden. Dieser Händler nennt sich Vaněk und stammt aus Písek. Das habe ich mir eigens gemerkt, um ihn nach meiner Rückkehr verklagen zu können, falls er den Auftrag nicht ausgeführt hat. Noch Fragen, erhabener Herr Ermittler?«

»O ja. Wer hat den Brief für dich geschrieben? Soviel ich weiß, kannst du weder lesen noch schreiben.«

»Der Propst von Vyšehrad. Er bot es mir selbst an, als er mir das Pergament brachte.«

Der Knappe nickte. So etwas hatte er schon vermutet. Pech war nur, dass sich diese Aussage nicht mehr überprüfen ließ. Zdena trat auf Otto zu und legte die Hände auf seine Schultern.

Sie blickte ihm tief in die Augen und fragte mit gespieltem Ernst: »Und nun, versöhnen wir uns wieder?«

Er nickte. »Das tun wir.« Doch er war noch nicht fertig: »Wir versöhnen uns, sobald du mir wahrheitsgetreu beantwortest, wo du gestern Abend nach dem Essen warst. Meinem Herrn gegenüber hast du behauptet, du seist in deiner Kammer geblieben, und zwar alleine, da Johanna von Blatna mit Herrn Jost zusammen war.«

Zdena ließ Otto los und trat einen Schritt zurück. »Ganz richtig, das habe ich gesagt«, antwortete sie und bemühte sich weiterzulächeln, doch ihr Blick war kalt und stechend.

»Das ist aber nicht die Wahrheit. Emmeran von Greifsfeld suchte dich nämlich. Nachdem vorgestern dein Ledergürtel gerissen war und er dir versprochen hatte, ihn zu reparieren, wollte er ihn dir nach dem Abendessen zurückbringen. Wie er erzählte, bist du aber nicht in deiner Kammer gewesen. Und das war, kurz bevor mein Herr die Leiche des Propstes entdeckte. Nun, was hast du dazu zu sagen?«

»Ich habe mich nicht gut gefühlt«, antwortete sie trotzig. »Ich war nach draußen gegangen, um einen kleinen Spaziergang zu machen.«

»Wenn ich mich recht erinnere, bist du als eine der Ersten auf dem Hof erschienen, als mein Herr zu schreien begann, es habe sich ein Mord ereignet.«

»Da kam ich gerade zurück.«

»So war es also reiner Zufall«, sagte Otto in äußerst skeptischem Ton.

»Wie ich sehe, ist dir jeder Vorwand recht, um mich loszuwerden«, antwortete sie böse. »Gut, ich werde mich dir nicht mehr aufdrängen. Und wenn du das nächste Mal auf die Sicherheit der Edelfräulein achtest, dann lass mich bitte aus!« Und damit drehte sie sich energisch um und verschwand in Richtung Gaststube.

»Sie verheimlicht uns etwas«, sagte Otto verärgert, als er seinem Herrn von dem Gespräch berichtete.

Ulrich nickte. »Am besten, du beobachtest sie unauffällig. Ich erinnere mich nämlich ganz sicher, dass sie gestern nicht von der Torseite herkam, sondern von der Strohscheuer. Sie kam nicht von einem Spaziergang.«

»Was zum Teufel hat sie in der Scheuer gemacht?«

»Ich bin dem Propst, schon kurz nachdem er unsere Kammer verlassen hatte, gefolgt. Deshalb hat der Mörder es wohl nicht mehr geschafft, rechtzeitig in seine eigene Schlafkammer zurückzukehren. Er könnte sich zum Beispiel in der Scheuer versteckt haben. Das würde auch erklären, warum ich niemanden auf dem Gang getroffen habe.«

Als sie durch das mächtige Stadttor von Konstanz ritten, begannen gerade die Kirchenglocken die Gläubigen zum abendlichen Gottesdienst zusammenzurufen. Die böhmischen Pilger erklärten dem Torwächter, wer sie waren, und zeigten ihm ihren Geleitbrief. Er dankte höflich und ließ sie passieren.

Der Pilgerzug ritt durch eine breite Straße mit schmalen hohen Häusern, die spitze Dächer hatten und in den Fenstern kleine bleigefasste Tellerscheiben. Es begann schon zu dämmern, doch überall herrschte noch rege Betriebsamkeit. Die Handwerker brachten eilig ihr Tagewerk zu Ende, und die Marktleute versuchten, ihre letzten Waren an den Mann zu bringen. Der Reiterzug bog um ein stattliches Gebäude, in dem sich Lager und Speicher befanden, und folgte dann dem Uferpfad bis zu der Brücke, die diesen Teil von Konstanz mit der anderen Rheinseite verband. Am Beginn der Brücke machte die Reisegesellschaft halt. Agnes von Böhmen sah Ulrich von Kulm fragend an. Nur sie und er – und der Mörder – wussten von der Drohung, es werde ein weiteres Mitglied der Pilgerschaft sterben, wenn sie sich entschieden, die Brücke zu überqueren. Ulrich seufzte leise und nickte der Äbtissin unmerklich zu – was sollte er auch anderes tun? Dann ritt er allen voran über die Brücke.

Auf der anderen Rheinseite befand sich der Fischmarkt. Auch hier wimmelte es von Menschen, an den Ständen wurde gefeilscht und hier und da laut gestritten. Da der nächste Tag ein Freitag war, trugen viele Hausfrauen Fische in ihren Körben nach Hause. Přech von Michalowitz erkundigte sich bei dem Marktvogt, wo das nächste Gasthaus zu finden sei. Er fügte hinzu, sie suchten ein komfortables mit guter Küche.

Der Marktvogt gab bereitwillig Auskunft und empfahl ihnen gleich zwei, die einen ausgezeichneten Ruf hätten. Mit geübten Gesten erklärte er ihnen den Weg dorthin – er hatte bereits Routine darin, denn fast alle Wallfahrer, die auf der Brücke auftauchten, fragten ihn das Gleiche. Přech bedankte sich bei ihm und wollte gerade an der Spitze des Reiterzugs durch eine winkelige Gasse reiten, als von der Brücke her lautes Hufgetrappel erklang. Auf einem prächtigen Rappen galoppierte ein Mann auf sie zu. Er trug eine ziselierte Silberrüstung und hatte ein dunkles Gesicht. Otto erkannte ihn sofort: Es war jener sonderbare Mensch, der ihn in der Prager Altstadt angehalten hatte, um ihm einen Beutel mit Silberlingen in die Hand zu drücken, und dann verschwunden war, ohne sich vorzustellen.

Der Fremde kam vor Agnes von Böhmen zum Stehen, verbeugte sich höflich und sprach sie in geschliffenem Latein an: »Erhabene ältere Schwester, mein Name ist Guido von Lusignan, ich bin der Sohn des Königs von Jerusalem. Als Abgesandter diene ich dem französischen König Ludwig IX. Mein Herr schickt mich, damit ich Euch auf der Wallfahrt nach Compostela begleite. Ich soll dafür sorgen, dass Ihr bequem und sicher durch das Gebiet des französischen Königs reist.«

Otto näherte sich seinem Herrn und flüsterte ihm zu, dass dies der Fremde sei, dem er in Prag begegnet sei.

»Ich kenne diesen Mann ebenfalls«, antwortete Ulrich ebenso leise. »Ich glaube, ihn unter den vornehmen Gästen im Kloster Melk gesehen zu haben. Außerdem scheint mir, ich habe ihn auch in Ulm gesehen. Das Gesicht kam mir dort schon bekannt vor. Offenbar ist er gleichzeitig mit uns oder hinter uns hergereist.« Da fiel Ulrich auf, dass auch Bruder Hyacinthus den französischen Gesandten mit großer Verblüffung ansah.

»Ich schätze die Fürsorglichkeit deines Herrn«, sagte Agnes von Böhmen freundlich. »Doch besitze ich selbst einen bewaffneten Tross und möchte die Liebenswürdigkeit deines Herrschers nicht missbrauchen. Wenn du mir in seinem Namen die freundliche Einwilligung in unsere Reise durch Frankreich gibst, komme ich ohne dein Geleit zurecht.«

»Mein Herr schätzt die böhmischen Pilger und namentlich Euren heiligen Ruf, hochwürdige ältere Schwester Agnes«, sagte Guido von Lusignan mit einer neuerlichen Verbeugung. »Indem ich Euch begleite, missbraucht Ihr keineswegs die Liebenswürdigkeit des französischen Königs. Und ich bin leider nicht befugt, Euch seine Einwilligung zu geben, ohne persönlich für Eure Sicherheit und Bequemlichkeit zu sorgen. Wenn ich Euch bitten darf, so folgt mir also. Wir übernachten in einem Gehöft französischer Kaufleute. Ich werde Euch gänzlich zur Verfügung stehen.«

Ulrich trieb sein Pferd an und gesellte sich zu Agnes von Böhmen. Ihm war klar, dass sie das Geleit eines Gesandten des französischen Königs nicht einfach ablehnen konnten, und er hatte auch die verborgene Drohung herausgehört, dass der französische König nicht für ihre Sicherheit garantierte, wenn sie sich seinem Beschluss nicht beugten. Nun stellte er sich seinerseits dem Gesandten vor und erklärte, im Namen der böhmischen Pilgerschaft danke er ihm und sie würden ihm gerne folgen.

Dann ließ er die anderen ein wenig vorausreiten, um sich dem Prämonstratenser zuzuwenden. »Bruder Hyacinthus«, sagte er leise zu ihm, »kennst du diesen Abgesandten? Mir fiel auf, wie du ihn angesehen hast.«

Bruder Hyacinthus zuckte mit den Achseln. »Ich habe ihn noch nie gesehen«, sagte er zögernd. »Und doch kommt er mir äußerst bekannt vor. Er erinnert mich an jemanden, den ich einmal gekannt habe. Aber der, den ich meine, kann es nicht sein. Er ist schon lange tot.«

»Magst du mir den Namen des Verstorbenen sagen, an den Guido von Lusignan dich erinnert?«

»Er würde Euch sowieso nichts sagen«, murmelte der Ordensbruder widerstrebend. Dann zuckte er wieder mit den Achseln und fügte hinzu, falls der königliche Prokurator aber darauf bestehe – jener Verstorbene habe Arnold von Fournier geheißen.

Das Gehöft der französischen Kaufleute lag auf der Seeseite am städtischen Hafen. Mit seiner umlaufenden Steinmauer und den massiven Ecktürmen mutete es fast wie eine Festung an. Guido von Lusignan hatte nicht zu viel versprochen. Die Kammern in dem weitläufigen Wohngebäude waren groß und gemütlich eingerichtet.

Kurz vor dem Abendessen suchten Ulrich und sein Knappe den französischen Gesandten auf. Otto hielt den Beutel mit den Silbermünzen in der Hand und streckte ihn Guido von Lusignan ohne Erklärung hin.

»Was soll ich damit?«, fragte der französische Edelmann belustigt.

»Ich gebe Euch nur zurück, was Ihr mir in Prag gegeben habt«, antwortete Otto höflich.

»Ich war noch nie in Prag. Ich habe den ganzen Herbst im Languedoc verbracht. Wir müssen dort fortwährend die Ketzer bekämpfen. Diesen Beutel kann ich also nicht annehmen, denn er gehört mir nicht. Und nun entschuldigt mich bitte!«

Er verbeugte sich höflich und ließ die beiden allein zurück.

Ulrich verzog das Gesicht. »Was ist das nur wieder für ein seltsames Spiel ... Mich kann auf dieser Reise wirklich nichts mehr überraschen.«

Doch schon tags darauf musste er einsehen, dass er sich getäuscht hatte.

Es war Morgen, und im unteren Saal des Gehöfts versammelten sich nach und nach die böhmischen Edelleute zum Frühstück. Agnes von Böhmen war als eine der Ersten erschienen und verfolgte mit unruhigem Blick, wer alles eintraf. Unter dem Tisch zählte sie verstohlen an ihren Fingern ab, ob alle vollständig waren. Nach der gestrigen Überquerung der Brücke hatte sie in der Nacht fast kein Auge zugetan, sondern innig gebetet, dass der Mörder seine Drohung nicht wahrmachen möge.

»Jeder hat seinen eigenen Wächter bekommen«, hatte Ulrich sie zu beruhigen versucht. »Es kann gar nichts passieren. Die Söldner werden die ganze Nacht über wachen. Sie sind überall positioniert, vor den Kammertüren und draußen auf dem Hof.« Auch Otto und er hatten nicht geschlafen, sondern waren durch das ganze Gehöft gewandert und hatten die Wachen überprüft. Otto hatte angeboten, die Kammern der Edelfräulein aufzusuchen und zu kontrollieren, ob sie auch wirklich zu Bett lägen. Unter anderen Umständen hätte Ulrich ihm eine Abfuhr erteilt, aber diesmal nickte er und fügte trocken hinzu, er selbst werde dafür bei den Klerikern und Rittern nachschauen. Am Ende war die Nacht friedlich verlaufen.

Allmählich füllte sich der Saal im Erdgeschoss. Auf dem

Tisch standen kleine Körbe mit knusprigen Kümmelfladen, und aus der Küche drang der Duft von gebratenem Speck. Als Letzte erschienen Emmeran von Greifsfeld und Bruder Hyacinthus. Sobald sie eingetreten waren, bekreuzigte sich Agnes von Böhmen und atmete erleichtert auf. »Gott sei's gelobt, alle sind wohlauf.«

Den Pilgern war eine gewisse Unsicherheit anzumerken. Sie wussten zwar nicht, was los war, hatten aber natürlich die nächtlichen Vorsichtsmaßnahmen bemerkt. Erst als wirklich alle um den Tisch herum saßen, entspannen sich lebhafte Gespräche. Otto hatte gewohnheitsgemäß den Platz neben sich auf der Bank für Zdena Berken frei gehalten, doch die ging an ihm vorüber, ohne ihn auch nur eines Blickes zu würdigen. Sie schritt bis zum Ende der Tafel, um sich dort neben dem Kommandeur von Michalowitz niederzulassen. Auf den Platz neben Otto setzte sich schließlich Bruder Hyacinthus. Er war nicht sehr gesprächig und wirkte bekümmert. Er entschuldigte sich damit, dass dieser Aufenthalt im Gehöft der französischen Kaufleute ihn an seine Kindheit im Languedoc erinnere.

Ein rothaariges junges Mädchen mit Sommersprossen verteilte Schüsseln mit heißer Zwiebelsuppe. Als sie zu Agnes von Böhmen kam, lehnte diese dankend ab, ihr würden die Fladen genügen. Sie nahm ihre Serviette, um sich den Mund abzuwischen, als sie plötzlich erstarrte. Aus dem weißen Leinen war ein kleines, zusammengefaltetes Pergament herausgeglitten. Es war sehr hell und von feiner Beschaffenheit. Ulrich hatte die Szene mitverfolgt. Er stand sofort auf und stellte sich hinter den Stuhl der Äbtissin, um über ihre Schulter hinweg mitzulesen, was der Verbrecher ihnen mitzuteilen hatte.

Mit zitternden Händen faltete Agnes das Pergament auseinander. Die Botschaft darin lautete: »Ein weiterer unschuldiger Christ ist gestorben. Mit weinendem Herzen bitte ich Euch, kehrt um! Dies ist meine letzte Warnung.«

Aufgebracht warf Agnes das Pergament zu Boden und drehte sich zu Ulrich um. »Begreifst du das? Wir sind doch alle hier!«

Ulrich fuhr sich mit der Hand über seinen kurzen Bart. »Der Mörder muss die Nachricht schon vor unserem Erscheinen hier versteckt haben. Vielleicht hatte er den Mord geplant, aber am Ende nicht verwirklichen können«, versuchte er sich an einer Erklärung. Dann ließ er seinen Blick zu dem Tisch am anderen Ende des Saales schweifen, wo die Mannen des bewaffneten Trupps frühstückten. Schnell zählte er die Söldner durch. Es hätten neunzehn sein müssen, doch einer fehlte.

Sofort eilte er zu Přech von Michalowitz. Er beugte sich zu ihm hinunter und flüsterte ihm ins Ohr, er möge bitte kurz mit ihm hinauskommen, denn er wollte keine unnötige Panik verbreiten.

»Ei wie? Vermisst Ihr wieder jemanden?«, fragte Zdena Berken mit frechem Grinsen. Trotz der frühen Stunde erschien sie Ulrich fast ein wenig berauscht.

Draußen auf dem Hof teilte er dem Kommandeur eilig seinen Verdacht mit. Und dann mussten sie nicht lange suchen. Sie fanden den fehlenden Mann im Gesindehaus, wo alle Söldner übernachten sollten, was sie aber letztlich nicht getan hatten, da sie ja Wache gestanden hatten. Er lag auf einer Pritsche, zugedeckt mit einem grauen Webtuch. Als sie es anhoben, bot sich ihnen kein schöner Anblick. Man hatte dem Söldner die Kehle durchgeschnitten. Es musste schon während der Nacht passiert sein, denn das Blut war längst getrocknet und sein Körper erkaltet.

»So hat dieses Ungeheuer seine Drohung doch noch wahrgemacht«, sagte Ulrich mit vor Wut zitternder Stimme. Er stürmte sogleich los, um die Äbtissin zu informieren. Auf dem Weg über den Hof überschlugen sich seine Gedanken. Der Verbrecher war ihnen immer einen Schritt voraus. Und er selbst hatte schon wieder einen Fehler gemacht, indem er lediglich die Edelleute bewachen ließ. Aber wie fing man es an, dass diejenigen, die Wache hielten, auch sich selbst bewachten?

Äbtissin Agnes saß am Tisch und betete. Er führte sie beiseite, zu einem der Fenster, und erklärte ihr mit gedämpfter Stimme, was geschehen war. »Der Täter schrieb in seinem letzten Brief nicht ausdrücklich, dass einer der vornehmen Pilger sterben sollte – wir gingen aber alle wie selbstverständlich davon aus. Das war ein Fehler. Ich habe nicht bedacht, dass er einen unserer Söldner ermorden könnte«, murmelte Ulrich zutiefst zerknirscht.

»Das hast du nicht bedacht?«, antwortete Agnes mit Tränen in den Augen. »Das hättest du aber bedenken müssen, Ulrich, das hättest du! Wer wird wohl der Nächste sein?«

»Ich fürchte, diesmal irre ich nicht in meiner Vermutung«, antwortete er mit gesenktem Blick. »Der Täter hat uns im Lauf der Reise mit allen Mitteln aufzuhalten versucht. Und in seiner Botschaft, die er Euch heute hat zukommen lassen, schreibt er ganz unmissverständlich, dies sei seine letzte Warnung. Er weiß sehr genau, was er tut. Und so hat er nur noch eine Möglichkeit, wenn er uns von der Weiterreise nach Compostela abbringen will: Er muss Euch töten, ehrwürdige ältere Schwester!«

XVIII. Kapitel

Sie begruben die Leiche des ermordeten Söldners auf einem kleinen Friedhof hinter dem Gehöft, wo auch die sterblichen Überreste französischer Kaufleute ruhten. Äbtissin Agnes gab in der nächstgelegenen Kirche drei Totenmessen für das Heil seiner Seele in Auftrag, und noch am Vormittag verließ die böhmische Pilgerschaft Konstanz. Keiner äußerte auch nur ein Wort darüber, dass er nach Prag zurückkehren wolle. Aus Gesprächsfetzen, die Ulrich hier und da aufschnappte, entnahm er, dass die Fortsetzung der Reise für viele mittlerweile eine Frage der Ehre war. Ritter stürmten in jeder Schlacht am liebsten dorthin, wo besonders viele Feinde warteten. Und die meisten Geistlichen der Christenheit ließen sich lieber den Bauch aufschlitzen und die Eingeweide herausreißen, als dass sie vom Weg ihrer frommen Berufung abkämen. Ein Märtyrertod war schließlich der sicherste Weg zum Heil. Ulrich sprach mit seinem Knappen darüber und wunderte sich nur, warum auch die Mädchen aus dem Jungfrauengefolge mit der gleichen Beharrlichkeit dabeiblieben.

»Das kann ich Euch leicht erklären«, antwortete Otto lächelnd. Ihm schien die Sorge weniger zuzusetzen als seinem Herrn. »Der Ritter folgt kopflos dem Ruhm, der Kirchenmann dem Glauben und die Mädchen der Liebe.«

»Willst du mir damit sagen, alle hätten sich in jemanden verliebt?«

»Beinahe ... Johanna von Blatna hat ihren Jost; Lucia, ob Ihr es wollt oder nicht, hat Euch. Zdena Berken von Bürgstein setzt trotz aller Sticheleien ihre Hoffnungen in mich. Nur bei Katharina von Gutstein bin ich mir nicht sicher. Aber auf irgendjemanden hat sie es abgesehen, das ist ganz deutlich. Vielleicht bin ja ich es«, fügte er munter hinzu.

»Übertreibst du nicht ein bisschen?«, widersprach ihm Ulrich. »Heute früh haben dich beide Mädchen so finster angesehen, dass du, wenn Blicke töten könnten, längst nicht mehr hienieden wandeltest.«

»Ihr versteht ganz offensichtlich nichts vom weiblichen Gemüt«, belehrte der Knappe seinen Herrn. Aber schnell wurde er wieder ernst und fügte hinzu, dass mit Zdena Berken in der letzten Zeit etwas nicht stimme. Sie sei zwar immer schon furchtbar launisch gewesen, doch wie sie sich nun während der Reise aufführe, sei wirklich der Gipfel. An einem Tag schnurre sie zärtlich wie ein kleines Kätzchen, am nächsten fauche sie wie ein alter Kater.

»Könnte sie unser Mörder sein?«, fragte Ulrich ganz sachlich. Ob sich Zdena Berken wie ein Kätzchen oder ein Kater verhielt, war ihm herzlich egal.

Otto schüttelte zögernd den Kopf. »Eine Frau brächte es wohl kaum fertig, jemandem die Kehle durchzuschneiden ... Habt Ihr heute Morgen nicht gesehen, wie der ermordete Söldner aussah? Das ist nicht das Werk einer Frau. Und noch etwas spricht dagegen: Sie kann nicht schreiben. Sie kann also nicht die Drohbriefe an Äbtissin Agnes verfasst haben. Und jemand anderen wird sie wohl kaum damit beauftragt haben.«

»Da hast du recht«, antwortete Ulrich. »Umso mehr interessiert mich, was sie an jenem Abend gemacht hat, als der Propst von Vyšehrad ermordet wurde. Sie war ganz sicher draußen im Hof. Ich werde einmal mit ihr reden.«

Der böhmische Reiterzug galoppierte das Rheinufer entlang. Der bequeme breite Weg wand sich durch eine liebliche Landschaft aus behäbigen Dörfern und abgeernteten Feldern. Auf manchen Stoppelfeldern sah man noch Vieh weiden, andere

Felder hatten die Bauern schon untergepflügt. Auch wenn Allerheiligen längst hinter ihnen lag, ließ das Wetter nichts davon merken, dass der Winter näher rückte.

»Ihr wolltet mit mir sprechen?«, fragte Zdena Berken, die unvermutet neben Ulrich aufgetaucht war.

»O ja. Und ich danke Euch für Eure Bereitschaft«, sagte er mit einer höflichen Neigung seines Kopfes.

»Dankt mir nicht«, antwortete sie spitz. »Ich hatte nur keine Lust mehr, dem Gerede meiner Pilgergenossinnen zuzuhören. Wäre ich jener Mörder, ich würde als Erstes diese Weiber erschlagen.«

»Aber offenbar seid Ihr es nicht, da sie gottlob noch am Leben sind«, antwortete Ulrich seelenruhig. Er musterte sie genau. Ihm war aufgefallen, dass sie sich nach dem Frühstück übergeben hatte. Doch richtig betrunken war sie nicht gewesen. In freundschaftlichem, fast vertraulichem Ton fuhr er fort: »Ich würde gerne ein paar Dinge von Euch wissen, liebe Zdena. Doch meine ersten Fragen drehen sich nicht um unsere Pilgerreise. Was würde wohl geschehen, wenn ich Euch von einer älteren, erfahrenen Frau untersuchen ließe?«

Sie lachte höhnisch auf. »Das wäre wohl der Mühe nicht wert. Nein, ich bin keine Jungfrau mehr. Euer Knappe Otto hat doch sicher schon damit geprahlt, oder etwa nicht?«

»Nun ja«, räumte Ulrich ein, »auch Ihr erzählt ja jedem Nächstbesten von Eurer Sünde. Ich meinte allerdings etwas anderes. Mir geht es nicht um Eure Jungfräulichkeit. Wisst Ihr, was jene erfahrene Frau feststellen würde? Dass Ihr schwanger seid.«

»Wer hat Euch das gesagt?«, entfuhr es ihr entsetzt. Doch schnell hatte sie sich wieder gefasst. »Ihr braucht Euch keine Sorgen zu machen. Das Kind ist nicht von Otto.«

Er nickte. »Ich kann rechnen«, antwortete er. »Eure gemeinsame Nacht war im Frühling. Und nun haben wir schon bald

Advent. Bislang ist Euch nichts anzumerken – wenn ich einmal Eure Stimmungen außer Acht lasse und Eure gelegentliche Übelkeit. Die ist freilich in den ersten Monaten der Schwangerschaft normal. Auch bei meiner Frau damals … Wer ist der Vater Eures Kindes?«

Sie schüttelte den Kopf und blickte ihn nicht an.

»Ich nehme einmal an, dass er nicht an dieser Wallfahrt teilnimmt«, fuhr Ulrich sanft fort. »Und dass er nichts von dem Kind weiß. Als Ihr in Nordböhmen aufgebrochen seid, habt auch Ihr noch nichts davon geahnt, sonst hättet Ihr Euch wohl nicht auf diese Reise begeben. Jener Brief, den Ihr nach Hause geschickt habt, war nicht für Eure Eltern bestimmt. Habt Ihr ihm geschrieben?«

»Wenn Ihr doch alles schon so genau wisst, warum fragt Ihr mich überhaupt?«, versetzte sie wütend und trieb ihr Pferd an, um ihm zu entkommen.

Er hatte sie jedoch schnell wieder eingeholt und griff nach ihren Zügeln. »Warum ich frage, spielt keine Rolle«, sagte er harsch. »Es geht darum, was ich im Gegenzug für mein Schweigen erhalte. Oder wollt Ihr vielleicht, dass alle erfahren, wie es um Euch steht?«

Sie presste die Lippen aufeinander und bekam feuchte Augen. »Er ist verheiratet!«, stieß sie hervor. Dann senkte sie den Kopf und fragte leise, was er von ihr wolle.

»Die Wahrheit, liebe Zdena«, antwortete er milde. »Die Wahrheit über zwei Dinge. Was tatet Ihr wirklich an dem Abend, an dem der Propst ermordet wurde? Und was wisst Ihr über den Tod unseres Söldners in der vergangenen Nacht?«

»Der Abend, als Willibald Odo ermordet wurde? Nun, Ihr sollt es erfahren, es ist jetzt sowieso nicht mehr wichtig. Ich war nicht spazieren, sondern bin in der Scheuer gewesen. Mit unserem Kommandeur Přech. Er gefällt mir, und jetzt wo ich ohnehin schwanger bin, muss ich ja nicht mehr achtgeben. Wer weiß denn schon, wie lange ich noch auf dieser Erde wandele? Meine Tante und meine Cousine sind bei der Niederkunft gestorben. So will ich wenigstens jetzt noch etwas vom Leben haben. Denn nichts für ungut, aber Euer Knappe ist ein rechter Zauderer. Eine Woche lang ist er um mich herumgeschlichen, aber nichts ist passiert.«

Ulrich nickte stumm. Er kannte Přech von Michalowitz und wusste, dass er ein ehrenhafter Ritter war. Er glaubte Zdena nicht so recht, dass sie nur mit ihm zusammen war, um rasch noch in einem Heuwinkel das Leben zu genießen. Sicher hatte sie Přech nichts von ihrer Schwangerschaft erzählt, und so stand bei der Rückkehr nach Böhmen womöglich noch eine ruhmreiche Hochzeit an. Ulrich war die Vorstellung nicht allzu angenehm, denn die Herrschaften von Dauba würden durch diese Vermählung einen weiteren starken Verbündeten gewinnen. Doch im Moment wollte er sich darüber nicht den Kopf zerbrechen. Er bat Zdena, ihm nun auch noch von der vergangenen Nacht zu erzählen.

Etwas erstaunt schüttelte sie den Kopf. »Darüber weiß ich wirklich nichts. Warum sollte ich?«

»Heute Morgen wart Ihr nicht ganz nüchtern. Ich habe Weingeruch an Euch bemerkt«, erklärte er mit gerunzelter Stirn.

Sie blickte wieder zu Boden und gestand ihm errötend, sie habe in der Nacht einen ganzen Krug Wein mit starken Gewürzen getrunken, da dies angeblich manchmal die Leibesfrucht austreiben könne. Als einzige Folge sei ihr jedoch furchtbar übel geworden. Sie hob ihren Kopf und sah ihn direkt an. »Ich glaube, Ihr seid Ritter. Kann dies unter uns bleiben?«

Ulrich nickte. »Das habe ich Euch versprochen.«

»Aber … versprecht Ihr mir auch, Eurem Knappen nichts davon zu erzählen?«

»Unter der Bedingung, dass Ihr Otto in Ruhe lasst. Es gefällt mir nicht, wie Ihr hinter ihm herschwirrt.«

»Ich?«, brauste sie empört auf. »Wenn nur *er* mich in Ruhe lässt, werde ich ihn kein bisschen mehr beachten.« Sie verbeugte sich und zügelte ihr Pferd, um auf den Rest des Jungfrauengefolges zu warten, das am Ende des Pilgerzuges ritt.

Vor ihrer Abreise aus Konstanz hatte Ulrich einige Vorkehrungen getroffen, um Agnes von Böhmen einen besonderen Schutz zukommen zu lassen, und die bleiche, erschrockene Äbtissin hatte sich sogleich einverstanden erklärt. Sie sagte, sie habe zwar keine Angst vor dem Tod, wenn er von Gottes Gnaden komme, doch sie habe auf Erden noch eine Aufgabe zu erledigen und diese dürfe nicht vom bösen Willen eines Menschen vereitelt werden, der schlimmer sei als ein Ketzer, ein Heide und ein Ungläubiger zusammen.

Und so wurde Agnes von Böhmen nun fortwährend von vier Söldnern begleitet, von denen zwei vor ihr und zwei hinter ihr ritten. An ihrer Seite trabte zudem der Minorit Gregor. Agnes hatte eingewilligt, dass er bei ihr in der Kammer schlief, immerhin war er auch ihr Ordensbruder. Sie hatte sich jedoch ausbedungen, dass sie nicht nebeneinander, sondern in zwei getrennten Schlafstätten lagen. Ulrich hatte deshalb noch in der Konstanzer Vorstadt eine schlichte Klappliege aus poliertem Holz von einem Tischler besorgen lassen, die nun auf dem Rücken eines der Lastpferde transportiert wurde. Als weitere Vorsichtsmaßnahme durfte sich künftig niemand der Äbtissin nähern, es sei denn im Beisein Ulrichs von Kulm. Auch neben den anderen edlen Pilgern ritten Söldner, wenngleich Ulrich nicht glaubte, dass ihnen noch Gefahr drohte.

Er begann sich allmählich eine Vorstellung vom Charakter des Mörders zu machen. Dieser Mensch war weder besonders böse noch grausam. Zu morden verschaffte ihm vermutlich keinerlei Vergnügen, und womöglich quälte ihn deswegen sogar das Gewissen. All sein Tun besaß nur einen einzigen Sinn – die Weiterreise der böhmischen Pilgerschaft zu verhindern –, und wenn er jemanden tötete, dann immer in der Hoffnung, dadurch sein Ziel zu erreichen. Auf seine Weise schien der Mörder Agnes von Böhmen sogar zu mögen, schließlich hätte er sie als Allererste umbringen können, aber das hatte er nicht getan; er wollte sie lediglich zur Umkehr bewegen. Erst jetzt, da er keinen anderen Weg mehr wusste, würde er wohl zum Äußersten greifen müssen. Ulrich kam immer mehr zu dem Schluss, dass es dem Mörder um irgendein falsch verstandenes höheres Ziel ging.

Solche fanatischen Ideen entstanden am ehesten in den Köpfen von Klerikern, aber auch die Tempelritter konnte er in dieser Hinsicht nicht ausschließen. Und dann konnte er im Grunde genauso gut alle böhmischen Ritter verdächtigen, denn der Einfluss der Tempelritter war groß, und sie konnten jeden zum Gehorsam zwingen, einschließlich Jost von Landstein oder sogar Ulrichs Freund Přech von Michalowitz. Diese beiden hatten jedoch ein Alibi für den Zeitpunkt der letzten beiden Mordtaten, denn sie waren im entsprechenden Moment nicht allein gewesen. Allerdings waren die jeweiligen Zeugen junge Frauen, und diesen ließ sich nur unter Vorbehalt glauben … er durfte bei seinen Erwägungen einfach nichts außer Acht lassen. Er hoffte aber immer noch, dass er den Mörder eher unter den Kirchenleuten finden würde. Bei ihnen war es auch wahrscheinlicher, dass sie den wahren Grund der Reise nach Compostela kannten.

Ihre nächste Station war Waldshut, wo sie für die Nacht in einem Benediktinerkloster unterkamen. Allzu komfortabel hatten sie es dort allerdings nicht. Nur Agnes von Böhmen erhielt ein Gemach für sich, das der Prior höchstpersönlich für sie frei machte. Die anderen erhielten Pritschen in einem ungemütlich kalten Saal im Erdgeschoss des Hospitals.

Das bescheidene Abendessen bestand aus Brei und verschrumpelten Äpfeln. »Wir führen hier ein sehr karges Leben«, erklärte der Abt mit betrübter Miene. »Ihr könnt Euch nicht vorstellen, wie viele Pilger hier übers Jahr vorbeikommen. Und alle müssen wir versorgen. Doch unsere Einkünfte sind kläglich. Manchmal gehen wir Brüder hungrig zu Bett, weil für uns im Kessel nichts mehr übrig bleibt.« Er hatte ein verhärmtes Gesicht, das so schrumpelig aussah wie die Äpfel, die er ihnen vorsetzte, und Ulrich glaubte ihm.

Die meisten Mitglieder der edlen Gesellschaft blieben nach dem Essen noch eine Weile im Speisesaal sitzen. Mochte die klösterliche Küche auch bescheiden sein, die Klosterkeller waren hervorragend ausgestattet. Die Ordensbrüder servierten ihnen gleich mehrere Sorten Wein, von denen einer besser war als der andere. Sie stammten sämtlich von den berühmten rheinischen Weinbergen. Die gut gefüllten Krüge hoben schnell die allgemeine Stimmung und ließen wenigstens für einen Moment die Trübsal der vergangenen Tage vergessen. Bruder Hyacinthus lieh sich eine Drehleier aus und begann zu singen. Er war nun in Anwesenheit der tugendhaften Jungfrauen nicht mehr ganz so befangen wie zu Beginn der Reise.

Der Gesandte des französischen Königs Guido von Lusignan saß mit Emmeran von Greifsfeld und dem Landsteiner Kaplan Wolf in einer Ecke zusammen, und die drei waren in eine leidenschaftliche Diskussion vertieft. Ihre Stimmen wurden immer lauter, und Ulrich hatte nicht den Eindruck, dass es sich um eine gelehrte Disputation handelte. Neugierig nahm er seinen Krug und setzte sich zu ihnen.

»Ihr könnt doch nicht leugnen, dass in manchen vermeintlichen Heiligengräbern in Wahrheit die Gebeine von jemand völlig anderem liegen«, sagte Guido von Lusignan gerade, und in den Mienen der beiden böhmischen Kleriker war äußerste Entrüstung zu erkennen.

»Es ist ketzerisch, die Heiligkeit der Gebeine anzuzweifeln«, antwortete Kaplan Wolf aufgebracht.

»Ich zweifele ihre Heiligkeit ja nicht an«, verteidigte sich der französische Gesandte. »Ich sage nur, dass manche nicht die echten sind. Anders als Ihr bin ich im Heiligen Land gewesen und weiß, welche unredlichen Geschäfte die Händler dort manchmal machen, die muselmanischen wie die christlichen. Und gerade weil ich dort gewesen bin, behaupte ich, dass Apostel Jakobus der Ältere nicht in Compostela begraben liegt.«

Emmeran von Greifsfeld bebte vor Empörung. »Alle christlichen Autoritäten versichern, dass er in Compostela begraben liegt. Kennt Ihr nicht die Legende? Wie die Apostel seinen Leichnam auf ein Boot legten, das dann von Engeln geleitet über das Mittelmeer trieb ...«

Guido von Lusignan winkte ab und fiel ihm respektlos ins Wort, er sehe keinen Grund, warum er einer Legende glauben solle und einer anderen nicht. In Jerusalem nämlich erzähle man sich eine andere Legende. Im Übrigen sei es nicht wahr, dass alle christlichen Autoritäten von dem nach Spanien getriebenen Boot berichteten. Manche versicherten auch, Apostel Jakobus sei im Heiligen Land beerdigt. Emmerans lautstarke Einwände übertönend fuhr er fort: »Es heißt, die ersten Christen hätten in Jerusalem an der Stelle, wo Jakobus gemartert wurde, eine Kirche errichtet. Von dort habe dann der byzantinische Kaiser Justinian seine sterblichen Überreste ins Kloster Reith überführen lassen. Ich habe das Grab dort gesehen.«

»Aber wie wollt Ihr wissen, wer darin liegt?«, ereiferte sich Kaplan Wolf. Sie hatten alle schon viel getrunken. Dem dunklen Gesicht des französischen Gesandten war der Rausch nicht sehr anzusehen, aber Emmeran von Greifsfeld hatte stark gerötete Wangen und schwitzte.

»Das Gleiche gilt für das Grab in Compostela«, konterte Guido von Lusignan. »Wie wollt Ihr wissen, wer darin liegt?«

»Ihr redet einen Unsinn daher, der wohl Eurem König genau zupasskommt«, brauste der Bibliothekar auf. »Ihr wollt doch nur, dass das Grab des heiligen Martin im französischen Tours zum wichtigsten Wallfahrtsort wird. Deshalb zweifelt Ihr die Echtheit des Grabes in Compostela an. Ihr seid ein elender Lügner!«

»Wäret Ihr ein Ritter, würde ich Euch töten«, antwortete Guido von Lusignan kalt.

»Ich war Ritter«, versetzte Emmeran von Greifsfeld. »Ich werde mich Euch stellen, wann immer Ihr wollt.«

»Aber selbst wenn Ihr mich umbringen würdet, könntet Ihr doch nicht die unumstößliche Wahrheit widerlegen, dass der Apostel Jakobus im Heiligen Land begraben liegt.«

»Das ist nicht wahr! ... Das ist ...«, protestierte Emmeran von Greifsfeld fast hysterisch. Leicht schwankend erhob er sich und erklärte mit wütend erhobenem Zeigefinger, er könne seine Aussage beweisen. Mit nahezu heimtückischer Stimme verkündete er: »Ich kenne nämlich das Werk des Lucianus über die Taten der Apostel.«

»Wie könnt Ihr mit häretischen Büchern argumentieren? Ihr habt nicht zufällig den Waldenser Ketzern angehört?«, fragte Guido von Lusignan und spuckte verächtlich auf den Boden. »Damit habt Ihr das Gespräch mit mir beendet!«

»Und ich habe doch recht!«, widersprach ihm der Bibliothekar trotzig, bevor er taumelnd in Richtung Hospital verschwand.

Ulrich kehrte langsam zu seinem Platz neben Äbtissin Agnes zurück. Jetzt fiel ihm auf, dass der Prämonstratenserbruder Hyacinthus zu singen aufgehört und den Streit aufmerksam verfolgt hatte. Und von diesem Abend an begann Hyacinthus dem hageren Bibliothekar von Vyšehrad aus dem Weg zu gehen.

XIX. Kapitel

Das Frühstück im Benediktinerkloster von Waldshut war ebenso frugal wie das Abendessen. Ulrich von Kulm setzte sich auf den Platz neben dem Gesandten des französischen Königs und sagte, der gestrige Disput über das Grab des heiligen Apostels Jakobus sei ihm sehr interessant erschienen.

»Ich kann mich schon kaum mehr daran erinnern. Wir hatten zu viel getrunken«, antwortete Guido von Lusignan achselzuckend und zeigte seine strahlend weißen Zähne, die in dem dunklen Gesicht wie Raubtierfänge wirkten.

»Das ist schade. Ich wollte Euch eigentlich bitten, mir etwas mehr über das Buch des Lucianus zu erzählen. Ich habe noch nie von einem derartigen Werk über die Taten der Apostel gehört. Dabei habe ich schon viele Bibliotheken der christlichen Welt besucht. Nun, da muss ich mich wohl woanders kundig machen.«

»Wartet!«, hielt ihn der französische Gesandte zurück. »Zufällig weiß ich ein klein wenig über dieses Werk, und es ist sicher besser, wenn wir darüber reden, als dass Ihr Euch andernorts erkundigt, denn man könnte Euch der Ketzerei beschuldigen. Und mit Ketzern verfahren wir in Frankreich gewöhnlich sehr schnell und unbarmherzig.«

»Ja, ich habe dem Gespräch gestern entnommen, dass es sich um eine häretische Schrift handelt.«

»Warum interessiert Ihr Euch dann dafür? Ein Christ sollte sich nur für Bücher interessieren, die gottesfürchtige Gedanken enthalten.«

»Seid Ihr nun Ritter oder Inquisitor?«, brummte Ulrich verärgert. Die überhebliche, belehrende Art des Gesandten gefiel ihm nicht. Doch so waren die Franzosen nun einmal.

Guido von Lusignan lachte. »Dieses Buch werdet Ihr in keiner Bibliothek der Christenheit mehr finden. Und ich zweifele daran, dass Euch jemand mehr darüber erzählen kann. Es existierten nämlich lediglich zwei Abschriften, und beide konnten vernichtet werden. Lucianus Aemilius war ein römischer Philosoph, der zur Zeit des Pontius Pilatus in Jerusalem lebte. Er sah mit an, wie Christus gekreuzigt wurde, und lernte den Apostel Jakobus kennen. Über beide hat er in seinem Buch einen Haufen Lügen verbreitet. Und deshalb musste das Buch vernichtet werden.«

»Viele Bücher heidnischer Philosophen enthalten Lügen, und doch zerstört sie niemand. Auch in den Werken Ungläubiger lässt sich schließlich noch ein Körnchen Wahrheit finden. Was stand in dem Buch denn so Schreckliches, dass es vernichtet werden musste?«

»Wird ein lügnerisches Werk von einem weisen Mann gelesen, so kann er wohl Lehrreiches daraus gewinnen, auch wenn ich persönlich meine Zweifel daran habe. Doch viele von denen, die lesen können, sind nicht weise. Das Buch fiel damals Petrus Waldes in die Hände. Er war zu jener Zeit Kaufmann in Lyon, aber dann gab er alle Reichtümer auf und begann die Armut zu predigen.«

»So wie Franziskus von Assisi. Der Name Petrus Waldes ist mir bekannt. Doch soviel ich weiß, erlaubte Papst Alexander III. ihm, seine Gedanken frei zu verbreiten«, bemerkte Ulrich beiläufig, während er sich die interessante Parallele zwischen den beiden Armutspredigern bewusst machte.

»Vielleicht mündlich, doch schriftlich hat er es nirgendwo festgehalten«, stellte Guido von Lusignan klar. »Petrus Waldes ging entschieden zu weit und erklärte sich in seinem Hochmut gar zum neuen Jerusalemer König. Er sprach der Kirche ihre

Bedeutung ab und führte Tausende von Menschen auf einen Irrweg. Schließlich musste das Schwert unseres Königs seine Sekte ausmerzen. Und die Wurzel allen Übels war das Buch des Lucianus. Jeder, der es verteidigt, sollte auf dem Scheiterhaufen enden.«

»Ganz sicher hat dieser Lucianus sich nicht gegen Kirchen, Ornate und Messen ausgesprochen, denn all das benötigten die Christen zu seiner Zeit noch nicht, ja sie kannten es nicht einmal. Erst die Waldenser lehnten später Prunk und Reichtum ab. Was also stand in diesem Werk so Schlimmes, was übernahmen die Waldenser von Lucianus?«

»Ihr bemüht Euch vergeblich«, sagte Guido von Lusignan kopfschüttelnd und verschränkte die Arme vor der Brust. »Mehr werde ich Euch nicht erzählen. Findet es selbst heraus. Und befragt Euren Glauben und Gott!«

»Habt dennoch meinen Dank. Übrigens – dieses Kloster hier ist wirklich arm. Aber es leben hier Ordensmänner mit gutem Herzen, und sie verdienen die Wohltaten derer, die ihnen etwas von ihrem Besitz abgeben können. Mein Knappe hat deshalb beschlossen, ihnen den Beutel voll Silber zu spenden, den ihm jemand in Prag auf der Straße zusteckte.«

»Und warum erzählt Ihr mir das?«

»Ich dachte, es könnte Euch vielleicht interessieren. Indem jenes Geld in die Truhe des Klosters wandert, sind jedenfalls die Hände meines Knappen nun vollkommen rein – und frei!«, sagte Ulrich lächelnd. Er stand auf und wollte schon davongehen.

»Wartet!« Guido von Lusignan hielt ihn noch einmal zurück. Er wirkte nicht mehr so lässig und kühl wie kurz zuvor bei dem Gespräch über die Waldensersekte. »Mir kommt gerade der Gedanke, dass vermögende Menschen mitunter wertvolle Dinge auf dem Grund eines Geldsäckels aufbewahren. Zum Beispiel einen Ring. Vielleicht hat Euer Knappe noch nicht daran gedacht, einmal nachzuschauen, ob sich etwas Derartiges dort findet?«

»Nein, daran hat er wahrhaftig nicht gedacht«, bestätigte Ulrich. »Wie schön – so erhalten die hiesigen Mönche nicht nur Geld, sondern auch einen Ring.«

»Natürlich weiß ich nicht, ob sich darin tatsächlich so etwas befindet«, fuhr der französische Gesandte fort, und seine Augen funkelten wie bei Otto, wenn dieser mit den Mägden scherzte, »schließlich war ich nicht in Prag und habe ihm diesen Beutel nicht gegeben. Ich musste nur gerade daran denken, dass sich auf manchen Ringen das Wappen eines Herrschers befindet. Etwa des französischen Königs Ludwig des Heiligen. So ein Ring wäre überaus kostbar. Sobald Ihr ihn auch nur irgendeinem königlichen Beamten vorzeigt, wird er Euch ziehen lassen, ohne weitere Fragen zu stellen, und Euch noch weiterhelfen. Ich wiederhole, ich weiß nichts darüber, es ist nur denkbar, dass sich am Boden so eines Säckels ein solcher Ring finden lässt. Und nun entschuldigt mich, wir brechen ja in Kürze auf, und ich muss das Pferd satteln.«

Bevor also Ulrich den Benediktinern die Silberlinge schenkte, ließ er Otto den Beutel erst einmal ausschütten. Und tatsächlich verbarg sich unter den Münzen ein silberner Ring mit einem Wappen. Es war das königliche Wappen der drei Lilien, die hier mit winzigen Perlen besetzt waren. Ulrich verwahrte den Ring sorgfältig in seinem eigenen Beutel und schüttelte verwundert den Kopf.

»Das wird ja immer besser«, sagte er. »Ich möchte nur wissen, was für eine Schändlichkeit sich hinter diesem Geschenk verbirgt.«

Der Weg nach Basel führte durch eine friedliche Landschaft und war bequem zu passieren. Ulrich gesellte sich an die

Seite Emmerans von Greifsfeld. Der magere Bibliothekar hatte tiefe Furchen im Gesicht und fiebrige Augen. Seine Hände lagen müde auf dem Sattelknauf, und er schwankte auf dem Rücken seines Pferdes hin und her. In letzter Zeit trank er oft zu viel.

»Erzählt Ihr mir, worüber Ihr gestern mit diesem Franzosen gestritten habt?«, fragte Ulrich ihn höflich.

»Ihr habt ihn doch selbst gehört! Der französische König Ludwig der Heilige verfolgt zwar die Ketzer, aber statt sie alle zu verbrennen, hat er manche ganz offensichtlich in seine Dienste genommen. Was für eine Gottlosigkeit! Zu behaupten, der Apostel Jakobus wäre nicht in Compostela begraben ... Das ist ... das ist, als wollte man ...«, japste Emmeran, brachte seinen Satz aber nicht zu Ende und spuckte nur verächtlich aus.

»Ich verstehe«, sagte Ulrich nickend. »Ihr kennt mich schon seit Jahren und wisst ja, wie wichtig mir Bücher sind. Deshalb begreift Ihr auch sicher, dass ich gerne etwas über das Buch des Lucianus erfahren würde, das Ihr gestern erwähnt habt. Auch wenn es sich vermutlich um ein häretisches Werk handelt, interessiert es mich. Betrifft es tatsächlich den Apostel Jakobus?«

»Zunächst einmal ist es kein häretisches Werk«, antwortete der Bibliothekar etwas zugeknöpft. Er schluckte und fragte, ob er vielleicht ein wenig Wein haben könne, sein Hals sei so trocken, dass er fast nicht reden könne.

Ulrich löste eine tönerne Flasche von seinem Sattel, entkorkte sie und reichte sie dem Bibliothekar. Dieser nahm einen großen Schluck. Mit einer Hand hielt er die Zügel, mit der anderen führte er die Flasche nach jedem Satz zum Mund.

»Ein häretisches Werk in seiner eigentlichen Bedeutung ist ein Werk, dessen Autor Christ ist, aber die Glaubensprinzipien der Kirche Christi anzweifelt«, erklärte er wie ein Meister, der seinen Schüler belehrt. »Es ist ein ketzerisches Werk, das von den Dogmen abweicht. Die Schrift des Lucianus über die Taten der Apostel ist ein gottloses, aber kein häretisches Werk. Der Autor war ja Heide und versuchte keine Dogmen zu widerlegen. Er kannte sie nicht einmal. Seine Hand wurde also nicht von Gott gelenkt wie im Falle der Evangelisten, sondern vom Teufel.«

»Ich verstehe. Habt Ihr dieses Werk gelesen?«

Emmeran von Greifsfeld nahm einen großen Schluck, wälzte einen Moment den Wein über die Zunge und schien nachzudenken. Dann nickte er etwas widerstrebend. »Ich hatte die Gelegenheit, es durchzublättern. Ich kann nicht behaupten, dass ich das ganze Buch gelesen hätte. Ich hatte nur wenig Zeit, aber das genügte mir. Damals habe ich begriffen, dass es meine Bestimmung hienieden ist, eine Verteidigung des Apostels Jakobus zu verfassen. Und an dieser Schrift arbeite ich, wie Ihr wisst, unablässig.«

»Hat Lucianus denn die apostolische Bedeutung des Jakobus in Frage gestellt?«

»Ich sagte ja, er war Heide. Er hat die Ereignisse um Christi Kreuzigung überhaupt nicht verstanden. Es ist müßig, seine Lügen zu wiederholen. Wenn mein Werk fertig ist, könnt Ihr es studieren. Dort werdet Ihr Antworten auf alles finden, was diese Sache betrifft.«

»Es wird mir eine große Ehre sein«, sagte Ulrich mit einer höflichen Verneigung. »Nur noch eine Kleinigkeit. Seid Ihr in Euren jungen Jahren je in Südfrankreich gewesen?«

»Tatsächlich habe ich einst einige Wochen in Carcassonne verbracht. Ein guter Bibliothekar muss viele Stunden im Sattel verbringen, um all die Schätze der christlichen Gelehrsamkeit kennenzulernen. Aber ich möchte Euch auch etwas fragen, da wir uns hier schon unterhalten. Wer hat unseren Propst umgebracht?«

»Das weiß ich noch nicht«, antwortete Ulrich. »Habt Ihr jemanden in Verdacht?«

»O ja«, antwortete Emmeran von Greifsfeld feierlich. Er trank die Flasche aus und gab sie Ulrich zurück. »Den jungen Rosenberg. Bruder Willibald Odo hat mir einmal anvertraut, dass er sich vor ihm fürchte, oder besser gesagt, er hat mir gesagt, die Tempelritter würden ihm Angst machen.«

»Welchen Grund nannte er dafür?«

»Dazu hat er mir nichts gesagt. Aber an dem Abend der Mordtat habe ich etwas in die Kammer unserer tugendhaften Jungfrauen gebracht. Wie Ihr ja sicher wisst, habe ich keine von ihnen dort angetroffen. Plötzlich hörte ich Euch von draußen schreien, dass ein Mord geschehen sei. Und in dem Moment, als ich die Tür aufmachte, eilte gerade Peter von Rosenberg den Gang entlang. Nicht in Richtung Hof, sondern vom Hof herkommend. Ich glaube, er hat mich nicht bemerkt.«

»Ich danke Euch«, sagte Ulrich lächelnd. »Das ist ein wertvolles Zeugnis für mich.«

Der Bibliothekar von Vyšehrad hickste und murmelte, er könne noch etwas zu trinken vertragen.

Ausgerechnet Peter von Rosenbergs Pferd verletzte sich an diesem Nachmittag das Bein. Es war nichts Ernstes, doch es würde eine Weile dauern, bis er es versorgt hatte. Die anderen Pilger wollten nicht auf ihn warten, sondern schon weiterreiten, denn es blieb nicht mehr viel Zeit bis zum Dunkelwerden, und die Gruppe wollte Basel erreichen, bevor die Stadttore geschlossen wurden. Ulrich von Kulm nutzte die Gelegenheit, um mit dem jungen Rosenberg zurückzubleiben. Er erklärte, angesichts der jüngsten Vorfälle könne er es nicht riskieren, jemanden allein zu lassen. Peter von Rosenberg lehnte seine Begleitung zwar ab, doch Äbtissin Agnes gemahnte ihn daran, dass nunmehr Herr

Ulrich von Kulm die Pilgerreise leite. Der junge Rosenberg nickte widerstrebend, dann bekreuzigte er sich und fügte hinzu, da die Tempelritter nicht nur tapfer, sondern auch demütig und dem Glauben treu seien, werde er sich fügen.

Gemeinsam versorgten sie also die Wunde des Pferdes, dann brachen sie auf, um den anderen zu folgen, allerdings im Schritttempo, um das Tier nicht zu sehr anzustrengen. Ulrich verwickelte seinen Reisegefährten in ein Gespräch über den Kampf gegen Ungläubige, über das Heilige Land und den Mut der Tempelritter, und da verlor Peter von Rosenberg schnell seine aufgesetzte Reserviertheit und sprach mit jugendlicher Begeisterung von der Tapferkeit seiner Ordensleute. Erstaunt sah Ulrich ihn sogar lächeln. Der junge Rosenberg hatte lange nicht so glücklich gewirkt.

Wie nebenbei erwähnte Ulrich im Gespräch eine Schriftrolle, die man wohl seinerzeit im Jerusalemer Tempel gefunden habe, und etwas später brachte er das Gespräch beiläufig auf eine verlorene Schatulle, aber auf keine dieser Anspielungen zeigte der junge Rosenberg irgendeine Reaktion. Entweder wusste er wirklich nichts von diesem Templergeheimnis, oder er konnte sich ausgezeichnet verstellen. Denn es gehörte zu den Überzeugungen der Tempelritter, dass innere Ordensangelegenheiten niemanden etwas angingen.

Erst als sie eine Klamm passiert hatten, wo der Rhein mit dunklem Brausen in die Tiefe fiel und dann in einem breiten ruhigen Flussbett weiterströmte, beschleunigten sie ihr Tempo. Peter von Rosenberg zeigte zurück auf den Wasserfall und grinste: »Mich würde interessieren, wie dieser Dummkopf Přech von Michalowitz hier mit dem Schiff entlangfahren wollte.«

Das Pferd des jungen Rosenberg trabte locker und schien zum Glück nicht viel von seiner Wunde zu spüren. In der Ferne konnte man bereits die Turmspitzen des Basler Münsters erkennen. Ulrich kam wieder auf die Ereignisse der vergangenen Tage zu sprechen.

»Es ist ein wahres Unglück«, stimmte Peter von Rosenberg sofort ein und bekreuzigte sich erneut. »Freilich ist es das Los der Gläubigen, für ihren Glauben zu leiden und zu sterben. Wer vermag zu sagen, ob nicht auch das Schmerzvolle, das uns widerfährt, in Wahrheit göttliche Absicht ist?«

»Aber der Propst von Vyšehrad war doch ein gottesfürchtiger und tugendhafter Diener des Herrn«, warf Ulrich ein.

»Das sagt Ihr, weil Ihr ein Mitglied des Hofes seid, so wie er«, widersprach ihm Peter von Rosenberg. »Ich weiß jedoch, dass der Heilige Vater ihn seines Amtes entheben wollte. Willibald Odo hat von den Gütern des Stiftskapitels mehr für sich selbst beansprucht, als ihm zustand. Und er führte weniger Zehnte nach Rom ab, als er sollte. Ein frommer Diener des Herrn tut so etwas nicht!«

»Woher wisst Ihr das alles?«

»Es war der Komtur unseres Ordens, der die Unregelmäßigkeiten des Vyšehrader Propstes entdeckte. Er beauftragte mich damit, sein Schreiben über die Vergehen des Propstes nach Rom zu bringen. Dafür nahm er mich dann bei den Tempelrittern auf.«

»Wusste Willibald Odo davon?«

»Was glaubt Ihr denn, warum er Komtur Jakob de Vries getötet hat? Um sich an ihm zu rächen.«

»Seid Ihr Euch sicher, dass er ihn getötet hat?«

»Wer sonst soll es getan haben?«

»Nun, lassen wir das einmal so stehen. Dann ergibt sich für mich allerdings eine andere Frage: Wolltet vielleicht Ihr wiederum die Tat des Propstes im Namen Eures Ordens rächen?«

Der junge Rosenberg nickte ernst. »Ja, sicher. Aber ich habe ihn nicht umgebracht. Unser Orden rächt sich auf andere Weise. Wir würden den Verbrecher entführen und ein Gericht einberufen. Erst dann würden wir ihn hinrichten. Wir sind keine gemeinen Mörder, königlicher Prokurator! Wir sind Gottes Diener.«

»Und doch seid Ihr an dem Abend, an dem der Propst ermordet wurde, auf dem Gang gesehen worden. Wie Ihr zurück in Eure Kammer geeilt seid und nicht hinaus auf den Hof.«

»Das hat Euch Emmeran von Greifsfeld erzählt, nicht wahr? Er hatte sich hinter der Tür der Jungfrauenkammer versteckt – dieser Narr, er dachte wohl, ich würde ihn nicht bemerken! Jawohl, ich bin den Gang entlanggerannt. Ich hatte im Keller Wein geholt, weil ich Durst bekommen hatte. Und gerade als ich zurückkam, hörte ich Euch schreien. Da ich in diesem Moment aber kein Schwert bei mir hatte, wollte ich es schnell holen gehen. Was hätte ich Euch auch auf dem Hof ohne Schwert genützt?«

»Das ist eine einleuchtende Erklärung. Ihr hättet sie mir schon früher geben können, als ich Euch zu dem Abend verhörte«, sagte Ulrich freundlich. »Und als Ihr in den Keller gingt, um Wein zu holen, habt Ihr niemanden bemerkt? Wer hat denn Eurer Ansicht nach den Propst getötet?«

»Das ist doch ganz offensichtlich«, sagte der junge Rosenberg gereizt. Das Gespräch schien ihn allmählich zu ermüden. »Kaplan Wolf natürlich. Als ich in den Keller ging, saß er noch in der Schenke. Und als ich zurückkehrte, war er nicht mehr dort. Er befand sich auch nicht in unserer Schlafkammer, und in dieser Nacht waren wir eigentlich Zimmergenossen.«

»Aber aus welchem Grund? Warum sollte der Kaplan von Burg Landstein Willibald Odo umbringen?«

Peter von Rosenberg zuckte die Achseln. »Ihr seid der Ermittler«, sagte er patzig.

Sie gelangten zu der hölzernen Brücke, die über den Stadtgraben führte. Vor ihnen erhoben sich zwei mächtige viereckige Türme, die das Tor einfassten. Ein Wächter, der das Basler

Stadtwappen auf dem Mantel trug, schickte sich gerade an, das Tor zu schließen. Sie trieben ihre Pferde an und tauchten gerade noch in den dunklen Bogengang ein, bevor hinter ihnen mit einem dumpfen Knall die eisenbeschlagenen Flügel zufielen. Der Wächter sicherte sie sorgfältig mit zwei Riegeln.

Unvermittelt sprach Peter von Rosenberg weiter: »Wenn es Euch aber interessiert, warum Kaplan Wolf den Propst ermordet hat, dann fragt doch einmal Jost von Landstein. Er würde alles für seinen Vater tun. Und der Burgkaplan wiederum gehorcht dem jungen Jost aufs Wort. Warum haben wohl gerade diese beiden Bruder Hyacinthus zu Unrecht beschuldigt? Seht Ihr! Es geht das Gerücht, der Propst habe den König dazu überreden wollen, Wilhelm von Landstein von seinem Amt des Burggrafen zu entheben.« Und damit trieb der junge Rosenberg sein Pferd an und fiel in den Galopp, obwohl die Gasse vor ihnen sehr eng war. Eine Frau mit einem kleinen Kind konnte gerade noch zur Seite springen.

Ulrich sah ihm nachdenklich hinterher. Er hatte selbst an einigen königlichen Ratssitzungen teilgenommen und wusste, dass dort jeder gegen jeden intrigierte – allen voran Willibald Odo. Aber dass ihn deshalb jemand umbringen wollte, das kam ihm doch zu unwahrscheinlich vor.

XX. Kapitel

In Basel verbrachten sie die Nacht im Palast des dortigen Bischofs. Am nächsten Morgen überraschte Agnes von Böhmen alle mit der Mitteilung, dass sie sich nicht gut fühle – sie sei eben doch schon eine betagte Frau und das Reisen im Sattel sehr anstrengend für sie. Zudem fürchte sie, irgendeine Krankheit auszubrüten. Deshalb habe sie beschlossen, bis Besançon in einem Fuhrwerk weiterzureisen. Der Bischof von Basel habe versprochen, ihr seinen Ochsenkarren zu leihen. Er sei bequem eingerichtet, und sie könne darin liegen, falls ihre Erkrankung schwerer werden sollte. Das Fuhrwerk werde allerdings langsamer vorankommen als die Reiter zu Pferd, sie würden also getrennt weiterreisen. Die böhmischen Pilger sollten vorausreiten und in Besançon auf sie warten, und sie werde ihnen in ihrem eigenen Tempo nachkommen. Die meisten Mitglieder der Pilgerschaft boten zwar sofort an, sie zu begleiten und eben langsamer neben ihrem Wagen herzureiten, doch davon wollte sie nichts wissen.

»Nur Bruder Gregor wird mit mir reisen«, erklärte sie entschieden. »Außerdem Zdena Berken von Bürgstein, der die Fahrt auf dem Karren wohl auch besser bekommt. Und sicher werden wir uns genug zu erzählen haben – ich bin eine alte Frau und brauche Gesellschaft«, fügte sie hinzu. Ulrich wechselte einen Blick mit seinem Knappen, der angesichts der Neuigkeiten erschrocken dreinschaute.

»Als Begleitschutz werden vier bewaffnete Mannen bei mir bleiben, das wird mir genügen. Euch anderen führt Ulrich von Kulm an«, fuhr die Äbtissin fort. »Er übernimmt die Verantwortung dafür, dass keiner von euch zurückbleibt oder sich von der Gruppe entfernt. Ich muss wohl nicht hinzufügen, dass ein Mitglied unserer Pilgerschaft ein Mörder ist. Sollte sich also jemand von Euch absentieren, werde ich das als Schuldeingeständnis ansehen. Und noch etwas: Während der Fahrt werde ich in Ruhe darüber nachdenken, wie es weitergehen wird. Ob wir alle weiterreisen oder nur einige von uns – oder ich allein. In Besançon werde ich euch dann meinen Entschluss mitteilen.«

Nachdem der Reiterzug der Pilger das Stadttor passiert und Basel hinter sich gelassen hatte, gesellte sich Otto zu seinem Herrn. »Wie kann Äbtissin Agnes von mir und Zdena Berken erfahren haben?«, fragte er unruhig. »Ihr wisst ja selbst, mit welchem Eifer sie zwischen Töchtern und Söhnen aus vornehmen Familien Ehen arrangiert ... Doch selbst wenn mich der Herrscher ins Gefängnis stecken und foltern sollte – ich werde nicht heiraten!«

»So sehr brennt es noch nicht, mein lieber Otto«, sagte Ulrich lächelnd. »Ich sollte es dir eigentlich nicht sagen, damit du wenigstens eine Zeit lang zitterst. Bei deinem Sündenregister hättest du es ja verdient. Aber du brauchst dich nicht zu sorgen. Du bist nämlich nicht der einzige Ritter, dessen Charme Zdena Berken erlegen ist. Es handelt sich ganz sicher um jemand anderen. Oder auch ... um andere. Es sind nämlich mindestens zwei weitere«, fügte Ulrich hinzu. Es hing ganz davon ab, welche Ziele Zdena wirklich verfolgte. Er verstand jedenfalls sehr gut, weshalb Přech von Michalowitz seit diesem Morgen noch nervöser wirkte als Otto.

»Etwas anderes bereitet mir mehr Kopfzerbrechen«, fuhr Ulrich fort. »Noch gestern Abend hat sich Äbtissin Agnes über keinerlei Unwohlsein beklagt. Und hast du sie im Sattel gesehen? Sie galoppiert besser als die meisten Männer des bewaffneten Trupps! Sie stammt ja auch aus einem Königshaus und ist gleichsam auf dem Pferd aufgewachsen. Ich nehme ihr also diese Erkrankung nicht ab. Irgendetwas anderes steckt dahinter.«

»Vielleicht fürchtet sie schlicht um ihr Leben. Ihr selbst habt sie gewarnt, sie sei wahrscheinlich die Nächste, auf die der Mörder es abgesehen hat.«

»Ich weiß nicht. Sie ist eher dickköpfig und verlässt sich wie die meisten Ordensschwestern zu sehr auf Gottes Hilfe – wiederholt sie doch unablässig, sie sei eine Braut Christi. Allerdings habe ich bemerkt, dass sie seit neuestem einen Dolch bei sich trägt, was zeigt, dass sie so leichtfertig nun auch wieder nicht ist. Unsere letzten Sicherheitsvorkehrungen schlossen praktisch aus, dass der Mörder sich ihr unbemerkt nähern konnte. Wenn sie nun alleine weiterreist, wird sie sich in größerer Gefahr befinden als in unserer Gemeinschaft. Weißt du, was ich befürchte? Dass ihr merkwürdiges Verhalten wieder mit diesem Geheimnis der Klara von Assisi und der mysteriösen Schatulle zu tun hat, die dem Tempelorden angeblich abhandenkam.«

»Wieso angeblich?«

»Was kann denn schon Besonderes darin verborgen sein? Mir scheint, das wahre Geheimnis betrifft eher den Apostel Jakobus und die Ketzersekten in Südfrankreich. Und mit diesen haben die Templer und die Papyrusrolle vom Jerusalemer Tempelberg doch wohl nichts zu tun! Wie viele Unwahrheiten wurden nicht in den letzten Jahrhunderten über Christus und seine Kreuzigung niedergeschrieben und verkündet? Erinnere dich zum Beispiel an die Behauptung der Arianer, Christus sei nicht der Sohn Gottes! Und was ist mit den fortwährenden Streitigkeiten der Theologen über die unbefleckte Empfängnis der Jungfrau Maria? Meiner Meinung nach handelt es sich um etwas viel Prosaischeres. Ich nehme an, es geht um ein Schreiben, das eine bedeutende zeitgenössische Persönlichkeit kompromittiert. Den Papst, den Kaiser oder den französischen

König, vielleicht sogar den heiligen Franz von Assisi. Das kommt mir wahrscheinlicher vor als ein Dokument über irgendwelche längst vergangenen geheimen Begebenheiten.«

»Glaubt Ihr, Agnes von Böhmen wird uns von Besançon aus nach Hause schicken und alleine weiterreisen?«

»Denkbar wäre es. Aber weißt du, was mich noch mehr beunruhigt? Gestern Abend hat Guido von Lusignan die Äbtissin aufgesucht. Sie haben über zwei Stunden lang leise miteinander gesprochen. Und am Morgen darauf verkündet uns Äbtissin Agnes, sie fühle sich nicht gut und wolle alleine weiterreisen. Ist das nicht verdächtig?«

»Aber Guido von Lusignan ist mit unserer Gruppe zusammengeblieben ...« Otto unterbrach sich und räumte ein: »Ich weiß, das muss kein Argument sein.«

»Vielleicht will sie mir Zeit geben, den Mörder zu finden. Hast du bemerkt, was sie beim Abschied gesagt hat? Sie hat betont, dass der Mörder unter uns sei und dass derjenige, der die Gruppe verlasse, sich zu den Verbrechen bekenne. Es war geradezu, als wollte sie ihn herausfordern. Oder ihm etwas raten. Was kann der Mörder auch anderes tun, wenn er uns aufhalten will? Seine einzige Möglichkeit ist, Agnes von Böhmen zu töten. Diese aber reist nun getrennt von uns. Es ist also denkbar, dass der Mörder ebenfalls verschwinden und versuchen wird, sie irgendwo unterwegs zu ermorden. Ich hoffe nur, Agnes weiß, was sie tut. Falls sie den Köder für ein Raubtier spielen will, so ist sie törichter, als ich dachte«, sagte Ulrich aufgeregt.

»Das sind weise Worte«, bemerkte sein Knappe. »Dasselbe sage ich Euch auch immer, wenn *Ihr* diesen Köder spielt. Und habt Ihr je auf mich gehört?«

»Provoziere mich nicht«, verwahrte sich Ulrich. »Sonst hänge ich dir noch diese Sache mit Zdena an ...«

»So ist es also wahr? Ich dachte es mir schon«, unterbrach Otto ihn hastig.

»Ob was wahr ist?«

»Nun, dass sie schwanger ist«, antwortete Otto mit gespielter Gleichgültigkeit. »Entschuldigt, mein Herr, aber wir sind nun schon so lange zusammen, dass ich einiges von Euch lernen konnte. Im Grunde lernen wir beide voneinander. Aber ich darf in aller Bescheidenheit von mir behaupten, dass ich ein besserer Schüler bin als Ihr.«

»Meine Güte, du kannst es wohl nicht lassen. Auf was spielst du nun wieder an? Auf Lucia?«

»Ich meine ganz allgemein«, sagte Otto gutmütig. »Habt Ihr nicht bemerkt, welche bewundernden Blicke Katharina von Gutstein in letzter Zeit in Eure Richtung wirft?«

»O ja. Und zwar gewöhnlich dann, wenn du und ich zusammen sind. Und da nichts darauf hinweist, dass sie schielen würde, lege ich meine Hand dafür ins Feuer, dass sie nicht mich ansieht. Auch ich habe etwas von dir gelernt. Glaube nicht jedem Blick eines verliebten Mädchens. Schau, schon wieder beobachtet sie uns. Das heißt ... dich.«

Otto zuckte mit den Schultern, als würde es ihn nicht weiter interessieren. Ulrich beobachtete ihn einen Moment amüsiert. Weil er seinen Knappen kannte, wettete er insgeheim, dass es nicht lange dauern würde, bis Otto die Hand hob und sich durch sein sorgfältig gepflegtes, welliges Haar fuhr. Es dauerte genau vier Pferdeschritte lang.

Als Otto das Lächeln auf den Lippen seines Herrn bemerkte, begriff er sofort und schmollte. Er umfasste die Zügel mit beiden Händen und murmelte, ob sie denn ihre Ermittlungen auch jetzt während der Reise nach Besançon fortsetzen würden.

»Selbstverständlich«, sagte Ulrich. »Auch wenn es zu nicht viel führen wird. Wir drehen uns im Kreis. Wir haben etliche Zeugenaussagen, die einander widersprechen, und wir können nicht überprüfen, welche davon wahr sind und welche nicht, da wir jeden Tag an einem anderen Ort übernachten. Ehe wir etwas herausfinden könnten, sind wir schon wieder weitergereist und können nichts mehr verifizieren. In jeder Herberge begegnen wir anderen Schankwirten, Kellnerinnen, Knechten, Händlern und sonstigen Gästen. Unter ihnen verliert sich unser Täter immer wieder. Auf einer Wallfahrt zu ermitteln ist einfach ein Ding der Unmöglichkeit ... Und jetzt, während unseres Ritts nach Besançon, wird wohl kaum etwas geschehen, wodurch der Mörder auf sich aufmerksam macht. Außer er würde wirklich die Gruppe verlassen und versuchen, Agnes von Böhmen zu ermorden. Aber ebenso wahrscheinlich ist es, dass uns heute Abend der Erzengel Gabriel besucht und mir ein Schriftstück mit dem Namen des Täters überreicht.«

Tatsächlich ereignete sich auf der Strecke nach Besançon nichts Auffälliges. Keiner der böhmischen Pilger verschwand aus der Gruppe, und auch der Erzengel Gabriel tauchte nicht auf, wie Otto ironisch bemerkte. Als sie die Stadt erreichten, ritten sie direkt zum Hafen am Fluss. Guido von Lusignan hatte angekündigt, auf dem Doubs erwarte sie ein Schiff seines Königs, das sie nach Süden bringen werde, und wie sich zeigte, hatte er die Wahrheit gesprochen.

Das Schiff des französischen Königs war ein anderes Kaliber als die Boote, mit denen sie auf der Donau gefahren waren. Es war wesentlich länger und hatte ein erhöhtes Achterdeck, in dem sich zwei prunkvoll eingerichtete Kajüten befanden. Eine weitere Kajüte, die eine niedrige Decke hatte, dafür aber recht groß war und über zwei lange Tische und feste Bänke entlang der Wände verfügte, befand sich im Unterdeck.

»Schlafen werden wir allerdings an Land, denn diese Kajüten sind nur als Unterkunft bei schlechtem Wetter gedacht«, erklärte Guido von Lusignan. Als er die langen Mienen der Söldner sah, die finster die schweren Ruder musterten, fügte er sogleich hinzu, dass sie sich darum nicht zu scheren bräuchten, für die Anzahl der Ruder seien sie ohnehin nicht genug Männer. Das Schiff habe seine eigene Besatzung.

In der Hafenschenke *Zum tauben Gockel* bezogen sie Unterkunft. Es war ein großes, solide gebautes Gasthaus, von dessen Kammerfenstern im oberen Stockwerk aus man das vor Anker liegende Schiff sehen konnte. Ein paar Tage Erholungszeit lagen vor ihnen. Niemand konnte einschätzen, wie lange die Wagenfahrt der Äbtissin dauern würde, und Přech von Michalowitz nahm erste Wetten an. Wer wollte, gab ihm einen Silberling und nannte einen Zeitpunkt, zu dem das Fuhrwerk seiner Meinung nach auftauchen würde. Wer dem Ergebnis am nächsten kam, würde das gesamte Geld erhalten. Nach und nach kamen alle mit ihrem Wetteinsatz zu ihm, sogar die Kirchenleute und die meisten der Söldner. Nur Peter von Rosenberg lehnte entrüstet ab, da Wetten eine Sünde sei.

Emmeran von Greifsfeld ging dem Gesandten des französischen Königs sichtlich aus dem Weg. Seit ihrem Streit im Waldshuter Kloster hatten sie kein Wort mehr miteinander gewechselt. Der Bibliothekar grüßte ihn nicht einmal; er ging an ihm vorbei, als wäre er Luft. Guido von Lusignan ignorierte ihn seinerseits, und einmal spuckte er sogar hinter seinem Rücken aus. An diesem ersten Abend nun gerieten Jost von Landstein und seine Schwester Lucia erstmals während dieser Reise in Streit. Und es war, als würde sich die Missstimmung auf alle Reisenden übertragen. In der Nacht fing es auch noch an zu schneien. Zwar nur leicht, es war nur eine erste Berührung des Winters, aber es besserte die allgemeine Laune auch nicht gerade.

»Es ist ganz normal, dass wir uns streiten«, erklärte Peter von Rosenberg am nächsten Morgen. »Als ich auf Kreuzzug war, war es genauso. Nach ein paar Wochen gingen wir einander so auf die Nerven, dass uns die Heiden fast lieber waren als der eigene Zeltnachbar. Wir sollten uns ein wenig zerstreuen. Wie wäre es, wenn wir ein kleines privates Turnier ausrichteten? Im Garten hinter dem Gasthaus gibt es ausreichend Platz. Und wir sind gerade genug Ritter für einen ordentlichen Wettkampf.«

»Ich bin dagegen«, erklärte Johanna von Blatna. »Was haben wir davon, wenn ihr euch gegenseitig die Köpfe einschlagt? Das soll uns unterhalten? Da hätte ich doch lieber Musik und Tanz.«

»Ich muss dich darauf hinweisen, dass mein Bruder so erbärmlich tanzt, dass du wohl mehr davon hast, wenn er beim Turnier eine Beule davonträgt. Andernfalls riskierst du blaue Zehen«, sagte Lucia darauf, und es klang nicht sehr liebenswürdig, denn sie war noch vom Vorabend verärgert.

»Macht, was ihr wollt«, brummte Emmeran von Greifsfeld, »aber rechnet nicht mit mir und Kaplan Wolf. In der hiesigen Zisterzienserabtei gibt es ein paar Bücher, die es sich anzuschauen lohnt. Wir werden gemeinsam dorthin gehen, damit niemand hinterher sagen kann, einer von uns hätte sich zu entfernen versucht.«

»Ich habe versprochen, Jungfer Katharina in die Stadt zu begleiten«, meldete sich Otto zu Wort. »Auf dem großen Platz findet heute ein Jahrmarkt statt. Angeblich gibt es dort sogar Händler aus Flandern.« Sofort fragten Lucia und Johanna von Blatna, warum er ihnen denn nicht schon früher davon erzählt hätte, und erklärten, sie kämen natürlich mit.

»Jungfer Johanna überlasse ich nicht gerne der Obhut des Otto von Zastrizl. Ich komme ebenfalls mit«, sagte Jost von Landstein gut gelaunt.

»Und du, Ulrich, überlässt *du* mich der Obhut deines Knappen?«, fragte Lucia den königlichen Prokurator.

Ulrich machte sich nichts aus Turnieren, er konnte keinerlei Vergnügen an Kampfspielen finden. Am liebsten hätte er sich den beiden Ordensbrüdern angeschlossen und mit ihnen die

Bibliothek der Zisterzienser besucht, doch es war sicher besser, ein Auge auf die anderen zu haben, und deshalb erklärte er sich mit dem gemeinsamen Stadtbesuch einverstanden. Schließlich gesellten sich auch der junge Rosenberg, Přech von Michalowitz sowie Guido von Lusignan dazu, und nur der Prämonstratenser Hyacinthus blieb im Gasthaus *Zum tauben Gockel* zurück. Er war am Vortag unglücklich gestolpert und die Treppe hinuntergefallen, weshalb er nun über Rückenschmerzen klagte und den Tag lieber im Bett verbringen wollte.

Die edle Gesellschaft brach gleich nach dem Frühstück auf. Es hatte aufgehört zu schneien, die Wolkendecke war aufgerissen, und die Sonne kam hervor, sodass die dünne pulverige Schneeschicht schnell schmolz. In den Gassen um den Hafen herum war der Boden schlammig, doch die Straßen um den Marktplatz waren gepflastert. Es war ein wirklich prächtiger Markt, ganz anders als die Stände in der Prager Altstadt. Hier wurden kein Gemüse, Vieh oder grobes Leinen verkauft, sondern die besten Waren der christlichen Welt, die über den ganzen Platz verteilt auf den Händlerkarren auslagen. Die Jungfrauen eilten von einem Händler zum nächsten und machten einander auf feine Stoffe, Parfümfläschchen, Schmuck, Tüllschleier, silberne Gürtel, Stirnreife oder Schminken aufmerksam.

»Ich darf euch daran erinnern, dass wir uns auf einer Wallfahrt befinden«, sagte Peter von Rosenberg, aber genauso gut hätte er versuchen können, mit einem freundlichen Wort eine Wildherde anzuhalten.

Am Mittag aßen sie eine Kleinigkeit in einem lauschigen Gasthaus direkt am Platz, und am Nachmittag besorgten sie ihre Einkäufe. Erst als es schon dämmerte, machten sie sich auf den Rückweg zum Hafen. Sie lärmten alle fröhlich miteinander, denn der Stadtbesuch hatte sie angenehm abgelenkt und ihnen die gute Laune wiedergegeben. Zurück in der Herberge, verstauten sie rasch ihre Einkäufe in den Truhen, dann suchten sie sich in der Gaststube einen Tisch neben dem Kamin, in dem die Holzscheite knisterten. Der Bibliothekar Emmeran und Kaplan Wolf warteten dort schon auf sie. Es fehlte nur noch Bruder Hyacinthus. Otto lief die Treppe hinauf in den oberen Stock, um ihn dazuzuholen. Doch die Kammer war leer, das Bett sorgfältig gemacht, und seine Sachen waren verschwunden. Der Prämonstratenser war fort.

Hastig schlangen Ulrich und sein Knappe ein paar Fladen und etwas Obst hinunter, während der Hausknecht ihnen bereits die Pferde sattelte. Noch bevor die Stadttore schlossen, hatten sie Besançon verlassen. Sie galoppierten auf der Strecke zurück nach Basel, auf der Agnes von Böhmen mit dem Fuhrwerk kommen sollte. Es begann wieder zu schneien.

Bruder Hyacinthus blieb wie vom Erdboden verschluckt. Ulrich und Otto ritten fast die ganze Nacht hindurch, und bei jedem Gasthaus, das auf dem Weg lag, machten sie halt. Gegen Morgen entdeckten sie dann endlich den Ochsenwagen des Basler Bischofs im Hof einer recht schäbigen Herberge. Vor der Tür der Kammer, in der Agnes von Böhmen schlief, saß ein Söldner auf dem Boden, hatte seine Lanze neben sich an die Wand gelehnt und spielte mit kleinen Steinchen irgendein Kinderspiel, um nicht einzuschlafen. Ulrich vergewisserte sich zuallererst, dass mit der Äbtissin alles in Ordnung war, und lobte dann den Söldner für seine Wachsamkeit. Er weckte noch einen anderen Mann aus dem kleinen Trupp, der die Äbtissin begleitete, und bat ihn, auch auf dem Hof unter dem Fenster der Schlafkammer Wache zu halten. Schließlich gingen Ulrich und Otto hinunter ins Erdgeschoss, wo sie sich auf eine Bank neben dem Kamin legten, in dem noch ein paar Kohlen glommen. Von hier aus konnten sie sowohl die Tür als auch die Treppe sehen, die in das obere Geschoss hinaufführte. Sie wickelten sich in ihre Mäntel und schliefen ein.

Am Morgen erklärten sie der überraschten Agnes von Böhmen, warum sie hergekommen seien. Die Äbtissin bekreuzigte sich sofort, dann fragte sie, ob das bedeute, dass damit nun der ganze Spuk vorüber sei.

»Möglicherweise«, antwortete Ulrich vorsichtig. »Allerdings kann es auch sein, dass Bruder Hyacinthus aus einem ganz anderen Grund verschwunden ist. Vielleicht hatte er Angst davor, nach Südfrankreich weiterzureisen. Als Knabe gehörte er wohl zu den Ketzern, und seine Eltern wurden im Languedoc verbrannt. Womöglich hat es ihn aufgeschreckt, dass Guido von Lusignan sich uns angeschlossen hat.«

»Das kann ich mir nicht vorstellen«, entgegnete Äbtissin Agnes. »Denn dann hätte er genauso gut schon früher verschwinden können. Außerdem hat er sich durch seinen Eintritt in den Orden von seiner Schuld reingewaschen.«

»Die Inquisition hat auch einige Ordensleute verbrannt«, erinnerte Ulrich sie. Doch dann räumte er ein, dass auch er diesen Grund für nicht sehr wahrscheinlich halte. »Jedenfalls ist Hyacinthus wohl der einzige Pilger, der den päpstlichen Gesandten auf Burg Landstein nicht umgebracht haben kann. Außerdem, wenn es dem Mörder wirklich darum geht, unsere Weiterreise nach Compostela zu verhindern, dann würde er mit seiner Flucht nichts bewirken. Und dass der Mörder aufgegeben hat, kann ich auch nicht recht glauben.«

»Vielleicht stellt er uns eine Falle«, bemerkte Otto. »Der Weg von Besançon hierher führt durch ziemlich verlassene Gegenden. Mithilfe einer Bande von Halunken könnte er uns überfallen.«

»Wir nehmen einen Umweg«, beschloss Ulrich. »Den Ochsenkarren lassen wir auf dem Händlerweg weiterfahren, so als würde sich die ehrwürdige ältere Schwester immer noch darin befinden. Falls uns wirklich jemand überfallen will, gewinnen wir Zeit, bis derjenige seinen Irrtum bemerkt. Ehrwürdige ältere Schwester Agnes, würde es Euch viel ausmachen, wenn Ihr mit uns zu Pferde weiterreist?«

Die Äbtissin lächelte. »Von der Fahrt auf dem Karren schmerzen mir schon alle Knochen«, sagte sie. »Im Sattel zu reiten wird eine Wohltat für mich sein.«

Bevor sie aufbrachen, ging Otto zu Zdena Berken und fragte sie leise, wie sie es in der Gesellschaft der ehrwürdigen Agnes so lange ausgehalten habe und ob alles in Ordnung sei.

»Sie ist eine weise Frau«, antwortete Zdena etwas unterkühlt. »Du brauchst dir keine Sorgen zu machen. Von jener Nacht im Frühling haben wir überhaupt nicht gesprochen, und du wirst mit dieser Sache nichts mehr zu tun haben.« Als sie eine leichte Verstimmung in seinem Gesicht zu bemerken glaubte, beugte sie sich zu ihm vor, streifte seine Wange mit ihrem Mund und flüsterte ihm ins Ohr, wenn er möge, könne sie ihn freilich zu ihrer Hochzeit einladen.

Wie am Vortag hörte auch an diesem Morgen der Schneefall bald wieder auf, und die dunklen Wolken verzogen sich. Der Bruder des Schankwirts kam mit ihnen, denn er kannte sich aus und konnte den kleinen Reitertrupp über abseitige Pfade durch die Landschaft führen. Sie ritten schnell und erreichten Besançon schon am frühen Nachmittag.

Als sie die Hafenschenke betraten, saßen die böhmischen Pilger dort zusammen über ein hölzernes Spielbrett gebeugt und diskutierten darüber, welcher Zug der beste sei. Ulrich sah ihnen über die Schulter und stellte fest, dass der junge Rosenberg mit Guido von Lusignan Schach spielte und offenbar im Begriff war, gegen ihn zu verlieren. Am Tischende saß auf einer Bank Bruder Hyacinthus, der gerade auf das Schachbrett deutete und Katharina von Gutstein etwas zuflüsterte.

Agnes von Böhmen begann zu husten. An der Decke des Schankraumes wälzte sich beißender Rauch, weil unablässig jemand im Kamin Holz nachlegte und die Scheite feucht waren. Keiner wollte allerdings mehr als nötig lüften, da draußen eine ziemliche Kälte herrschte. Jost von Landstein rief dem Schankwirt zu, er solle der ehrwürdigen älteren Schwester einen Becher mit heißem Wein zubereiten. Dann berichtete er den Ankömmlingen, Bruder Hyacinthus habe sich wieder eingefunden und werde ihnen gleich alles erklären. Eine verhärmte dünne Kellnerin brachte den gewünschten Becher Wein und stellte ihn wortlos auf eine Ecke des Tisches, bevor sie wieder davoneilte.

»Moment, das kannst du noch gewinnen«, rief Přech von Michalowitz und hielt die Hand des jungen Rosenberg fest. »Du musst einen anderen Zug machen. Mit dem Turm ...«

Neugierig beugten sich die Edelleute über das Schachspiel. Der Kommandeur des bewaffneten Gefolges hatte recht. Der französische Gesandte war zwar mit seinen Figuren in der Übermacht, doch geriet sein König mit diesem einen Zug in eine Lage, aus der es kein Entrinnen gab.

»Und Matt«, sagte der junge Rosenberg und rieb sich mit kindlicher Freude die Hände.

Lucia reckte sich weit vor, um besser sehen zu können, und hätte dabei beinahe den Becher umgeworfen, der unbeachtet auf der Ecke des Tisches stand. »Trinkt, ältere Schwester, ehe der Wein kalt wird«, rief jemand aus der Runde der Pilger.

Agnes von Böhmen nahm den Becher und schloss mit wohligem Schauder ihre kalten Hände darum, denn es tat gut, sie daran zu wärmen. Ihr Blick fiel auf Zdena Berken, die blass an der Wand lehnte und so aussah, als würde sie sich gleich übergeben oder ohnmächtig werden. Agnes wusste, wie es um das Mädchen stand, und auch wenn es eindeutig gesündigt hatte, so war Vergebung doch die Pflicht eines jeden Christen. Außerdem hatte sie bereits einen Plan, wie sich die ganze Angelegenheit in Ordnung bringen ließ. Sie selbst hatte nie ein Kind gehabt, konnte sich aber vorstellen, wie es sich anfühlen musste, eines unter dem Herzen zu tragen. Sie lächelte dem bleichen, fröstelnden Mädchen freundlich zu und reichte ihm den eigenen Becher.

»Trink du als Erste, Mädelchen, du hast es nötiger als ich.«

Zdena nahm den Becher dankbar entgegen und trank mit großem Durst.

»Nur zu, scheue dich nicht«, ermunterte die Äbtissin sie.

Zdena trank noch einen Schluck und streckte die Hand aus, um ihr den halb leeren Becher zurückzugeben. Plötzlich krümmte sie sich zusammen, der Becher fiel ihr aus der Hand, und sie stürzte mit Schaum vor dem Mund zu Boden. Sie fing an, vor Schmerzen zu schreien, mit den Händen ihren Bauch zu umfassen und wild um sich zu schlagen wie ein auf der Jagd getroffenes Tier.

»Schnell ...«, schrie Agnes von Böhmen. »Helft ihr!«

Ulrich von Kulm stürzte in die Küche, schöpfte einen Becher voll Wasser aus einem Bottich und schüttete Salz dazu. Er eilte zurück, kniete sich auf den Boden, hob den Kopf des Mädchens und versuchte, ihr das Wasser einzuflößen.

»Trink, ich bitte dich, versuch das zu schlucken. Du musst erbrechen!«, beschwor er sie. Doch es war zu spät. Zdena Berken von Bürgstein durchzuckte ein letzter schmerzlicher Krampf, dann hörte sie auf zu atmen.

Ulrich wischte ihr mit der Hand den Schaum vom Mund, roch daran und berührte ihn dann ganz vorsichtig mit der Zungenspitze. Er blickte auf und wandte sich an die entsetzte Runde, die sich um die Tote herum versammelt hatte.

»Ich kenne dieses Gift. Jemand muss es in den Wein gemischt haben, während wir das Schachspiel verfolgt haben. Einer von euch. Und sterben sollte die ehrwürdige Agnes von Böhmen!«

XXI. Kapitel

Während die böhmischen Pilger in ihren Kammern bleiben mussten, wurde die Tote in eine nicht weit entfernte Kirche gebracht, wo Agnes von Böhmen bei ihrem Leichnam blieb und betete. Nur der Minorit Gregor blieb bei ihr.

Jost von Landstein, der während Ulrichs Abwesenheit die Leitung der kleinen Pilgergruppe in Besançon übernommen hatte, erzählte ihm, was mit Bruder Hyacinthus los gewesen war.

»Im Rathaus war eine Anzeige eingegangen«, berichtete er voller Empörung. »Es hieß darin, dass Hyacinthus gar kein Prämonstratenser sei, sondern ein verkappter Ketzer, der heimlich die Häresie der Waldenser auf dem Lande predige. Sogleich kam man ihn holen, um ihn ins Gefängnis zu stecken. Den Schankwirt warnte man unter Androhung der Todesstrafe, niemandem etwas davon zu erzählen. Am Morgen erschien dann der örtliche Inquisitor mit seinen Wachen, um uns zu verhören. Der Gesandte des französischen Königs konnte jedoch schnell alles wieder in Ordnung bringen, und Bruder Hyacinthus wurde freigelassen. Auch seine persönlichen Dinge tauchten wieder auf. Man hatte sie in ein Leinenbündel geknotet und unter das Bett geschoben. Es sollte so aussehen, als wäre er abgereist.«

»Man hat vermutlich nicht herausgefunden, wer die Anzeige gegen Hyacinthus verfasst hat?«

»Nein. Sie wurde anonym überbracht. Sie haben hier so einen dummen Brauch, angeblich um ehrbare Christen zu schützen, die ihr Gewissen erleichtern wollen: Jeder, der einen

Ketzer anzeigen will, kann eine Notiz in einem Kasten am Rathaustor hinterlassen.«

»Wirklich sehr schlau«, mokierte sich Ulrich. »Wenn wir so etwas in Prag einführten, würden die Kästen sofort überquellen, so wie ich unsere Bürger kenne. Doch jemanden anzuzeigen hat nichts mit der Suche nach Gerechtigkeit zu tun. Kein Gesetz rechtfertigt es, niedere Triebe in den Menschen zu fördern. Aber was wundere ich mich, wir sind ja schließlich in Frankreich ...«

»Ihr scheint es nicht besonders zu lieben«, bemerkte Jost von Landstein lächelnd.

»Ich habe alle Christen gern. Ich mag nur Länder nicht, in denen Frauen und Kinder des Glaubens wegen verbrannt werden, als wäre gerade das der Gipfel der Frömmigkeit.«

Nachdem Jost von Landstein sich zurückgezogen hatte, rief Ulrich seinen Knappen zu sich. Sie setzten sich zusammen an einen Tisch, um zu beraten, wie es weitergehen sollte.

»Der Mörder ist gerissener, als ich ursprünglich gedacht habe«, seufzte Ulrich.

»Oder er lernt verflixt schnell hinzu«, antwortete Otto. Er rief dem Schankwirt zu, er solle ihnen einen Krug warmen Wein bringen, gerne mit Gewürzen, wenn möglich aber nur solchen, die keine Vergiftung hervorriefen. Der vom Vorgefallenen ganz verstörte Schankwirt nippte nun vor jedem Gast höchstpersönlich an dem Krug, bevor er ihn auf den Tisch stellte, um zu beweisen, dass sein Wein harmlos war.

»Das Ganze war ein verrückter Zufall«, sagte Ulrich. »Vielleicht hat Äbtissin Agnes ja recht damit, dass Gott seine schützende Hand über den frommen Menschen hält.«

»Unsinn!«, fuhr Otto auf. »Zdena Berken war nicht so schlecht, dass Gott sie hätte derart bestrafen müssen.« In seinen Augen standen Tränen. »Ich werde diesen Verbrecher finden und dann umbringen, das schwöre ich!«

Ulrich schüttelte mit ernster Miene den Kopf, konnte seinen Knappen aber nicht umstimmen. Eine Weile schwiegen sie, dann wollte Otto wissen, wie es nun weitergehe.

Ulrich seufzte erneut. »Zuerst einmal solltest du nicht damit rechnen, dass wir den Mörder ausgerechnet jetzt enttarnen. Noch immer haben wir nichts in der Hand. Wir können keinen unserer Pilger der Tortur unterziehen – und freiwillig wird keiner gestehen. Der Täter ist geschickt genug, seine Morde so zu begehen, dass niemand ihn dabei ertappt. Was wiederum auch nicht so schwer ist. Und selbst wenn man ihn irgendwo sehen würde – was wäre schon so seltsam daran, einem Mitglied unserer Pilgerschaft im Flur oder in der Schankstube zu begegnen? Jeder würde es sofort wieder vergessen. Ganz zu schweigen davon, dass keiner bereit ist, sich zu disziplinieren, weshalb all unsere Vorsichtsmaßnahmen ohnehin vergeblich sind. Das Einzige, was wir wissen, ist, dass der Täter uns von der Reise nach Compostela abbringen will. Und gerade dies ist ein Motiv, das uns nicht das Geringste sagt. Ich hatte geglaubt, ich könnte für den Schutz der Äbtissin ausreichend Sorge tragen. Doch in Wahrheit lässt sich auf einer Wallfahrt wie unserer niemand verlässlich beschützen. Wir leben so eng aufeinander, da ist ein Mord schneller begangen, als man mit der Wimper zuckt. Wir hätten diese ganze Reise nicht antreten dürfen. Es gibt eigentlich nur zwei Wege, wie wir einen weiteren Mord verhindern können: Entweder reist Äbtissin Agnes alleine nach Compostela weiter und alle anderen kehren zurück beziehungsweise bleiben hier – und zwar unter Aufsicht des bewaffneten Trupps, sodass der Mörder ihr nicht nachreisen kann –, oder aber wir kehren alle gemeinsam zurück. Eine andere Möglichkeit gibt es nicht.«

»Nun, vielleicht gäbe es doch noch eine andere«, warf Otto eilig ein, und Ulrich hatte das Gefühl, dass sein Knappe diesen Gedanken schon früher entworfen hatte, aber erst jetzt damit herausrückte. »Wie wäre es, wenn wir alle nach Compostela weiterreisten, und zwar so, dass der Mörder irrtümlicherweise glaubt, Äbtissin Agnes reise mit uns? In Wahrheit würde sie sich jedoch von uns trennen und über eine andere, kürzere Strecke dorthin reiten. Natürlich in Eurer Begleitung. So wäre sie in Sicherheit, und ich würde bei den anderen bleiben und hätte die Gelegenheit, den Täter zu entlarven.«

»Das klingt zwar nicht schlecht, aber ich sehe nicht, wie das praktisch zu bewerkstelligen wäre.«

»Eines unserer Edelfräulein müsste zuvor hysterisch verkünden, dass es nicht mehr dabeibleiben, sondern unbedingt heimreisen wolle. Agnes von Böhmen, die wie alle anderen bei diesem Ausbruch zugegen sein wird, wird der Jungfer etwas unwirsch ihre Zustimmung geben und verärgert hinzufügen, dass der beste Begleiter auf ihrem Heimweg Ihr wäret. Da Ihr es schon nicht vermöget, sie selbst und die anderen zu beschützen, wäret Ihr vielleicht in der Lage, ein einzelnes Edelfräulein zu beschützen. Dann soll sie noch verkünden, sie selbst werde die Reise nicht abbrechen. Eine Weile müsst Ihr dann hin und her diskutieren, und schließlich gebt Ihr klein bei und versprecht, die edle Jungfrau sicher nach Prag zu geleiten.«

»Das ist nicht gerade eine würdevolle Rolle, die du mir da zuweist. Aber kein Wunder, wenn du die Regie führst«, bemerkte Ulrich belustigt. Er hatte aufmerksam zugehört, und der Plan weckte sein Interesse. »Und weiter?«

»Noch heute Abend würdet Ihr abreisen. In der Nacht kehrt Ihr dann heimlich zurück, und anstelle des Edelfräuleins wird uns Äbtissin Agnes verlassen. Die Jungfer verkleidet sich als sie und bleibt bei uns.«

»Was für ein Unsinn! Das wird doch jeder erkennen!«

»Warum?« Otto blieb hartnäckig. »Noch vor Eurer Abreise soll die Äbtissin allen verkünden, sie werde sich auf dem Schiff in die Kajüte zurückziehen, um dort die ganze Zeit über zu meditieren und zu beten. Sie wolle zum Zeichen der Buße eine

Weile allen weltlichen Lebens entsagen, die Ordensregel der Einsamkeit beherzigen und so fort. Sie wird das bestimmt besser und frömmer formulieren, als ich das kann. Nur wird eben statt ihrer das Mädchen dort sein. Es wird ihre Kapuze tragen, sodass jemand, der nur durch das kleine Fenster in die Kajüte blickt, die Vertauschung nicht bemerken wird. Unterdessen reitet Ihr mit der Äbtissin so schnell wie möglich Richtung Meeresküste. Wenn Ihr den Weg über Clermont nehmt, werdet Ihr viel früher als wir am Hafen von Bordeaux ankommen. Ich habe es nachgeprüft, diese Strecke ist die schnellste – wenn auch weniger bequem, denn auf dem Schiff zu reisen hat trotz allem seine Vorteile. Sobald Ihr in Bordeaux seid, nehmt Ihr das nächste Schiff Richtung Compostela, und dort kann Agnes von Böhmen ihre Mission erfüllen. Wir anderen fahren so lange gemächlich nach Montpellier, und erst bevor wir dort auf die Pferde wechseln, gibt sich das Mädchen zu erkennen. Dann wird es für unseren Mörder jedoch zu spät sein, um euch noch einzuholen. Falls er bis dahin noch am Leben ist, wohlgemerkt, denn ich werde alles dafür tun, ihn zu erwischen. Schließlich wird er ja weiterhin versuchen, die vermeintliche Agnes zu ermorden.«

»Unterschätze ihn nicht, er ist nicht dumm«, sagte Ulrich nachdenklich. »Aber nehmen wir einmal an, dass dein Plan funktioniert, denn er ist durchaus nicht schlecht. Allerdings setzt er voraus, dass Agnes von Böhmen die kürzere, anstrengende Reiseroute zu bewältigen vermag, und sie ist nicht mehr die Jüngste. Da ich aber ihre Fertigkeiten zu Pferd gesehen habe und sie dies alles ja zum Ruhme Gottes unternimmt, könnte ich mir vorstellen, dass sie einwilligt. Doch das verkleidete Mädchen auf dem Schiff darf die ganze Zeit die Kajüte nicht verlassen, jemand wird sie also versorgen müssen und dabei sehen, wer sie wirklich ist. Und nicht zuletzt: Wie kannst du bei der Pilgergruppe bleiben, wenn ich doch abreise?«

»Das ist das geringste Problem«, sagte der Knappe verschmitzt. »Äbtissin Agnes wird ferner verkünden, dass alle Anwesenden ein Motiv hätten, sie umzubringen, nur ich nicht, und deshalb sei ich der einzige Mensch, der sich während der Schifffahrt um sie kümmern werde. Nicht einmal der Minoritenbruder dürfe zu ihr hinein. Dass Agnes von Böhmen launenhaft ist, wissen ja alle nur zu gut. Bei jemand anderem würde diese Erklärung Misstrauen erregen, doch in ihrem Fall nicht. Wisst Ihr, mir geht es auch darum, dass ich nicht einmal diesem Minoriten vertraue, trotz allem, was die Äbtissin über Bruder Gregor sagt. Er ist eben doch nur ein Mann der Kirche. Und vorhin befand sich der todbringende Becher just an der Tischecke, wo Bruder Gregor, Emmeran von Greifsfeld und Bruder Hyacinthus saßen. Drei Kleriker – und einer von ihnen ist der Mörder. Neben ihnen stand auch noch Kaplan Wolf. Ein weiterer Kirchenmann ...«

»Rachgier ist nicht der beste Ratgeber des Verstands. Vor allem nicht, wenn du wirklich die Wahrheit herausfinden willst«, ermahnte Ulrich ihn sanft. »Jost von Landstein hat der Äbtissin den Becher gereicht. Auch er hätte die Gelegenheit gehabt, Gift hineinzutun. Hinter uns standen die anderen drei Mädchen. Und unter bestimmten Umständen hätten selbst die beiden Ritter es tun können, die zusammen Schach spielten. Erinnerst du dich, wie der junge Rosenberg auf den Becher hinwies? Das Gift, das der Mörder verwendet hat, ist sehr stark. Es genügen zwei oder drei winzige Körnchen. Die kann man ganz unbemerkt in einen Wein werfen, selbst wenn ein Haufen Leute um einen herumstehen.«

»Warum hat der Mörder nicht überhaupt schon früher Gift verwendet? Ihr sagt doch selbst immer, vornehmlich Feiglinge, Kleriker und Frauen würden zu Gift greifen.«

»In diesem Fall scheint das nicht zuzutreffen. Zu dem Gift griff er nämlich erst als letztes Mittel, nachdem ich Agnes von

Böhmen so streng bewachen ließ. Diesmal ist dem Mörder freilich alles misslungen. Auf Reisen trägt man gewöhnlich kein Gift bei sich, und er hatte sicher nicht damit gerechnet, dass er welches benötigen würde. Deshalb musste er es zuerst auftreiben. In einem Gasthaus auf dem Lande kann man so etwas nicht kaufen. Als ihm in Konstanz klar wurde, dass wir tatsächlich die Brücke überqueren würden und uns nicht einmal der Mord an dem Söldner abschrecken konnte, fasste er endgültig den Entschluss, Äbtissin Agnes selbst zu töten. Und er begriff, dass er angesichts unserer Sicherheitsvorkehrungen Gift einsetzen musste. In Konstanz hatte er jedoch keine Zeit mehr, welches zu besorgen. Die nächste große Stadt auf der Strecke war Basel. Wahrscheinlich hat er es erst da besorgt und konnte es deshalb nicht früher einsetzen. Doch ausgerechnet dort trennte sich Agnes von Böhmen von uns. Entweder war es eine göttliche Eingebung, oder aber sie ahnte, dass Zdena Berken schwanger war – und das war eine Angelegenheit für sie: Sie konnte eine christliche Tat vollbringen. Zunächst aber wollte sie ein paar Tage mit dem Mädchen allein verbringen. Die gottesfürchtige ältere Frau und die junge Sünderin. Der Täter wollte das Gift sicher gleich beim ersten Halt nach Basel einsetzen, doch nun hatte er keine Gelegenheit dazu. Sein erstes großes Pech. Dieses Gift besitzt zudem die Besonderheit, dass es mit der Zeit an Wirkung verliert. Also musste der Mörder die Rückkehr der Äbtissin irgendwie beschleunigen. Ich würde sagen, aus diesem Grund hat er die Anzeige gegen Bruder Hyacinthus verfasst und dessen Habseligkeiten versteckt – es sollte so aussehen, als schwebe Agnes in Gefahr. Er musste sie so schnell wie möglich hierherbekommen, und das ist ihm auch gelungen, schließlich sind wir ja noch in derselben Nacht aufgebrochen, um sie zu holen. So lange trug er sein Gift bei sich und wartete ab. Als wir ankamen, ergab sich für ihn eine ideale Situation: In der Schenke herrschten Trubel und Durcheinander, und keiner hat sich einmal richtig umgesehen, geschweige denn nachgedacht. Doch dann das neue Pech für ihn: Durch Gottes Fügung kam alles anders«, schloss Ulrich und trank wieder einen Schluck. »Es ist natürlich möglich, dass er das Gift ein weiteres Mal einzusetzen versucht – was wissen wir schon, vielleicht hat er ja noch mehr besorgt?«

Eine Weile sinnierte er vor sich hin. Schließlich nickte er. »Wir könnten es mit deinem Plan versuchen. Er ist gut, die Sache könnte gelingen. Wir haben sowieso nichts Besseres an der Hand. Ich vermute nämlich, dass Agnes von Böhmen um jeden Preis weiterreisen will – selbst wenn sie dabei umkommen sollte. Sie erwähnt ja immer wieder, wie sehr sie das Märtyrertum bewundere. Hast du schon ein Mädchen ausersehen, für das du in der Schiffskajüte sorgen willst? Na, bestimmt hast du das …«

»Viele Möglichkeiten gibt es nicht«, räumte Otto ein. »Wenn Johanna von Blatna nach Prag zurückkehren wollte, würde sofort Jost von Landstein sie begleiten wollen. Wollte Lucia zurück nach Hause, könnte es gut sein, dass dann ebenfalls ihr Bruder und noch dazu Johanna mit ihr zurückwollten. Im Übrigen habe ich zu keinem dieser beiden Mädchen volles Vertrauen, deshalb würde ich ihnen so eine wichtige Rolle nicht überlassen wollen … Es bleibt also nur Katharina von Gutstein. Sie ist zu harmlos für eine Mörderin. Sie hängt innig an ihrem Verlobten und bewahrt eisern ihre Jungfräulichkeit für ihn auf, sodass ihr auch von meiner Seite keine Gefahr droht. Das ist zwar bedauerlich, aber ich werde mich nach unserer Heimkehr dafür entschädigen, wenn dies alles hinter uns liegt. Mit Eurer Einwilligung, versteht sich.«

Ulrich zog eine Grimasse: »Dazu werde ich mich nicht weiter äußern, denn du glaubst doch nicht, dass ich deinem unzüchtigen Ansinnen auch noch meinen Segen gebe? Ob Katharina aber diesem ganzen Plan zustimmen wird?«

»Warum nicht? Wie ich schon gesagt habe, sie ist recht argloser Natur und wird sich gar nicht bewusst machen, dass ihr ebenfalls Gefahr drohen könnte. Und ganz bestimmt wird sie Äbtissin Agnes einen Gefallen tun wollen – ich weiß, wie sehr sie sie bewundert. Vielleicht möchte sie sogar in ihren Orden eintreten.«

Ulrich dachte noch eine Weile nach, dann nickte er. »Du bürgst mir aber mit deinem Kopf dafür, dass ihr nichts passiert«, erklärte er.

»Um Euch richtig zu verstehen: Damit meint Ihr, dass der Mörder ihr nichts antun darf?«, wollte Otto wissen. »Das kann ich Euch versprechen.«

Wie sich herausstellte, besaß Agnes von Böhmen nicht nur die Gabe der Selbstbeherrschung, sie konnte auch schauspielern. Ihr Auftritt in der Hafenschenke vor den anderen Mitgliedern der Pilgerschaft geriet so überzeugend, dass selbst Ulrich momentweise das unbehagliche Gefühl hatte, die Äbtissin hasse ihn wirklich. Und Katharina von Gutstein stand ihr an Geschicklichkeit in nichts nach. Otto begriff nicht, wie sie es fertigbrachte, so viele Tränen aus sich herauszupressen. Einzig die kurze Szene, in der sie einen Bierkrug zu Boden warf und auf den Scherben herumtrampelte, erschien ihm ein wenig übertrieben. Die anderen waren aber offensichtlich beeindruckt.

Und so verließen Herr Ulrich von Kulm und das junge Edelfräulein noch vor Sonnenuntergang die Herberge. Ein paar Pilger begleiteten sie noch bis hinter das Stadttor, wo es einen herzzerreißenden Abschied zwischen Katharina und den beiden verbliebenen Mädchen gab. In der Zwischenzeit bezog Äbtissin Agnes die Kajüte auf dem Schiff.

In der Nacht traf ihr geheimer Plan dann auf gewisse Schwierigkeiten. Das Schiff des französischen Königs wurde nämlich am Hafen von zwei Stadtwächtern bewacht. Doch Ulrich machte eine mehr oder weniger liebreizende Dirne ausfindig, die am Hafen herumlungerte und einen Kunden suchte, und bezahlte sie dafür, dass sie die beiden Wächter für eine Weile vom Schiff weglockte. An Bord wurde Agnes von Böhmen ja lediglich von Otto bewacht, so wie sie es sich offiziell ausbedungen hatte. Als Otto von seinem Herrn erfuhr, wie er die Angelegenheit mit den Wächtern geregelt hatte, schüttelte er tadelnd den Kopf und erinnerte ihn an seine Worte, dass ein redlicher Ermittler niemals die Sünden des Fleisches nutzen dürfe, um auf seiner Wahrheitssuche voranzukommen. Ulrich winkte nur ab und versprach, er werde es sich für das nächste Mal merken. Dann umarmte er Otto zum Abschied.

»Gebt gut auf Euch acht, mein Herr«, sagte sein Knappe leise.

»Warum denn ich?«, flüsterte Ulrich zurück. »Ich reise schließlich mit der frommen Äbtissin. Aber du gib acht! Ich würde dich ungern verlieren – etwa dadurch, dass du mit einem hübschen Fräulein reist. Meine Erfahrung sagt mir, dass von unschuldigen Mädchen wesentlich größere Gefahr droht als von schändlichen Verbrechern. Besonders dir. Also hüte dich!«

Am nächsten Morgen traf schon früh die Besatzung ein, die aus vierzig bis an die Zähne bewaffneten Mannen bestand. Sie belegten die Plätze an den Rudern und bezogen auch an Bug und Heck Position. Guido von Lusignan ließ die Flagge des französischen Königs hissen, und dann liefen sie aus. Der Doubs war hier noch nicht sehr breit, weshalb ihr Schiff in der Flussmitte fuhr, die tief genug dafür war.

Kurz vor dem Ablegen hatte Otto noch auf dem Markt

Lebensmittel besorgt, die er in den Körben beließ, um sie besser im Blick zu haben. Erst als er bemerkte, dass der Gesandte des französischen Königs die Vorräte unauffällig kontrollierte, brachte Otto die Körbe in die Kajüte, wo Katharina von Gutstein unbekümmert auf der Bettstatt schlief. Bei Ottos Eintreten wachte sie auf und ordnete sich schnell die Haare. Sie winkte ihn herbei, damit er sich zu ihr ans Kopfende setzte. Sie hatten vereinbart, nur im Flüsterton miteinander zu sprechen. Vom Deck her hörte man gerade den Schrei, der das Ablegen des Schiffes begleitete.

»Ich habe über alles nachgedacht. Wie versprochen werde ich das hier gerne für Äbtissin Agnes tun«, flüsterte sie. Sie roch noch nach der Wärme des Bettes, was sie sehr anziehend machte. »Es ist meine christliche Pflicht. Aber ich finde, dass ich dennoch eine Belohnung verdiene.«

»Gott wird Euch sicher entlohnen und bestimmt auch Agnes von Böhmen. Sie kann sehr dankbar und großzügig sein.«

»Das glaube ich. Aber ich meine eine andere Belohnung. Ich möchte sie von Euch, und zwar hier, auf dem Schiff ... Im Grunde geht es nicht wirklich um eine Belohnung, ich wäre nur froh, wenn Ihr mir als Ritter einen bestimmten Dienst erweisen könntet«, stammelte sie verlegen, wobei sie rot wurde und allerliebst verwirrt aussah. Sie fasste hastig nach seiner Hand und erklärte, dass sie Michael Kekule von Stradonitz unendlich liebe und seine Frau zu werden hoffe. Daher würde sie niemals etwas tun, was ihm missfallen könnte. Sie glaube von ganzem Herzen, dass sie nur mit einer reinen, von Sünde unbefleckten Seele in der Ehe glücklich werden könne.

Der Knappe hörte ihr beunruhigt zu. Er kannte die Frauen und wusste, dass derartige Versicherungen gewöhnlich sein Leben komplizierter machten.

»Aber es gibt da ein Problem«, fuhr sie fort und wurde immer verlegener. Offenbar hatte sie sich jedoch dazu durchgerungen, sich ihm anzuvertrauen. »Schon zwei Male sind wir beieinandergelegen ... nun, damit Ihr versteht ... ich meine, in der Schlafstatt ... und wir wollten ...«

»Ich weiß, was Ihr damit meint. Schließlich habt Ihr mich selbst auf meinen schlechten Ruf aufmerksam gemacht. Verzeiht mir also bitte meine Dreistigkeit ... Wollt Ihr andeuten, dass Ihr bereits Mann und Frau geworden seid? In diesem Falle habe ich Euch zu beglückwünschen!«

»Ach, wenn es doch nur so wäre!«, seufzte sie und schlug verschämt die Augen nieder. »Wisst Ihr, weder er noch ich sind von unseren Eltern in derlei Dingen unterwiesen worden. Ich wollte ihm so gerne meine Liebe schenken, aber es ging nicht ... Kurzum, wir sind dessen nicht fähig«, sagte sie hastig, und Tränen traten in ihre Augen. Sie strich schüchtern über Ottos Handrücken, holte entschlossen Luft und fuhr fort: »Ich bat Michael, in ein Freudenhaus zu gehen, um sich dort unterrichten zu lassen. Da wurde er furchtbar wütend und meinte, er würde mich niemals so demütigen. Das hat mich natürlich sehr gefreut, doch das Ergebnis ist, dass er sich im Bett immer noch keinen Rat weiß. Und ich selbst weiß ihm nicht zu helfen, da ich mich darin überhaupt nicht auskenne! Ich dachte, wenn ich nur genau wüsste, wie man es anfängt, dann würde es sicher gelingen. Und dies ist nun der Gefallen, den ich von Euch erbitte. Ihr wisst in Liebesangelegenheiten doch Bescheid. Ich will, dass Ihr es mir beibringt.«

»Reicht es, wenn ich Euch davon erzähle, oder wollt Ihr es selbst ausprobieren?«, fragte er mit unverhohlener Ironie. So etwas war ihm noch nie vorgekommen, und er musste sich eingestehen, dass ihre Anfrage ihn etwas kränkte.

»Habe ich Euch verärgert?«, fragte sie bekümmert. »Ich dachte mir schon, dass Ihr uns nicht helfen wollt. Wisst Ihr, eigentlich wollte ich Euch schon auf Burg Landstein darauf ansprechen. Doch dann war ständig Zdena Berken von Bürgstein um Euch herum. Nun, Gott hat sie bestraft … Und ich wollte mich auch nicht aufdrängen, das begreift Ihr doch wohl?«

Otto nickte. »Natürlich.« Im Grunde konnte er ihr nicht wirklich böse sein. Er hatte ja selbst zu seinem Herrn gesagt, Katharina von Gutstein sei eine arglose Natur, und das hier war nur der Beweis dafür. Offenkundig kannte sie sich nicht nur im Bett nicht aus, sie wusste auch nichts von der Raffinesse des gegenseitigen Umwerbens. Was sollte man ihr also vorwerfen? Sie wollte ihn ja bestimmt nicht erniedrigen, sondern hatte einfach nur Vertrauen zu ihm gefasst. Und sicher hatte es sie all ihren Mut gekostet, sich ihm zu offenbaren.

»Vergesst, was ich gesagt habe«, flüsterte sie und wich ein wenig zurück. »Ich habe Euch bestimmt gekränkt. Oder gefalle ich Euch nicht?«

»Was wollt Ihr von mir hören? Die Liebe lernt man nicht einfach so wie Reiten oder Turnierregeln. Dafür muss man entflammt sein, Euer Leib muss lodern, und so etwas könnt Ihr nur schwerlich lernen und gleichzeitig dabei Jungfrau bleiben. Selbst wenn ich Euch unterrichten wollte – ich kann Euch doch nicht nehmen, was Ihr für Euren Verlobten aufbewahrt. Und ich möchte Michael Kekule von Stradonitz auch nicht verraten, denn er ist mein Freund.«

»Es wäre kein Verrat«, entgegnete sie schnell. »Ich würde mich damit abfinden, dass ich mit Euch meine Jungfräulichkeit verlöre. Aber wenn ich das nicht für Michael tue, werden wir beide nur unglücklich sein. Am Ende würden wir deswegen vielleicht nicht einmal heiraten. Und er … er wird es nicht bemerken. Wenn Ihr mir aber alles beibringt, werde ich es ihm meinerseits zeigen, und wir werden zusammen glücklich sein.«

»Gebt Ihr mir noch Bedenkzeit?«, fragte Otto. Ihre Bitte hatte ihn völlig überrumpelt. Er musste sich die Sache gut überlegen. Vielleicht war sie doch nicht so unsinnig, wie es im ersten Augenblick den Anschein gehabt hatte. Am Ende konnte er den beiden tatsächlich helfen …

»Natürlich«, antwortete sie schnell. »Und bitte seid mir nicht böse!«

XXII. Kapitel

Das Schiff unter der Flagge des französischen Königs kam recht schnell voran, denn es fuhr stromabwärts und wurde von zwei Dutzend Rudern angetrieben. Guido von Lusignan hatte das Kommando übernommen. Er erklärte, sie würden über Mittag keinen Halt einlegen, um die günstige Wetterlage auszunutzen. Es war zwar kalt und leicht windig, aber der Himmel war weitgehend klar und die Wasserfläche ruhig. Kleine Wellen plätscherten leise gegen die Flanken des Schiffs, und hinter dem Heck sah man feine weiße Schaumwirbel sprudeln. In den Weidenkörben an Bord befanden sich genügend Vorräte, und so wurde in der großen Kajüte im Unterdeck ein kaltes Mittagessen aus Fladen, Fleisch, Käse und eingelegtem Gemüse gereicht.

Otto verließ seinen Platz auf dem Achterdeck nicht, sondern blieb neben der Tür der Kajüte sitzen, in der sich die vermeintliche Agnes von Böhmen befand. Lucia kam mit zwei gefüllten Speiseschüsseln zu ihm aufs Deck. Sie setzte sich neben ihm auf die schmutzigen Planken und begann ihm mit leiser Stimme zu erzählen, dass sie sich einen großartigen Plan ausgedacht hätte, um den Mörder zu enttarnen. Als sie Ottos skeptischen Blick bemerkte, sagte sie streng: »Vergiss nicht, dass unser erhabener König Ottokar die Ermittlungen deinem Herrn und mir anvertraut hat. Und da Ulrich von Kulm nun fort ist, vertrete ausschließlich ich die Interessen unseres Herrschers. Daraus folgt, dass du mir zu gehorchen hast.«

»Eine gewagte Theorie«, antwortete Otto amüsiert und zuckte mit den Achseln. Es war sehr hübsch, wenn Lucia versuchte, sich so wichtigzumachen. Er ertappte sich dabei, wie er sie im Stillen mit Katharina von Gutstein verglich, und stellte dabei fest, dass der Vergleich zugunsten des Mädchens ausfiel, das in der Kutte der Äbtissin hinter der Kajütentür saß. Und er dachte daran, dass er ihr womöglich dabei zusehen würde, wie sie diese Kutte auszog – eine Vorstellung, die ihm immer angenehmer wurde. Allmählich fühlte er sich schon wie ein Fisch auf dem Trockenen. Ihre Reise dauerte nun schon die vierte Woche, und er hatte so tugendhaft gelebt wie ein Mönch ...

Er hatte nicht zugehört, was Lucia zu ihm gesagt hatte. Erst ein Knuff von ihr riss ihn aus seinen Tagträumen. Ungehalten fragte sie: »An was denkst du bloß?«

»Das würdest du mir sowieso nicht glauben«, antwortete er vergnügt. »Doch lass uns zunächst etwas klarstellen: Bevor Herr Ulrich von Kulm uns verließ, hat er sein Amt ausdrücklich mir anvertraut. Ich habe alle Vollmachten von ihm erhalten. Daraus folgt, dass immer noch ich die Ermittlungen führe. Und nun erzähle mir, was du dir ausgedacht hast.«

Lucia zog eine Grimasse. »Du hast Glück, dass ich so vernünftig war und den Heiratsantrag deines Herrn abgelehnt habe.« Otto wusste, dass das so nicht stimmte, und als sie seinen belustigten Gesichtsausdruck bemerkte, fügte sie rasch hinzu: »Ich hätte ihn niemals ertragen, so sehr ging er mir auf die Nerven. Da wusste ich allerdings noch nicht, was für einen abscheulichen Knappen er hat. Tja, wie man zu sagen pflegt, der Apfel fällt nicht weit vom Stamm.«

»Das sind mir weise Worte. Aber zum letzten Mal, edle Jungfer Lucia, worum geht es eigentlich?«

»Nun, ich dachte, wir könnten dem Mörder vielleicht eine Falle stellen«, erklärte sie mit stolzer Miene. »Nach dem tragischen Verwechslungsfall in Besançon wird der Täter jetzt umso dringlicher versuchen, uns aufzuhalten, denn die Zeit rennt ihm davon. Er hat jetzt im Grunde nur noch eine Möglichkeit, wie er Agnes von Böhmen töten könnte, und zwar wieder mithilfe von Gift. Ich habe gesehen, dass du die Lebensmittel, die du auf dem Markt besorgt hast, zu ihr hineingebracht hast, und das ist umsichtig und gut von dir. Wir sollten jedoch dem Mörder die Gelegenheit geben, an so einen Korb heranzukommen, um ihn nämlich genau in dem Moment zu ertappen, in dem er die Speisen vergiften will.«

Otto nickte. »Das wäre zwar eine sehr schlichte Falle, aber warum nicht? Mit der Zeit könnte es gelingen. Allerdings heißt das, dass wir den Korb die ganze Zeit unauffällig im Auge behalten müssen, was nicht einfach sein wird. Es ist auch überhaupt nicht gesagt, dass er darauf hereinfällt. Vielleicht will er lieber abwarten, bis wir Montpellier erreichen. Einen Mord auf dem Schiff zu verüben ist sehr riskant für ihn. Ich glaube tatsächlich eher, er wird warten, bis wir an Land gehen, und es erst dann wieder versuchen.«

»Er wird nicht warten. Ich zwinge ihn nämlich dazu, es schon morgen zu versuchen.«

»Wie das?«

»Das werde ich dir gleich sagen. Aber zunächst möchte ich klarstellen, wer auf dem Schiff die Ermittlungen leitet, solange dein Herr nicht da ist. Ich oder du?«

»Das ist nicht anständig – du erpresst mich! Was für ein Glück, dass du meinen Herrn abgewiesen hast, denn so eine Herrin könnte ich nicht ertragen; eher würde ich in andere Dienste treten.«

»Man würde dich nirgendwo wollen«, sagte sie höhnisch. »Also, wirst du auf mich hören?« Und als er mit gespielter Resignation nickte, fuhr sie fort: »Ich habe unauffällig ein Gerücht in Umlauf gesetzt: Äbtissin Agnes habe mir anvertraut, sie glaube, den Mann gesehen zu haben, der das Gift in den Weinbecher tat. Jetzt befinde sie sich in Zwiesprache mit Gott, um zu einem Entschluss zu kommen, und morgen Abend wolle sie ihre Klausur in der Kajüte verlassen, um die Sache selbst in die Hand zu nehmen. Das ist schlau, nicht wahr? Der Mörder wird jetzt schon ganz verzweifelt sein. Er muss sich also beeilen. Und wir erwischen ihn!«

Otto antwortete nicht. Was Lucia sich da ausgedacht hatte, machte den ganzen Geheimplan zunichte, vor allem aber war es höchst bedrohlich für Agnes von Böhmen. Würde nämlich schon so viel früher, bevor sie die Küste erreichte, das Geheimnis enthüllt, dass sich die Äbtissin in Wahrheit gar nicht auf dem Schiff befand, dann schwebte sie in Lebensgefahr. Otto glaubte auch, dass nicht nur der unbekannte Mörder gefährlich für sie war, sondern ebenso die Templer und der Papst eine gewisse Bedrohung darstellten – und offenbar auch der französische König, zumindest nach der Wichtigkeit zu urteilen, mit der die Besatzung des königlichen Schiffs hier auftrat. Sollte Katharinas Tarnung zu früh aufgedeckt werden, könnte im Grunde jeder von ihnen Agnes verfolgen und vermutlich auch einholen, bevor sie Compostela erreicht hatte. Sie benötigte genügend Zeit – und die drohte ihr wegen Lucias Übereifer nun verloren zu gehen. Otto wollte zwar den Mörder unbedingt enttarnen und bestrafen – doch nicht um diesen Preis.

»Was ist?«, fragte Lucia. Sie hatte erwartet, dass er vielleicht scherzhaft oder skeptisch reagieren würde, aber sein Schweigen beunruhigte sie. »Habe ich etwas Falsches getan?«

Er seufzte. »Schlimmeres hättest du wahrhaftig nicht anrichten können«, sagte er. »Jetzt müssen wir überlegen, wie wir da wieder herauskommen. Ich mache keine Späße – und du wirst mir gehorchen, oder ich versohle dir den Hintern, hast du verstanden?«

Er wirkte dabei so ernst, dass sie ihm ganz gegen ihre Gewohnheit nicht widersprach. Ihre Neugierde war nun größer als ihr Trotz, und so flüsterte sie mit dem Gesichtsausdruck eines schuldbewussten kleinen Mädchens: »Also gut, ich erlaube dir, dass du die Ermittlungen führst. Aber sage mir nur, was los ist.«

Auch jetzt gab er ihr keine Antwort, ja, er schien sie gar nicht wahrzunehmen. Eine Weile wartete sie noch ab, dann wurde sie von einer großen Wut darüber erfasst, dass sie sich so erniedrigt hatte und er sie behandelte wie die letzte Straßendirne. Sie sprang auf, um davonzumarschieren, und warf ihm noch einen letzten kalten Blick zu. Dabei fiel ihr seine Miene auf: Darin lag Angst. Erst jetzt machte sie sich bewusst, wie ernst die Sache wirklich war.

Also setzte sie sich wieder neben ihn und fragte mit flehender Stimme: »Otto, was ist geschehen?«

»Hast du je versucht, ein wildes Eichhörnchen einzufangen? Etwa so verhältst du dich.«

»Na, erlaube mal! Ich will eben die Wahrheit aufdecken!«

»Hör zu – wenn wir dieses Gerücht, das du verbreitet hast, nicht unverzüglich wieder aus der Welt bringen, wird es eine Katastrophe geben. Ich erkläre es dir später, jetzt haben wir nicht die Zeit dafür. Du hast Agnes von Böhmen in größte Gefahr gebracht! Lass mich jetzt einen Augenblick überlegen.«

Lucia nickte stumm, aber ganz überzeugt war sie nicht. Etwas musste an der Aufregung dran sein, aber Otto übertrieb sicherlich die Gefahr, um sich wichtigzumachen. Sie nahm sich vor, dass sie am Abend oder in der Nacht heimlich versuchen würde, selbst zu Agnes von Böhmen hineinzugelangen, um ihre persönliche Meinung darüber einzuholen, ob ihre Idee wirklich so töricht war, wie Otto behauptete.

»Pass auf: Du wirst jetzt verbreiten, du hättest da etwas durcheinandergebracht und seist gar nicht sicher, dass Äbtissin Agnes das wirklich so gemeint habe«, begann der Knappe leise, als fürchtete er, jemand könnte sie hören, obwohl sie außer den Ruderern alleine hier draußen waren. Die anderen waren immer noch im Unterdeck beim Essen.

Lucia bemühte sich weiter, etwas mehr aus Otto herauszubekommen. Argwöhnisch fragte sie, ob er etwa Sorge habe, die Äbtissin nicht vor einem mörderischen Angriff schützen zu können, und sie bot ihm an, sie könne ihm dabei helfen, den Korb zu überwachen. Ottos wütende Miene ließ sie jedoch verstummen, und ihr blieb nichts anderes übrig, als ihm zu versprechen, dass sie versuchen würde, die anderen von ihrem Irrtum zu überzeugen.

Als sie zurück zum Unterdeck ging, machte sie sich verblüfft bewusst, dass sie ihm gehorcht hatte – so etwas passierte ihr sonst nur sehr selten. Bevor sie die Stufen hinabstieg, drehte sie sich noch einmal verstohlen nach dem Knappen um, der immer noch hinten auf dem Achterdeck saß. Sie fand seinen Herrn zwar anziehender, musste sich jedoch eingestehen, dass ihr wohl zum ersten Mal im Zusammenhang mit Otto unzüchtige Gedanken in den Sinn kamen. Sie schüttelte den Kopf, sodass ihr die blonden Strähnen um die Wangen flogen. So lang waren ihre Haare auf dieser Reise schon gewachsen …

Am Himmel zogen sich graue Wolken zusammen, es begann leicht zu regnen, und winzige Tropfen fielen auf die Oberfläche des Doubs. Otto hatte seinen Mantel um sich geschlagen, lehnte sitzend an der Kajütentür im Achterdeck und döste vor sich hin. Als er ein Knarren der Planken wahrnahm, öffnete er die Augen. Einen Schritt vor ihm stand Guido von Lusignan. Otto legte die Hand auf seinen Schwertgriff und stand auf.

»Ich mache mir Sorgen um die ehrwürdige Agnes von Böhmen«, begann der Gesandte des französischen Königs. »Es geht die Rede, sie kenne womöglich den Namen des infamen Mörders. Es hat mich ein wenig überrascht, dieses Gerücht in Eurer Pilgerschaft kursieren zu hören, denn sollte es der Wahrheit entsprechen, wäre es sehr unbedacht von ihr, dies offen bekannt zu geben. Schließlich bringt sie sich dadurch selbst in Gefahr.«

»Die ehrwürdige Agnes von Böhmen hat nie dergleichen geäußert. Sie spricht zurzeit lediglich mit mir, und so müsste ich es wissen«, widersprach Otto ihm nachdrücklich.

»Das ändert nichts an der Tatsache, dass sie nun in größerer Gefahr schwebt als zuvor. Sicher hatte sie ihre Gründe, als sie beschloss, dass Ihr sie bewachen sollt. Aber Ihr seid allein, und das ist zu unsicher. Deshalb habe ich beschlossen, Euch ein oder zwei Mannen aus meinem Gefolge zur Verfügung zu stellen.«

»Ich lege keinen Wert darauf. Ich kann ja auf unsere eigenen Söldner zurückgreifen.«

»Tut das von mir aus. Meine Männer werden sich jedoch von nun an nicht mehr von hier wegbewegen«, sagte Guido von Lusignan und winkte zwei Kriegern, auf deren Lanzen winzige Flaggen mit goldenen Lilien zu sehen waren. »Ich sehe Empörung in Eurem Gesicht ... Wie schade, dass Ihr mich in Prag nicht verstanden habt. Wir hätten ein freundschaftliches Gespräch miteinander führen können, und Ihr hättet begriffen, wie sehr meinem König daran gelegen ist, dass die ehrwürdige Agnes von Böhmen gesund und sicher Compostela erreicht. Wir sitzen im gleichen Boot – und dies nicht nur buchstäblich. Auch ich bürge nämlich mit meinem Kopf für ihr Leben, so wie Euer Herr. Und deshalb handele ich, wie ich es für richtig erachte. Wer immer das Gerücht aufgebracht hat, die Äbtissin würde den Mörder kennen – es war entweder böser Wille oder schlichte Dummheit.«

Er neigte seinen Kopf zum Zeichen des Grußes, dann drehte er sich um und ging mit energischen Schritten in Richtung Bug davon. Die beiden französischen Söldner setzten sich etwa drei Schritt entfernt von Otto auf den Boden. Sie lehnten sich an die

Tür der gegenüberliegenden Kajüte und streckten bequem die Beine aus. Ihre Lanzen hatten sie an die Reling gelehnt.

»Was wollte er hier?«, fragte Jost von Landstein, der unvermittelt aufgetaucht war. Offenbar hatte er von den Stufen des Unterdecks aus ihre Unterhaltung mitverfolgt, auch wenn er sie kaum gehört haben konnte. »Lucia bat mich, dir beim Wachehalten zu helfen. Sie sagte, der Äbtissin drohe besondere Gefahr.«

Bevor Otto etwas darauf erwidern konnte, kam plötzlich auch der Minorit Gregor herbeigeeilt. Er setzte sich auf den Boden, bekreuzigte sich und erklärte leise, niemand werde ihn daran hindern können, hier, in nächster Nähe der älteren Schwester, auszuharren. Auch Přech von Michalowitz kam und brachte einen Bewaffneten des böhmischen Trupps mit.

»So wird die ehrwürdige Agnes von Böhmen ganz bestimmt sicher sein«, sagte Otto zu Jost von Landstein, während ihm gleichzeitig durch den Kopf ging, dass so freilich auch Katharina von Gutsteins Jungfräulichkeit gesichert würde, denn er ging davon aus, dass die Männer auch über Nacht hier Wache halten wollten.

»Ich bete, dass es so sein möge«, sagte Jost von Landstein und flüsterte Otto noch zu: »Hoffentlich gibt die ehrwürdige Äbtissin morgen tatsächlich den Namen des Mörders bekannt.«

»Aber sie kennt seinen Namen doch gar nicht!«, antwortete Otto ungehalten, und zwar so laut, dass alle es hören konnten.

»Gewiss, gewiss«, antwortete Jost mit verschwörerischem Augenzwinkern. »Wenn du erlaubst, werde ich hier zusammen mit dir wachen. Es gibt ja sowieso nichts zu tun.«

Gegen Abend schöpfte Otto einen großen Krug Wasser aus dem Fluss und brachte ihn in die Kajüte. Katharina von Gutstein saß im Ordenshabit und mit der Kapuze über dem Kopf auf der Bettstatt und ließ gelangweilt ihre nackten Füße baumeln. Otto schloss schnell die Tür und schob von innen sorgfältig den Riegel vor. Einen Großteil des Wassers goss er in einen Kübel, der mit einem Seil an der Wand befestigt war, damit er nicht umkippte. Den Rest goss er in einen Becher und reichte ihn der jungen Frau, die gierig daraus trank. Dann setzte er sich neben sie.

Katharina wandte sich ihm zu und gab ihm etwas unbeholfen einen Kuss auf die Backe. Mit geröteten Wangen fragte sie: »Was ist denn da draußen los?«

»Ich fürchte, zumindest heute Nacht wird es nichts werden mit unserer Lehrstunde«, antwortete er ebenso leise. »Nicht weil ich es nicht möchte. Ich habe beschlossen, Euch zu helfen. Ich werde es für meinen Freund tun – Euch zeigen, wie Mann und Frau einander lieben. Aber nicht heute. Auf dem Schiff geht nämlich das Gerücht, dass Äbtissin Agnes die Identität des Mörders kenne, und jetzt wird diese Kajüte hier wohl von jedem bewacht, der Beinkleider trägt und ein Schwert besitzt. Unter diesen Bedingungen kommt es nicht in Betracht, dass wir heute Nacht beieinanderliegen.«

»Aber warum nicht? Was wäre so merkwürdig daran, wenn Ihr der Äbtissin Gesellschaft leistet? Ihr müsst ja nicht die ganze Nacht über bleiben. Vielleicht genügt es schon bis Mitternacht ... Ich lerne schnell.«

»Meine Liebe, diese Kajüte hat hölzerne Wände. Und unser Lerngegenstand vollzieht sich gewöhnlich nicht ganz in der Stille ... Es geht einfach nicht!«

»Wie schade«, sagte sie und ließ den Kopf hängen. »Aber es soll wohl einfach nicht sein. Ich bitte Euch, bleibt wenigstens noch ein Weilchen bei mir! Was soll ich nur mit der ganzen Zeit anfangen? Ich bin eingeschlossen wie in einem Gefängnis. Wisst Ihr was? Ihr könnt mir ja wenigstens davon erzählen! Wie ist das, wenn man eine Frau liebt, Herr von Zastrizl?«

»Ich werde es dir erklären. Aber nenne mich ruhig Otto«, sagte er schon etwas vertraulicher. Er spürte, wie Katharina ihren Kopf auf seine Schulter legte, etwas scheu und steif. »Ich werde allerdings nicht beschreiben, was auf der Schlafstatt vor sich geht – das werden wir hoffentlich demnächst zusammen ausprobieren, und ich freue mich darauf, glaube mir! Heute werde ich nur von der Liebe sprechen. Denn weißt du, wenn sich zwei Menschen gernhaben, ergibt sich alles Weitere fast von selbst. Kennst du die Legende von König Artus?«

»Nicht wirklich«, antwortete sie ein wenig enttäuscht. »Rittergeschichten interessieren mich nicht allzu sehr.«

»Aber diese hier sollte dich interessieren. Artus' Frau Ginevra wird nämlich von seinem besten Freund, dem Ritter Lancelot, verführt. Diese Ginevra befand sich in einer ähnlichen Lage wie du. Sie liebte ihren Artus, sehnte sich aber gleichzeitig nach der Umarmung von Lancelot«, erklärte der Knappe mit leiser Stimme. Er legte seinen Arm um ihre Schulter und begann zu erzählen. Draußen vor dem kleinen Fenster rauschte der Regen, der stärker geworden war, und die Dämmerung sank schnell herab.

XXIII. Kapitel

Später am Abend legte das Schiff in Dole an, nicht weit von dem Kanal, der die Flüsse Doubs und Saône miteinander verband. Die Anlegestelle war ein gutbesuchter Ort – trotz der fortgeschrittenen Jahreszeit ankerten hier eine Reihe von dickbauchigen Handelsschiffen. Und so waren die Schlafplätze in der Herberge nahezu alle belegt, weshalb die beiden böhmischen Mädchen zusammen mit den anderen Pilgern im großen Schlafsaal nächtigen mussten.

Auf dem Schiff blieben außer Otto, der sich in der Kajüte der falschen Agnes von Böhmen befand, nur Bruder Gregor sowie die wenigen französischen und böhmischen Söldner zurück, die auf dem Achterdeck verteilt vor der Reling saßen und sich in ihre dicken Mäntel gehüllt hatten. Mit dem Dunkelwerden war ein stärkerer Wind aufgezogen, und der Regen ging langsam in Schnee über.

Katharina von Gutstein wollte Otto nicht gehen lassen. Sie hatte den Kopf auf seinen Schoß gelegt und lauschte ihm andächtig. Zwar hatte sie schon von der Legende gehört, doch jede Geschichte ließ sich so oder so erzählen. Von zu Hause kannte sie die entsprechenden Lieder – über die Ritter der Tafelrunde, über den heiligen Gral, vom Mut des König Artus und von Merlin –, aber nie hatte sie etwas von Ginevras Untreue gehört. Ginevras Liebe zu Lancelot war rein, zumindest nach Ottos Ansicht. Während er erzählte, strich er ihr hin und wieder über das Haar, und gelegentlich nahm er sich auch etwas mehr heraus, wie nebenbei, als geschähe es ganz unwillkürlich. Auch Michael pflegte Katharina verstohlen zu streicheln, aber nie war es so zart und süß. Sie hatte die Augen halb geschlossen und träumte vor sich hin. Sie stellte sich vor, die Hand gehöre ihrem Verlobten.

»So, für heute ist es genug, Katharina«, sagte Otto resolut, schob sanft ihren Kopf weg und stand auf. »Falls du Hunger bekommst, so sind in dem Korb Fladen, Käse und ein paar Früchte. Auch eine Flasche Wein ist dabei. Ich nehme mir ein bisschen Essen mit nach draußen, damit ich nicht verhungere, schließlich muss ich auf dem Schiff bleiben. Aber für dich wird genug übrig sein, iss ruhig alles auf, morgen besorge ich neue Lebensmittel. Und schlaf gut, ich werde an deiner Tür wachen. Sobald ich draußen bin, schieb hier drinnen den Riegel vor.«

»Könntest du nicht doch noch ein bisschen bleiben?«

Er schüttelte den Kopf, umfing sie mit den Armen und gab ihr einen langen Kuss, der diesmal sehr innig ausfiel. Dann nahm er sich ein paar Fladen aus dem Korb und huschte schnell hinaus. Von der Herberge am Ufer drangen Gesang und Geschrei bis an Deck, und irgendwo in der Ferne hörte man eine Kirchenglocke durch die Dunkelheit tönen. Otto wartete ab, bis er von innen das Geräusch des Riegels hörte, dann ließ er sich auf dem Boden nieder und lehnte sich mit dem Rücken an die Tür. Es war so kalt geworden, dass er sich fest in seinen Mantel hüllte. Träge machte er sich ans Essen.

Als er gerade fertig gekaut hatte, tauchte Lucia auf, um ihm eine Schale mit Hirsebrei zu bringen. Der Brei war noch heiß und mit gebratenen Speckstücken gespickt. Otto spürte, wie ihm das Wasser im Munde zusammenlief. Das hier war etwas anderes als trockener Fladen. Lucia berichtete ihm leise, sie hätte sich vor den anderen zur Närrin gemacht und die Gruppe davon überzeugt, dass nichts an dem Gerücht gewesen sei. »Ich hoffe, eines Tages werde ich dafür belohnt. Außerdem hoffe ich, dass du mir irgendwann endlich die ganze Aufregung erklärst«, fügte sie verdrießlich hinzu. Dann kehrte sie wieder zu dem schmalen Steg zurück, der das Schiffsdeck mit der hölzernen Mole verband, und Otto sah mit Wohlgefallen ihrer schlanken Gestalt hinterher.

Während er seinen Holzlöffel in den Brei tauchte, überlegte er, wie die Nacht wohl verlaufen würde. Trotz Lucias Beteuerungen glaubte er nicht, dass ihre Richtigstellung den Täter von einem weiteren Mordversuch abhalten würde. Sein Herr pflegte zu sagen, ein Mörder fürchte sich in der Regel mehr als sein potenzielles Opfer – je länger man ihm auf der Spur sei, desto mehr gerate er in Panik. Selbst wenn man noch keinerlei Beweise gegen ihn zur Hand habe, würde der Täter mit der Zeit sogar vor dem eigenen Schatten erschrecken. »Das Gewissen, lieber Otto, ist ein fürchterlich Ding«, hatte Ulrich von Kulm einmal gesagt, als sie bei einem Becher Wein zusammensaßen und über Gerechtigkeit philosophierten. »Ich glaube sogar, wenn man einen Verbrecher zusammen mit seinem Gewissen einschlösse, wäre es eine größere Strafe für ihn, als wenn man ihm den Kopf abschlüge.« Otto ging im Kopf alle Mitglieder ihrer vornehmen Pilgerschaft durch und versuchte, sich jeden von ihnen als Verbrecher vorzustellen. Kurioserweise fiel ihm das bei fast allen nicht schwer.

Ein leises Gemurmel ließ ihn aufblicken. Der Minorit Gregor kniete an der Reling, schlug sich mit den Fäusten auf die Brust und sprach inbrünstig Gebete, als würde die Welt um ihn herum nicht existieren. Das Letzte, was dem Knappen durch den Kopf ging, bevor er einschlief, war der Gedanke, dass wohl so oder ähnlich der Mörder von seinem Gewissen gequält wurde.

Otto träumte von Katharina. Sie lag auf ihrer Bettstatt, aber als er sich zu ihr legen wollte, stellte er fest, dass der Platz neben ihr schon besetzt war. Zunächst glaubte er, sie liege neben ihrem Verlobten, doch dann erkannte er voller Empörung, dass sie Ritter Lancelot umarmte. Otto bekam eine schreckliche Wut auf alle Ritter der Tafelrunde, doch bevor er einen Entschluss fassen konnte, weckte ihn Geschrei. Noch mit geschlossenen

Augen griff er nach seinem Schwert, das er neben sich bereitliegen hatte, und sprang auf. Der Lärm drang vom Ufer her. Der Nachthimmel über der Herberge wurde von einem unheimlichen hellroten Schein erleuchtet. Aus dem Dach der Scheune und der danebenliegenden Remise schlugen lodernde Flammen. Menschen kamen mit Eimern aus der Herberge gelaufen, schöpften Wasser im Fluss, eilten zurück zum Hof und versuchten, gemeinsam mit den anderen das Feuer zu löschen. Die Krieger, die auf dem Schiffsdeck geschlafen hatten, sprangen auf und rannten zum Steg. Einer der französischen Mannen schrie Otto und Bruder Gregor zu, sie sollten schnell kommen und löschen helfen.

»Ich bleibe hier«, verkündete der Minorit würdevoll.

»Kennst du das Gesetz nicht, du Tor? Wer einen Brand sieht und nicht beim Löschen hilft, wird hingerichtet!«, belehrte ihn ein Söldner im Laufen. Bruder Gregor bekreuzigte sich, faltete die Hände und begann zu beten. Es war deutlich, dass er nicht die Absicht hatte, das Schiff zu verlassen. Dafür rief Otto den Männern zu, er komme selbstverständlich mit ihnen. Das Feuer hatte mittlerweile beide Gebäude erfasst, und ihre Strohdächer fielen langsam in sich zusammen. Jetzt griffen die Flammen auf den benachbarten Stall über. Die Wirtin und das Gesinde führten eilends das Vieh nach draußen, das in panischer Angst brüllte, meckerte, wieherte und austrat. Überall in der Dunkelheit wimmelte es von menschlichen Gestalten, man hörte erschrockene Schreie und dazu das Warnläuten der Kirchenglocke. Otto hatte seinen Platz vor der Kajüte verlassen und war die Stufen zum Unterdeck hinuntergelaufen, als wollte er sich ebenfalls den Löscharbeiten anschließen. Als er sich jedoch vergewissert hatte, dass der Minorit ihm nicht nachblickte, versteckte er sich schnell hinter einem herabgelassenen Segel, das hinter dem Mast lag.

Eine Weile geschah nichts. Dann tauchte auf der Mole eine Gestalt auf, die sich schnell auf das Schiff zubewegte. Im Gegenlicht des Feuerscheins konnte Otto nicht viel erkennen. Erst als die Gestalt über den Steg an Bord lief, besah er sich den Mann genauer. Er war groß, und seine schmalen Schultern steckten unter einem grauen Umhang, auf dem das Templerkreuz zu sehen war. Auf dem Kopf trug er einen Ritterhelm und noch darüber eine Kapuze. Die eine Hand hatte er unter seinem Umhang verborgen, mit der anderen hielt er den Stoff des Umhangs vor dem Hals zusammen. Sein Gesicht war nicht zu erkennen.

Der Mann im Templerumhang rannte die steile Treppe zum Achterdeck hinauf. Bruder Gregor unterbrach augenblicklich sein Gebet, zog von irgendwo einen Dolch hervor und trat dem Mann in den Weg. Dann ließ er die Waffe erleichtert sinken, und Otto hörte ihn fragen, wie es mit dem Brand stehe. Was der Mann im Templerumhang antwortete, konnte Otto nicht hören, und so wartete er ab, was weiter geschehen würde, den Griff seines Schwertes fest umklammert. Ganz offenkundig kannten sich die beiden Männer. Aber Otto war sich nicht sicher, ob der Mann mit dem Templerkreuz wirklich Peter von Rosenberg war.

Der Mann deutete vage in Richtung Heck, und der Minorit wandte sich kurz um. Darauf ging alles sehr schnell. Der Mann mit dem Helm zog seine Hand hervor, die er bislang unter dem Umhang verborgen hatte, und schwang eine Axt hoch, die er unbarmherzig auf den Minoriten niedersausen ließ. Ohne viel Federlesens hieb er ein weiteres Mal auf den am Boden Liegenden ein, dann sprang er zu der Kajüte, in der sich die vermeintliche Agnes von Böhmen befand, und drückte gegen die Tür. Als er feststellte, dass sie von innen verriegelt war, schlug er mit der anderen Seite der Axt gegen das Holz direkt über dem Schloss. Der Riegel begann zu splittern, doch dem ersten Schlag hielt er stand.

Otto stürmte aus seinem Versteck und rannte mit dem Schwert in der Hand die Stufen empor. Der Mann in der Templertracht verpasste der Tür gerade den nächsten Schlag. Ein dumpfes Krachen erklang, und die Tür sprang auf. Der Angreifer stürzte hinein, Otto war zwei Schritte hinter ihm, konnte jedoch nicht verhindern, dass der Mann die Schlafstelle erreichte und mit aller Kraft seine Axt in den daraufliegenden Deckenberg schmetterte. Erst da schlug Otto zu, doch der Mann wich ihm behände aus – die scharfe Klinge hatte ihn nur an der Schulter geritzt. In der Kajüte herrschte völlige Dunkelheit, nur flüchtig flackerte ein Widerschein des Feuers vom Ufer durch den Raum, aber das Gesicht unter dem Helm blieb unerkennbar.

Der Mann in der Templertracht warf die Axt weg und zog ebenfalls das Schwert. Otto griff ihn wieder an, aber sein Gegner konnte den Vorstoß geschickt parieren – ganz offensichtlich war er im Kampf gut geschult. Der Knappe ließ seinen Blick hastig durch die dunkle Kajüte schweifen. Er konnte Katharina von Gutstein nirgendwo entdecken. Auf dem Bett, auf das der Mörder eingeschlagen hatte, befand sie sich jedenfalls nicht – dort lagen nur zerknüllte Decken.

Wieder trafen ihre Klingen aufeinander. In der Kajüte gab es zu wenig Platz für einen Schwertkampf, und Otto musste aufpassen, dass er nicht über irgendetwas stolperte. Er zweifelte nicht daran, dass er siegen würde, da er von beiden der Stärkere war. Auf einmal schrie sein Gegenüber schmerzerfüllt auf, taumelte und ließ sein Schwert fallen. Im nächsten Moment sprang Otto auf ihn zu und setzte ihm die Schwertspitze an den Hals. Erst da wurde er gewahr, was geschehen war. Katharina von Gutstein hatte sich rechtzeitig unter der Bettstatt verstecken können. Während des Kampfes war sie ein Stück hervorgekrochen und hatte dem Angreifer in die Wade gebissen. Der Mann in der Templertracht hatte noch versucht, Katharina einen Tritt zu verpassen, dabei aber das Gleichgewicht verloren und war gestrauchelt. Erst jetzt erkannte er, dass die Frau in der Kajüte nicht Agnes von Böhmen war. Er schrie etwas auf Latein, dann legte er sich die Hände auf die Brust, um zu signalisieren, dass er sich ergab.

Während Katharina mit einem Flintstein rasch eine Kerze anzündete, fesselte Otto dem Mann in der Templertracht die Hände, dann riss er ihm die Kapuze und den Helm vom Kopf. Er blickte in das Gesicht des Vyšehrader Bibliothekars Emmeran von Greifsfeld. Sein hageres Gesicht war zu einer grausamen Fratze verzogen, und die wie im Wahn funkelnden Augen verliehen ihm dämonische Züge.

»Dies also ist der Pilgermörder! … Jetzt kann dir keine Gefahr mehr drohen«, sagte Otto, um Katharina zu beruhigen, die zitternd dastand und tränennasse Augen hatte. Er streichelte ihre Wange. »Ich danke dir sehr für deine Hilfe. Allerdings fürchte ich, dass die Sache damit noch nicht zu Ende ist. Schließlich sollte es nicht uns beide treffen, sondern Agnes von Böhmen. Das bedeutet, dass du dich noch weiter für sie ausgeben musst. Hoffentlich kann ich die anderen Pilger davon überzeugen, dass die ehrwürdige Äbtissin trotz allem, was soeben vorgefallen ist, in Klausur bleiben und weiter meditieren möchte.«

»Du glaubst doch nicht, dass ich schweigen werde, du Narr?«, erklang die höhnische Stimme Emmerans von Greifsfeld.

»Warum hast du überhaupt all die unschuldigen Menschen ermordet?«, fuhr Otto ihn an.

»Nicht alle!«, widersprach der Bibliothekar hochmütig. »Ich habe lediglich Propst Willibald Odo getötet. Und dieser hat sich den Tod mehr als jeder andere verdient. Außerdem musste ich, auch wenn es mir gänzlich widerstrebte, noch diesen Söldner in Konstanz umbringen. Was sollte ich denn tun? Wäre Agnes von Böhmen nur nicht so sturköpfig gewesen! Ich habe zu Gott gebetet, er möge dieses Kreuz von mir nehmen, aber er hat es nicht getan. Agnes wollte unbedingt immer noch weiterreisen. Alle Schuld liegt bei ihr. Sie hätte umkehren sollen!«

»Und dann hast du beschlossen, auch sie zu ermorden«, sagte der Knappe tonlos. »Du hast ihren Wein vergiftet und trägst die Schuld daran, dass Zdena Berken von Bürgstein gestorben ist.«

»Das habe ich natürlich nicht gewollt. Ich bete für ihre Seele!«

»Und soeben hast du diesen wehrlosen Minoriten getötet«, fuhr Otto ungerührt in seiner Anklage fort.

Der Bibliothekar von Vyšehrad zuckte mit den Achseln, dann lachte er auf einmal laut los: »Dafür kann doch ich nichts! Gott will es so! Warum hat er zugelassen, dass die ältere Schwester Agnes die Reise fortsetzt?«

»Was ist denn so schlimm an unserer Pilgerreise?«, platzte die verstörte Katharina von Gutstein heraus und machte sofort das Kreuzeszeichen. Sie war ganz bleich und schien einer Ohnmacht nahe.

»Was so schlimm ist?«, kreischte Emmeran wie von Sinnen. »Wir bedrohen dadurch alle ehrbaren und frommen Christen!«

»Unsinn! Du lügst, weil du nur ein hundsgemeiner Verbrecher bist«, fuhr Otto ihn absichtlich harsch an, behielt ihn dabei jedoch aufmerksam im Blick. »Du berufst dich auf den Glauben, dabei hast du gehandelt wie Judas! Dir geht es doch nur um dich und deinen Vorteil!«

»Ich ein Judas? Ich beschütze Christum!«, jammerte Emmeran von Greifsfeld. Seine Augen röteten sich, und er begann am ganzen Leibe zu zittern.

Otto war überzeugt, dass der Bibliothekar von Vyšehrad den Verstand verloren hatte. Schroff hielt er ihm entgegen: »Christum schützt, wer die Christen schützt!«

»Christum schützt, wer Christi Vermächtnis schützt«, korrigierte Emmeran ihn sofort. Er hatte offenbar das Bedürfnis zu sprechen, als wollte er endlich alle Pein loswerden, die ihn schon seit Wochen quälte. »Ihr habt ja keine Ahnung von dem

Buch des Lucianus über die Taten der Apostel. Ich aber weiß eine Menge darüber. Es ist ein Buch, das von ketzerischen Lügen nur so strotzt. Als ich ein junger Mann war, berief Gott mich dazu, die Waldenser Ketzer zu verfolgen. Damals gelangte auch jenes Buch in meine Hände. Ich selbst habe den Scheiterhaufen in Brand gesetzt, auf dem Petrus Waldes stand. Und mit ihm ging auch das Buch des Lucianus in Flammen auf. Könnt Ihr glauben, dass dieser Ketzer sich in seinem Hochmut dazu verstieg, sich zum neuen König von Jerusalem auszurufen?«

»Meines Wissens gab es mindestens noch eine weitere Abschrift. Vielleicht sogar noch mehr«, erwiderte Otto spöttisch. »Wenn du ein Buch verbrennst, heißt das noch nicht, dass du das Wort und die Gedanken vernichtest!«

»Du erbärmlicher Tor! In den anderen Abschriften befand sich aber nicht, was sich in jenem Buch befand! Hinter Lucianus' Text hatte nämlich jemand noch ein paar vergilbte Pergamente in den Kodex eingenäht. Darauf stand in hebräischer Schrift ein Bericht, der sich selbst das Evangelium nach dem Apostel Jakobus nannte. Versteht Ihr? Ein fünftes Evangelium!«

»Es gibt doch etliche Schriften, die sich als Evangelien bezeichnen. Angeblich existiert sogar ein Evangelium nach Judas. Die Kirche hat sie alle verdammt, und damit hat sich die Sache erledigt. Dafür hättest du nicht morden müssen!«

»Nichts begreifst du!«, herrschte der Bibliothekar ihn an. »Nichts! Der Apostel Jakobus ist an allem schuld! Ich habe jahrelang Nachforschungen betrieben, und schließlich habe ich die schlimmste Verschwörung gegen unseren Glauben aufgedeckt, die du dir nur vorstellen kannst. Aber vermutlich vermagst du es dir nicht einmal vorzustellen! Und was noch schlimmer ist: Angeblich existiert ein Beweis dafür, dass dieses Evangelium nach Jakobus der Wahrheit entspricht. Verstehst du? Es soll alles stimmen!«

»Aber was ist denn daran Schlechtes? Es ist der Sinn der

Evangelien, die Wahrheit zu verkünden«, meldete sich Katharina zu Wort, die zusammengekauert und fröstelnd auf dem Bett saß.

»Aber nicht diese! Ich dachte, wenn ich die Schrift des Lucianus verbrenne, dann verschwindet dieses gottlose Werk für immer dort, wo es hingehört. In der Hölle! Doch ich habe mich getäuscht. Der Teufel will das Christentum zerstören. Und deshalb hat Gott mir das schwere Kreuz auferlegt, das Vermächtnis seines Sohnes Christus zu retten, mir ganz allein! Ich bin mit meiner Bitte an Agnes von Böhmen herangetreten und habe ihr zu erklären versucht, warum sie diesem Geheimnis nicht nachgehen darf. Sie hat mich nur ausgelacht und behauptet, sie habe eine Verpflichtung gegenüber Klara von Assisi. Wegen irgend so einer Närrin will sie unseren Glauben vernichten! Ich muss sie finden und töten. Und ihr zwei werdet mir dabei helfen! Es geht euch doch auch um den Gekreuzigten!«

»Ich kann dir in allem folgen. Doch warum hast du auch die anderen umgebracht? Warum den päpstlichen Gesandten auf Burg Landstein? Und warum die anderen in Prag?«, unterbrach Otto scharf die Suada des Bibliothekars.

»Die habe ich nicht umgebracht«, sagte Emmeran mit gleichgültigem Schulterzucken. »Die wussten doch auch gar nichts vom Jakobus-Evangelium. Vielleicht hat unser Propst sie umgebracht. Er war ein durchtriebener Bursche, schlimmer als Judas. Jetzt brät er in der Hölle. Ich habe der Christenheit einen Dienst erwiesen, indem ich ihn tötete.«

Otto versuchte immer noch, all die Andeutungen zu durchdringen. »Du sprichst dauernd von diesem fünften Evangelium. Warum ist es denn gottlos? Wenn wirklich der Apostel Jakobus es geschrieben hat, dann hat er doch nur die frohe Botschaft verbreitet, die auch die anderen niedergeschrieben haben«, meinte er.

Doch der Bibliothekar schüttelte den Kopf. Mit gesenktem

Blick erklärte er: »Er war auf dem Hügel Golgatha mit dabei. Sein Bruder Johannes nicht. Was denkst du, warum der Evangelist Johannes seinen Bruder Jakobus mit keinem einzigen Wort erwähnt? Weißt du, was das Wichtigste am Glauben ist? Dass du glaubst! Und deshalb glaube – und stelle nicht ständig Fragen. Nun, die Zeit drängt! Lasst uns losreiten und Agnes von Böhmen einholen! Wir müssen sie aufhalten. Und zwar um jeden Preis!«, erklärte Emmeran von Greifsfeld gebieterisch. Er versuchte sich zu erheben, doch Otto ließ es nicht zu. Der knochige Bibliothekar rang und wand sich und ritzte sich dabei an Ottos Schwertspitze blutig. An seinen Mundwinkeln klebte Schaum, er schrie und jammerte, sie hätten einen Auftrag und dürften Gott nicht im Stich lassen.

Katharina von Gutstein hatte sich wieder ein wenig gefangen und fragte leise: »Was machen wir mit ihm? Er ist von Sinnen. Er könnte den anderen verraten, dass ich nicht Agnes von Böhmen bin. Das darf nicht geschehen.«

»Mach dir keine Sorgen«, sagte Otto und lächelte ihr aufmunternd zu. »Verschließe nur ordentlich die Tür hinter mir. Und lass niemanden herein!«

Mit dem Schwert trieb er Emmeran von Greifsfeld an, aufzustehen und mit ihm nach draußen zu gehen. Zusammen stiegen sie die Stufen zum Unterdeck hinab. Dort zwang Otto den Bibliothekar, niederzuknien und zu beten. Der Kleriker gehorchte ihm ergeben. Er bewegte sich wie willenlos, blickte ins Leere und zitterte wie ein Greis.

»Bekennst du vor deinem Tode, dass du die Wahrheit gesagt hast?«, fragte der Knappe ihn kalt.

»Du bist kein Richter«, versetzte der Bibliothekar. Ein letztes Mal riss er sich zusammen, hob den Kopf und begann eine Tirade loszulassen, dass jemand, der von Gott einen Auftrag erhalten habe, von niemandem auf Erden gerichtet werden könne, nur vom Herrgott im Himmel, denn nur Er wisse, dass gerecht ist, was in seinem Namen geschieht. Er versuchte aufzustehen und verkündete nachdrücklich: »Du kannst mich nicht richten, das begreifst du wohl? Ich habe eine große Mission! Ich muss Agnes von Böhmen aufhalten.«

»Jeder von uns hat seine Mission«, entgegnete Otto finster. »Ich meinerseits habe geschworen, Zdena Berkens Tod zu rächen.« Er hob das Schwert, holte aus und schlug dem Bibliothekar mit einem einzigen Hieb den Kopf ab.

Nachdem Ulrich von Kulm und Agnes von Böhmen Besançon verlassen hatten, suchten sie das erste Dorfgasthaus auf, das auf ihrer Strecke lag. Es war zwar schon dunkel, und in der Gaststube herrschte Stille, doch der Wirt war noch wach. Er empfing die späten Gäste sichtlich erfreut, denn seine eher kleine Herberge war ansonsten leer. Für Händler mit großen Fuhrwerken war sie nicht geschaffen, und Pilgerreisende tauchten im Winter gewöhnlich nicht auf.

Sie übernachteten in einer kalten Kammer, auf Pritschen mit muffigen Decken. Am nächsten Morgen aßen sie schnell eine Kleinigkeit, dann brachen sie schon wieder auf. Hinter Dole gab es eine Brücke, auf der sie den Fluss überqueren konnten, und Ulrich wollte unbedingt das andere Ufer erreichen, bevor das Schiff des französischen Königs mit den Pilgern dort anlangte. Anschließend würden ihre Wege in verschiedene Richtungen verlaufen. Die anderen sollten auf dem Fluss weiter nach Süden reisen, während vor ihnen selbst eine lange Strecke lag, die quer durch Frankreich bis ans Meer im Westen führte.

Der Weg, den sie eingeschlagen hatten, war breit genug, dass sie nebeneinander herreiten konnten. Der Himmel war verhangen, und es regnete ein wenig, aber der richtige Winter hatte immer noch nicht begonnen.

»Da du mich ohnehin immer wieder danach fragen wirst,

was uns in Compostela erwartet«, begann Äbtissin Agnes unvermittelt, »sollte ich dir wohl ein paar Dinge erklären.«

Ulrich nickte und wartete höflich ab. Er hatte gehofft, die Äbtissin würde darauf zu sprechen kommen, denn er hielt sie für eine kluge Frau, und wenn ihre Mission Erfolg haben sollte, musste sie sich ihm früher oder später anvertrauen. Dass sie damit schon am zweiten Tag ihrer gemeinsamen Weiterreise anfing, bewies, dass sie sehr genau wusste, was sie wollte.

»Das meiste hast du ja schon erfahren«, fuhr sie mit ruhiger Stimme fort. Sie hatte für den Ritt ihre Ordenstracht abgelegt, und ohne diese wirkte sie viel zierlicher und längst nicht so würdevoll. Gleichzeitig auch jünger. Sie musste früher einmal eine schöne Frau gewesen sein. Und sie galoppierte mit der Leichtigkeit eines routinierten Reiters. »Im Wesentlichen sind es zwei Dinge, die du wissen solltest. Über das Erste weiß ich selbst nicht viel und bin mir darüber auch nicht sicher, denn das meiste habe ich mir aus verschiedenen Andeutungen zusammengereimt. Es ist auch nur ein Detail, aber es könnte von großer Bedeutung sein. Ich habe dir von dieser Schatulle erzählt, die sich einst im Besitz der Tempelritter befand. Es war wohl in Lyon, dass sie in Franz von Assisis Hände fiel. Er stammte von dort, falls du das noch nicht weißt.«

»Ich muss gestehen, dass ich mich nie für sein Leben interessiert habe«, sagte Ulrich etwas verlegen. Agnes von Böhmen winkte großzügig ab. Schon den ganzen Morgen über war sie auffallend gut gelaunt. Es war, als wäre durch die Trennung von den anderen die Last der Verantwortung und der Schuld von ihr abgefallen. Geduldig wie eine nachsichtige Lehrerin begann sie ihm zu erklären: »Ursprünglich hieß er Giovanni. Sein Vater war ein Kaufmann in Assisi und hieß Pietro di Bernadone. Für seine Geschäfte reiste er regelmäßig nach Frankreich, und dort lernte er seine Frau kennen, die Mutter von Franziskus. Ich muss wohl nicht hinzufügen, dass sie aus Lyon stammte. So wie auch Petrus Waldes. Und das ist auch schon alles. Der junge Giovanni wurde daheim in Assisi ›Francesco‹ genannt, der ›kleine Franzose‹. Daher dann sein lateinischer Name Franciscus. Für die weiteren Ereignisse ist das zweifellos wichtig. Als junger Bursche kämpfte Franziskus nämlich im päpstlichen Heer gegen den Kaiser und gelangte auf irgendeinem Wege nach Südfrankreich. Dort muss er Petrus Waldes begegnet sein. Ich weiß mit Sicherheit, dass ursprünglich er die Schatulle besessen hat. Aus diesem Grund ließ der Papst ihn auch in seiner Predigertätigkeit gewähren, wenngleich er ihm diese Erlaubnis nur mündlich gab. Und das war fatal. Denn sobald Waldes die Schatulle nicht mehr hatte, erklärte der Papst ihn zum Ketzer, und es begann die Verfolgung seiner Anhänger, also der Waldenser. Franziskus wusste dies alles und hütete sich, den gleichen Fehler zu machen. Er bewahrte die Schatulle gut auf. Und deshalb endeten die Minoriten nicht auf dem Scheiterhaufen, obwohl sie genau wie die Waldenser die Armut predigten. Dies ist also der eine wichtige Punkt.«

»Hat Klara von Assisi Euch das erzählt?«

»Sie hat mir gegenüber einige Andeutungen gemacht. Doch ich habe auch andere Quellen«, antwortete Agnes von Böhmen bedeutungsvoll. Sie seufzte und bekreuzigte sich. »Und nun zu der anderen Sache, die für mich wesentlich peinvoller ist, betrifft sie doch meine ältere und verehrte Schwester Klara. Auch diese Angelegenheit ist mir nur aus Andeutungen bekannt. Gewissheit habe ich darüber erst durch Klaras Brief erlangt, den sie mir von ihrem Sterbebett aus schrieb. Ich will nicht länger um den heißen Brei herumreden. Ich habe dir erzählt, dass Klara früher ebenfalls eine Wallfahrt nach Compostela unternahm. Sie hielt sich mehrere Monate dort auf und gebar in der Zeit heimlich ein Kind. Sie war noch sehr jung und gab das Kind dort jemandem in Obhut, der es großziehen sollte. Dies weiß ich genau. Alles Weitere entspringt meiner Spekulation, ist für uns jedoch nicht weniger wichtig. Ich vermute, dass der Vater des Kindes nicht Franziskus war. Dieser war wirklich ein Heiliger. Überdies war er sehr schwach und litt an verschiedenen Gebrechen. Ich glaube, dass er mit Klara nur wie Bruder und Schwester zusammenlebte. Sie liebten einander mit einer reinen Liebe. Und deshalb bin ich überzeugt, dass jemand anders der Vater von Klaras Kind ist. Und diesem Sohn nun hat Klara wahrscheinlich die geheimnisvolle Schatulle anvertraut. Diese Schatulle, die dem Papst, den Tempelrittern und offensichtlich auch dem heiligen Ludwig den Schlaf raubt. Und wegen der jemand Morde begeht.«

»Doch wie wollt Ihr Klaras Sohn finden, ehrwürdige ältere Schwester?«, fragte Ulrich skeptisch.

»Ich glaube, die Schatulle ist das Verbindungsglied zwischen meiner Schwester Klara und dem leiblichen Vater ihres Sohnes. Der Name Waldes ist in Galicien nicht sehr häufig«, erklärte Agnes von Böhmen leise. »Mit geheimen Zeichen, die wir für vertrauliche Botschaften verwendeten, hat mir Klara in ihrem Brief mitgeteilt, dass genau so der Name ihres Sohnes lautet. Mit dem Taufnamen Petrus. Er sei Altarist in der Kathedrale Santiago. Klara und zwei Männer, welche ein Behältnis mit geheimem Inhalt, die Liebe zur Armut und wohl auch zu Klara verbindet. Alle drei sind tot, und jenes Behältnis besitzt meines Erachtens der einzige Mensch, der mit diesen dreien verbunden ist, ihr Sohn Petrus Waldes.«

»Aber er wird Euch die Schatulle nicht einfach herausgeben! Er wird vermutlich nicht einmal wissen, wer Ihr seid.«

»Er wird sie herausgeben«, sagte Agnes von Böhmen ruhig und nickte. »Und nun weißt du alles.«

Sie ließ die Zügel locker und trieb ihr Pferd an. Ulrich folgte ihr gedankenverloren. Er wusste, dass dies mitnichten alles war.

XXIV. Kapitel

Der Brand ließ sich gerade noch löschen, bevor außer der Scheune und der benachbarten Remise weitere Gebäude abbrannten. Das Feuer hatte zwar auch das Stalldach noch versengt, aber das war alles.

Als Otto zur Herberge eilte, verglommen gerade die letzten Flammen, und die müden, rußverschmierten Menschen mit ihren vom Qualm geröteten Augen legten glücklich lächelnd die Eimer weg. Der Wirt dankte allen Helfern und lud sie in seine Gaststube, dort zu essen und zu trinken, so viel sie wollten.

Otto rieb sich schnell etwas Ruß ins Gesicht, ging dann zum Gesandten des französischen Königs und sprach ihn an: »Jemand sollte auf das Schiff zurückkehren. Agnes von Böhmen ist noch dort …«

»Wie? Seid Ihr nicht bei ihr geblieben?«, rief Guido von Lusignan erschrocken. »Das war sehr unbesonnen von Euch.«

»Bruder Gregor ist ja dort geblieben. Er bewacht sie an meiner statt. Das muss wohl genügen.«

Guido von Lusignan zuckte unsicher die Achseln und rief zweien seiner Männer zu, sie sollten sofort an Deck gehen und ihre Wachtposten wieder einnehmen.

Gleich darauf tauchte Jost von Landstein hinter ihnen auf. »Jemand muss die Scheune angezündet haben«, meinte er. »Seit der Abendmesse war niemand mehr dort, es kann also nicht durch Unachtsamkeit passiert sein. Und die Remise war ebenfalls leer. Der Gastwirt schwört, sie werde kaum genutzt. Womöglich wollte der Täter ja die Aufmerksamkeit von unserem Schiff ablenken?«

Kaum hatte er seinen Satz beendet, kam einer der französischen Söldner vom Fluss heraufgerannt. Er schwenkte die Arme und schrie, auf dem Schiff seien zwei Morde geschehen.

Guido von Lusignan schrie entsetzt auf. »Ist die böhmische Äbtissin tot?«

»Nein, sie nicht«, antwortete der Söldner. Er blieb stehen und schnappte nach Luft. »Aber zwei der Geistlichen.«

Otto, der französische Gesandte und Jost von Landstein rannten schnell zum Fluss hinunter und dann über den schwankenden kleinen Steg an Bord. Zuerst fanden sie Emmeran von Greifsfeld. Sein abgeschlagener Kopf war bis zur Reling gerollt. Und auf dem Achterdeck lag vor der Kajüte der Minoritenbruder in seinem Blut.

Otto hämmerte mit den Fäusten an die Tür und rief: »Ehrwürdige ältere Schwester, ich bin es, Otto von Zastrizl. Es hat sich etwas Furchtbares ereignet, ich muss sofort mit Euch reden.«

Einen Moment lang herrschte Stille, dann ertönte ein scharrendes Geräusch. Otto begriff, dass Katharina die Tür von innen mit der Truhe verbarrikadiert hatte. Sobald sich die Tür einen Spalt öffnete, schlüpfte er hinein. Guido von Lusignan wollte ihm folgen, doch Otto schlug ihm gerade noch die Tür vor der Nase zu. Mit einer Geste bedeutete er Katharina zu schweigen. Dann begann er mit lauter Stimme zu erzählen, dass zwei weitere Mitglieder der Pilgerschaft auf dem Schiff ermordet aufgefunden worden seien. Dass man den Brand habe löschen können, nun allerdings der Verdacht bestehe, der Mörder habe das Feuer absichtlich gelegt, um unbeobachtet auf das Schiff zu gelangen.

»Ich werde für ihre Seele beten«, sagte Katharina von Gutstein. Es gelang ihr recht gut, die Stimme der Äbtissin nachzuahmen. »Bleibe hier bei mir, und lass uns gemeinsam beten«, fügte sie mit einem schelmischen Augenzwinkern hinzu.

»Es wird mir eine Ehre sein«, sagte der Knappe mit einer Verbeugung. Dann öffnete er die Tür einen Spaltbreit und zwängte sich hinaus aufs Deck. Guido von Lusignan und Jost von Landstein diskutierten gerade heftig darüber, wer die beiden Männer ermordet haben mochte.

»Der Täter hat auch versucht, in die Kajüte der ehrwürdigen Agnes von Böhmen einzudringen«, berichtete Otto. »An der Tür sind noch Axtspuren zu erkennen. Doch dann muss irgendetwas geschehen sein, denn Agnes von Böhmen konnte hören, wie er plötzlich innehielt und sich zurückzog. Anschließend hörte sie vom Unterdeck her einen Streit und einen schmerzerfüllten Schrei. Kurz darauf sind dann wir aufgetaucht. Ich vermute, wir haben den Mörder gestört. Er konnte seine gottlose Tat nicht mehr vollenden.«

»Dem Herrn sei Lob und Dank«, sagte Jost von Landstein und bekreuzigte sich. »Hat sie den Mörder nicht an der Stimme erkannt?«

Otto schüttelte den Kopf und fügte hinzu, Äbtissin Agnes wünsche sich nun, dass er mit ihr die Nacht im Gebet verbringe. Sie sei begreiflicherweise sehr erschüttert und die neuerlichen Toten quälten ihr Gewissen zutiefst.

»Ich werde wieder Wächter vor der Kajüte postieren«, erklärte Guido von Lusignan sofort. Er blickte Otto mit gerunzelter Stirn an, als wollte er noch etwas hinzufügen, doch dann schüttelte er nur den Kopf, als hätte er es sich anders überlegt. Bevor Otto in der Kajüte verschwand, hörte er noch, wie auch Jost zwei böhmische Söldner herbeirief, die zusammen mit den Franzosen Wache halten sollten.

Drinnen schloss er hinter sich die Tür und schob, weil der Riegel halb abgerissen war, auch noch die Truhe davor. Katharina von Gutstein hatte die Kerze gelöscht, und so konnte er in der Dunkelheit nur die Umrisse ihrer Gestalt erkennen. Tastend ging er auf sie zu. Sie kam ihm entgegen, schlang ihre Arme um ihn und flüsterte ihm zu: »Ich verspreche dir, ich werde so leise wie ein Mäuschen sein ... Ich möchte es so gern ... Dich möchte ich!«

Er hob sie hoch, trug sie vorsichtig zu der Bettstatt und setzte sie dort ab. Als Erstes zog er ihr die Ordenstracht aus, deren Stoff so grob und kratzig war, dann begann er mit seinem Unterricht. Die Lehrstunde zog sich fast bis zum Morgengrauen hin.

Kirchengeläut weckte Otto auf. Unerbittlich drang es durch die geschlossenen Fensterläden in die Kajüte und rief die Gläubigen zur Messe. Ottos Schulter fühlte sich ganz steif an, doch er wagte sich nicht zu bewegen, denn in seinem Arm lag Katharina von Gutstein und schlummerte selig. Sie beide waren nackt, und obwohl sie sich in die Decke gehüllt hatten, war es so kalt, dass Otto fröstelte. Vorsichtig zog er seinen Arm unter dem Kopf des Mädchens hervor und stand auf. Er fühlte sich zerschlagen wie nach einem schweren Turnierkampf, und etwas sarkastisch dachte er bei sich, dass er für Michael Kekule von Stradonitz wirklich alles gegeben hatte.

Er zog sich an, öffnete die Läden und sah durch das schmale kleine Fenster nach draußen. Das Erste, was ihm ins Auge stach, war das Weiß, das alles ringsum bedeckte. Der Himmel war grau verhangen, und feine Schneeflocken fielen herab. Er kehrte zur Bettstatt zurück und rüttelte Katharina vorsichtig an der Schulter. Sie öffnete die Augen, reckte sich und fragte leise: »Ist denn schon Morgen?«

»Ich gehe an Land, Frühstück holen. Du musst aufstehen, um hinter mir die Tür zu sichern.«

»Setzen wir die Unterweisung heute Abend fort?«

»Du kannst schon genug«, brummte der Knappe.

»Ich will aber alles können«, antwortete sie mit demütig niedergeschlagenen Augen. »Außerdem erinnere ich mich an vieles schon gar nicht mehr. Weißt du, was Lehrer ihren Schülern immer raten? Wiederholung ist die Mutter der Weisheit.« Jetzt blickte sie ihn direkt an und zeigte dabei ein winziges Stück ihrer Zungenspitze. Sie zog ihn an sich, küsste ihn und flüsterte: »Im Übrigen hat es mir mit dir sehr gefallen. Ich danke dir!«

»Ich habe lange nicht mehr eine so gute Schülerin gehabt«, antwortete er ebenso leise und stand wieder auf. Er hob die Tracht auf, die zusammengeknüllt auf dem Boden lag, und half Katharina, sie sich über den Kopf zu ziehen. Dann ließ er sie allein.

Er fand die böhmischen und die französischen Söldner zusammen auf dem Unterdeck, wo sie eng aneinandergedrängt unter einem kleinen Vordach saßen und würfelten. Die Schneeschicht war nicht besonders dick, der Schnee feucht und schwer, und es war abzusehen, dass er im Lauf des Tages schmelzen würde. Es fielen auch nur noch wenige Flocken. Auf dem kleinen Steg, der ans Ufer führte, musste Otto aufpassen, nicht auszurutschen, dann lief er zur Herberge hinüber. Fast alle Tische in der Gaststube waren besetzt, im Ofen brannte ein Feuer, und es herrschte eine wohlige Wärme. Der Duft von gebratenem Speck, Gemüsesuppe, Fladen und Wein lag in der Luft.

An einem Tisch direkt neben dem Ofen saß das Grüppchen, das von der böhmischen Pilgerschaft noch übrig war: drei Ritter, zwei Edelfräulein und zwei Kirchenmänner. Auch Guido von Lusignan saß bei ihnen. Die Krieger beider Gefolgschaften hockten auf Bänken entlang der Wände. Jeder hielt eine Schüssel in der Hand und aß schlürfend und schmatzend seine Morgensuppe.

»Wir rätseln gerade darüber, warum der Bibliothekar den Umhang der Tempelritter trug«, erklärte Přech von Michalowitz. »Er hat ihn aus der Truhe des Herrn von Rosenberg entnommen, genauso wie den Helm. Aber warum hat er das getan?«

»Das ist doch ganz klar«, sagte Peter von Rosenberg ärgerlich. »Hätte ihn jemand von weitem gesehen, hätte man hernach mich beschuldigt.«

»Aber das heißt, dass er kein reines Gewissen hatte«,

bemerkte Jost von Landstein. »Schließlich war gerade ein Feuer ausgebrochen. Um die Kleider des Herrn von Rosenberg stehlen zu können, musste er vorher gewusst haben, dass dies geschehen würde. Ergo hat er das Feuer selbst gelegt. Es scheint, er ist der Mörder, nach dem wir suchen. Was sonst tat er auf dem Schiff, wo doch alle am Löschen waren?«

»Er wollte Agnes von Böhmen töten!«, rief Kaplan Wolf aufgebracht.

»Das ist sehr wahrscheinlich«, stimmte Guido von Lusignan ihm zu. »Allerdings ist mir dann nicht begreiflich, wer wiederum ihn getötet hat. Das war kein gewöhnlicher Mord. Jemand hat ihm den Kopf abgeschlagen wie ein Henker einem verurteilten Verbrecher. Herr Otto von Zastrizl, wisst Ihr wohl etwas darüber?«

»Warum sollte ich? Ich habe beim Löschen geholfen, wie alle anderen«, antwortete Otto knapp. Er winkte den Gastwirt herbei und bestellte einen Speisenkorb für den ganzen Tag.

»Einer meiner Mannen, die an Bord Wache hielten, erinnert sich, dass Ihr nach dem Bekanntwerden des Feuers hinter ihm herlieft und nur der Minorit auf dem Schiff zurückblieb«, räumte Guido von Lusignan ein. »Das scheint also zusammenzupassen. Allerdings ist der Söldner sich nicht sicher, Euch anschließend an Land gesehen zu haben. Und mir selbst fiel auf, dass am Saum Eures Mantels Blut klebte. Es klebt übrigens immer noch dort. Wie ist es dort hingelangt? Gebt es zu – Ihr seid es, der den Bibliothekar hingerichtet hat! Und sicher werdet Ihr uns verraten, warum Ihr es getan habt.«

»Den Mantel muss ich mir auf dem Schiff verschmutzt haben«, sagte Otto achselzuckend. »Um beide Leichen gab es ja reichlich Blut. Und Euer Söldner hat mich nur deshalb nicht an Land gesehen, weil er vor mir herrannte und sich nicht einmal umblickte. Euer Verdacht scheint mir sehr schwammig ...«

»Aber irgendjemand muss diese beiden ermordet haben!«,

meldete sich der junge Rosenberg aufgeregt zu Wort. Auch er musterte Otto mit einem geringschätzigen Blick. »Emmeran wurde der Kopf mit einem Schwert abgeschlagen. Von uns Rittern sind aber nur noch vier hier. Herrn von Landstein und Herrn von Lusignan habe ich bei den Löscharbeiten gesehen, Euch nicht!«

»Ich meinerseits habe Herrn Otto von Zastrizl gesehen, Euch wiederum habe ich nicht bemerkt«, mischte sich Lucia hastig ins Gespräch. Sie machte ein ernstes Gesicht, doch Otto nahm um ihre Lippen ein kleines Lächeln wahr. Lucia stand auf seiner Seite, da sie davon ausging, dass alles, was geschehen war, mit der Suche nach dem Mörder zusammenhing und vor allem mit der Falle, die sie dem Täter gestellt hatte und auf die sie stolz war. Wenn Otto auch nicht vor den anderen darüber reden wollte – sie fühlte sich verpflichtet, ihn zu verteidigen.

»Ich habe Herrn von Rosenberg aber gesehen«, meldete sich Johanna von Blatna zu Wort.

»Und ich habe *Euch* nicht gesehen«, mischte sich Bruder Hyacinthus ein.

»Das alles ist müßig«, sagte Guido von Lusignan ungeduldig und stand mit einem Ruck auf. Seine Hand lag auf dem Griff seines Schwertes. »Einer will den anderen gesehen haben, ein anderer nicht ... das spielt jetzt keine Rolle. Wichtig ist nur eines – und zwar, ob es der Äbtissin Agnes gut geht. Denn ich habe noch einen Verdacht. Was ist, wenn der gesuchte Mörder Otto von Zastrizl heißt? Der beide Geistlichen und auch sie ermordet hat? Und um unbehelligt davonzukommen, behauptet er nun einfach, die ehrwürdige Agnes von Böhmen weigere sich, aus der Kajüte zu kommen und sie wolle auch niemanden zu sich hereinlassen ...«

»Das kann nicht sein – meine Männer haben heute Nacht zwei Stimmen aus der Kajüte vernommen, eine männliche und eine weibliche«, entgegnete ihm Přech von Michalowitz. Er schwieg allerdings darüber, was ihm einer der Männer noch erzählt hatte: Er hatte gesagt, wenn er nicht wüsste, dass es sich um Otto und die ehrwürdige Äbtissin handelte, hätte er sich auf die Geräusche einen ganz anderen Reim gemacht …

»Eine Stimme lässt sich leicht nachahmen«, beharrte Guido von Lusignan. »Ich bestehe darauf, dass ich jetzt gleich nach der ehrwürdigen Agnes von Böhmen schaue. Ich bin vor meinem König für aller Wohlergehen verantwortlich, in erster Linie aber für ihres. Ich will mich mit eigenen Augen davon überzeugen, dass es ihr gut geht – und müsste ich dafür ihre Türe einschlagen!«

»Ich komme mit Euch!« Peter von Rosenberg sprang sofort auf.

»Ihr dürft nicht zu der ehrwürdigen Äbtissin hinein!«, brüllte Přech von Michalowitz. »Besteht Ihr aber darauf, Euch von ihrem Wohlergehen zu überzeugen, so werde ich selbst nachschauen gehen. Ich werde sie bitten, mich einzulassen. Und falls sie das ablehnt, wird niemand etwas unternehmen! Ihr habt nicht das Recht, Euch mit Gewalt Zutritt bei ihr zu verschaffen! Sie ist die Tante unseres erhabenen Königs Přemysl Ottokar II. und verdient jeden Respekt!«

»Sie verdient aber auch unseren Schutz!«, antwortete Guido von Lusignan störrisch und bewegte sich schon auf den Ausgang zu. Otto sprang auf und versperrte ihm den Weg. Ihre Blicke begegneten sich. Der Gesandte des französischen Königs lächelte hochmütig und sagte ganz ruhig: »Ich glaube Euch kein Wort, Herr von Zastrizl! Ich möchte wissen, was hinter alldem steckt. Und ich werde zu ihr gelangen, selbst wenn ich Euch dafür töten müsste. Ihr seid allzu dickköpfig … Ihr solltet wissen: Wer Silber verschmäht, erhält am Ende Eisen! Hättet Ihr das schon in Prag begriffen, könnte heute alles anders sein.«

Otto gab keine Antwort. Er trat ein Stück zurück und zog sein Schwert. Guido von Lusignan tat es ihm augenblicklich nach, und dann ging alles sehr schnell. Die französischen Söldner, die auf den Bänken gesessen hatten, griffen nach ihren Lanzen und sprangen auf. Sie richteten die Spitzen ihrer Waffen auf die böhmischen Söldner und die restlichen Pilger. Der Einzige, der schnell genug reagierte, war Přech von Michalowitz. Er schlug mit seinem Schwert die Lanze eines Franzosen nieder und verletzte ihn an der Hand. Doch es gab fast doppelt so viele Franzosen wie Böhmen.

»Ihr wollt doch wohl kein Blut fließen sehen!«, schrie Guido von Lusignan zornig. »Wir befinden uns inzwischen auf französischem Territorium, und ich werde die Entscheidungen treffen. Ihr werdet hier warten, bis ich mich davon überzeugt habe, dass Agnes von Böhmen wohlauf ist. Mehr will ich nicht!«

»Da müsst Ihr zuerst mich töten«, sagte Otto süffisant. »Das habt Ihr doch eben noch verkündet, nicht wahr? Ein Ritter sollte zu seinem Wort stehen!«

»So hat es der französische Gesandte nicht gemeint«, mischte Lucia sich hastig ein. Sie ignorierte die Lanze, die auf sie gerichtet war, und ging auf die beiden Ritter zu. »Wir wollen wegen so etwas ganz bestimmt kein Blut fließen sehen. Ich schlage vor, dass wir alle gemeinsam an Bord gehen und nachschauen. Ich meine die ganze Pilgerschaft, natürlich ohne die Söldner. Auf einer frommen Wallfahrt hat Gewalt nichts zu suchen, wisst Ihr das nicht, edler Herr Lusignan? Immerhin dient Ihr einem König, der der heilige Ludwig genannt wird. So handelt also auch als Diener eines christlichen Herrschers!«

Guido von Lusignan verzog das Gesicht und steckte sein Schwert in die Scheide. »Meinetwegen. Die Söldner und auch Euer Kommandeur bleiben hier. Und die beiden Kleriker ebenfalls. Dies ist eine Angelegenheit unter uns Rittern.«

Lucia warf Otto einen schnellen, etwas unsicheren Blick zu, als wollte sie sich dafür entschuldigen, dass sie nicht mehr erreicht hatte. Aber Otto war mit ihr einverstanden: Wo die Sache nun schon einmal so weit gediehen war, ließ sich tatsächlich nichts Besseres erwirken. Auch er steckte sein Schwert ein. Einmal auf dem Schiff, würde Guido von Lusignan den böhmischen Pilgern alleine gegenüberstehen, und selbst wenn sich Peter von Rosenberg auf seine Seite schlagen würde, waren da immer noch Jost von Landstein und er selbst. Zwei Schwerter gegen zwei Schwerter. Und dazu noch die beiden Jungfrauen. Sie wären also in der Übermacht.

Otto nahm vom Wirt den Korb mit der Verpflegung entgegen, und alle zusammen verließen das Gasthaus. Draußen hatte sich der Schnee in Matsch verwandelt. Von der Anlegestelle liefen gerade zwei Handelsschiffe aus. Man hörte die Rufe der Schiffer und das Klatschen der Ruder auf der Wasseroberfläche.

An Deck angekommen, befahl Guido von Lusignan allen Söldnern, zum Gasthaus zurückzukehren. Die böhmischen Mannen sahen den jungen Herrn von Landstein fragend an, und als er nickte, folgten sie ihren französischen Gefährten.

Jost von Landstein wollte die Kajütentür öffnen, aber es ging nicht, sie war von innen gesichert. Mit lauter Stimme bat er Agnes von Böhmen, zusammen mit den anderen Edelleuten hereinkommen zu dürfen. Einen Moment lang herrschte Stille, dann ertönte ein dumpfes: »Nein!«

Guido von Lusignan trat neben Jost und bat noch einmal nachdrücklich um die Erlaubnis hereinzukommen. Als die Stimme im Innern dies wiederum verweigerte, trat er einen Schritt zurück und rammte dann mit aller Kraft seine Schulter gegen die Tür, um sie aus den Angeln zu brechen. Otto zog sein Schwert und wollte sich auf ihn stürzen, da sprang ihm der junge Rosenberg in den Weg. Er hielt ebenfalls sein Schwert in der Hand, und die Klingen ihrer Waffen trafen aufeinander.

Fast zeitgleich zog auch Guido von Lusignan sein Schwert und stürmte auf Jost von Landstein zu. Das kam so unerwartet, dass der junge Ritter nicht vorbereitet war. Er sprang zur Seite, stolperte jedoch über ein Tau, das zusammengerollt neben dem

Steuerruder am Boden lag. Er strauchelte, versuchte noch, sein Schwert zu ziehen, doch es war zu spät. Guido von Lusignan richtete die Spitze seiner Waffe auf seine Brust und befahl ihm kühl, sein Schwert fallen zu lassen und nichts zu unternehmen, denn er hätte nicht gerne sein Leben auf dem Gewissen, würde jedoch keinen Augenblick zögern, falls er ihm nicht gehorche. Jost musste niederknien und die Hände auf den Rücken legen, sodass Guido von Lusignan ihn fesseln konnte, bevor er Peter von Rosenberg zu Hilfe eilte.

Der war durch Otto in arge Bedrängnis geraten, und gerade als Guido bei ihnen ankam, hatte der Knappe ihn zu Boden geworfen. Die beiden Jungfrauen, von dem Scharmützel überrumpelt, standen reglos vor den Stufen des Unterdecks. Oben auf dem Achterdeck war es eng, und es erschien klüger, sich aus dem Kampf der Ritter herauszuhalten.

Otto trat nach dem am Boden liegenden Rosenberg und konnte dabei so geschickt dessen Schwert wegstoßen, dass es über die Planken zur Reling glitt und im Fluss landete. Dann sprang er ein Stück zurück und parierte den Ausfall des Guido von Lusignan.

Sie hielten ihre Schwertgriffe in beiden Händen und stemmten sich, Klinge gegen Klinge, mit aller Kraft gegen den jeweils anderen, um ihn zur Reling zu drücken und so einen Vorteil zu gewinnen. Otto erwies sich als der Stärkere, und schließlich musste Guido von Lusignan zurückweichen. Damit ging Otto augenblicklich zum Angriff über, doch der Gesandte des französischen Königs war ein geschickter Fechter. Er parierte Ottos Ausfall, duckte sich schnell und konnte sich aus der heiklen Position befreien. Er huschte die Reling entlang zu dem freien Platz neben der Kajütentür.

Aus dem Augenwinkel nahm Otto wahr, dass Peter von Rosenberg auf dem Boden vorsichtig in seine Richtung kroch und einen Dolch in der Hand barg. Dadurch, dass er Guido von

Lusignan zum Achterdeck hatte entkommen lassen, gewann er einen freien Moment. Er warf das Schwert von der rechten in die linke Hand, fasste es bei der Klinge, sprang zu dem kriechenden Rosenberg und schlug ihm mit dem Schwertgriff auf den Kopf. Der junge Rosenberg trug zwar einen Helm, weshalb ihn der Schlag nicht allzu stark verletzte, doch es reichte, um ihn bewusstlos zu machen. Sofort ging Otto wieder in Fechtstellung, denn Guido von Lusignan griff ihn von neuem an. Er konnte gerade noch das Schwert zurück in die rechte Hand wechseln, um den jähen Vorstoß abzuwehren, der auf seinen Hals zielte.

Wild und verbissen ging der Kampf weiter. Mit metallischem Klirren trafen die Klingen aufeinander, und beide Ritter gerieten außer Atem. Otto gewann jedoch nach und nach die Oberhand. Nebenbei registrierte er, dass Jost von Landstein Richtung Reling gerobbt war und das Seil, mit dem seine Hände gefesselt waren, in einen Eisenhaken hinter dem Steuerruder klemmen konnte. Er stemmte sich mit beiden Händen auf den Pfosten des Steuers und versuchte mit aller Kraft, seine Handfesseln zu lockern. Es war nur eine Frage der Zeit, bis es ihm gelingen würde. Otto griff erneut geschickt an, und der französische Gesandte musste einen weiteren Schritt in Richtung Reling zurückweichen. Viel Platz war hinter ihm nicht mehr.

Da sah Otto, dass Johanna von Blatna die Treppe vom Unterdeck heraufgelaufen kam und einen Dolch in der Hand hielt. Er begriff, dass sie Jost von Landstein befreien wollte, und drehte sich mitten im Kampf, damit sie von ihm gedeckt sicher zum Steuerruder gelangen konnte. Gleichzeitig machte er einen Ausfall gegen Guido von Lusignan, damit dieser dem Mädchen nichts antun konnte. Aufmerksam verfolgte er jede Bewegung seines französischen Gegners. Plötzlich hörte er Lucias warnenden Schrei. In seiner Ritterausbildung hatte er das rasche Reagieren gelernt, und so sprang er zur Seite in die Hocke. Er verspürte einen jähen Schmerz in der rechten Schulter, wenngleich es keine tiefe Wunde war. Das Ganze kam so unerwartet, dass er im ersten Augenblick nicht begriff, was vor sich ging.

Mit der Hand, mit der er gleichzeitig das Schwert festhielt, stützte er sich auf die Planken und wollte eine Rolle seitwärts machen, um jenem Feind zu entkommen, der sich hinter ihm befand. Doch er schaffte es nicht, denn die Klinge seines Schwertes wurde von einem anmutigen Mädchenfuß zu Boden gedrückt. Johanna von Blatna stand dort mit dem Dolch in der Hand, an dessen Spitze Ottos Blut klebte. In diesem Moment griff Guido von Lusignan an. Er hätte Otto töten können, aber er tat es nicht. Er setzte ihm nur die Schwertspitze an den Hals und befahl ihm mit scharfer Stimme, sich zu ergeben. Johanna von Blatna wandte sich um und eilte schnell zum Steuerruder. Mit dem Dolch in der Hand zwang sie Jost von Landstein, sich still hinzulegen, und kontrollierte die Fesseln an seinen Händen. Dann schrie sie zu Lucia hinüber, sie solle ja dort unten bleiben, sonst würde sie ihren Bruder töten.

Vom Gasthaus her kamen einige französische Söldner zur Anlegestelle gerannt. Sie liefen über den Steg an Bord, fesselten Otto und banden Josts Fesseln noch einmal fester. Peter von Rosenberg war unterdessen wieder zu sich gekommen. Er wankte zur Reling und erbrach sich in den Fluss. Auf der Stirn hatte er eine riesige Beule, die schnell blau anlief. Jost von Landstein wandte seinen Blick nicht von Johanna. Er konnte es nicht fassen, dass sie ihn verraten hatte. Die Franzosen erlaubten Lucia, Ottos Schulterwunde zu versorgen, hielten sie dabei jedoch mit ihren ausgestreckten Lanzen in Schach.

Guido von Lusignan befahl zweien seiner Mannen, die Tür der Kajüte im Achterdeck aufzubrechen. Dann ging er hinein. Gleich darauf kam er wieder heraus und zog Katharina von Gutstein im Ordenshabit der frommen Äbtissin hinter sich her.

XXV. Kapitel

»Was hat das zu bedeuten?«, brüllte Guido von Lusignan außer sich vor Wut. Er stieß Katharina grob von sich, sodass sie hinfiel. Der Gesandte des französischen Königs hob drohend sein Schwert und schritt auf Jost von Landstein zu.

»Lasst ihn!«, rief Otto. Seine Schulter tat scheußlich weh, aber es war keine schlimme Wunde, solche hatte er schon mehrere im Leben weggesteckt. »Er wusste nichts von der Sache. Nur ich habe davon gewusst.«

Guido von Lusignan drehte sich um und kam langsam auf ihn zu, wobei er mit seinem Schwert in der Hand spielte. Spöttisch grinsend sagte er: »Ich nehme an, Ihr wollt jetzt den Helden spielen und mir erklären, dass Ihr kein Sterbenswort verraten werdet.«

»Aber ganz im Gegenteil«, sagte Otto freundlich lächelnd. »Ich werde Euch ausnahmslos alles erzählen ... Wenn Ihr die anderen freilasst.«

»Was für eine törichte Forderung«, antwortete Guido von Lusignan mit einer Grimasse. Doch weiter kam er nicht, denn vom Gasthof her hörte man Schreie und Waffengeklirr. Schnell befahl der französische Gesandte seinen Söldnern, ein Auge auf die Gefangenen zu haben, dann rannte er mit ein paar Mannen an Land.

Katharina stand auf und ging langsam auf Otto zu, wobei sie Lucia, die neben ihm saß, nicht eben freundlich ansah. Sie setzte sich auf seine andere Seite, fragte ihn mit sorgenvoller Miene, ob seine Verletzung sehr ernst sei, und entschuldigte sich ausführlich dafür, dass sie wohl die ganze Sache vermasselt habe.

Otto schüttelte den Kopf. »Es war nicht deine Schuld.« Flüchtig warf er einen Blick in Lucias Richtung, dann fügte er hinzu: »Es ist ein unglückliches Zusammentreffen von Umständen. Unser Kaplan zu Hause hat recht, wenn er sagt, jener Christ sei der beste, der der Stimme des Herrn mit Ergebenheit lauscht. Der Übereifrige ist dem Herrn gewöhnlich nicht lieb, denn ihn leitet nicht der Glaube, sondern der Ehrgeiz.«

Katharina von Gutstein nickte verständnisvoll, doch im Stillen grübelte sie, was der Knappe ihr damit eigentlich sagen wollte und was das mit ihr zu tun hatte. Sie wurde das Gefühl nicht los, dass er sie für irgendetwas tadelte, und das bekümmerte sie.

Am Ufer tauchte nun Guido von Lusignan in der Tür des Gasthauses auf und schrie seinen Söldnern auf dem Schiff zu, sie sollten die Gefangenen herüberbringen, bevor er wieder verschwand.

Als das Grüppchen böhmischer Gefangener in den großen Raum der Gaststube geführt wurde, erkannte es auf den ersten Blick, dass hier eine ordentliche Schlägerei stattgefunden hatte. Ein paar Tische und Bänke waren zerbrochen, zwei Fensterläden abgerissen, und die Kellnerin fegte einen Haufen Scherben mit dem Besen zusammen. Die böhmischen Söldner und der Landsteiner Kaplan Wolf saßen mit gefesselten Händen auf dem Boden, den Rücken an die Wand gelehnt. Einige von ihnen hatten blutige Kratzer oder Schwellungen. Aber auch die französischen Krieger hatten Schrammen davongetragen. Neben dem Ofen stand Přech von Michalowitz mit blutüberströmtem Gesicht und gefesselten Händen. Neben ihm wanderte Guido von Lusignan mit finsterer Miene auf und ab.

»Setzt euch hier ans Fenster und hört mir zu«, bellte er die Pilger an. »Wo ist Agnes von Böhmen? Ich werde diese Frage nicht noch einmal wiederholen. Es liegt ganz an euch, ob ihr am Leben bleibt.«

»Krieger habt Ihr mehr als wir, aber dafür keinen Verstand«, fiel Přech von Michalowitz ihm verächtlich ins Wort. »Wisst Ihr nicht, edler Herr, dass der Überfall auf Pilgerreisende eine Todsünde darstellt und der Papst Euch dafür mit dem Bann belegen wird? Ganz zu schweigen von allem anderen. Der französische König wird der Kirche eine so hohe Geldbuße zahlen müssen, dass der heilige Ludwig Euch das Fell über die Ohren ziehen wird. Und auch mein eigener Herr, der böhmische König, wird gewiss nicht dazu schweigen.«

»Und wie soll die Kirche davon erfahren?«, fragte Guido von Lusignan mit kaltem Grinsen. »In diesem Fluss da draußen sind schon so viele Menschen ertrunken, dass es nicht weiter auffällt, wenn es fünf oder sechs mehr sind. Du Narr glaubst doch nicht, dass ich auch nur einen von euch laufen lasse?«

»Wie ich schon sagte – viel eitle Worte und nur ein winziges Körnchen Verstand«, entgegnete Přech von Michalowitz kopfschüttelnd, als redete er mit einem begriffsstutzigen kleinen Jungen. »Was denkt Ihr wohl, warum sich meine Söldner auf die Euren gestürzt haben? Glaubt Ihr etwa, wir eiferten nach Ruhm? Haltet Ihr mich für einen so schlechten Kommandeur, dass ich nicht erkennen könnte, wenn wir keine Siegeschance haben? Oder glaubt Ihr, wir würden uns nur zum Vergnügen mit Euren Mannen schlagen? Seht Euch doch einmal um und sagt mir, ob Ihr nicht jemanden vermisst? Waren nicht ursprünglich zwei Kleriker hier mit uns?«

Erst jetzt wurde Guido von Lusignan gewahr, dass der Prämonstratenser nicht mehr da war. Neben den gefesselten Söldnern saß lediglich der Kaplan von Landstein. Guido zog sofort sein Schwert und rannte auf den Hof hinaus. Erst nach einer Weile kehrte er wieder zurück, atemlos und zitternd vor Wut. Er ließ sie an dem nächstbesten Mann seines Gefolges aus, den er so heftig trat, dass er zu Boden ging und der Stiel seiner Lanze zerbrach. Fuchsteufelswild schrie Guido seine Männer an, wie ihnen dieser zierliche Ordensbruder habe entkommen können.

»Sie können nichts dafür«, meldete sich Přech wieder zu Wort. Auch wenn er blutete und gefesselt war, schien er sich prächtig zu amüsieren. »Unser Prämonstratenser ist hinten durch die Küche entwischt. So hatten wir es abgesprochen. Ein jeder von uns wusste, was er zu tun hatte. Dass Eure Männer kein Tschechisch verstehen, wir jedoch Französisch, ist ein nicht unerheblicher Vorteil. König Wenzel seligen Angedenkens hat immer gesagt, die Schlacht gewinne derjenige, der den Feind versteht. Wisst Ihr, was kurios ist? Die meisten deutschen und österreichischen Ritter verstehen das Tschechische, auch die Polen, Ungarn, Preußen und selbst die Bayern können es verstehen. Nur die Franzosen verstehen nichts anderes als Französisch.«

»Hebe dir deine Belehrungen gefälligst für ein andermal auf«, unterbrach ihn Guido von Lusignan gereizt. Er hatte ihn absichtlich so lange reden lassen, um in Ruhe nachzudenken. Er war ein erfahrener Ritter und konnte sich zusammenreimen, wer verloren hatte. Deshalb hatte er seine Pläne schnell abgewandelt. Er lächelte die böhmischen Pilger an und verkündete mit falscher Liebenswürdigkeit: »Der Kommandeur eures Gefolges ist ein rechter Tölpel, wie ihr selbst vernommen habt! Er hat ganz sinnloserweise die Mannen des französischen Königs angegriffen und droht mir nun noch mit dem Bann. Diese Gegend hier ist sehr unsicher, und sollte eurem Prämonstratenser etwas zustoßen, so trägt er selbst die Verantwortung dafür. In Wahrheit habe ich euch mitnichten angegriffen. Niemand achtet die Pilger einer frommen Wallfahrt höher als mein Herr, der französische König. Eben deshalb nennt man ihn ja auch den Heiligen.«

»Das ist absurd. Ihr wollt uns nicht überfallen haben?«, fuhr Otto aufgebracht dazwischen. »Was war denn dann eben jenes Scharmützel auf dem Schiff?«

»Auf dem Schiff?«, fragte Guido von Lusignan arglos. »Soviel ich weiß, gingen wir lediglich nachsehen, ob die ehrwürdige Agnes von Böhmen in irgendeiner Gefahr schwebt. Und ganz offensichtlich schwebt sie in Gefahr. Jemand hat sie entführt und dafür dieses unglückselige Mädchen in ihre Kammer gesperrt. Schon mehrere Mitglieder eurer Pilgerschaft sind eines gewaltsamen Todes gestorben. Deshalb habe ich euch meinen Schutz angeboten. Und ihr werdet so lange in meiner Obhut bleiben, bis wir die entführte Agnes von Böhmen befreien und zu uns zurückbringen können.«

»Niemand hat sie entführt«, widersprach Otto. »Sie hat uns selbst und aus freiem Entschluss verlassen. Habt Ihr nicht mitbekommen, dass eigentlich Jungfer Katharina mit meinem Herrn davonreiten sollte? Nun ist sie auf einmal hier – und die Äbtissin Agnes fort. Könnt Ihr nicht zwei und zwei zusammenzählen?« Der Knappe hatte sich damit abgefunden, dass sein Plan gescheitert war. Er war nur froh, dass Přech von Michalowitz so klug gehandelt hatte.

»Jetzt habe ich aber genug von Euren dummen Anspielungen«, entgegnete Guido von Lusignan wutschnaubend. Er konnte es nicht ertragen, wenn ihn jemand vorführte. »Ich brauche euch und eure naseweisen Erklärungen nicht! Ich kann nämlich viel weiter zählen, als ihr ahnt. Ein guter Ritter muss Schach spielen können, wusstet ihr das? Nun gut, ist der Prämonstratenser eben entwischt, meinetwegen. Und Agnes von Böhmen reitet mit Ulrich von Kulm schön heimlich nach Compostela, auf einer kürzeren Strecke, damit sie dort eher eintreffen als wir. Gewiss tun sie das aus löblicher Frömmigkeit, da sie es nicht erwarten können, vor dem Grab des Heiligen niederzuknien. Wo genau sie aber entlangreisen, das weiß vermutlich keiner von euch. Und wenn, würdet ihr es mir sowieso nicht sagen. Nun glaubt ihr also, ihr hättet mich überlistet.«

»Haben wir das etwa nicht? Ihr werdet weder Ulrich von

Kulm noch die Äbtissin aufspüren. Von meinem Herrn hättet Ihr lernen können, was Schläue bedeutet«, versuchte Otto ihn zu provozieren, denn er wollte so viel wie möglich über seine Absichten herausbekommen.

»Ich von ihm? Hoho!« Guido von Lusignan lachte gekünstelt. »Euer König Wenzel irrte, als er behauptete, es sei so wichtig, den Feind zu verstehen. Noch wichtiger ist es nämlich, ihn zu besiegen. Wir Franzosen mögen vielleicht nicht alle verstehen, aber wir siegen! Erinnert Ihr Euch an den Ring, der sich in jenem Säckel befand, das Ihr in Prag so töricht abgewiesen habt? Tragt Ihr ihn bei Euch?«

»Was ist mit dem Ring?«, fragte Otto beunruhigt.

»Ha, Ihr habt ihn nicht«, sagte der Gesandte des französischen Königs mit triumphierendem Grinsen. »Ihr habt ihn Eurem Herrn gegeben. Das dachte ich mir schon. Sobald er diesen Ring irgendwo vorzeigt, wird man ihm weiterhelfen, das ist wohl wahr; so kann er sehr bequem reisen. Aber wahr ist auch, dass ich sehr schnell erfahren werde, wo er diesen Ring vorgezeigt hat. Auch wenn er ihn noch nirgends verwendet haben sollte, einmal wird er ihn gebrauchen müssen. Jetzt im Winter kann er nicht über die Berge nach Galicien gelangen. Er muss übers Meer fahren. Von keinem französischen Hafen wird er sich jedoch einschiffen können, ohne diesen Ring vorzuzeigen.«

»Das genügt«, unterbrach Peter von Rosenberg ihn streng. »Warum erläuterst du ihnen all diese Dinge, Bruder? Zumal wenn wir sie am Leben lassen müssen … zumindest einstweilen. Betet, dass wir euren Prämonstratenser nicht aufspüren.«

Guido von Lusignan ärgerte sich über die Zurechtweisung und wollte schon scharf protestieren, doch er hielt sich zurück, als ihm bewusst wurde, dass der junge Rosenberg recht hatte. Er bestellte einen Krug Wein bei dem Gastwirt und wandte sich dann mit demonstrativer Ruhe an Přech von Michalowitz: »Ihr habt Euch schuldig gemacht. Ihr habt das Gefolge eines

Gesandten des französischen Königs angegriffen. Dafür könnte ich Euch ohne Weiteres zum Tode verurteilen, und niemand im ganzen christlichen Europa würde abstreiten, dass ich mit Fug und Recht gehandelt habe. Doch ich werde Milde walten lassen: Ihr und Eure gesamte bewaffnete Gefolgschaft kehrt nun auf der Stelle in die Heimat zurück. Auch dieser Kaplan. Damit Ihr aber auf dem Herrschaftsgebiet des französischen Königs keinen weiteren Ärger macht, werde ich Euch Waffen und Rüstung abnehmen. Bis Basel wird Euch ein starker Trupp Krieger begleiten. Versucht ja nicht umzukehren. Sobald wir einen von euch auf unserem Territorium aufgreifen, richten wir ihn als Vogelfreien hin.«

»Ihr wollt uns allesamt nach Hause schicken?«, fragte Jost von Landstein wütend.

»Nicht alle«, erwiderte der französische Gesandte. »Ihr, Herr Otto von Zastrizl und die beiden Edelfräulein bleiben hier. Ihr seid Gäste auf dem Schiff des französischen Königs. So wie mein Herr es wünschte. Nur wird das Schiff nicht in Richtung Süden fahren. Was solltet ihr dort auch, wo sich die ehrwürdige Äbtissin Agnes doch von euch getrennt hat? Das Schiff bleibt hier vor Anker liegen. Ihr könnt euch an Bord frei bewegen. Doch wie ich schon gesagt habe, an Land ist es hier zu unsicher. Deshalb werde ich euch zu eurer Sicherheit einen ausreichend starken Wachtrupp zur Seite stellen. Denn ich werde auch euch die Waffen abnehmen. Und so leid es mir tut, muss ich euch darauf aufmerksam machen, dass ein Fluchtversuch für mich einer offenen Kriegserklärung gleichkäme. Sollte nur einer von euch versuchen zu fliehen, werden alle vier dafür bestraft werden. Ich selbst breche nach Compostela auf, damit ich der ehrwürdigen Agnes von Böhmen so gut wie möglich zur Seite stehen kann. Und um meinen guten Willen zu bezeigen, nehme ich einen Teil der frommen Pilger mit. Der Tempelritter Peter von Rosenberg und die tugendhafte Jungfer

Johanna von Blatna reisen mit mir, um Äbtissin Agnes zu begleiten, sobald wir mit ihr zusammentreffen.«

Bevor der böhmische Söldnertrupp in die Heimat aufbrechen musste, suchten Otto und Lucia noch schnell das Gespräch mit Přech von Michalowitz. Otto lobte den Kommandeur für seinen Einfall, die Flucht von Bruder Hyacinthus in die Wege zu leiten.

»Ich habe ihm nicht nur die Flucht ermöglicht«, erklärte Přech selbstzufrieden, »sondern ihm ausdrücklich befohlen, so schnell wie möglich hinter Agnes von Böhmen herzureisen, um sie vor dem französischen Gesandten sowie dem jungen Rosenberg zu warnen.«

»Das hast du großartig gemacht. Aber du konntest doch nicht wissen, dass die ehrwürdige Äbtissin Agnes sich gar nicht auf dem Schiff befand?«

»Da unterschätzt du mich, lieber Otto. Ich wusste es sehr wohl. Ich kenne doch Herrn Ulrich von Kulm und dich. Es gab da ein paar Kleinigkeiten, die mich stutzig machten. Zuallererst: Würde er wirklich so einfach abreisen und dich hier alleine lassen, wenn es nicht um etwas ganz anderes ginge? Würde er außerdem Agnes von Böhmen im Stich lassen, solange noch ein unbekannter Mörder um sie schleicht? Und drittens: Würdest du wohl eine ganze Nacht in der Kajüte verbringen, wenn dort lediglich die ehrwürdige Äbtissin weilte? Die Männer, die auf dem Schiff Wache hielten, machten so eine Bemerkung, dass du gewissen Geräuschen nach bestimmt nicht dort warst, um die ganze Nacht zu beten.«

»Diese Söldner haben immer nur schlüpfrige Dinge im Kopf«, empörte sich Lucia. »Katharina von Gutstein ist eine tugendhafte Jungfrau, die ihren Verlobten Michael Kekule von Stradonitz liebt. Und wir befinden uns auf einer frommen

Wallfahrt. Niemals würde Katharina sich zu einer derartigen Sünde herablassen!«

»Sie hatte die schwere Rolle übernommen, Agnes von Böhmen zu spielen«, fügte Otto schnell mit ernster Miene hinzu. »Ich blieb bei ihr, da jemand sie zu ermorden versuchte. Sie hatte schreckliche Angst. Sie schlief auf der Bettstatt und ich in einem Sessel, den ich vor die Tür geschoben hatte. Und falls deine Leute irgendwelche Geräusche gehört haben, so war dies mein Schnarchen. Mir kratzt es im Hals, vermutlich habe ich mich erkältet – bei diesem Wetter kein Wunder.«

Přech von Michalowitz nickte freundlich. »Wie ich schon sagte, ich kenne nicht nur deinen Herrn, sondern ebenso gut dich«, sagte er vieldeutig. »Ich werde meine Männer ermahnen, keine Hirngespinste mehr zu erfinden und vor allem nach unserer Heimkehr keine schändlichen Dinge über Jungfer Katharina zu verbreiten, denn offenkundig ist sie über jeden Verdacht erhaben. Ich dachte es mir schon ... Doch immerhin half dieser Irrtum meiner Söldner mir dabei, die Wahrheit herauszufinden, und aus diesem Grund ist Bruder Hyacinthus nun in Freiheit und auf dem Weg nach Compostela. Ich habe ihm zwei Beutel Silberlinge mitgegeben, damit er sich nirgendwo länger aufhalten und um Hilfe bitten muss.«

Dann musste der böhmische Kommandeur mit seiner Gefolgschaft aufbrechen, und Guido von Lusignan ließ die restlichen Pilger auf das Schiff bringen, bevor er selbst mit seinem Gefolge loszog, um auf dem schnellsten Weg zur Küste im Westen zu gelangen. An Bord fragte Lucia Otto misstrauisch, was das denn mit jener Nacht in der Kajüte zu bedeuten habe.

»Wie soll ich das wissen?«, verwahrte sich Otto. »Du kennst doch die Söldner. Sie würden selbst über die Jungfrau Maria schlecht sprechen.«

»Sicher. Söldnern darf man kein Wort glauben – genauso wenig wie dir. Wie gut, dass wenigstens Katharina von Gutstein die Tugend in Person ist. Und da dieses Schiff nicht besonders groß ist und wir als Gefangene wohl recht eng aufeinander leben werden, werde ich von nun an keinen Schritt von Katharinas Seite weichen, um sie vor etwaigen Versuchungen zu schützen.«

»Wovor fürchtest du dich? Dass ein so tugendhaftes Fräulein wie Katharina in Versuchung geraten könnte? Oder doch eher du selbst?«, lachte der Knappe laut, aber sein Lachen klang in Lucias Ohren nicht sehr aufrichtig.

»Aha, so hatten die Söldner also doch recht …«, bemerkte Lucia trocken. »Nun, es wird sich nicht wiederholen, das lass dir gesagt sein! Der König bat mich zwar, deinem Herrn bei seinen Ermittlungen zu helfen, vor allem aber hat er mir die Aufsicht über das Jungferngefolge anvertraut. Nun sind wir zwar nur noch zwei Mädchen, aber umso mehr werde ich dafür sorgen, dass nichts Jungfer Katharina von ihren frommen Zielen ablenkt.« Sie zwinkerte Otto zu, drehte sich um und verschwand in Richtung Kajüte.

Das Mittagessen wurde ihnen vom Schankwirt aufs Schiff gebracht. Er stellte einen Eisenkessel mit heißem Fleischeintopf auf den Tisch in der großen Kajüte des Unterdecks, dann streckte er die Hand aus und verlangte dafür einen Silberling. Er fügte noch hinzu, wenn er sie weiterhin bekochen solle, müssten sie auch dafür zahlen.

Lucia protestierte: »Gefangenen steht gewöhnlich freie Kost zu.«

»Richtig«, sagte Otto. »Allerdings ist das meistens schimmeliges altes Brot und schales Wasser.«

Katharina von Gutstein griff nach dem Beutel an ihrem Gürtel und bezahlte das Essen. Dann gab sie beim Wirt eine gebackene Gans für den folgenden Tag in Auftrag. Dieser verneigte sich höflich und zählte die verschiedenen Möglichkeiten auf, nach denen er die Gans zubereiten könne, die Edelleute sollten es sich aussuchen. Schließlich einigte man sich darauf, dass die Gans in Honig gebacken und mit Pflaumen gefüllt werden solle.

Während Otto und die beiden Mädchen dem Wirt noch lebhaft erklärten, wie sie sich die Zubereitung der Speise vorstellten, saß Jost von Landstein still und fast apathisch da. Sprach man ihn an, nickte er nur abwesend und schwieg ansonsten. Schließlich hielt Lucia es nicht mehr aus. Eindringlich redete sie auf ihren Bruder ein, er solle nicht länger an Johanna von Blatna denken – stamme sie auch aus vornehmer Familie, so habe sich doch am Ende gezeigt, dass sie schlimmer sei als eine Straßendirne.

»Sie hat mich verraten«, jammerte er, und in seinen Augen standen Tränen, die gar nicht zu seinem sonst etwas rauen ritterlichen Wesen passten. »Und wisst ihr, was das Ärgste ist? Sie ist nicht nur eine Dirne, sie ist auch eine kaltblütige Mörderin! Ich habe eine Mörderin umarmt! Und ihr sogar meine Liebe gestanden … Warum können Frauen nicht treu und ehrenhaft sein wie Ritter? Was für eine Schlangenbrut!«

Seine Aussage sorgte für einen Entrüstungssturm bei den beiden Edelfräulein. Doch Otto übertönte die Jungfrauen mit seinen Ermahnungen, doch wenigstens für einen Moment still zu sein, denn ihm scheine an Josts Worten etwas ganz anderes interessant als die Frage, ob Frauen aus dem Geschlecht der Basilisken, Skorpione, Schlangen und Heuschrecken stammten, sprich aus allem, was mit der Apokalypse zu tun habe.

Katharina von Gutstein versuchte, ihm unter dem Tisch einen Tritt zu verpassen, doch der Tisch war zu breit, und sie erreichte ihn nicht, weshalb sie rasch aus einem Stück Fladen ein Kügelchen formte und es nach ihm warf.

Otto wich geschickt aus und fuhr, ohne mit der Wimper zu

zucken, fort: »Ihr sagtet gerade, Herr Jost, Johanna von Blatna sei eine Mörderin. Wen hat sie denn auf dem Gewissen?«

»Wen sie auf dem Gewissen hat?« In einer Geste ohnmächtiger Verzweiflung breitete Jost die Arme aus. »Den päpstlichen Gesandten! An besagtem Abend hatte Johanna ihn schon einmal aufgesucht, und als sie ihn verließ, war er noch am Leben. Die Nacht verbrachte sie dann bei mir und bestätigte später in den Verhören, ich hätte mich keinen Augenblick aus der Kammer entfernt – was auch der Wahrheit entsprach. Doch Herr Ulrich von Kulm kam nicht auf die Idee, auch die umgekehrte Frage zu stellen. Johanna verließ in jener Nacht nämlich für einen kurzen Moment meine Kammer, angeblich um ihre Notdurft zu verrichten. Ich hatte zwar ein Nachtgeschirr in meiner Kammer, doch sie genierte sich vor mir und sagte, sie werde schnell zum Abtritterker neben dem Rittersaal gehen. Mir fiel damals im Traum nicht ein, misstrauisch zu werden. Erst heute Morgen erinnerte ich mich an dieses Detail, und da wurde mir alles klar. Bevor sie mit Guido von Lusignan abreiste, konfrontierte ich sie damit, den Mord begangen zu haben. Und wisst ihr, was ihre Antwort war?«

»Sie hat dich ausgelacht«, sagte Lucia unbarmherzig.

»So ist es«, antwortete Jost leise und ließ den Kopf hängen. »Aber sie hat nicht über meine Anschuldigung gelacht, sondern die Mordtat bestätigt. Sie erklärte, sie könnten es nicht dulden, dass ein Mitglied der päpstlichen Kurie seine Nase in die ganze Angelegenheit stecke.«

»Sie könnten es nicht dulden … Wen hat sie außer sich selbst damit gemeint?«, wollte Otto wissen.

»Das hat sie mir nicht verraten. Vermutlich die Templer, was weiß ich? Sie sagte, wie töricht ich doch sei, zu denken, sie könne eines Tages mir gehören«, schüttete Jost von Landstein verzweifelt sein Herz aus. Dann griff er nach einem Krug Wein und trank ihn in einem Zuge leer.

XXVI. Kapitel

Zwei Tage nach Sankt Lucia erreichten Ulrich von Kulm und Agnes von Böhmen Bordeaux. Sie befanden sich nun schon in der ersten Hälfte der Adventszeit, doch sie hatten Glück, denn der Winter hatte sein härtestes Gesicht bislang noch nicht gezeigt. Vom Meer her wehte oft ein starker, aber eher milder Wind, und wenn sich am Himmel die Wolken zusammenballten, regnete es meistens nur fein. Nur einmal hatten sie mit dichtem Schneefall zu kämpfen. Sie nutzten diesen Umstand, indem sie nirgendwo länger verweilten und oft von früh bis spät im Sattel saßen.

Es kam vor, dass sie einen ganzen Tag lang fast gar nicht miteinander sprachen. Äbtissin Agnes blickte die meiste Zeit finster drein und fuhr Ulrich oft schon wegen Kleinigkeiten an. Der hatte Verständnis dafür, wären solche tagelangen Ritte doch auch für Jüngere schon anstrengend gewesen. Außerdem schien der Tod der inzwischen fünf Mitreisenden, die von Böhmen aus mit ihr auf Wallfahrt gegangen waren, schwer auf ihr zu lasten. Und wenn sie auch nach den langen Tagesreisen zerschlagen war, so ließ sie es am Abend doch niemals aus, lange Gebete für das Seelenheil der Verstorbenen zu sprechen. Besonders in den letzten Tagen war ihr die Erschöpfung deutlich anzumerken gewesen, trotzdem lehnte sie es mit der typischen Hartnäckigkeit der Přemysliden ab, irgendwo eine längere Rast einzulegen. Selbst die Feiertage von Sankt Katharinen und Sankt Nikolaus hatten sie so im Sattel verbracht.

Nur an einem Abend, als sie für die Nacht in einem Zisterzienserkloster hinter Limoges Unterkunft bezogen, war sie redseliger gestimmt gewesen. Nach der abendlichen Andacht ging sie noch nicht schlafen, sondern schlug Ulrich von sich aus vor, noch ein wenig Wein zusammen zu trinken. Sie setzten sich in die Sessel vor dem Kamin, die Flammen warfen einen flackernden Widerschein auf das müde Gesicht der alternden Äbtissin, und feine Falten zeichneten sich um ihren Mund und ihre Augen ab. Sie trank einen Schluck aus ihrem Becher, dann stellte sie Ulrich mit leiser Stimme die Frage, ob ihm schon aufgefallen sei, wie hart Gott seine Getreuen auf die Probe stelle. Sie wartete nicht wirklich auf eine Antwort, sondern hatte wohl eher das Bedürfnis, sich mitzuteilen. Denn sie nahm noch einen Schluck und fuhr leise fort, während sie auf die Flammen im Kamin sah, als blicke sie zurück in die Vergangenheit: »Heute ist es genau dreißig Jahre her, dass Kaiser Friedrich II. unsere Verlobung löste und ich von Neapel nach Prag zurückkehren musste. Damals war ich unglücklich, später aber dankte ich Gott dafür, dass er mich vor dem bitteren Los bewahrte, an der Seite eines Kaisers zu leben, der für seine Gottlosigkeit mit dem Bannspruch belegt wurde.«

»Und so habt Ihr Euer Leben dem Dienst an Christus geweiht«, ergänzte Ulrich mit verständnisvollem Nicken. Doch zu seinem Erstaunen schüttelte sie vehement den Kopf.

»Danach wurde ich mit dem englischen König Heinrich aus dem Hause Plantagenet verlobt«, setzte sie ihre Erinnerungen fort. »Als er dieses Verlöbnis nach drei Jahren auflöste, schmerzte es mich schon nicht mehr so sehr. Ich hatte den englischen König noch keinmal gesehen, die Verlobungszeremonie fand in Prag lediglich in Anwesenheit seiner Boten statt. Heinrich erwies sich als noch gottloserer Monarch als Kaiser Friedrich II. Nein, seinetwegen habe ich niemals gelitten. Nicht einmal zu Gott gebetet. Und du kannst mir glauben: Auch wenn mir dazumal der junge Kaiser Friedrich sehr gefallen hatte und ich ihn wohl auch liebte, so war es doch nicht einmal seinetwegen, dass ich den Weg der Demut und der Buße wählte.«

Agnes von Böhmen hob ihren Becher und wartete ab, bis Ulrich von Kulm ihn nachgefüllt hatte. Er schwieg, denn er hatte begriffen, dass seine Fragen oder Antworten in diesem Moment überflüssig waren.

»Bisweilen habe ich mich gefragt, ob ich den besten Weg gewählt habe. Jeder Christ zweifelt gelegentlich an seinem Los. Auch die Äbtissin eines Klosters. Doch je älter ich wurde, desto gewisser wurde ich mir, dass ich richtig gehandelt hatte. Und jetzt weiß ich es genau. Jawohl, ebendiese Reise nach Compostela ist die Mission, mit der Gott mich hier auf Erden betraut hat. Ich muss unsere Sünden wiedergutmachen. Und ich darf ihn nicht enttäuschen!«

»Nur Christus konnte die Sünden von den Menschen nehmen, ehrwürdige ältere Schwester«, versuchte Ulrich sie zu beruhigen. Er hatte sie noch nie so aufgewühlt erlebt.

»Ich rede nicht von den Menschen, edler Herr Ulrich! Ich meine uns, die Přemysliden. Die Sünden unseres Blutes.«

»In allen Herrschaftshäusern des christlichen Europas werdet Ihr jemanden finden, den der Papst exkommuniziert hat, einen anderen, der aus Machtgründen Vater oder Bruder gemordet, einen Schwur gebrochen oder sich nicht so christlich verhalten hat, wie es einem Ritter gebührt. Zu herrschen ist keine einfache Bestimmung. Ich will niemanden entschuldigen, doch weshalb wollt Ihr Euch das aufbürden? Die Přemysliden sind weder besser noch schlechter als andere Herrscher.«

Sie nickte und trank ihren Becher leer, dann ließ sie sich erneut nachschenken. Sie ließ den Kopf hängen, schüttelte ihn unmerklich und seufzte, als hätte sie sich zu einem schweren Schritt entschlossen. »Lieber Ulrich, ich meine eine weit schlimmere Sünde. Ich muss die schreckliche Schande wiedergutmachen, die immer noch an uns haftet. Ich spreche nicht von den Vorfahren der přemyslidischen Seite, sondern von jenem Blut, das meine Mutter in unser Geschlecht einbrachte. Konstanze von Ungarn war in ihrer Jugend bestimmt die schönste Frau der Christenheit. In ihren Adern floss das leidenschaftliche Blut jener wunderbaren Frauen des Ostens, aber auch der wagemutigen christlichen Ritter, die das Grab Christi befreit haben. Meine Großmutter mütterlicherseits nämlich war Agnes von Antiochia, und diese war die Tochter des Rainald von Châtillon. Es stimmt, Ritter, die raubten, mordeten und ihre Verbündeten verrieten, finden sich unzählige. Doch dieser Rainald von Châtillon trägt die Schuld daran, dass die Ungläubigen Jerusalem zurückeroberten. Mein Urgroßvater ist verantwortlich dafür, dass die Muselmanen Christi Grab besetzten. Und wenn es nur das wäre!«

Agnes von Böhmen nippte an ihrem Becher, schüttelte erneut den Kopf und schwieg. Ulrich forderte sie nicht zum Weiterreden auf, sondern wartete geduldig ab.

Eine Weile schwiegen sie beide, dann stand Agnes von Böhmen plötzlich auf und erklärte, es sei schon spät und morgen erwarte sie noch eine lange Wegstrecke. Es sei Zeit, schlafen zu gehen.

Später kam sie nicht mehr auf das Gespräch zurück.

Bordeaux lag am Ende einer langgezogenen, schmalen Bucht, die sich tief ins französische Festland einschnitt. Hier mündete die Garonne in den Ozean. Die Stadt war von einer mächtigen Mauer mit etlichen Türmen und einem breiten Wassergraben umgeben. Nachdem Ulrich und Agnes von Böhmen die Brücke überquert hatten und durch das Tor in die Stadt eingeritten waren, begaben sie sich direkt zum Hafen.

Einige Handelsschiffe waren dort an Land gezogen worden, und massive Balken stützten ihre dickbäuchigen Rümpfe. Zwischen den Schiffen liefen Arbeiter herum, die mit Wergfasern und heißem Pech die Ritzen zwischen den Brettern abdichteten. Andere schabten Algen von den schwarz gewordenen Flanken. Über allem schwebte der Geruch nach fauligem Fisch, morsch gewordenem Holz und abgestandenem Salzwasser. Andere Handelsschiffe lagen fest vertäut an langen Molen, und man sah Tagelöhner Warenballen von ihnen heruntertragen, während andere Schiffe bereits wieder beladen wurden. Etwas weiter entfernt, vor einer kleinen steinernen Festung, die den Zugang zum Hafen sicherte, ankerten vier große Militärkaravellen.

Wenn auch überall friedliche Ordnung herrschte, erfasste Ulrich doch eine seltsame Beklommenheit. Zum ersten Mal in seinem Leben würde er das Meer sehen. Dessen Weite und Unendlichkeit waren etwas, das sich dem Verstand eines Christenmenschen entzog. Ganz in der Ferne, wo die Wasseroberfläche den Horizont berührte, endete die Welt. Die Vorstellung dieses Endes beunruhigte ihn mehr als die Leere, mit der die Gelehrten die Unendlichkeit beschrieben. Was befand sich hinter dem Ende der Welt? Jeder vernünftige Mensch wusste doch, dass sich hinter den Mauern, die eine Stadt umgaben, eine weite Landschaft erstreckte. Was aber befand sich hinter dieser Grenze, die das Ende der Welt markierte?

Ihm wurde bewusst, wie wenig er darüber in seinen jungen Jahren in der Klosterschule erfahren hatte. Es ärgerte ihn zutiefst, wenn er daran dachte, dass der Papst die Lektüre von Aristoteles' Schriften über die Natur verboten hatte. Vielleicht zum ersten Mal kam ihm der ketzerische Gedanke, ob es richtig war, dass die Kirche den Menschen vorschrieb, was sie zu denken hatten. Ein Christ sollte an die Botschaft des Evangeliums glauben, aber sollte er nicht gleichzeitig auch nachdenken? Wenn Gottes Ordnung die richtige war, konnte der Glaube doch nicht im Widerspruch zur Vernunft stehen. Wenn sie allerdings nicht ... An dieser Stelle hielt er inne und verbot sich weitere Gedanken. Er war Ritter und königlicher Prokurator, mehr nicht. Sollten sich die Meister der hohen Gelehrsamkeit mit Aristoteles und der menschlichen Vernunft abquälen ... Er begleitete Agnes von Böhmen zu einem komfortablen Gasthaus unweit des Hafens, wo sie sich etwas ausruhen konnte. Er selbst wollte inzwischen auskundschaften, wann ein Schiff nach Galicien fahren würde. Er hatte Glück, denn gleich das zweite Segelschiff, das er aufsuchte, sollte laut der Besatzung die portugiesische Stadt Porto ansteuern, und alle Matrosen versicherten, es bereite keine Umstände, unterwegs in Muros, nicht weit von Compostela, Station zu machen, sie hätten schon vielen Pilgern diesen Dienst erwiesen. Er müsse sich nur mit dem Kapitän einig werden. Ein lockenköpfiger Schiffsjunge, der Ulrich ein wenig an seinen Knappen erinnerte, erklärte fröhlich, sie hätten schon so häufig für Pilger in Muros haltgemacht, dass er dort bereits ein hübsches Mädel für sich gefunden habe.

Ulrich fand Kapitän Santander in einer nahe gelegenen Spelunke. Er saß mit seinem Steuermann und einem anderen Seekapitän an einem Tisch, wo sie zusammen irgendeinen widerlich riechenden, öligen Schnaps tranken. Während seiner Reise durch den französischen Süden hatte Ulrich selbst schon einmal so einen Schnaps probiert und wusste, dass er wesentlich stärker war als Met oder Wein und von Mauren hergestellt wurde. Man konnte nicht viel davon trinken, denn er stieg einem schnell zu Kopfe. Die drei dort am Tisch saßen offenbar an ihrer ersten Flasche, denn sie waren zum Glück noch nüchtern.

Ulrich stellte sich vor und trug seine Bitte vor – nicht ohne zu erwähnen, dass man sehr gut zahlen werde. Kapitän Santander strich sich verlegen mit einer mächtigen braunen Hand über die Kinnstoppeln und fragte, ob sie wirklich aus Böhmen kämen. Als Ulrich dies bejahte, schüttelte er bedauernd den Kopf und erklärte, die Fahrt sei im Winter zu gefährlich. Er könnte es sich nicht verzeihen, wenn bei einem Schiffbruch fromme Pilger ums Leben kämen. Nur wenn er eine Empfehlung vom Hafenverwalter bekomme, könne er sie an Bord nehmen, andernfalls nicht.

Ulrich hatte keine Erfahrung mit den Abläufen an einem Meereshafen, trotzdem kam ihm die Erklärung des Kapitäns merkwürdig vor. Ihm war jedoch klar, dass er keine Wahl hatte, und so begab er sich von der Spelunke aus direkt zu der kleinen Festung, vor der die Karavellen mit der Flagge des französischen Königs ankerten.

Der Hafenverwalter war irgendein Baron Soundso; obgleich er seinen Namen zweimal wiederholte, war er nicht zu verstehen. Er sprach mit einem so grauenhaften Akzent Latein, dass Ulrich nur mit Mühe jedes dritte Wort erraten konnte. Der Franzose gab sich aber sichtlich auch keine größere Mühe, sich dem Fremden verständlich zu machen. Er war ganz klar davon überzeugt, dass er hier zu Hause war und dass jemand, wenn er etwas von ihm wollte, eben Französisch lernen musste.

Sie redeten so lange aneinander vorbei, bis ein Schreiber erschien, der sehr gut Deutsch sprach. Auf verständliche Weise erklärte er Ulrich, dass es seit Beginn des Advents untersagt sei, Fremde per Schiff aus Frankreich hinauszubefördern, sofern sie nicht einen Geleitbrief des französischen Königs vorweisen könnten. Er machte entschuldigend einen kleinen Diener, er wisse auch nicht, wie es zu so einer Anordnung gekommen sei, er selbst sei nur ein Schreiber. Er könne ihm jedoch versichern, dass es vergebliche Mühe wäre, es in anderen umliegenden Häfen zu versuchen, denn die Anordnung gelte seines Wissens entlang der ganzen Küste.

Der Hafenverwalter nickte zu allem mit wichtiger Miene und ließ sich auch nicht durch das Angebot erweichen, dass Ulrich für eine Bewilligung großzügig bezahlen würde. Es war ihm zwar anzusehen, wie gern er ihm unter diesen Bedingungen entgegengekommen wäre, aber er wagte es nicht, hatte er doch seine Anweisungen.

Der Verwalter gab Ulrich zu verstehen, dass die Audienz beendet sei, und wies schon mit der Hand zur Tür, da bat Ulrich den Schreiber: »Übersetze deinem Herrn noch Folgendes: Ich habe zwar keinen Geleitbrief, aber ich besitze eine andere wichtige Botschaft des französischen Königs. Der Baron möchte sich doch bitte das hier ansehen.« Er griff nach dem Lederbeutel an seinem Gürtel und zog den Ring hervor, den Otto in dem Beutel Guidos von Lusignan gefunden hatte. Er glaubte zwar nicht, dass der französische Gesandte Otto den Ring nur aus einer gutmütigen Laune heraus gegeben hatte, und vermutete, dass der Hafenverwalter von Bordeaux, sobald er ihm den Ring gezeigt hatte, einen Boten nach Paris oder anderswohin schicken würde, um Kunde davon zu geben, dass hier ein Mann mit diesem Ring aufgetaucht war, doch er musste das Risiko eingehen. Agnes von Böhmen und er befanden sich im Wettlauf mit der Zeit.

Der Hafenverwalter nahm den Ring umständlich in die Hand und musterte ihn eine Weile. Dann nickte er schon deutlich höflicher und fügte respektvoll hinzu, das sei nun freilich etwas anderes. Der edle Herr aus Böhmen solle in einer Woche wiederkommen, bis dahin lasse er ihm eine entsprechende Urkunde ausstellen.

»Aber ich muss noch heute abreisen, spätestens morgen!«, protestierte Ulrich heftig. Er ging davon aus, dass der Verwalter lediglich die Instruktion erhalten hatte, einen Mann mit diesem Ring zu melden, mehr wusste er sicher nicht, allenfalls dass er ihn aufzuhalten hatte; bestimmt aber hatte er keine Ahnung, worum es hier in Wahrheit ging. Deshalb hoffte Ulrich, dass er sich durchsetzen konnte, wenn er nur herrisch genug auftrat. Und er sollte recht behalten. Eine Weile diskutierten sie noch hin und her, dann ließ ihm der Hafenverwalter schließlich an Ort und Stelle eine Urkunde mit der Ausreiseerlaubnis ausstellen.

Noch am selben Abend schifften sich Ulrich und die Äbtissin auf der Karavelle von Kapitän Santander ein. Sein Schiff hieß *Saint Michel* und transportierte Säcke mit getrocknetem Lavendel, Stoffballen und Wein nach Portugal. Dank dieser Waren stank es an Bord weniger als auf den meisten anderen Schiffen. Sie erhielten eine kleine Kajüte im Unterdeck, und früh am nächsten Morgen wurden bei Ebbe die Anker gelichtet.

Agnes von Böhmen war in der bequemen Reisekleidung an Bord gekommen, die sie zum Reiten getragen hatte, doch in der Kajüte zog sie wieder ihre graue Ordenstracht an. Als sie so gekleidet am Morgen an Deck erschien, brach unter den Seeleuten sofort ein Streit darüber aus, ob die Anwesenheit einer Nonne an Bord Unglück verheiße oder nicht. Der Steuermann schlug sogar vor, zum Hafen zurückzukehren und die beiden Passagiere wieder abzusetzen. Schließlich musste der Kapitän höchstpersönlich eingreifen. Er erklärte, auch seiner Erfahrung nach bringe ein solcher Fahrgast Unglück, doch falls der edle Herr Ulrich von Kulm gewillt sei, zwanzig Silberlinge hinzuzuzahlen, sei er bereit, das Risiko auf sich zu nehmen.

Letztlich blieb die Angelegenheit der einzige Störfall während der Überfahrt. Der fortgeschrittenen Jahreszeit zum Trotz herrschte ausgezeichnetes Wetter, und einige Matrosen verbreiteten schon die Ansicht, die Anwesenheit der Nonne an Bord bringe ihnen gar Glück. Kapitän Santander musste dem schließlich Einhalt gebieten und sie ausschimpfen, was für Dummköpfe sie seien, wenn sie dergleichen behaupteten, denn dann müssten sie die zwanzig Silberlinge ja unweigerlich zurückzahlen. Ulrich, der den Wortwechsel mitangehört hatte, fügte ironisch hinzu, sie müssten sie nicht nur zurückgeben, sondern auch noch für das Glück draufzahlen, das sie dem Schiff gebracht hätten. Sofort änderten die Seeleute wieder ihre Meinung, und sobald die kleinste Wolke am Himmel auftauchte, begann die ganze Besatzung laut zu verkünden, dass Glück auf dem Meer völlig anders aussehe als das, was ihnen hier begegne, und dass sich daraus noch ein ordentlicher Sturm entwickeln könne.

Eine Woche später erreichten sie den Hafen von Muros. Das Schiff fuhr allerdings nicht bis zum Ufer, sondern warf im Eingang einer breiten Bucht den Anker aus. Kapitän und Besatzung verabschiedeten sich freundlich von den Passagieren, und ein kleines Boot mit zwei Ruderern brachte Ulrich und die Äbtissin an Land. Von hier aus war Compostela nur noch einen Tagesritt weit entfernt.

Als einstweilige Unterkunft suchten sie ein bequemes Pilgerhospital auf, das König Alfons X. von Kastilien vor nicht allzu langer Zeit hatte erbauen lassen. Es waren nur noch drei Tage bis zur Feier der Geburt des Herrn, doch fast alle Schlaflager waren von Pilgern belegt, denn auch zu dieser winterlichen Jahreszeit strömten Hunderte von Christen aus ganz Europa nach Compostela. So erwies es sich auch als schwierig, am Hafen zwei Pferde aufzutreiben, obwohl das ganze Städtchen von den Diensten für die Wallfahrer lebte.

Ein Kaufmann, der nicht weit von der Mole ein recht großes Gehöft besaß, erklärte Ulrich bedauernd, er habe alle Pferde bereits vergeben, er könne ihnen jedoch ein paar Esel anbieten. Für eine Pilgerreise zum Grab des Apostels seien sie ja auch viel besser geeignet, sei doch der Esel das Tier, auf dem auch der heilige Jakobus durch Spanien gereist sei. Auch anderswo sah es nicht besser aus. Im Sommer pilgerten die Wallfahrer gewöhnlich zu Fuß nach Compostela, doch im Winter nutzten sie alle lieber Pferde.

Erst der örtliche Schultheiß konnte Ulrich weiterhelfen. Er

riet ihm, auch die Bauern in den umliegenden Dörfern zu befragen, die ebenfalls Pferde für Pilger bereithielten, da ihnen das zu manchen Zeiten ordentliche Einkünfte bringe. Sie verlangten außerdem niedrigere Preise als die städtischen Händler. Und er fügte noch freundlich hinzu: »Lasst Euch nur keinen Esel aufschwatzen! Er ist zwar ein biblisches Tier, aber auch hübsch starrsinnig. Da seid Ihr schneller zu Fuß. Verzeiht mir meine Neugier, aber woher kommt Ihr eigentlich?«

»Aus dem Königreich Böhmen«, antwortete Ulrich bereitwillig, denn der Schultheiß von Muros schien ihm ein aufgeschlossener und sympathischer Mann zu sein.

»Das dachte ich mir«, nickte dieser zufrieden. »Dann seid Ihr es wohl, den jener Mann sucht, mit dem ich heute Morgen gesprochen habe.«

»Aber niemand weiß, dass wir hier sind«, antwortete Ulrich vorsichtig.

»Ihr täuscht Euch, edler Herr«, widersprach der Schultheiß. »Er hat mir Euch ganz genau beschrieben. Ihr nennt Euch Ulrich von Kulm, ist es nicht so?«

XXVII. Kapitel

»Wir sollten diesen Mann anhören, der uns gesucht hat«, meinte Agnes von Böhmen, als Ulrich ihr von der beunruhigenden Neuigkeit erzählte. »Vielleicht ist er ein Pilger, der unsere Hilfe benötigt!«

»Das bezweifle ich. Wie sollte er dann meinen Namen erfahren haben?«, widersprach Ulrich. »Ich will versuchen ihn zu finden. Und ihn auf Herz und Nieren prüfen. Herausfinden, wer er ist und warum er sich für uns interessiert. Ganz bestimmt benötigt er nicht unsere Hilfe. Dagegen ist etwas anderes denkbar: Auf Burg Landstein übergab ich Euch den Brief von Eurem Verwandten, dem kastilischen König. Habt Ihr vielleicht ihm geschrieben, dass ich Euch begleiten würde? Und dass wir per Schiff nach Galicien zu reisen gedächten?«

»Ich habe ihn um seinen Schutz gebeten«, antwortete sie.

Ulrich nickte und sagte nichts weiter. Unter Wallfahrern irgendetwas herauszufinden war ebenso vergebliche Mühe, wie Wasser in ein Sieb zu schöpfen. Seiner Ansicht nach musste der kastilische König zumindest ahnen, dass Agnes von Böhmen nicht nur des frommen Gedenkens wegen zum Grab des Apostels Jakobus reiste. Wenn das Geheimnis, um das sich alles drehte, so kostbar war, dass der Papst, die Templer und auch der französische König seiner habhaft werden wollten, warum sollte sich dann nicht auch der kastilische König darum bemühen? Die Tatsache, dass er mit Agnes von Böhmen verwandt war, war nicht unbedingt beruhigend, sondern machte ihn nur verdächtiger. Ulrich wusste, in Herrscherkreisen verließ man sich besser auf Fremde als auf Verwandte.

Er ließ Agnes noch einmal allein, um ins Städtchen zu gehen. In Muros gab es etwa fünfzig Häuser, und ein Drittel davon waren Schenken oder Herbergen für die Unterbringung von Pilgern. Er suchte eine nach der anderen auf und fragte sich durch. Als er den siebten oder achten Schankraum betrat, fiel ihm an einem der hinteren Tische das weiße Habit eines Prämonstratensers ins Auge. Er erkannte Bruder Hyacinthus und eilte auf ihn zu. Schnell konnten sie klären, dass er jener Mann war, der sich beim Schultheiß nach ihm erkundigt hatte, und Ulrich atmete erleichtert auf. Nicht dass er Hyacinthus vollkommen vertraute, aber es war ihm doch lieber so, als dass ein neuer Gegner aufgetaucht wäre. Der ganze Fall war auch so schon kompliziert genug, und die einzelnen Fäden verwirrten sich immer mehr, ohne dass Ulrich auch nur ansatzweise wusste, wie sich das Ganze auflösen sollte.

Er setzte sich zu dem Ordensbruder an den Tisch und bestellte einen kleinen Krug heißen Gewürzwein, um sich ein wenig aufzuwärmen. In der Kajüte auf dem Schiff war es schrecklich kalt gewesen, und hier an Land war es nicht viel besser. Vom Meer her wehte ein eisiger Wind, und zwischendurch schneite es sogar ein bisschen. Bruder Hyacinthus begann der Reihe nach zu erzählen, was sich zugetragen hatte, nachdem Ulrich die Pilgergruppe verlassen hatte. Dieser hörte ihm aufmerksam zu und reagierte mit großer Empörung, als er vom Verrat des Peter von Rosenberg und der Johanna von Blatna erfuhr. Und nicht geringer war seine Überraschung, als Bruder Hyacinthus ihm erzählte, der Minoritenbruder Gregor sowie der Bibliothekar Emmeran von Greifsfeld seien auf dem Schiff ermordet worden. Er habe dann jedoch fliehen müssen, bevor er Genaueres in Kenntnis bringen konnte.

Nachdem Hyacinthus geendet hatte, nickte Ulrich vor sich hin. »Dem Gesandten des französischen Königs war von Anfang an nicht zu trauen«, sagte er. »Doch der Verrat der eigenen

Leute schmerzt besonders. Da fällt mir etwas ein: Als wir damals in Konstanz Guido von Lusignan zum ersten Mal begegneten, meintest du, er würde dich an irgendjemanden erinnern, und dieser Jemand sei schon lange tot. Ist dir dazu noch etwas eingefallen? Eine Sache kann ich nämlich nicht recht glauben. Dass sein Name wirklich Lusignan ist. Und schon gar nicht glaube ich, dass er der Sohn des Königs von Jerusalem ist, wie er uns gegenüber behauptet hat.«

»Und warum glaubt Ihr das nicht?«, fragte der Prämonstratenser neugierig. Er leerte seinen Krug, lehnte aber ab, als die Kellnerin ihm nachschenken wollte.

»Als jener erste Guido von Lusignan bei Hattin die Niederlage gegen die Muselmanen erlitt und die heilige Stadt Jerusalem verlor, war er bereits ein gereifter Mann. Und die Schlacht hat vor achtzig Jahren stattgefunden. In was für einem biblischen Alter hätte er da diesen Sohn zeugen müssen, der nun als Gesandter des französischen Königs auftritt?«

Bruder Hyacinthus nickte freundlich, doch die Überlegungen des Ulrich von Kulm schienen ihn nicht allzu sehr zu interessieren. Er war nicht wie der Knappe Otto. Er war ein Ordensmann und daran gewöhnt, sich an Regeln zu halten und Anweisungen zu befolgen. Plötzlich änderte sich jedoch sein Gesichtsausdruck, seine Züge entglitten ihm, und er bekreuzigte sich hastig, denn etwas schien ihn aufzuwühlen. Ulrich fragte ihn, ob etwas geschehen sei, er wirke so verändert. Der Prämonstratenser erwiderte mit vorgetäuschter Ruhe, es sei nichts, doch Ulrich war sich sicher, dass ihm etwas eingefallen war. Etwas, das Guido von Lusignan betraf. Vielleicht war ihm klar geworden, wer dieser in Wirklichkeit war, doch aus irgendeinem Grund wollte er nicht darüber reden. Zur sichtlichen Erleichterung des Prämonstratensers wechselte er daher das Thema und erkundigte sich, wie er es überhaupt geschafft habe, so schnell hierherzugelangen, und wie es ihm gelungen sei, sich in Frankreich einzuschiffen.

»Ich bin eben ein Mann«, antwortete der Ordensbruder. Kurz stutzte er, dann lief er rot an, und sein Blick irrte umher, als hätte er etwas Ungehöriges gesagt. Er fasste sich jedoch schnell wieder und erklärte, er meine damit, er habe wohl einfach länger und schneller reiten können als die ehrwürdige ältere Schwester Agnes. Manchmal sei er auch in der Nacht noch weitergeritten.

»Und als ich dann an der Küste feststellte, dass ich nicht an Bord eines Schiffes kommen würde, ohne dass die Behörden des französischen Königs davon erführen, wurde mir klar, dass ich die Sache anders angehen musste«, erklärte er nicht ohne Stolz. »Als Ordensmann hätte ich vielleicht an dem einen oder anderen Hafen eine Reiseerlaubnis erhalten, doch womöglich wäre man mir gefolgt, und dann hätte ich die Verfolger unwillkürlich zu Euch geführt. Das wollte ich natürlich nicht. Und so habe ich mich an Schmuggler gewandt.«

»Woher wusstest du denn, wo du welche finden würdest?«, fragte Ulrich vorsichtig. Er musste auf der Hut sein und jede Information sorgsam abwägen, schließlich hatten schon zu viele Dinge, die ihm die Mitglieder der Pilgerschaft erzählt hatten, nicht der Wahrheit entsprochen. Er konnte sich nicht einmal sicher sein, dass es wirklich stimmte, was Hyacinthus ihm über die Vorgänge auf dem Schiff des französischen Königs berichtet hatte. Vielleicht war es so, wie der Prämonstratenser behauptete, es konnte aber ebenso gut sein, dass nicht der junge Rosenberg, sondern er selbst der Verräter war und Guido von Lusignan ihn hierhergeschickt hatte. Im Moment blieb Ulrich allerdings nicht viel anderes übrig, als darauf zu vertrauen, dass Bruder Hyacinthus die Wahrheit sprach. Trotzdem musste er wachsam bleiben. Seit sie Burg Landstein verlassen hatten, war Bruder Hyacinthus auffällig oft dort gewesen, wo sich etwas Verdächtiges ereignet hatte. Zuletzt in Besançon, wo er angeblich verschwunden war, weil jemand ihn der Ketzerei beschuldigt hatte. Auf dieses Ereignis hin hatte Ulrich die Äbtissin zu ihrer Pilgergruppe zurückgebracht, wo kurz darauf jemand versucht hatte, sie zu vergiften.

»Ihr dürft nicht vergessen, edler Herr, dass ich aus Südfrankreich stamme«, sagte Bruder Hyacinthus mit bitterem Lächeln. »Ich spreche Okzitanisch, und deshalb vertrauen mir die Leute von hier. Spräche ich mit ihnen Französisch, wären sie sicher misstrauischer, aber so bin ich einer von ihnen. Und Schmuggler gibt es an der Küste überall. Das war nicht das Problem.«

»Sondern?«, fragte Ulrich, den die letzten Worte des Prämonstratensers in ihrer Betonung neugierig machten.

»Gott stellt uns immer wieder vor schwere Prüfungen«, sagte Hyacinthus bedeutungsvoll. »Natürlich setzten mich die Schmuggler nicht hier am Hafen ab. Sie haben eine eigene Anlegestelle etwas weiter entfernt in einer gut verborgenen Bucht. Ihr habt sicher die Felsen entlang der Küste gesehen. Sie sind so hoch und die Brandung so stark, dass niemand diesen Ort finden würde, der ihn nicht kennt. Wir legten nachts dort an, und so musste ich zu Fuß im Dunkeln hierher nach Muros laufen. Unterwegs hörte ich auf einmal Hufgeklapper. Aus einem Impuls heraus habe ich mich schnell versteckt. Da kamen einige Tempelritter von Muros hergeritten.«

Der Schultheiß hatte recht gehabt. Gleich im nächsten Dorf konnte Ulrich drei Pferde auftreiben, und so brachen die Äbtissin, Hyacinthus und er am nächsten Morgen in aller Frühe nach Compostela auf. Über Nacht hatte es geschneit, und der Weg war von einer dichten weißen Schicht bedeckt, doch zum Vormittag hin klärte sich der Himmel auf, und eine etwas müde Wintersonne kam zum Vorschein. Die Ebenen vor Bertamiráns wirkten glatt wie gebleichtes Leinen. Sie waren die Ersten, die an diesem Morgen hier unterwegs waren, und die Hufe ihrer

Pferde machten die Unberührtheit der glitzernden weißen Schneedecke zunichte.

Auf dem Weg kamen sie an einer Reihe hübscher Kapellen vorbei, und Agnes von Böhmen bestand darauf, in jeder von ihnen einen Moment zu pausieren und zu beten. Seit sie aufgebrochen waren, wirkte sie düster und ernst. Sie wusste, am Abend erwartete sie aller Voraussicht nach das, wofür sie den ganzen langen Weg auf sich genommen hatte. Sie betete dafür, dass Gott ihr die schwere Aufgabe erleichtern möge, die die sterbende Klara ihr aufgebürdet hatte. Vor den Kapellenportalen saßen Bettler und streckten den ankommenden Pilgern flehend die Hände entgegen. Agnes gab jedem von ihnen eine Handvoll kleiner Kupfermünzen. Hatte sie in Compostela auch eine ganz bestimmte Mission zu erfüllen, so vergaß sie doch nicht die ursprüngliche Bedeutung der frommen Wallfahrt, zu der auch die Barmherzigkeit gegenüber den Ärmsten gehörte.

Sobald die Sonne höher stand, schmolz die Schneedecke dahin und verwandelte sich in matschigen Schlamm. Kleine Mulden im Boden füllten sich mit schmutzigem Wasser. Dennoch kamen sie gut voran, und so tauchten am frühen Nachmittag die hohen Türme und Dächer der Kathedrale Santiago de Compostela vor ihnen auf. Auf der blassgrünen Oberfläche ihres Dachs aus Kupferblech spiegelte sich die Sonne wie ein goldener Wasserfall.

Beim Anblick des heiligen Ortes, an dem der Apostel Jakobus begraben lag, waren die drei Pilger aus Böhmen von ihren Pferden gestiegen und auf die Knie niedergesunken. Sie beteten mit gesenkten Köpfen, um Gott zu danken, dass er sie gesund hierhergeführt hatte. Die Sonne wanderte langsam zum Horizont, und die Schatten wurden länger. Ulrich wurde ein wenig ungeduldig, denn anders als Agnes von Böhmen und Bruder Hyacinthus fand er, dass sie für allzu viel Frömmigkeit nicht genug Zeit hatten. Es wurde früh dunkel, denn es war Wintersonnenwende, der kürzeste Tag des ganzen Jahres.

Erst als Agnes von Böhmen ihr Gebet beendet hatte, erhoben sich alle drei, doch sie stiegen nicht wieder in den Sattel, sondern gingen zu Fuß weiter Richtung Kathedrale und führten die Pferde am Zügel hinter sich her. Durch ein großes Tor betraten sie den riesigen Vorplatz der Kathedrale, den eine hohe Mauer mit massiven Ecktürmen umgab. Auf diesem Vorplatz herrschte reges Treiben: Entlang der Mauer reihten sich bunte Stände, an denen Krämer Fladen mit Fleisch- oder Gemüsefüllung, heißen Wein, Kerzen oder Skapuliere mit Reliquien des heiligen Jakobus feilboten. Auf der gegenüberliegenden Seite befand sich ein weitläufiger Unterstand mit einem dichten Schilfrohrdach, wo die Pferde der Pilgerreisenden vor steinernen Trögen angebunden waren. Über den Platz sah man ebenso Menschen in ärmlichen Kitteln wie Ritter in prunkvoller Rüstung laufen. Dazwischen wanderten Almosenmönche umher, die kleine Lederbeutel an Stangen befestigt hatten und diese den Pilgern mit auffordernder Geste entgegenstreckten.

Hyacinthus übernahm die Pferde und brachte sie zu dem Unterstand, um sie neben den anderen Tieren anzubinden und zu versorgen. Nach dem langen Ritt waren sie verschwitzt, sie mussten mit Stroh abgerieben und getränkt werden. Neben dem Eingang konnte man bei einem schwarzgelockten Markthändler Futtergetreide kaufen.

Ulrich folgte Äbtissin Agnes über den Platz und sah sich dabei wachsam um. Wenn jemand hinter ihnen her war, dann würde er sie wohl hier abpassen, schließlich musste er damit rechnen, dass sie früher oder später auf dem Platz auftauchen würden. Hier, direkt vor der Kathedrale, drohte der Äbtissin seiner Meinung nach die größte Gefahr. Sie ging sehr langsam, schritt mit gefalteten Händen voran und betete leise. Um sie herum blieb alles friedlich, und niemand schien auf sie zu achten.

Sie stiegen die lange Marmortreppe hinauf und traten durch das prächtig verzierte Portal in das Halbdunkel des Kirchenschiffs. Über ihnen strebten die Rippen des Gewölbes in die Höhe, und in der Luft lag der Duft von Weihrauch und wohlriechenden Kräutern. Nicht weit vor ihnen befand sich auf einem steinernen Podest das Grab des Apostels Jakobus des Älteren, das von einem Dutzend silberner Leuchter mit brennenden Kerzen umgeben war. Vor dem Grab knieten Pilger mit gesenkten Köpfen und beteten. Agnes von Böhmen blieb stehen, sie hatte Tränen in den Augen und war tief gerührt.

»Ich bitte dich, Herr Ulrich, lass mich für einen Moment allein«, bat sie ihn und ging auf das Grab des Apostels zu. Inmitten der Menschen kniete sie nieder und faltete die Hände.

Ulrich näherte sich einem jungen Geistlichen mit dunkler Haut, der an einem der Seitenaltäre stand und damit beschäftigt war, den Silberschrein auf der steinernen Mensa zu reinigen. »Kannst du mir helfen, Bruder?«, sprach er ihn in seinem kultivierten Latein an. »Ich suche einen Altaristen namens Petrus Waldes.«

»Den kenne ich nicht«, antwortete der Kleriker. »Es gibt so viele von uns. Ich bin erst seit drei Monaten hier. Frage einmal Bruder Orenseus. Das ist der ältere Mann dort am Fenster. Er kennt alle Brüder.« Dann wandte er sich wieder ab und fuhr geduldig mit seiner Arbeit fort.

Bruder Orenseus hörte sich Ulrichs Frage an und schüttelte dann den Kopf. »Ich bedaure, ehrwürdiger Bruder Pilger, aber ich kann dir nicht helfen. Bruder Petrus Waldes hat uns vor rund einem halben Jahr verlassen. Er ist nicht mehr in Compostela. Es geht die Rede, er sei zu Christi Grab nach Jerusalem aufgebrochen.«

Ulrich dankte ihm und mischte sich nun ebenfalls unter die Pilger vor dem Grab. Er behielt Agnes von Böhmen die ganze Zeit im Auge, wenn er auch nicht glaubte, dass ihr hier drinnen etwas zustoßen könnte, nicht hier auf geheiligtem Boden. Er wanderte um die schlanken Pfeiler, die das Gewölbe stützten, und dabei fiel sein Blick auf die tiefliegende Apsis, die durch ein silbernes Gitter vom Kirchenschiff getrennt war. Auf steinernen Stufen waren hier die Gaben bedeutender Besucher ausgestellt, die in der Vergangenheit das Grab des Apostels aufgesucht hatten. Neben jedem Gegenstand befand sich ein Täfelchen mit dem Namen des Stifters. Besonders hervor stach ein goldener Reliquienbehälter in Form des Apostelkopfes, den Kaiser Friedrich I., genannt Barbarossa, der Santiago-Kirche geschenkt hatte. Andere wunderbare Spenden stammten von kastilischen, französischen sowie englischen Herrschern, viele Gaben kamen auch von den Päpsten, unter anderem ein Kreuz, das mit Rubinen besetzt war, die das von Christus für die Sünden der Menschheit vergossene Blut symbolisierten – ein Geschenk von Papst Innozenz III. Fast rührend unter all diesen Prachtstücken wirkte ein vertrockneter Rosenkranz, den einst die heilige Hedwig hier zurückgelassen hatte. Daneben stand eine dicke rosafarbene Wachskerze der Klara von Assisi. Sie stand so, dass man nur das Ende der Aufschrift lesen konnte: … *des heiligen Apostels Jakobus.*

Als Ulrich so die Täfelchen mit den Namen studierte und schaute, ob nicht auch irgendein Stifter aus Böhmen dabei war, zog ihn plötzlich jemand am Ärmel. Neben ihm war ein buckliger Krüppel aufgetaucht. Er hatte nur eine Hand und war klapperdürr. Ulrich wollte schon nach seinem Beutel am Gürtel greifen, um ihm ein Almosen zu geben, da sagte der Krüppel leise: »Herr, wo kommt Ihr her?«

»Was interessiert dich das?«

»Es ist wichtig … Ich bitte Euch, antwortet mir. Und sprecht die Wahrheit, wir befinden uns in einem Gotteshaus.«

Ulrich zögerte einen Moment, dann erklärte er etwas unwirsch, er komme aus dem Königreich Böhmen, und wenn er nichts weiter von ihm wolle, dann solle er ihn in Frieden lassen.

»Das ist gut, dass Ihr Böhme seid«, sagte der Krüppel erfreut. »In diesem Fall kommt mit mir!«

»Wohin?«

»Ich hörte vorhin, dass Ihr den Altaristen Petrus Waldes sucht. Er wusste, dass hier eines Tages ein Pilger aus Böhmen auftauchen würde. Er hat mich gebeten, diesen dann sofort zu ihm zu bringen.«

»Es heißt aber, er sei ins Heilige Land gereist.«

»Unfug«, sagte der Krüppel ungeduldig und fasste Ulrich bei der Hand, um ihn eilig in Richtung Ausgang zu ziehen. »Er versteckt sich. Er fürchtet um sein Leben. Es ist gar nicht weit von hier, bitte kommt!«

»Ich bin nicht alleine«, protestierte Ulrich, aber der Krüppel ließ sich nicht abschütteln.

In vertraulichem Ton erklärte er: »Mehr Personen darf ich sowieso nicht mitbringen, nur eine. Bruder Waldes hat Angst. Erst wenn er mit Euch gesprochen hat, wird er vielleicht auch die anderen sehen wollen. Im Namen des Gekreuzigten, so kommt schon mit! Ich habe Euch doch erklärt, er bangt um sein Leben. Lasst Euch nichts anmerken. Und gebt acht, dass uns niemand folgt. Vor allem keiner der Geistlichen. Vor ihnen fürchtet sich Bruder Waldes am meisten!«

XXVIII. Kapitel

Agnes von Böhmen, die am Grab des Apostels Jakobus betete, nahm gar nicht wahr, was um sie herum geschah. Bruder Hyacinthus hingegen bemerkte, dass Ulrich von Kulm in Begleitung eines missgestalteten Männleins auf den Ausgang der Kathedrale zustrebte, und lief schnell zu ihm hin.

»Bleibe du hier bei der ehrwürdigen Äbtissin«, flüsterte Ulrich ihm zu. »Und versuche möglichst zu verhindern, dass sie die Kathedrale verlässt, solange ich noch nicht zurück bin.«

Der Prämonstratenser nickte und ging langsam zu einem der Seitenaltäre zurück, vor dem er gebetet hatte. Er war Johannes dem Täufer geweiht, wie Ulrich bemerkte, jenem Heiligen, der Jesus Christus getauft hatte. Die Waldenser Ketzer wandten sich mit Vorliebe an ihn als ein Symbol der Armut und Demut der Urchristen.

Draußen war es inzwischen dunkel geworden, doch der Platz vor der Kathedrale war von Dutzenden Kerzenflammen und einigen Feuern erleuchtet, die in den Mauerecken brannten. An den Krämerständen herrschte weiterhin Betriebsamkeit, und Ulrich hatte den Eindruck, dass es hier draußen mehr Pilger gab als im Innern der Kirche.

»Es ist gar nicht weit«, wiederholte der Krüppel und eilte mit ihm zum Tor hinaus. Über einen Weg, der zwischen krumm gewachsenen Olivenbäumen hindurchführte, liefen sie ins nahe gelegene Städtchen. Compostela lebte seinen ganz normalen Alltag, als wäre es nicht einer jener Orte, der Tausende frommer Christen anzog. Hausfrauen bereiteten das Abendessen zu, Knechte fütterten in den Ställen das Vieh, und die Hausherren saßen plaudernd unter den Vordächern. Ulrich und der Bettler passierten niedrige Häuser und gingen dann zwischen Gärten hindurch, bis sie zu einem kleinen Gebäude gelangten, das offensichtlich als Altenteil diente. Der Krüppel machte ein vereinbartes Klopfzeichen. Kurz darauf hörte man von innen das Scharren eines Riegels, und die Tür öffnete sich. Auf der Schwelle stand ein stämmiger Mann von etwa vierzig Jahren mit einem gutmütigen breiten Gesicht. Er blickte sich um, dann bedeutete er Ulrich mit einem schnellen Kopfnicken, einzutreten. Er dankte dem buckligen Bettler und gab ihm ein paar Silberlinge.

Drinnen gab es nur einen einzigen großen Raum. Er war spärlich eingerichtet, aber das Feuer im Ofen spendete eine heimelige Wärme. Der Mann stellte sich höflich als Petrus Waldes vor. Er lud Ulrich mit einer Geste ein, Platz zu nehmen. Eine Weile musterte er ihn nachdenklich, dann fragte er ihn mit scheuer Zurückhaltung: »Kommt Ihr wirklich aus Böhmen?«

Ulrich nickte. Aus der Nähe besehen wirkte der Mann jünger, als es zuerst den Anschein gehabt hatte. Seine Schläfen waren haarlos, und seine Augen hatten einen ungewöhnlichen blaugrünen Farbton. Er bewegte sich mit der langsamen Bedächtigkeit vieler Kirchenleute.

»Ich warte auf jemanden«, fuhr Petrus Waldes zögernd fort. »Falls Ihr mit der ganzen Sache vertraut seid, begreift Ihr sicher, dass ich vorsichtig sein muss. Ich werde nun einen Namen nennen. Wenn Ihr darauf richtig antwortet, werde ich Gott preisen, dass wir uns getroffen haben. Wenn Ihr die falsche Antwort gebt, werden wir wie zwei Menschen auseinandergehen, deren Wege sich zufällig gekreuzt haben, jedoch gleich darauf in verschiedenen Richtungen verlaufen, und wir werden diese unbedeutende Episode augenblicklich wieder vergessen. Nun denn ... Klara von Assisi.«

Ulrich nickte, zögerte jedoch seinerseits. Ihm wollte dieser ganze Empfang nicht recht gefallen. Vor allem irritierte ihn, dass Petrus Waldes die Kathedrale verlassen hatte und vermeintlich in weite Fernen aufgebrochen war, dabei aber in Wirklichkeit nur ein paar Schritte entfernt lebte, wenngleich er angeblich die Kirchenleute fürchtete. In Compostela konnte ihm doch jederzeit einer von ihnen begegnen. Dann fiel Ulrich wieder ein, was der junge Mann am Seitenaltar gesagt hatte, mit dem er als Erstes gesprochen hatte: dass es in der Kathedrale des heiligen Jakobus so viele Geistliche gebe, dass sie sich nicht einmal alle kannten. Wahrscheinlich war es so: Wenn einmal einer der Brüder sein Ordensgewand abgelegt hatte, schenkten die anderen ihm keine große Beachtung mehr. Nur wenige würden bemerken, dass der Mann in den Kleidern eines Bauern ihr einstiger Mitbruder war. Aber selbst wenn diese Vermutung nicht richtig war, hatte Ulrich keine große Wahl. Er musste das Wagnis eingehen. Denn je länger sie sich hier aufhielten, desto größer war die Gefahr, dass Guido von Lusignan in Compostela auftauchte – falls er nicht längst schon hier war, denn sicher konnte der Gesandte des französischen Königs schneller vorankommen, als er und Agnes es zu zweit vermocht hatten. Deshalb nickte Ulrich und antwortete: »Der Name, den Ihr vermutlich hören wollt, lautet Agnes von Böhmen.«

Petrus Waldes lächelte zufrieden, stand auf und umarmte Ulrich. »Seid willkommen in Compostela, Bruder. Ich fürchtete schon, vergeblich auf Euch zu warten. Was hat Euch so lange aufgehalten?«

»Das ist eine längere Geschichte«, antwortete Ulrich ausweichend. »Wie geht es nun weiter?«

»Wir müssen unseren heiligen Auftrag erfüllen«, antwortete Petrus Waldes mit ernster Miene. »Zunächst aber möchte ich mit der ehrwürdigen älteren Schwester Agnes reden. Nur ein paar Worte. Es muss jedoch unter vier Augen geschehen.«

Das gefiel Ulrich ganz und gar nicht. Doch es war zu erwarten gewesen.

»Wagt Ihr es, ins Innere der Kathedrale zu gehen?«, fragte er.

»Warum nicht?«, entgegnete Petrus Waldes erstaunt. »Ich bin kein Verbrecher und wurde auch mit keinem Bann belegt. Allerdings ... es gibt da ein paar Brüder, die nicht wissen sollten, dass ich hier bin. Ich werde mich also als Minorit verkleiden. Wenn ich eine Kapuze über dem Kopf trage, wird mich nicht einmal Bruder Hybernius erkennen, mit dem ich eine Zelle geteilt habe. – Wartet einen Moment.«

Er ging zu einer Truhe, öffnete sie und zog ein schmuddeliges graues Habit daraus hervor und einen ebenso schmutzigen, zerschlissenen und ungekonnt geflickten Umhang. Eine Aufmachung, wie sie die Bettelmönche hier trugen. Er zog sie über seine ursprüngliche Kleidung, und dann brachen sie auch schon auf.

Zurück auf dem Kathedralenvorplatz stellte Ulrich fest, dass sich nun weniger Menschen hier draußen befanden und die meisten ins Kircheninnere gegangen waren, wo in Kürze die Abendmesse stattfinden würde. Agnes von Böhmen kniete immer noch vor dem Grab des Apostels, und Bruder Hyacinthus stand ein paar Schritte entfernt hinter ihr, mit gefalteten Händen, als würde er beten, während er die Äbtissin gleichzeitig nicht aus den Augen ließ. Petrus Waldes ließ sich von Ulrich zeigen, welche der Frauen Agnes von Böhmen war, und bat ihn dann, ihn einen Moment mit ihr alleine zu lassen.

Ulrich bedauerte, dass sein Knappe nicht bei ihm war, denn Otto und er verstanden sich immer ohne Worte. Er wusste nicht, ob Bruder Hyacinthus ebenso scharfsinnig sein würde, aber einen Versuch war es wert. Sobald Petrus Waldes auf das Grab des Apostels zuging, begann Ulrich hinter seinem Rücken verstohlen zu gestikulieren, um dem Prämonstratenser zu verstehen zu geben, dass dies der Mann sei, den sie suchten. Er hoffte, der Bruder würde das Gespräch möglichst unauffällig belauschen, ohne sich anmerken zu lassen, dass er die Äbtissin kannte. Ulrich hatte allerdings den Eindruck, dass Bruder Hyacinthus ihn überhaupt nicht wahrnahm. Unbeteiligt bewegte er stumm die Lippen, betete und rührte sich nicht von der Stelle.

Petrus Waldes war inzwischen bei Agnes von Böhmen angelangt und kniete neben ihr nieder. Er beugte sich vertraulich zu ihr und begann ihr etwas zuzuflüstern. Die Äbtissin fuhr überrascht zusammen, aber dann neigte sie sich ihm entgegen, und sie sprachen eine Weile miteinander. Dann schien Petrus Waldes sich zu bekreuzigen und stand auf, um wieder zu Ulrich zurückzugehen. In diesem Moment setzte sich Bruder Hyacinthus in Bewegung und lief ihm genau in den Weg.

Ulrich wollte schon dazukommen, doch dann nahm er die ablehnende Geste wahr, die der Prämonstratenser machte, und beschloss kurzerhand, ihm zu vertrauen. Er lehnte sich an einen Pfeiler, als sei nichts gewesen, und wartete ab. Die beiden sprachen kurz miteinander. Dann umarmten sie sich, und Petrus Waldes ging weiter. Als er bei Ulrich ankam, erklärte er ihm, es sei nun alles besprochen und man habe sich für den nächsten Tag verabredet. Ulrichs Geleit benötige er nicht, er sei hier ja zu Hause. Er machte eine kleine Verbeugung und verschwand in Richtung Ausgang.

Darauf ging Ulrich zu Agnes von Böhmen hinüber, aber genau in diesem Moment begann die Messe. Also kniete er sich auf die kalten Bodenplatten, faltete die Hände und lobte Gott zusammen mit der Schar der anderen Gläubigen. Es war eine *missa solemnis*, denn es waren nur noch zwei Tage, bis man die Geburt des Herrn feiern würde.

Als sie anschließend die Kathedrale verließen, blieb Agnes von Böhmen wortkarg. Sie erklärte lediglich, dass sie nun endlich ihre Mission erfüllen werde. Was sie mit Petrus Waldes genau vereinbart hatte, verriet sie jedoch nicht.

»Jetzt müssen wir nur noch ein Dach über dem Kopf finden«, bemerkte Ulrich schlecht gelaunt. Er wurde immer unzufriedener. Es ging ihm nicht darum, dass er unbedingt das letzte Geheimnis der Klara von Assisi erfahren wollte, auch wenn er natürlich neugierig war. Doch wenn er sich vor Augen hielt, was während der Wallfahrt alles geschehen war, und auch darüber nachdachte, was er andeutungsweise über die mysteriöse Schatulle, die verbrannten Ketzerschriften, über den Sohn der Klara, über die Waldenser, die Tempelritter und den skrupellosen Kreuzzügler Rainald von Châtillon erfahren hatte, dann war er fest davon überzeugt, dass hier immer noch etwas nicht stimmte. Dass sie weiter auf der Hut bleiben mussten. Und das lag hauptsächlich daran, dass Agnes von Böhmen ihm immer noch etwas verschwieg! Gerade jetzt, da sie glaubte, ihre Mission endlich erfüllen zu können, zeigte sie keinerlei Bereitschaft, ihn zu Rate zu ziehen.

»Eine Unterkunft zu finden ist das Geringste«, sagte Bruder Hyacinthus lächelnd. »Ich habe mich kundig gemacht, wie das hier üblich ist. Man sagte mir, auf dem Vorplatz würden wir ganz sicher einen Vermittler finden, der die Pilger für eine Provision in die Gasthäuser der Umgebung führt, in denen es freie Schlaflager gibt. Allerdings sei das wie Würfelwerfen. Manchmal bringen sie einen in eine sehr ordentliche Herberge, ein anderes Mal in eine lausige Absteige …«

Und tatsächlich: Sobald Ulrich draußen auf dem Platz laut verkündete, er suche eine Übernachtungsmöglichkeit, kamen sofort drei Männer zu ihm gerannt, die einander gegenseitig zu übertönen versuchten. Jeder von ihnen behauptete, nur er kenne eine anständige und günstige Unterkunft, und man solle sich auf ihn verlassen, die anderen beiden seien Betrüger.

»Wen sollen wir nehmen?«, fragte Bruder Hyacinthus ratlos. Doch gleich darauf fiel ihm etwas ein: »Ich habe eine Idee. Es sind drei Männer. Der Dünne dort sieht aus wie ein Halunke, der Dicke wie ein rechter Lump. Wählen wir also die goldene Mitte, was meint ihr?«

»Das ist ein kluger Einfall«, pflichtete Äbtissin Agnes ihm bei und lächelte wohl zum ersten Mal seit ihrer Ankunft in Compostela. »Wenn wir schon auslosen, dann nach christlichen Prinzipien. Und die Unmäßigkeit der Dicken ist ebenso eine Sünde wie die Habsucht der Dünnen.«

Es zeigte sich, dass sie eine gute Wahl getroffen hatten. Der Mann führte sie in ein kleines, aber sauberes und angenehmes Gasthaus unweit des Marktplatzes. Auch der Preis war nicht allzu hoch in Anbetracht der Tatsache, dass man sich in Compostela befand, wo viel höhere Preise verlangt wurden als an den anderen Stationen ihrer Pilgerreise. Sie setzten sich in die gut gewärmte Schankstube und bestellten sich etwas zu essen.

Nachdem die schwarzäugige Kellnerin die Suppenschüsseln, einen Korb mit Fladenbrot und eine Platte mit gebratenem Fleisch gebracht hatte, erklärte Bruder Hyacinthus mit ernster Miene: »Ich muss euch etwas sagen. Es ist meiner Meinung nach von höchster Wichtigkeit.«

»Du willst mir doch wohl nicht mein morgiges Treffen mit Petrus Waldes ausreden?«, fragte Äbtissin Agnes scharf. »Ich habe mitbekommen, dass du in der Kathedrale mit ihm gesprochen hast. Und dein unfreundlicher Gesichtsausdruck dabei war nicht zu übersehen.«

»Ich würde Euch selbstverständlich nicht ein Treffen mit Petrus Waldes ausreden, ehrwürdige ältere Schwester«, antwortete Bruder Hyacinthus mit demütig gesenktem Blick. Gegenüber Frauen, und sei es einer schon älteren Äbtissin, war er immer verlegen. »Dafür sind wir schließlich nach Compostela gekommen. Doch das Treffen mit diesem Mann muss ich Euch ausreden. Er ist nicht der Sohn des Lyoner Kaufmanns Petrus Waldes. Und deshalb wohl auch nicht der ehrwürdigen Klara von Assisi.«

»Woher willst du das wissen?«, fuhr Agnes von Böhmen ihn an und legte den Löffel weg, denn ihr war sichtlich der Appetit vergangen. Die Anspannung der letzten Tage schien doch zu groß für sie. Sie war eben nicht mehr jung, und was sie hatte durchstehen müssen, hätten selbst jüngere Edelfrauen nicht gut verkraftet, und schon gar nicht ihre Ordensschwestern.

»Ihr wisst ja, dass ich ursprünglich aus Südfrankreich komme«, fuhr Bruder Hyacinthus mit leiser, aber bewegter Stimme fort. »Meine Eltern kannten Petrus Waldes. Sie stammten ebenfalls aus Lyon. Waldes kam zu uns nach Hause, um bei uns zu predigen. Er war mir vertraut. Ich war zwar noch recht klein, aber ich erinnere mich noch gut an sein Aussehen. Der Mann, mit dem Ihr in der Kathedrale gesprochen habt, ähnelt ihm nicht im Geringsten. Petrus Waldes war von kleinerer Gestalt und mager, mit scharf geschnittenen Gesichtszügen.«

»Dann hat er also keine Ähnlichkeit mit ihm, na und?«, sagte Äbtissin Agnes gereizt. »Viele Söhne sind ihren Vätern nicht ähnlich.«

»Hat er denn wenigstens Ähnlichkeit mit der ehrwürdigen Klara von Assisi?«, wollte der Prämonstratenser wissen.

Agnes von Böhmen schüttelte den Kopf und fügte unwirsch hinzu, ihre ehrwürdige ältere Schwester sei ebenfalls von kleiner Gestalt gewesen und habe eher dunkle Haut gehabt. Trotzdem sei jener Mann ihr Sohn, denn er habe die gleichen Augen wie sie.

»Das mag vielleicht sein«, fuhr Bruder Hyacinthus fort, »aber ich habe dem Mann erzählt, ich hätte seinen Vater gekannt und er sähe ihm sehr ähnlich. Ich behauptete absichtlich, Petrus Waldes wäre so groß und stattlich gewesen wie er, er hätte lediglich einen dichten schwarzen Bart gehabt. Und wisst Ihr, was er mir antwortete? Ja, das stimme, er habe seinen Vater in seiner Jugend selbst oft gesehen. Was sagt Ihr nun dazu?«

»Er muss sich geirrt haben ... Oder vielleicht schämt er sich dafür, dass er seinen Vater in Wahrheit nie kennenlernte«, versuchte sich Agnes von Böhmen an einer Erklärung. Dann stand sie vom Tisch auf und verkündete, sie sei müde und gehe jetzt schlafen. Sie mache die beiden jedoch darauf aufmerksam, dass sie morgen Petrus Waldes treffen werde, ob es ihnen gefalle oder nicht, er habe nämlich die Schatulle, deretwegen sie hier seien.

»Das hat er Euch gesagt?«, fragte Ulrich und konnte seine Ironie nicht verbergen. Auch ihm hatte der Mann ja nicht gefallen.

»O nein«, erwiderte Äbtissin Agnes würdevoll. »Er trug sie bei sich und zeigte sie mir unauffällig.« Darauf drehte sie sich um und verschwand durch die Tür, durch die man zu den Herbergsräumen gelangte.

»Und doch ist er nicht der Sohn des Lyoner Kaufmanns Petrus Waldes«, sagte der Ordensbruder leise, aber entschieden. Und er warf Ulrich einen sorgenvollen Blick zu.

Nachdem die verbliebenen böhmischen Edelleute zu Beginn des Advents einen Versuch unternommen hatten, vom Schiff des französischen Königs zu fliehen, mussten sie fortan unter Deck bleiben und durften die Kajüten nicht mehr verlassen. Nachts schliefen sie im Achterdeck, die beiden Edelfräulein in der einen Kajüte, Otto und Jost von Landstein in der anderen. Tagsüber durften sie die Zeit entweder in ihrer Schlafkammer oder zusammen in der großen Kajüte im Unterdeck verbringen. Speis und Trank konnten sie sich ausreichend kommen lassen, doch für Ritter und Edelfrauen war das ein ödes Leben. Alle langweilten sich schrecklich und gingen sich mit der Zeit ordentlich auf die Nerven. Sie stritten wegen jeder Kleinigkeit.

Die allgemeine schlechte Laune bewirkte, dass sogar Otto

die Lust daran verlor, den beiden Mädchen den Hof zu machen. Nur einmal fragte er Katharina von Gutstein, mehr aus einem Pflichtgefühl heraus, ob sie vielleicht ihren Unterricht fortsetzen sollten. Da fuhr sie ihn gereizt an, er solle keinen Unsinn reden und sich lieber darum kümmern, wie sie von hier fortkämen. Am schlechtesten aber ertrug Lucia das Gefangensein. Sogar die Franzosen gingen ihr so weit wie möglich aus dem Weg. Einem der Söldner hatte sie einen Krug an den Kopf geworfen, einem anderen hatte sie absichtlich so fest auf den Fuß getreten, dass er eine Woche lang humpelte.

»So geht es nicht weiter«, sagte Jost von Landstein eines Abends, nachdem man ihn mit Otto in der hinteren Kajüte eingeschlossen hatte. »Entweder holt Guido von Lusignan Äbtissin Agnes ein, ermordet sie und anschließend auch uns, um alle Zeugen verschwinden zu lassen, oder aber er einigt sich irgendwie mit ihr und lässt uns zwar am Leben, aber dann wird meine Schwester die Söldner derart zur Weißglut bringen, dass sie uns ganz von selbst erschlagen. Was können wir also tun?«

»So wie es aussieht, nichts«, antwortete Otto knapp. »Eine zweite Fluchtmöglichkeit wird sich wohl nicht bieten ... Ich hatte euch ja gewarnt, wir sollten noch abwarten. Dieser erste Versuch war überhaupt nicht gut vorbereitet.« Otto seufzte resigniert. Er zog sich aus, wusch sich flüchtig mit dem Wasser aus dem Eimer und legte sich auf das Schlaflager.

»Lucia wollte es unbedingt so. Sie hatte es sich in den Kopf gesetzt«, murmelte Jost zerknirscht. »Und jetzt gebärdet sie sich wie eine Wölfin im Käfig. Otto, könntest du sie nicht ein wenig besänftigen? Du verstehst es doch, mit den Frauen umzugehen. Weißt du, ich dachte mir, wenn du vielleicht zu ihr ziehen würdest und Katharina zu mir ...«

»Kommt nicht in Frage!«, unterbrach Otto ihn sofort. Ihm war schon aufgefallen, dass Jost sich in den letzten Tagen mehr als nötig um Katharina kümmerte. Er fügte schnell hinzu: »Das hat nichts mit mir zu tun, ich würde mich ohne Weiteres dafür opfern – zumindest solange Lucia mir nicht die Augen auskratzt oder noch Schlimmeres. Aber ich muss die Interessen meines Freundes Michael Kekule von Stradonitz wahren. Wie sonst könnte ich ihm nach meiner Rückkehr noch in die Augen blicken, wenn ich etwas Derartigem zustimmen würde?«

»Seit wann bist du auf einmal so rücksichtsvoll?«, fragte Jost spöttisch. »Am Ende wirst du noch ins Kloster eintreten, du Verteidiger jungfräulicher Ehre. Aber was rege ich mich so auf? Du bist genau wie dein Herr. Ich habe Lucia gesagt, sie solle euch lieber aus dem Weg gehen. Du handelst mitnichten wie ein Ritter. Und Ulrich von Kulm ebenfalls nicht.«

»So? Ich handele nicht wie ein Ritter, weil ich deine Schwester nicht entehren möchte?«, brauste Otto wütend auf, und diesmal war seine Wut nicht gespielt. Er hatte genug von alledem hier. Aber am meisten ärgerte er sich darüber, dass Jost an der Ehre seines Herrn kratzte. Das konnte er gar nicht leiden.

»Ich denke, wenn wir erst unsere Schwerter wiederhaben, wirst du bereit sein, auf diese Sache zurückzukommen. Und zwar in aller Ehre, von Angesicht zu Angesicht, mit dem Schwert in der Hand!«, drohte ihm Jost von Landstein. Dann legte er sich nieder und drehte ihm den Rücken zu, um ihm zu zeigen, dass er für heute mit ihm fertig war. Otto tat es ihm nach. In der Kajüte gab es nur ein einziges Schlaflager, doch glücklicherweise war es so breit, dass sie beide hineinpassten.

Draußen fiel indessen dichter Schnee, und es fror, sodass sich das Wasser am Ufersaum und um die Flanken des Schiffs mit einer dünnen Eisschicht bedeckte. Der Himmel war verhangen; kein einziger Stern war zu sehen, und die Dunkelheit schien undurchdringlich. Sie hatten noch nicht lange geschlafen, als sie von draußen vor der Tür einen unterdrückten Aufschrei hörten und gleich darauf einen dumpfen Schlag, als wäre etwas Schweres zu Boden gefallen. Sofort sprangen sie auf. Jemand schob draußen den Riegel zur Seite, und die Kajütentür ging auf. Der schwache Lichtschein einer Lampe drang zu ihnen herein, und in der Tür erschien mit einem Schwert in der Hand Přech von Michalowitz.

»Gefällt es euch hier etwa immer noch?«, sagte er lächelnd. »Kommt schnell, wir haben nicht viel Zeit.«

Sie stellten keine weiteren Fragen. Blitzschnell zogen sie sich an und packten ihre Sachen in lederne Säcke. Ihre Schwerter und ihre Rüstung fanden sie auf dem Deck in einer Truhe, in der ihre französischen Aufseher sie verstaut hatten. Die beiden Jungfrauen brauchten etwas länger zum Packen. Přech von Michalowitz trieb sie ungeduldig an, sie sollten lieber ein paar unnötige Dinge hierlassen, als sich länger aufzuhalten.

»Da ist nichts unnötig«, versetzte Lucia trotzig.

In der Zwischenzeit ließ Přech die gefesselten und geknebelten französischen Wächter in die Kajüte auf dem Achterdeck bringen. Ein böhmischer Krieger blieb bei ihnen und passte auf, dass sie sich nicht zu befreien versuchten oder nach ihren Gefährten riefen. Die schliefen unterdessen im nicht weit entfernten Gasthaus.

Endlich hatten alle ihre Siebensachen beisammen. Sie eilten über den kleinen Steg an Land und liefen zu Fuß den Kai entlang. Der Boden war vereist, und es war sehr rutschig. »Hinter der Stadt warten Pferde auf uns«, erklärte Přech mit leiser Stimme.

Als sie noch gar nicht weit entfernt waren, bemerkte Otto, dass ein paar Männer das Schiff bestiegen. Sie lösten die Taue und fuhren dann über den im Dunkeln liegenden Fluss davon.

Přech von Michalowitz lächelte boshaft. »Guido von Lusignans Männer werden sich in der Frühe wundern«, sagte er. »Dumm wie sie sind, werden sie zunächst das Schiff verfolgen. Sie werden denken, ihr hättet euch seiner bemächtigt und wäret auf dem Weg Richtung Süden. Bis sie erkennen, dass es eine Finte ist, haben wir die Grenze passiert.«

»Und was ist mit der Besatzung auf dem Schiff?«

»Nur einer unserer Männer ist noch dort, und der kommt schon alleine zurecht. Die anderen Schiffer stammen von hier und sind von uns bezahlt. Nach ein oder zwei Tagen werden sie das Schiff irgendwo festmachen und verschwinden. Vermutlich nicht, ohne es vorher auszurauben ... Es sind rechte Halunken, aber es sei ihnen vergönnt.«

Otto klopfte dem Truppenkommandeur zufrieden auf die Schulter und fragte: »Wie hast du das alles angestellt? Du hast mich wirklich beeindruckt!«

»Das hoffe ich«, sagte Přech freundlich grinsend. »Ich wusste, dass Guido von Lusignan jemanden hinter uns herschickt. Also haben wir so getan, als kehrten wir wirklich nach Hause zurück. Von Basel sind wir nach Konstanz weitergereist. Dort sind wir einige Tage geblieben und dann über einen Umweg hierher zurückgekehrt. Ich habe beobachtet, wie das Schiff nachts bewacht wird. Dann habe ich dafür gesorgt, dass die Mannen des französischen Königs in der Schenke ordentlich betrunken wurden. Die drei Wachen auf dem Schiff zu überwältigen war dann ein Kinderspiel.«

»Du hast eine Belohnung verdient. Unser König wird sich dir erkenntlich zeigen«, erklärte Jost von Landstein feierlich. Lucia sah bewegt zum dunklen Himmel auf, aus dem unablässig Schneeflocken fielen. Dann flüsterte sie Přech von Michalowitz zu, dass er in der Tat eine Belohnung verdient habe, und wenn er so verwegen wäre, sich des Nachts in ihre Schlafkammer zu wagen, dann würde sie ihn vermutlich nicht hinauswerfen, denn sie bewundere tapfere Ritter.

»Ich versichere Euch, erhabene Jungfer, dass ich gewiss so verwegen sein werde«, sagte Přech mit einer höflichen Verbeugung.

Als sie die Pferde erreichten, stiegen sie auf und ritten los. Bis zur Grenze waren es drei Tagesritte, sofern das Wetter sich nicht verschlechterte und sie von morgens bis abends reiten konnten.

Ihr Reiseziel war Basel. Dort sollte Otto auf seinen Herrn warten, bis dieser seinen Auftrag in Compostela erledigt hätte und gemeinsam mit Agnes von Böhmen zurückreisen konnte. Da dies aber mit Sicherheit noch länger dauern würde, baten sie den Baseler Bischof um Obdach. Er kam ihnen freundlich entgegen und bot ihnen als Unterkunft eines seiner Gehöfte an, das sich jenseits der Stadtmauer am Rhein befand.

Gleich am Abend nach ihrer Ankunft schlich Katharina von Gutstein in die Kammer von Otto. Sie zog schnell ihre Kleider aus und schlüpfte zu ihm unter die Decke, wo sie ihn umarmte und mit heißen Wangen bemerkte, er habe ihr doch eine Fortsetzung des Unterrichts angeboten.

»Du hast aber abgelehnt«, widersetzte sich Otto zum Schein.

»Das stimmt nicht. Ich habe nur die Bedingung gestellt, dass du uns erst einmal befreist. Nun sind wir in Freiheit, und so steht dem Unterricht nichts mehr im Wege.«

»Aber ich weiß nicht, was ich dir noch weiter beibringen könnte.«

»Dann überlegen wir uns etwas gemeinsam«, flüsterte sie kichernd. »Während unserer Gefangenschaft war es so schrecklich langweilig, und weil es nichts anderes zu tun gab, dachte ich über die Liebeskunst nach, und dabei sind mir ein paar Dinge eingefallen. Doch bevor ich damit zu meinem Verlobten komme, muss ich sie mit jemandem ausprobieren, das leuchtet dir bestimmt ein.«

»Gewiss, das leuchtet mir ein«, antwortete er mit ernster Miene und begann, sie innig zu küssen.

XXIX. Kapitel

Als Agnes von Böhmen am nächsten Morgen erklärte, Ulrich von Kulm solle in der Gaststube auf sie warten, während sie ihrem Auftrag alleine nachkomme, lehnte er rundheraus ab. Er sagte, er werde sie keine Minute aus den Augen lassen.

»Wie kannst du es wagen, mir zu widersprechen?«, empörte sich die Äbtissin und stampfte wütend mit dem Fuß auf. »Ich bin eine Přemyslovna!«

»Eben deshalb«, erklärte er seine Unverfrorenheit. »Ich habe meinerseits klare Anweisungen von unserem erhabenen König. Der nicht nur mein, sondern auch Euer Herrscher ist. Dass Ihr seine Tante seid und ich nur der Verwalter Nordböhmens, ändert nichts daran.«

»Ich bin nicht als Untergebene des böhmischen Königs hier, sondern als Dienerin Gottes«, protestierte sie.

»Wir haben jetzt keine Zeit für Wortklaubereien. Wenn die Christen anfangen, zu viel zu reden, statt zu handeln, wird das christliche Europa bald am Ende sein. Die Kraft unseres Glaubens liegt in der Entschiedenheit, mit dem Schwert in der Hand zu kämpfen. Mit einer gelehrten Disputation siegt Ihr vielleicht im Refektorium, aber nicht im Leben. Im Angesicht des Feindes müssen Ritter die Entscheidungen treffen und nicht Ordensschwestern. Verzeiht, ehrwürdige Äbtissin, aber Ihr werdet so handeln, wie ich es sage. Und nun will ich von Euch die Wahrheit hören!«

»Hinaus mit dir, auf der Stelle!«

»Die Wahrheit!«, forderte Ulrich scharf und zwang sie fast mit Gewalt in den Sessel.

Agnes bebte vor Wut, doch sie begriff, dass dieser Ritter nicht nachgeben würde. Ihr Neffe Přemysl Ottokar II. hatte sie gewarnt. Er hatte erklärt, niemand sei so tüchtig und fähig wie Ulrich von Kulm und bei niemandem würde sie so sicher sein wie bei ihm; doch sei er ein arger Dickkopf, und wenn es darauf ankäme, würde er nicht einmal seinem König gehorchen. Geschweige denn einer Äbtissin, wie Agnes von Böhmen bitter bewusst wurde. Sie faltete die Hände und sprach ein schnelles Gebet, um den Zorn in ihrer Seele zu besänftigen. Das Wichtigste war doch, dass sie die Mission erfüllte, die Klara von Assisi ihr aufgetragen hatte.

Es dauerte einen Moment, bis sie sich wieder ganz in ihrer Gewalt hatte. Dann verkündete sie mit kaltem, unfreundlichem Ton: »Es sei! Du sollst die Wahrheit erfahren. Wenn du auch schon fast alles weißt.«

»Ich danke Euch für Euer Vertrauen«, sagte er mit einer höflichen Verbeugung.

Sie warf ihm einen stechenden Blick zu und begann zu erzählen: »Ja, ich habe dir nicht die ganze Wahrheit gesagt. Klara von Assisi hat mich zwar damit betraut, die Schatulle zu finden, doch der Wunsch der Sterbenden war auch, dass ich das Behältnis öffne und das Schriftstück vernichte. Ich weiß nicht, was darin steht, ich weiß nur, dass es die Sache des christlichen Glaubens bedroht. Und dass es für immer verschwinden muss!«

»Ihr habt mir erzählt, ehrwürdige ältere Schwester, dass die Schatulle verschlossen sei und sich nicht öffnen lasse, ohne dass der Inhalt zerstört würde.«

Äbtissin Agnes nickte. Sie führte die Hand an ihren Hals, schob den Saum ihrer Kutte beiseite und zog einen kleinen Schlüssel hervor, der an einer dünnen Kette um ihren Hals hing. »Hiermit kann die Schatulle geöffnet werden«, erklärte sie leise. »Ich habe dir ja erzählt, dass ich die Enkelin des Rainald von Châtillon bin. Er war es, der den Tempelrittern jene Schatulle samt Schlüssel stahl, und von der Schlacht bei Hattin nahm sein Sohn sie mit. Rainald hatte zwei Töchter, und nach dem Tod ihres Bruders teilten diese die Reliquie unter sich auf: Die Ältere übernahm die Schatulle – ihr Sohn herrschte später in der Grafschaft Lyon. Die andere war meine Großmutter Agnes von Antiochia. Als diese im Sterben lag, übergab sie den Schlüssel ihrer Tochter Konstanze von Ungarn, meiner Mutter, und von ihr bekam wiederum ich ihn. Jetzt weißt du wirklich alles. Die Tempelritter und der Papst kennen den Inhalt der Schatulle, weshalb sie sich ihrer bemächtigen wollen. Gleichzeitig vermuten sie, dass ich den Schlüssel besitze. Aus diesem Grund war es ihnen auch wichtig, dass ich persönlich nach Compostela reise, denn nur ich kann die Schatulle öffnen.«

»Umso mehr schwebt Ihr aber in Gefahr! Man hat schon einmal versucht, Euch umzubringen«, erinnerte Ulrich sie eindringlich. In seinem Kopf überschlugen sich die Gedanken. Jetzt wusste er also endlich alles. Hätte Agnes von Böhmen ihm schon früher die Wahrheit gesagt, hätten sich viele Dinge verhindern lassen. Doch es war zwecklos, sich jetzt darüber zu grämen. Sie selbst quälte sich schon genug. Trotzdem konnte Ulrich das Gefühl nicht loswerden, dass immer noch eine Kleinigkeit fehlte, um alle Ereignisse schlüssig miteinander zu verbinden.

Er dachte einen Moment nach, dann fiel es ihm ein: »Ihr sagt, der Mann, der sich Petrus Waldes nennt, habe Euch gestern in der Kathedrale die Schatulle gezeigt. Wie könnt Ihr aber sicher sein, dass es die richtige ist?« Es war dieses Detail, von dem nun alles abhing.

»Schwester Klara schrieb mir in ihrem Brief, sie habe das Behältnis gekennzeichnet. Am Boden der Schatulle habe sie am Rand eine kleine Einkerbung gemacht. Niemand sonst kann davon wissen. Und die Schatulle, die Petrus Waldes mir zeigte, hat diese Einkerbung – sie ist ohne Frage die richtige! Und dieser Mann *ist* Petrus Waldes! Wer sonst hätte wissen können, dass ich hier mit Klaras Sohn zusammentreffen wollte? Auch weiß niemand davon, dass ihr Sohn Petrus Waldes heißt!«

»Das ist wohl richtig …«, antwortete Ulrich zögernd. »Der Papst weiß es sicher nicht. Und die Templer offenbar auch nicht, sonst hätten sie ihn schon selbst ausfindig gemacht. Aber irgendjemand muss es doch erfahren haben, anders kann ich es mir nicht erklären.«

»Nein, das ist unmöglich!«, entgegnete Äbtissin Agnes. »Außer dem echten Petrus Waldes konnte niemand etwas von dem Vermächtnis der Klara von Assisi wissen.«

»So ist es, niemand außer dem echten Petrus Waldes …«, wiederholte Ulrich langsam, als wöge er jedes einzelne Wort ab. Sollte der Mann, den Agnes gestern getroffen hatte, nicht der richtige gewesen sein, wer war dann der echte Petrus Waldes? Er fuhr sich mit der Hand über das Kinn, und in diesem Moment kam ihm ein Gedanke. Mit ernster Miene wandte er sich wieder Agnes von Böhmen zu: »Ehrwürdige Äbtissin, versucht Euch bitte zu erinnern, es ist von großer Wichtigkeit! Jener erste Petrus Waldes, der in Lyon Kaufmann und Prediger war und als Ketzer endete, erstrebte die Rückkehr zum Glauben und Leben der ersten Christen. Er wollte eine Erneuerung des Königreichs Christi. Ihr wisst nicht zufällig, wie er sich selbst nannte?«

»Dieser Ketzer?«, entgegnete sie mürrisch. Sie sprach nicht gerne von ihm, wenn sie auch viel über seine Sekte gehört hatte. »Er nannte sich König von Jerusalem. Was für eine Anmaßung!«

»Richtig, ich erinnere mich«, nickte Ulrich. Vor nicht langer Zeit hatte er nämlich so etwas aufgeschnappt. »Nun ist klar, warum jener Mann sich als Petrus Waldes ausgibt. Es ist eine Falle. Wir müssen jetzt nur noch überlegen, wie wir da wieder herauskommen.«

»Du redest sibyllinisch. Zur Abwechslung möchte nun ich die Wahrheit wissen!«, erklärte Agnes von Böhmen herrisch. »Wer ist so dreist, mich daran zu hindern, meiner Schwester Klara den letzten Wunsch zu erfüllen? Du hast vielleicht den Auftrag, mich zu beschützen, aber sicher nicht das Recht, mir etwas zu verheimlichen. Es geht um die Sache des christlichen Glaubens. Also?«

»Gleich werde ich es Euch sagen, ehrwürdige ältere Schwester. Erlaubt mir jedoch noch eine Frage. Was habt Ihr mit dem vorgeblichen Petrus Waldes vereinbart? Wo will er Euch die Schatulle übergeben?«

»Wir treffen uns nach dem Mittagessen auf dem Weg nach La Coruña. Er hat mir die Stelle genau beschrieben. Ein Stück von Compostela entfernt befinden sich die Ruinen einer alten Festung. Dort wird er auf mich warten. Er will alleine kommen.«

»Er hätte Euch die Schatulle genauso gut gestern in der Kathedrale übergeben können, er trug sie schließlich bei sich, wie Ihr ja selbst erzählt habt. Warum also so umständlich?«, wollte Ulrich wissen.

»Er hatte Angst, dass jemand Fremdes uns beobachten könnte. Er weiß sehr gut, in welcher Gefahr wir schweben«, erklärte Agnes von Böhmen. Sie hielt Ulrichs Verdacht immer noch für unbegründet.

»Außerhalb der Stadt in einer verlassenen Ruine ist es gewiss weniger gefährlich«, antwortete Ulrich spöttisch. »Lasst uns nun zunächst über Klaras wirklichen Sohn sprechen. Ich gehe mit Bruder Hyacinthus darin einig, dass der echte Petrus Waldes seinem Vater, dem Ketzer, zumindest ein wenig ähnlich sehen müsste. Sein Vater war eher klein und hatte ein hageres Gesicht – und der Mann, der sich als sein Sohn ausgibt, sieht vollkommen anders aus. Der Gesandte des französischen Königs aber, Guido von Lusignan, ist von kleiner Statur und hat ein schmales Gesicht. Und als Bruder Hyacinthus ihn in

Konstanz zum ersten Mal sah, dachte er zunächst, er kenne ihn von irgendwoher. Doch er hatte sich getäuscht, er hatte ihn nie zuvor getroffen. Seine Züge aber hatten ihn unbewusst an den Ketzer aus Lyon erinnert, und deshalb erschien ihm Guido von Lusignan so vertraut.«

»Das ist doch reine Spekulation! Es gibt Tausende kleiner Männer«, hielt Agnes von Böhmen dagegen und schüttelte fassungslos den Kopf, so abwegig erschienen ihr Ulrichs Überlegungen. In ihren Augen verloren sie nur unnötig Zeit. Aber was sollte sie tun? Sie war ihm ausgeliefert, denn er war stärker als sie.

»Sicher, es gibt viele kleine Männer«, antwortete er ruhig und fuhr mit der Hand über seinen Bart. »Doch Guido von Lusignan machte versehentlich einen Fehler. Erinnert Ihr Euch, was er sagte, als er sich uns vorstellte? Er sei der Sohn des Jerusalemer Königs. Wäre er wirklich der Sohn jenes Guido von Lusignan, der die Schlacht bei Hattin und damit auch Jerusalem verlor, müsste er mindestens neunzig Jahre alt sein. Da er aber meiner Schätzung nach allenfalls vierzig ist, müsste der König von Jerusalem ihn in einem Alter von rund hundert gezeugt haben, das er meines Wissens nicht erreichte. Beide Möglichkeiten sind natürlich völlig aberwitzig. Aber es gibt noch eine dritte Möglichkeit: Er ist der Sohn eines Mannes, der sich ebenfalls als König von Jerusalem bezeichnete. Und das war der Lyoner Kaufmann und Ketzer Petrus Waldes!«

»Falls du recht hast, warum hat er uns dann so übel mitgespielt? Er kannte doch den letzten Wunsch seiner sterbenden Mutter – und doch hat Guido von Lusignan alles darangesetzt, mich an der Erfüllung meines Auftrags zu hindern«, protestierte Agnes von Böhmen schwach.

»Das stimmt so nicht ganz«, berichtigte Ulrich sie. »Unsere Reise nach Compostela hat jemand anderes zu verhindern versucht. Aus dem, was Bruder Hyacinthus uns über seine Flucht erzählt hat, geht hervor, dass Emmeran von Greifsfeld versucht hat, Euch zu ermorden. Mit ihm hat der echte Sohn Klaras, nennen wir ihn der Einfachheit halber einstweilen Guido von Lusignan, nichts gemein. Sein Plan bestand meines Erachtens viel mehr darin, Euch sicher hierherzugeleiten und Euch in einem günstigen Moment den Schlüssel zu der Schatulle zu entwenden. Aber dann wurde durch Euer heimliches Verschwinden sein Plan zunichte. Er musste die Sache ganz neu angehen, und ehrlich gesagt ist er dabei nicht sonderlich geschickt vorgegangen. Meiner Meinung nach befindet er sich bereits hier, denn ich glaube nicht, dass er die Schatulle alleine in Compostela zurücklassen würde. Er hatte sie die ganze Zeit bei sich, und nun, da er hierher zurückgekehrt ist und Euch eine Falle stellen will, hat er sie jenem Mann anvertraut, der sich als Petrus Waldes ausgibt. Dieser soll Euch in die Ruinen der alten Festung locken, wo Guido von Lusignan Euch den Schlüssel abnehmen wird.«

»Das hört sich nicht ganz dumm an …«

»Ich danke Euch, ehrwürdige ältere Schwester!«

»Gleichwohl muss ich noch einmal fragen: Warum sollte er das tun? Ich verstehe seine Beweggründe nicht! Er stellte sich uns als Gesandter des französischen Königs vor, was ganz offenkundig stimmte. Doch warum sollte er für den heiligen Ludwig arbeiten, der doch die Sekte der Waldenser verfolgte und seinen Vater zu verbrennen befahl? Und wie passen die Tempelritter und Peter von Rosenberg da hinein?«

»Darüber kann ich nur Mutmaßungen anstellen. Als Guido vom Tod seiner Mutter Klara erfuhr, beschloss er offenbar, sein eigenes Spiel zu wagen. Dazu passt, dass er bald darauf Compostela verließ. Vermutlich ging er fort, um dem französischen König seine Dienste anzubieten. Vergesst nicht, dass sich Ludwig zu dieser Zeit noch auf dem Kreuzzug im Heiligen Land befand, und laut den Geistlichen in der hiesigen Kathedrale war auch Petrus Waldes dorthin aufgebrochen. Mit dem französischen König traf er eine Vereinbarung und änderte seinen Namen. Dann kehrte er zurück und musste vermutlich feststellen, dass sich auch die Tempelritter in die Sache eingemischt hatten, und natürlich auch der Papst. Das erschwerte seinen Plan. Warum er ihn aber überhaupt fasste, das kann ich Euch nicht erklären. Vielleicht ging es ihm um Geld. Ein Schriftstück, mit dem man den Papst erpressen kann, wäre sicher auch für einen König geeignet, der sich der Heilige nennt.«

»Ich gebe zu, dass das durchaus plausibel klingt«, räumte Agnes von Böhmen ein. »Wenn du recht haben solltest und Guido von Lusignan tatsächlich Klara von Assisis Sohn ist, wo befinden sich dann die anderen? Peter von Rosenberg und Johanna von Blatna?«

»Ich bin kein Hellseher«, sagte Ulrich achselzuckend, »aber im Grunde gibt es hierauf nur zwei mögliche Antworten. Die erste lautet: Guido von Lusignan hat den französischen König verraten und arbeitet nun – für eine bessere Entlohnung – für die Tempelritter. In diesem Fall sind die beiden wohl bei ihm. Ich vermute allerdings eher, dass er sie nur für seine Zwecke benutzt hat. Und dann müssen wir wohl davon ausgehen, dass Peter von Rosenberg und Johanna von Blatna nicht mehr am Leben sind. Auch würde ich behaupten, dass Guido von Lusignan in Prag den Templerkomtur der böhmischen Provinz, Jakob de Vries, umgebracht hat. Ich erzählte Euch nämlich noch nicht, dass Guido von Lusignan kurz vor unserer Abreise in Prag war. Mein Knappe Otto ist ihm dort begegnet.«

»Trotzdem werde ich den letzten Wunsch der Klara von Assisi erfüllen, und wenn es mich das Leben kosten sollte!«, rief Agnes von Böhmen leidenschaftlich aus. »Vielleicht sollten wir den Mann, der sich Petrus Waldes nennt, aufsuchen und mit Gewalt zwingen, die Schatulle herauszugeben?«

Ulrich registrierte erfreut, dass die Äbtissin nun immerhin

seine Ansichten über den vermeintlichen Petrus Waldes teilte. Vorsichtig, um sie nicht gleich wieder zu verärgern, sagte er: »Das erscheint mir nicht sehr klug, ehrwürdige ältere Schwester! Zuerst einmal glaube ich nicht, dass wir den Mann noch in dem kleinen Haus vorfinden werden. Wer weiß, wo er jetzt steckt. Doch selbst wenn wir ihn finden würden, hat er die Schatulle sicher schon wieder Guido von Lusignan ausgehändigt. Er trug sie nur als Lockmittel bei sich. Mit Gewalt werden wir hier nichts erreichen. Es bleibt uns nichts anderes übrig, als zu dem Treffen in der Ruine zu gehen.«

»Er hat mir aber gesagt, ich müsse alleine kommen. Sicher wird er den Weg dahin genau beobachten. Sobald er bemerkt, dass wir mehrere sind, wird er sich davonmachen, und ich werde die Schatulle nie wiedersehen.«

»Natürlich wird nur einer zu der Verabredung reiten«, erklärte Ulrich sofort. »Und zwar ich. Verkleidet in Eurer Ordenstracht. Ich nehme mein Schwert mit. Wenn meine Vermutung richtig ist und Guido von Lusignan die anderen beiden aus dem Weg geräumt hat, wird er alleine dort sein. Den falschen Petrus Waldes zähle ich nicht mit. Aber selbst mit zweien werde ich fertig.«

»Und wenn du dich täuschst? Wenn dort auch Peter von Rosenberg und andere Tempelritter sind?«

»Dann gebe ich mein Leben für den böhmischen König, für Euch und Klara von Assisi«, antwortete Ulrich ernst. »Wir müssen klug vorgehen. Ehe Guido von Lusignan dort auftaucht, wird der vorgebliche Petrus Waldes mich bestimmt dazu auffordern, ihm den Schlüssel zu zeigen. Sie werden nichts überstürzen, schließlich haben auch sie nur diese eine Chance.«

»Ich gebe dir den Schlüssel nicht!«

»Ihr könnt ihn behalten, ehrwürdige ältere Schwester. Ich besorge einen bei einem Schlosser. Ich brauche nur etwas in der Hand, was ich ihm vorzeigen kann. Sollte ich nicht zurückkommen, begebt Ihr Euch am besten unter den Schutz des kastilischen Königs.«

Agnes von Böhmen segnete ihn mit feierlicher Geste und versprach, sie werde für ihn beten. Dann ging sie zu ihrer Truhe, holte ihre Ordenstracht heraus und reichte sie ihm. Ulrich verneigte sich und ging zur Tür.

»Einen Moment noch«, befahl sie. Sie kam auf ihn zu, und dann küsste sie ihn ebenso, wie sie zum Zeichen der schwesterlichen Liebe die Frauen ihres Ordens küsste.

XXX. Kapitel

Die Ruinen der ehemaligen Festung waren nicht sehr weitläufig. Man erkannte noch den früheren Wall, ein halb verfallenes Tor sowie den länglichen Burghof mit den Trümmern des einstigen Herrenhauses und dem unteren Geschoss eines Turmes. Gewandet in das Habit einer Ordensschwester stieg Ulrich von Kulm noch auf dem Weg von seinem Pferd, band es an dem knorrigen Stamm eines Olivenbaums fest und näherte sich zu Fuß der Ruine. Er ging mit gesenktem Kopf, damit man sein Gesicht nicht erkennen konnte. Zur Sicherheit hatte er es noch nach Büßerinnenart in ein weißes Tuch gehüllt.

Durch das verfallene Tor trat er in den Hof und sah sich um. Bei den Überresten des Palas stand der korpulente Mann, der sich als Petrus Waldes ausgegeben hatte. Sobald er die Gestalt in der Ordenstracht erblickte, rief er, die ehrwürdige Äbtissin möge näher kommen und ihm zeigen, ob sie den Schlüssel tatsächlich dabeihabe. Ulrich griff in den Ausschnitt seines Gewands und zog den Schlüssel über seinen Kopf. Dabei schritt er zügig weiter auf die steinernen Trümmer zu. Als er die Turmruine passiert hatte, vernahm er auf einmal hinter sich das Knirschen kleiner Steinchen. Er sprang zur Seite und drehte sich um. In der Öffnung, die einst das Turmportal gewesen war, stand Guido von Lusignan mit einem Schwert in der Hand. Ulrich löste die Schnüre seines Gewands und warf es ab, während er sich mit der anderen Hand das weiße Tuch vom Kopf zog. Jetzt stand er in seiner Ritterrüstung da. Er fuhr mit seiner Hand zum Gürtel und zog sein Schwert.

Als dem falschen Petrus Waldes klar wurde, dass da etwas

aus dem Ruder lief, rannte er erschrocken los, stolperte unbeholfen an den Mauerresten entlang, durch die Torruine hindurch, und suchte das Weite.

»Gebt mir den Schlüssel!«, sagte Guido von Lusignan kalt und streckte seine Hand aus. »Andernfalls werde ich Euch töten. Ich hätte mir ja denken können, dass Ihr meine List durchschaut.«

»Dann könnt Ihr Euch sicher auch denken, dass ich Euch den Schlüssel nicht geben werde«, antwortete Ulrich. »Hört zu, was ich Euch vorschlage. Lasst uns handeln wie zwei ehrbare Ritter. Ich besitze den Schlüssel und Ihr die Schatulle, wenn ich mich nicht täusche. Legt sie hier auf den Boden, und ich tue das Gleiche mit dem Schlüssel. Dann treten wir im Kampf gegeneinander an, und der Sieger erhält beides.«

»Das ist ein ehrenhafter Vorschlag«, stimmte Guido von Lusignan zu. Er griff an seinen Gürtel und band einen ledernen Beutel los. Er öffnete ihn und holte ein zylindrisches Behältnis heraus. Vorsichtig legte er es auf einem flachen Stein ab und behielt dabei jede von Ulrichs Bewegungen im Auge. Dieser legte unterdessen den kleinen Schlüssel auf ein Fragment des verfallenen Portals.

Anschließend erhoben sie ihre Schwerter, präsentierten nach Ritterart und begannen zu kämpfen. Doch Guido von Lusignan war mehr Kirchenmann als Ritter – auch wenn er eine gewisse Ausbildung besaß, so hatte er doch keine Chance gegen Ulrich von Kulm. Es genügten wenige Ausfälle, und Ulrich drängte ihn tief in die Defensive. Guido von Lusignan wich immer weiter zurück. Plötzlich lag ein Stück der verfallenen Mauer zwischen ihnen. Guido von Lusignan glaubte dies ausnützen zu können. Statt das Mauerstück zu umgehen, sprang er hinauf und wollte sich von oben auf seinen Gegner stürzen. Doch er stolperte über ein paar lose Steine, strauchelte und fiel hinunter, genau auf Ulrichs Schwert. Dessen Klinge fuhr durch seinen Leib. Guido von Lusignan stieß einen Schrei aus, ließ die Waffe fallen und sackte zu Boden. Blut quoll aus der Wunde in seinem Brustkorb.

Ulrich zog das Schwert nicht heraus, denn er wusste, es würde den Tod nur beschleunigen. Er kniete neben Guido nieder und sagte mit Nachdruck: »Es ist aus! Ihr solltet Euer Gewissen erleichtern!«

»Warum?«, antwortete der Sterbende mit Mühe und begann zu husten.

»Ihr werdet gleich Eure Mutter Klara von Assisi wiedersehen. Weshalb wolltet Ihr ihren letzten Wunsch nicht erfüllen?«

»Meine Mutter?«, stieß er hervor, und seine Stimme war so voller Verachtung, dass es Ulrich kalt den Rücken hinunterlief. Dann fuhr Guido von Lusignan bitter fort: »Sicher seid Ihr von Euren Eltern großgezogen worden. Ihr wisst nicht, wie es ist, wenn einen die eigene Mutter als Säugling weggibt. Wir leben in einer angeblich christlichen Welt, und so vertraut man ein verschmähtes Kind den Ordensleuten an. Man sollte meinen, die hätten einen ein wenig gern, doch das tun sie nicht. Sie denken nur an sich selbst, hadern verbittert mit ihrem Schicksal und reden dabei ständig davon, wie sehr sie Gott dienen. Aber sie kümmern sich einen Dreck um einen. Was geht sie ein kleines Kind an? Keiner nimmt einen je in den Arm, keiner streichelt einen ...«

Die Augen des Sterbenden wurden feucht. Er hatte seine Hände zu Fäusten geballt, wohl weniger wegen der Schmerzen, die er erleiden musste, denn aus Bedauern.

»Meine Mutter wollte eine Heilige sein. Sie wollte von allen Christen verehrt werden. Dabei sollte eine Mutter doch vor allem für ihre Kinder da sein. Später hat sie mir etliche Briefe geschrieben. In keinem bat sie mich je um Verzeihung. In keinem schrieb sie, dass sie mich gernhabe. Immer schrieb sie nur, dass sie Christus liebe.«

»Und deshalb habt Ihr Euch Rache geschworen?«

»Was geht mich die Christenheit an? Was kümmern mich die Christen, wenn sie mich doch nur leiden ließen? Ich hatte gehofft, ich könnte der ganzen Welt das Geheimnis der Schatulle offenbaren. Mein Vater wusste, was in dem Schriftstück steht. Deshalb wandte er sich von der Kirche ab. Könnte ich es doch auch nur tun... Glaubt Ihr, Ihr hättet gewonnen? Ihr habt mich nur tödlich verletzt. Aber früher oder später wird trotz allem jemand die Wahrheit in die Welt hinausschreien. Und dann wird es vorbei sein mit eurer Heuchelei. Mit der Heuchelei aller Christen. Die Liebe zu den Menschen hat man durch die Liebe zu Gott ersetzt! Was ist das für eine Welt?«

»Aber was hat der Apostel Jakobus damit zu tun?«

»Was er damit zu tun hat?«, wiederholte der Sterbende schwer atmend. »Christus ist nicht von den Toten auferstanden! Es war eine Lüge, versteht Ihr, eine Lüge! Das bedeutet, ich kann ein noch so gotterfülltes und frommes Leben führen – da ist dennoch keiner, der mich nach dem Tode erlöst. Und dafür hat meine Mutter mich weggegeben! Dabei musste sie doch wissen, dass dies alles eine Lüge ist!«

Er wurde von seinen Gefühlen überwältigt, die Tränen liefen ihm über das Gesicht, und er schien Ulrich nicht mehr zu sehen, sondern blickte irgendwohin, wohin niemand sehen kann.

»Was ist mit den Tempelrittern?«

»Wenn sie die Schatulle zurückbekämen, würde sich nichts ändern. Sie würden sie aufbewahren, um dadurch Macht zu erringen. Die Tempelritter hatten meine Identität durchschaut, deshalb musste ich schwören, ihnen zu helfen. Doch sie haben mich unterschätzt! Der junge Rosenberg und das liederliche Mädchen sind tot. Ich konnte sie nicht mehr gebrauchen ...«

Ein Blutfaden rann aus seinem Mund. Wieder musste er heftig husten. Sein Gesicht war schweißbedeckt, er atmete schwer und bekam fast keine Luft mehr.

»Er ist nicht von den Toten auferstanden, versteht Ihr?«, wiederholte er. Es schüttelte ihn wie im Fieber. »Ihr müsst es allen erzählen! Ihr müsst …«

Sein Kopf sank zur Seite, er versuchte noch etwas zu sagen, doch er brachte es nicht mehr fertig. Der Sohn der Klara von Assisi, der nach seinem Vater den Namen Petrus Waldes erhalten und sich in Guido von Lusignan umbenannt hatte, war tot. Ulrich zog das Schwert aus seinem Leib, wischte die Klinge am Mantel des Toten ab und steckte die Waffe zurück in die Scheide. Das Schlüsselchen ließ er auf dem Boden liegen. Vorsichtig hob er die kleine Schatulle hoch und verwahrte sie in seinem Beutel, dann verließ er die Ruinen der alten Festung.

Er stieg auf sein Pferd und galoppierte so schnell er konnte zurück nach Compostela. Bald würde das Hochamt zur Feier der Geburt Jesu Christi beginnen.

Agnes von Böhmen wanderte unterdessen unruhig in ihrer Kammer auf und ab. Als Ulrich zur Tür hereinkam, atmete sie auf und bekreuzigte sich erleichtert. Mit zitternden Händen nahm sie die Schatulle entgegen, griff in den Ausschnitt ihres Gewands und zog das Schlüsselchen hervor. Sie schob es in das Schloss an der Seite. Dann blickte sie auf und sah Ulrich unsicher an. Sie zögerte eine Weile, bevor sie leise sagte: »Du hast es verdient, ebenfalls in das Geheimnis eingeweiht zu werden. Schwöre mir aber, dass du niemals jemandem ein Wort davon erzählst!«

Ulrich nickte und trat näher, um besser sehen zu können. Seine Neugier war nun unendlich groß, und gleichzeitig ging ihm immer wieder durch den Kopf, was der Sterbende zu ihm gesagt hatte. Dass Christus nicht auferstanden sei …

Äbtissin Agnes drehte das Schlüsselchen um. Es ließ sich frei in der Öffnung bewegen, ohne dass ein Klicken ertönte. Ganz offensichtlich passte dieser Schlüssel nicht zu der Schatulle. Mit zitternden Fingern zog Agnes ihn wieder heraus und fragte Ulrich niedergeschmettert: »Was sollen wir tun?«

»Wir gehen zur Messe und beten zu Gott, er möge uns den richtigen Weg weisen«, antwortete er müde. »Irgendwo steckt in meinen Folgerungen noch ein Fehler. Denn entweder habt Ihr nicht den richtigen Schlüssel, oder die Schatulle ist die falsche.«

Seit Jahrhunderten wurde die Vigil vor dem Tag der Geburt Christi im Volksmund Heiliger Abend genannt, und schließlich hatte auch die Kirche die Bezeichnung übernommen. Am Heiligen Abend wurden immer besonders prunkvolle Gottesdienste abgehalten, und alle Christen feierten mit aufrichtiger Freude und Anteilnahme. Zu Hause bogen sich die Tische unter den üppigen Speisen, und kaum einer ging nüchtern zu Bett. Auf den Straßen waren fröhliche Masken zu sehen, und junge Leute tollten übermütig herum und sangen. In der Kathedrale Santiago de Compostela versammelten sich alle Pilger, die diesen Winter nach Galicien gekommen waren, und standen dicht an dicht.

Ulrich von Kulm, Agnes von Böhmen und Bruder Hyacinthus hatten einen Platz nur wenige Schritte vom heiligen Grab ergattert. Mit demütig gesenkten Köpfen knieten sie unter den Pilgern und beteten zu ihrem Herrn. Doch inmitten der frommen Gebete schwirrten Ulrich immer wieder jene ketzerischen Worte durch den Kopf, die der Sohn der Klara von Assisi in den letzten Augenblicken seines Lebens gesprochen hatte. Was diesen Mann mit solcher Verbitterung erfüllt hatte, ließ ihm keine Ruhe.

Hatte eine Heilige das Recht, den eigenen Sohn unglücklich zu machen, um andere zum Glauben zu bekehren? Er konnte die Frage nicht beantworten. Auf der Suche nach Wahrheit und Gerechtigkeit stieß er selbst immer auf quälende Fragen. Auf der einen Seite stand die Ordnung der christlichen Welt, auf der anderen der einzelne Mensch, der Schuld auf sich geladen oder selber Unrecht erlitten hatte. Die Ordnung der Welt war niemals so allumfassend, dass sie jedem gerecht werden konnte. Ihre Wahrheit galt nur vermeintlich für alle, doch in Wirklichkeit genossen nur manche ihre Gerechtigkeit. Mit dem Glauben verhielt es sich ähnlich. Er half den Christen, Glück und Freude auch in den Drangsalen des Lebens zu finden, die nicht zu vermeiden waren. Man konnte nicht ohne den Glauben leben, wenngleich er zuweilen auch Leid anrichtete. Und in der Tat fügte er vielen Leid zu. Für eine abweichende Meinung über die göttliche Dreieinigkeit konnte man schließlich auf dem Scheiterhaufen enden. Und es genügte, eine Heilige zur Mutter zu haben, um unglücklich zu werden. So war es, und es ließ sich nicht das Geringste daran ändern.

Noch mehr Kopfzerbrechen bereitete Ulrich freilich das Rätsel um die Schatulle und den passenden Schlüssel. Er versuchte, sich noch einmal alles zu vergegenwärtigen. Rief sich die Namen all jener ins Gedächtnis, die in den Fall verwickelt gewesen waren. Versuchte sich zu erinnern, was sie gesagt oder getan hatten, oder auch daran, wie sie gestorben waren. Denn von den Teilnehmern ihrer Wallfahrt nach Compostela war nur ein überschaubares Häuflein übrig geblieben. Und die meisten von ihnen waren weit weg.

Die Schatulle, die er dem besiegten Petrus Waldes abgenommen hatte, musste die richtige sein, denn an ihrem Boden befand sich genau dort, wo Klara von Assisi es beschrieben hatte, eine kleine Einkerbung. Petrus Waldes war ja davon ausgegangen, er würde in der alten Ruine den fehlenden Schlüssel zu der Schatulle erhalten, und so hatte er mit Sicherheit keine eigens angefertigte Fälschung mitgebracht. Wen hätte er damit auch täuschen sollen? Er musste vor der Äbtissin ja keine Angst haben. Bestimmt hatte er es kaum erwarten können, das Schlüsselchen endlich in den Händen zu halten und die Schatulle zu öffnen ...

Aus all diesen Betrachtungen folgte, dass der Schlüssel, den Agnes von Böhmen um den Hals trug, der falsche sein musste. Aber auch das warf wieder Fragen auf: Wer sollte ihn ausgetauscht haben? Und wann? In der Familie des Rainald von Châtillon hatten ihn die Nachkommen von Hand zu Hand weitergereicht. Und falls ihn dennoch einer heimlich ausgetauscht hatte, warum hatte er ihn dann nicht längst dazu genutzt, die Schatulle zu öffnen und ihr Geheimnis zu bergen? Allen, die hinter dem Geheimnis her waren, war daran gelegen gewesen, dass Agnes von Böhmen nach Compostela kam, denn offensichtlich zweifelte keiner von ihnen daran, dass ihr Schlüssel der richtige war. Und so musste es auch der richtige sein! Wer sonst war denn noch übrig geblieben, der einen Austausch der Schlüssel hätte durchführen können? Es blieb ein unlösbares Dilemma. Es war, als wollte irgendjemand seinen Spaß mit ihnen allen treiben.

Der fromme Gesang der Gläubigen, die für die Geburt des Erlösers dankten, stieg im Gewölbe der Kathedrale auf, doch Ulrich nahm nichts davon wahr. Er betete nicht. Er bat Christus um nichts. Wenn er das Gefühl hatte, dass die Dinge fehlschlugen, erforschte er lieber sein eigenes Gewissen. Er glaubte, dass alles, was er tat, von seiner eigenen Geschicklichkeit und seinem Verstand abhing. Wohl zum ersten Mal in seinem Leben musste er sich verzweifelt eingestehen, dass er versagt hatte. Sosehr er sein Hirn auch marterte, er fand einfach nicht die Schwachstelle in seinen Folgerungen. Er war so nahe dran gewesen, das Geheimnis der Klara von Assisi zu lüften, und doch hatte er es nicht geschafft ...

Da spürte er, wie sein Nachbar ihm zum Zeichen der symbolischen Versöhnung die Hand drückte, wie es Teil eines jeden Gottesdienstes war. Schnell erwiderte er den Händedruck und machte sich beschämt bewusst, dass er während der ganzen Messe nicht ein einziges Vaterunser gebetet hatte. Während die meisten Gläubigen um ihn herum aufstanden, verharrte er deshalb auf den Knien, um leise ein paar Worte des Gebets zu sprechen. Er hatte zwar nie wirklich geglaubt, dass Beten ihm helfen könne – es hatte auch nicht geholfen, als seine junge Frau im Sterben lag –, doch mit der Zeit hatte er festgestellt, dass das Beten ihn auf eine sonderbare Weise beruhigte. Verband es ihn auch nicht mit dem Himmel, so doch mit den anderen Gläubigen.

Er erhob sich und sah sich um. Irgendetwas weckte plötzlich seine Aufmerksamkeit. Er konnte jedoch nicht so schnell fassen, was es war. Verwirrt ließ er den Blick noch einmal schweifen – als würde er von einer sonderbaren höheren Macht gelenkt. Und zwar genau dorthin, wo sich die Antwort befand. Er war sicher, dass er sich diesmal nicht irrte. Endlich wusste er, was es mit dem Geheimnis der Schatulle auf sich hatte, die Klara von Assisi in Compostela versteckt hatte.

Nach der Messe gingen sie wieder in ihre Herberge. Sie aßen schnell etwas zu Abend und zogen sich dann zurück. Agnes von Böhmen war enttäuscht und schwärzester Stimmung. Sie wollte sich gerade schlafen legen, als Ulrich in ihre Kammer kam und sie bat, ihm den kleinen Schlüssel zu geben, den sie bei sich trug.

»Warum?«, fragte sie bitter.

»Ich möchte noch einmal etwas versuchen. Wenn es zu nichts führt, ändert es auch nichts. Der Schlüssel scheint ja sowieso nicht der richtige zu sein.«

Sie zögerte kurz, dann zog sie die dünne Kette mitsamt dem

kleinen Schlüssel von ihrem Hals und reichte sie ihm. Doch bevor sie das kostbare Erbstück losließ, bat sie ihn noch: »Solltest du Erfolg haben, dann versprich mir, dass du zuallererst an Klaras letzten Wunsch denkst.«

Ulrich nickte. »Ich schwöre es«, sagte er, dann eilte er aus dem Zimmer.

Er trat auf die Straße hinaus. Es war zwar schon spät, aber draußen herrschte noch buntes Treiben, so ausgelassen feierten die Menschen die Geburt Jesu Christi. Ulrich zwängte sich zwischen Gruppen fröhlicher junger Männer und Mädchen hindurch, und einmal musste er sogar mit einer übermütigen Gesellschaft ein paar Schritte mittanzen, bevor sie ihn weiterließen. So dauerte es eine Weile, bis er den Vorplatz der Kathedrale erreichte. Über dem Platz lag jetzt eine weihevolle, friedliche Stille. Die Krämer hatten ihre Stände durch das Tor hinausgetragen und verkauften ihre Waren jetzt in den Straßen. Auch das Kircheninnere lag verlassen. Die Geistlichen schienen alle in der Stadt zu sein, um gemeinsam mit den Gläubigen zu tanzen und zu trinken.

Ulrich ging zielstrebig auf die Apsis zu, in der die kostbaren Geschenke ausgestellt waren, die vermögende Wallfahrer hinterlassen hatten. Wie er vermutet hatte, war das silberne Gitter, dass die Apsis vom Rest der Kathedrale trennte, nicht besonders robust. Natürlich, wer würde es auch wagen, an einem so heiligen Ort zu stehlen? Er zog vorsichtig an den Stangen, und es gelang ihm relativ leicht, zwei davon so weit auseinanderzustemmen, dass er zwischen ihnen hindurchschlüpfen konnte. Er griff nach der dicken Wachskerze, dem Geschenk der Klara von Assisi, und zog sich mit ihr schnell wieder aus der Apsis zurück. Er bemühte sich, die verbogenen Silberstangen so gut wie möglich wieder zusammenzudrücken, damit der Schaden nicht weiter auffiel.

Er schaffte es gerade noch rechtzeitig, bevor Schritte zu

hören waren. Jemand näherte sich vom Eingangsportal her. Ulrich drückte sich schnell an die Wand und schlich um einen Pfeiler herum. Er gelangte zum Grab des Apostels, kniete nieder und begann zu beten. Ein älterer Küster ging vorüber. Der Mann in der braunen Kutte musterte ihn gleichgültig und setzte seinen Rundgang fort. Sobald er verschwunden war, stand Ulrich auf und zündete am nächsten Kerzenleuchter den Docht der dicken Wachskerze an, die er aus der Apsis entwendet hatte. Er stellte sie auf einen Metallteller mit Überresten anderer Kerzen, die im Laufe des Tages von Pilgern angezündet worden waren. Dann kniete er sich daneben, betete und beobachtete, wie das Wachs langsam schmolz. Er hatte Zeit. Noch zweimal lief der Küster an ihm vorbei, ehe die Kerze der Klara von Assisi schließlich so weit heruntergebrannt war, dass neben dem Docht etwas Metallenes aufschimmerte. Die Inschrift auf der Kerze, *Vermächtnis des heiligen Apostels Jakobus*, hatte nicht gelogen.

Ulrich wartete noch einen Augenblick, dann holte er seinen Dolch hervor, mit dem er die Flamme löschte und vorsichtig die Reste des weich gewordenen rosa Wachses entfernte. In der Hand hielt er ein zylindrisches Behältnis, das ebenso aussah wie die Schatulle, die er nachmittags in der alten Ruine im Kampf gewonnen hatte. Das stählerne Gehäuse war noch heiß, aber er konnte es nicht mehr abwarten: Er nahm es fest in die Hand und schob den kleinen Schlüssel von Äbtissin Agnes in das seitliche Schloss. Er drehte ihn um, und es klickte leise. Vorsichtig öffnete er das Gehäuse und blickte auf einen sorgsam zusammengerollten, gelblichen Papyrus. Behutsam zog er die Schriftrolle heraus, machte den Deckel wieder zu und verschloss die Schatulle. Zusammen mit dem Schlüssel steckte er sie in die Innentasche seines Mantels, dann lief er mit dem Papyrus in der Hand zum nächsten Licht spendenden Kerzenständer.

Dort entrollte er das fragile Schriftstück. Es musste sehr alt sein, denn an den Rändern begann der Papyrus bereits zu bröseln. Der Text war auf Latein verfasst, in der klassischen Majuskelschrift, in der die alten Römer zu schreiben pflegten. Auf dem Papyrus stand: »Wir, die Jünger Jesu Christi, bestätigen vor den römischen Behörden, vertreten durch Pontius Pilatus, dass wir am Sonntag bei Tagesanbruch nach der Kreuzigung des genannten Jesus Christus seinen Leichnam übernommen und ihn von Golgatha weggebracht haben, um ihn zu beerdigen.« Es folgten drei Unterschriften – Jakobus, Petrus und Andreas.

Ulrich fühlte sich, als ob ihm jemand ein Schwert in den Leib gerammt hätte. Er musste an die Worte des Matthäus-Evangeliums denken. Matthäus berichtete davon, dass bald nach Christi Kreuzigung jüdische Pharisäer zu verbreiten begannen, Jesus sei nicht von den Toten auferstanden und seine Leiche sei nur deshalb nicht mehr da, weil Christi Jünger sie gestohlen hätten. Unwillkürlich traten ihm auch die Illuminationen des Heribert von Graz wieder vor Augen, die er in dem Kodex des Klosterskriptoriums von Melk gesehen hatte. Auf ihnen war die Auferstehungsszene so dargestellt, dass an der Seite neben dem Sarg, auf dem die Gestalt Jesu stand, eine Figur in römischer Toga kauerte, die daneben in winziger Schrift als Pontius Pilatus bezeichnet wurde.

Entsprachen die Worte auf dem Papyrus der Wahrheit, dann würde dies nicht zuletzt manche Widersprüchlichkeiten zwischen den Evangelien erklären. Wie Jakobus und der Evangelist Johannes waren auch Andreas und Petrus Brüder. Während sich aber Andreas und Petrus nach der Kreuzigung Jesu sehr nahestanden, erwähnte Johannes seinen Bruder Jakobus in seinem Evangelium mit keinem Wort. Auch Emmeran von Greifsfeld hatte ja an dem Abend, als er so betrunken war, Ulrich auf diesen Umstand hingewiesen. Der Bibliothekar von Vyšehrad musste geahnt haben, was sich in der Schatulle verbarg, und deshalb hatte er Agnes von Böhmen um jeden Preis daran hindern wollen, sie zu öffnen. Man konnte nur Vermutungen anstellen, warum Johannes und Jakobus sich so entfremdet hatten. Aber womöglich hatte es mit ebenjener Begebenheit zu tun, die das Schriftstück beschrieb, das Ulrich in Händen hielt. Natürlich konnte das Ganze auch eine Fälschung sein. Wie viele Unwahrheiten hatten die Juden nicht über Jesus und seine Auferstehung in Umlauf gebracht, wie viele Lügen hatten die diversen späteren Ketzer nicht über ihn verbreitet!

Ulrich hielt den Papyrus in seiner Hand. Er wusste, was er damit tun würde. Nicht weil es der letzte Wunsch der sterbenden Klara von Assisi gewesen war, sondern weil er sich, trotz allem, was er über die christliche Welt dachte, bewusst war, dass die Menschen den Glauben brauchten. Im Glauben zu leben war manchmal mühsam und peinvoll – ohne Glauben zu leben war jedoch noch schlimmer. Er hob das Schriftstück hoch und näherte es der Flamme einer der Kerzen. Der Papyrus war so trocken, dass er sofort Feuer fing. Den letzten brennenden und verglühenden Rest ließ Ulrich zu Boden fallen. Er wartete ab, bis das Feuer erloschen war, dann zertrat er die verkohlten Überreste mit der Zehenspitze und verwischte den Staub mit schnellen Bewegungen auf dem Boden. Anschließend wandte er sich um und ging zum Ausgang.

Draußen wurde es schon hell. Ihm war gar nicht bewusst gewesen, dass er die ganze Nacht in der Kathedrale verbracht hatte. Eine bleierne Müdigkeit befiel ihn. Er streckte sich, überquerte den Vorplatz und schritt durch das Tor. Plötzlich tauchten berittene Männer vor ihm auf, die graue Umhänge und auf der Brust das rote Templerkreuz trugen. An ihrer Spitze ritt ein hoheitsvoll wirkender Ritter, der den Zeichen auf seinem Helm nach der Großmeister des Ordens persönlich war.

Sie umringten Ulrich, und einer der Templer sprang mit dem Schwert in der Hand von seinem Pferd. Ulrich beobachtete ihn mit ruhiger Miene. Er unternahm nicht den geringsten Versuch, seine Waffe zu ziehen.

»Durchsuche ihn, Bruder«, ordnete der Großmeister kalt an. Er musterte Ulrich von Kulm mit unfreundlichem Blick.

Der Templer musste nicht lange suchen. In der Innentasche von Ulrichs Mantel fand er die Schatulle und den kleinen Schlüssel. Triumphierend hob er beides hoch und reichte es dem Großmeister. Dieser öffnete hastig die Schatulle, um gleich darauf ernüchtert auszurufen: »Sie ist leer! Was hast du mit dem Schriftstück gemacht?«

»Natürlich habe auch ich die Schatulle geöffnet. Aber es war nichts darin«, antwortete Ulrich mit fester Stimme. »Ihr könnt mich gerne durchsuchen!«

Trotz der Eiseskälte kamen die Tempelritter seiner Aufforderung mit großer Gründlichkeit nach. Sie zogen Ulrich von Kulm splitternackt aus und begutachteten jede Falte seiner Kleidung. Dann vermeldeten sie ihrem Großmeister enttäuscht, es sei wirklich nichts zu finden.

»Bewacht ihn gut!«, befahl der Großmeister den beiden Tempelrittern, die Ulrich durchsucht hatten. Dann ritt er mit den anderen über den Vorplatz zur Kathedrale. Sie blieben sehr lange im Kircheninnern. Ausgiebig prüften sie, ob Ritter Ulrich von Kulm nicht irgendwo da drinnen die Schriftrolle versteckt hatte. Erst nachdem sie sich vergewissert hatten, dass weder in der Kathedrale noch auf dem Vorplatz etwas zu finden war, kamen sie wieder zurück.

Der Großmeister blickte Ulrich scharf an und fragte: »Wir haben auf dem Boden ein wenig schwarze Asche gefunden. Was weißt du darüber?«

»Falls Ihr damit andeuten wollt, ehrwürdiger Großmeister, ich hätte eine gewisse Schriftrolle verbrannt, dann wäre ich wohl der größte Narr der christlichen Welt«, entgegnete Ulrich. »Ich muss Euch doch wohl nicht erklären, welche Reichtümer sie mir eingebracht hätte? Außerdem … ich wusste ja nicht, dass Ihr mir hier auflauern würdet. Warum hätte ich sie dann im Kircheninnern verstecken sollen, wo ich doch nicht vorhabe, je wieder hierher zurückzukommen? Wirklich bedauerlich … Ich hätte sehr reich werden können.«

»Woher weißt du, was in dem Schriftstück steht?«

»Ich weiß nichts Genaues. Ich habe nur gewissen Andeutungen entnommen, dass es von außerordentlichem Wert sein soll. Und da es sich nicht in dieser Schatulle hier befindet, muss es in einer anderen sein. Ich gebe nicht auf, ich werde weiter danach suchen.«

Der Großmeister des Tempelordens schien einen Moment lang abzuwägen. Dann befahl er seinen Rittern, den Mann laufen zu lassen. »Solltest du das Schriftstück finden, dann denke daran: Du erhältst von uns den höchsten Preis in der ganzen christlichen Welt. Und wenn du erfolgreich sein solltest, bist du jederzeit in Akkon willkommen!«

Dann wendete er sein Pferd und galoppierte in Richtung der Meeresküste davon, augenblicklich gefolgt von seinen Rittern.

Ulrich sah die Silhouetten der Ritter mit dem roten Templerkreuz auf dem Umhang langsam im Nebel verschwinden.

Er spürte, wie ihm die Knie zitterten. Aber er hatte es hinter sich gebracht. Über die knorrigen Olivenbäume hinweg hörte er aus dem nahen Städtchen die fröhlichen Stimmen der Menschen, die die Geburt des Heilands verkündeten.